I0575376

Oskar Panizza, mit bürgerlichem Namen Leopold Hermann, 1853 in Kissingen geboren, studierte nach einer kaufmännischen Ausbildung Medizin in München. 1882 wurde er Assistenzarzt an der Oberbayerischen Kreis-Irrenanstalt in München, widmete sich jedoch ab 1884 ganz seiner literarischen Tätigkeit. Er schrieb vorwiegend Dramen und zeitkritische Pamphlete mit heftigen Provokationen gegen Staat und Kirche. Für »Das Liebeskonzil« (1894) erhielt der im konfessionellen Konflikt seiner Eltern aufgewachsene Panizza eine einjährige Zuchthausstrafe wegen Gotteslästerung. 1896 übersiedelte er nach Zürich, wurde aber 1898 als unerwünschter Ausländer ausgewiesen. Nach seiner letzten Veröffentlichung »Parisiana. Deutsche Verse aus Paris«, einer grundlegenden Abrechnung mit der deutschen Obrigkeit und Wilhelm II., wurde Panizza zu einer weiteren Haftstrafe verurteilt, 1905 in eine psychiatrische Anstalt überführt. Panizza starb 1921 in Bayreuth.

edition monacensia
Herausgeber: Monacensia
Literaturarchiv und Bibliothek
Dr. Elisabeth Tworek

Die *edition monacensia* präsentiert ausgewählte Werke renom-
mierter Münchner AutorInnen des 19. und 20. Jahrhunderts,
deren literarische Arbeiten von der Monacensia – Literaturarchiv
und Bibliothek betreut werden. Neben Neuausgaben vielge-
suchter Bücher erscheinen Reprints und Ersteditionen aus den
Beständen der Monacensia, die von kompetenten Herausgebern
eingeleitet werden.

Der teutsche Michel
und
der römische Papst

Altes und Neues
aus dem Kampfe des Teutschtums
gegen römisch-wälsche Überlistung
und Bevormundung
in
666
Tesen und Zitaten
von

Oskar Panizza

Reprint der Ausgabe von 1894
Mit einem Nachwort von Michael Bauer

edition monacensia
im
Allitera Verlag

Dieses Buch erschien erstmals 1894 im Verlag von Wilhelm Friedrich, Leipzig

Der Allitera Verlag ist ein Books on Demand-Verlag der Buch & medi@ GmbH, München. Dieser Verlag publiziert ausschließlich Books on Demand in Zusammenarbeit mit der Books on Demand GmbH, Norderstedt, und dem Hamburger Buchgrossisten Libri. Die Bücher werden elektronisch gespeichert und auf Bestellung gedruckt, deshalb sind sie nie vergriffen. Books on Demand sind über den klassischen Buchhandel und Internet-Buchhandlungen zu beziehen.

Weitere Informationen über den Verlag und sein Programm unter: www.allitera.de

Bibliographische Information der Deutschen Bibliothek

Die Deutsche Bibliothek verzeichnet diese Publikation in der Deutschen Nationalbibliographie; detaillierte bibliographische Daten sind im Internet über <http://dnb.ddb.de> abrufbar.

März 2003
Allitera Verlag
Ein Books on Demand-Verlag der Buch & medi@ GmbH, München
© 2003 für diese Ausgabe: Landeshauptstadt München/Kulturreferat
Münchener Stadtbibliothek
Monacensia Literaturarchiv und Bibliothek
Leitung: Dr. Elisabeth Tworek
und Buch & medi@ GmbH, München
Umschlaggestaltung: Kay Fretwurst, Spreeau
unter Verwendung des Titelmotivs der Erstausgabe
Herstellung: Books on Demand GmbH, Norderstedt
Printed in Germany · ISBN 3-935877-90-0

DER TEVTSCHE
MICHEL und der
RÖMISCHE PAPST

VERLAG von WILHELM FRIEDRICH
LEIPZIG 1894

vorherige Seite:
Cover der Originalausgabe von 1894

Der teutsche Michel

und

DER RÖMISCHE PAPST.

Altes und Neues
aus dem Kampfe des Teutschtums gegen römisch-wälsche
Überlistung und Bevormundung

in

666

Lesen und Zitaten

von

Oskar Panizza.

Mit einem Begleitwort von Michael Georg Conrad.

Leipzig,
Verlag von Wilhelm Friedrich.
1894.

»Si quid te, lector, offenderit, aequus judicato, pro atrocitate rei adhuc nihil satis est.«   Hutten.

„Es ist wol grob geprebigt. Wir müßen aber boch von den anbern groben Dingen auch reben."   Luther.

Meiner Mutter

Exoriare aliquis nostris ex ossibus ultor.
Vergil, Aen. 4, 625.

„Ich habs gewagt mit sinnen
und trag des noch kain rew,
mag ich nit dran gewinnen,
noch muß man spüren trew;
dar mit ich main   nit aim allain,
wenn man es wolt erkennen:
dem land zu gut,   wie wol man tut
ain pfaffenfeind mich nennen.

„Wil nun ir selbs nit raten
dis frumme nation,
irs Schadens sich ergatten,
als ich vermanet han,
so ist mir laid;   hie mit ich schaid,
wil mengen baß die Karten,
bin unverzagt,   ich habs gewagt
und wil des ends erwarten.“

                              Hutten.

Begleitwort.

„Wahn, Wahn, überall Wahn.“
Richard Wagners Hans Sachs.

Wenn mein Sohn in die Jahre gekommen, will ich ihm dies Buch in die Hand geben und zu ihm sagen:

Werde ein Mann, nimm und lies, denn hier ist Ehrlichkeit! Beschaue dir diese Welt, überdenke sie!

Aus diesem Gedränge von Irrtümern soll die Wahrheit freie Bahn finden. Aus dieser Saat von Tollheiten soll reine Erkenntnis sprießen. Aus dieser Versammlung von Narren und Schurken, von Fratzenwesen und eingebildeten Halbgöttern, von Feiglingen und Helden soll eine geläuterte Menschheit wachsen. Aus diesem Erbe, bunt wie eine Trödelbude, sollst du dein Loos ziehen. Aus diesem Tohuwabohu soll deine Seele nach eigenem Kontrapunkt Akkorde und Harmonien setzen. Aus diesem Chaos sollst du dir eine Welt zaubern, geordnet und schön, wert, deine Heimat zu sein und deines Geistes bleibende Statt. Aus dieser blutigen Verquickung von jahrtausend alten kirchlichem und staatlichem Zwang soll deines Vaterlandes Freiheit erblühen, jene Freiheit, in der allein alles Recht und alle Sicherheit deiner bürgerlichen Person in der Unabhängigkeit des Empfindens, Denkens und Beschließens — dein und deiner Volksgenossen Heil mit dem vollen Maaße jeglicher Wohlfahrt für Alle wie in einem heiligen Gral beschlossen ist.

Werde ein starker Mann, mein Sohn, der keine Furcht kennt.

Du weißt aus Natur- und Geschichtsforschung und dein schlichtes Gefühl bezeugt dir's, woher wir Menschen stammen, wie in der Not und Trübsal des Entwicklungskampfes die Wissenschaften entstanden und die Künste und die Religionen, wie diese dann miteinander rangen, sich gegenseitig würgten und überholten in allerlei Offenbarungen und Testamenten, und wie heute, im Zeitalter der immer sieghafter hervorbrechenden Naturerkenntnis, alles Dogmatische und Autoritative nur noch als Überbleibsel längst vergangener Kulturzustände sein Dasein fristet.

Überdenke dies, wenn du zu Schriften, wie der vorliegenden, nicht gleich den Reim findest.

Jede Trennung der wissenschaftlichen Lehren und Erkenntnisse vom Leben, jeder Zwiespalt des Lebens mit der Allnatur stiftet Verwirrung und Unheil und verfälscht die Maaßstäbe. Nur in der Einheit von Lehre und Leben, von Leben und Natur stehst du auf dem Grunde der Wahrheit, deiner Wahrheit, und bleibst deiner Menschenwürde und Willensherrlichkeit gewiß.

Daß keiner über dein Gewissen herfalle, keiner dich mit Wortkünsten und scholastischen Blendwerken täusche, keiner dich mit wälschem Dunst umnebele, keiner dich fremde Wege führe, keiner deinen Heimatsboden entwerte — sieh dich vor!

Nichts ist wahr, was dem Sinn deines Lebens widerspricht, Nichts ist geheiligt, was gegen deine eigene Natur streitet, Nichts ist sittlich — gestatte dies von allen Unterdrückungssüchtigen und Scheinheiligen so gottesmörderisch mißbrauchte Wort — was Ausnahmen von natürlicher Ordnung und Gesetzlichkeit fordert. Es giebt nicht zweierlei Wahrheit, denn es giebt nicht zweierlei Natur.

Mit der Wucht der Einheit schlage sie nieder, die dir mit Dualismen und jenseitigen Regeln und Satzungen kommen wollen, den Mörderdolch wider Vernünftigkeit und Geistesfreiheit im heuchlerischen Gewande.

Mit der Wucht der Einheit. Wer in Diesseits und Jenseits scheidet, will herrschen über die Diesseitigen, wer Göttliches und Natürliches trennt, will schwächen, damit seine eigene Macht den Vorteil habe. Alles war seither darauf gestellt in der Geschichte: Wille zur Macht, aber Wille in dieser Ausschweifung: Millionen

Erwerbender und Darbender für tausend Besitzende und Genießende, Millionen Unterthanen für hundert Herren, die ganze Christenheit eine Heerde für einen Hirten, den Vizegott im Vatikan.

Und damit diese Ausschweifung ihres Babylons froh werde und vor Zerstörung sicher sei, ward der Spruch erfunden: „Die Religion muß dem Volke erhalten bleiben" und der Satz erneuert: »Regis voluntas suprema lex« mit der Begründung: »Car tel est notre plaisir«. Religion in diesem Sinne bedeutet aber nur: Kusch vor den Gewalthabern, Kusch vor der Autorität der Priester, Wahrsager und Zeichendeuter, Kusch vor der Feldwebeltheologie, Disciplin bis zum sacrifizio dell' intelletto und zum Kadavergehorsam, Drill im Weltlichen und Geistlichen, die Kirche als Verbindungsbau zwischen Kaserne und Zuchthaus — —

Religion in diesem Sinne aber ist Irr=Religion, Bestialität in der Maske der Göttlichkeit. Merkst du den Spuk?

Religion im rechten Sinne trägt andere Züge. Sie ist Gleichheit und Brüderlichkeit, Friede und Freiheit Aller, die sich als über das Tier erhobene Menschen oder als Kinder Gottes fühlen. Wer wollte ihrer Wirksamkeit nicht die heißesten Wünsche widmen? Wer wollte ihre Altäre stören? Wer sich nicht daran erbauen, was die größten Dichter und Sänger, Maler und Bildhauer, Architekten und Tonkünstler in ihrem Dienste an Werken hehrster Poesie geschaffen? Und diese Religion wird nicht verarmen und nicht sterben, auch wenn alle Kirchlichkeit und alle dogmatisirte Frömmigkeit bis auf die letzte Spur aus der Welt verschwunden sind — — —

Und wenn dereinst vom Vatikane kein Stein mehr auf dem andern sein wird und das mittelalterliche Rom toter als das antike, wenn es als unglaubliche Sage klingt das heute noch lebendige Märchen von der Unfehlbarkeit und den Verfluchungsbullen und den Himmelsschlüsseln und dem Pantoffel und dem Kastratengesang in der sixtinischen Kapelle: dann —

Aber zu dieser Stunde äfft und narrt uns noch so vieles, sogar der Ladenschild eines Barbiers im vatikanischen Viertel in Rom, worauf ich in lebhaftester Erinnerung heute wie vor zwanzig Jahren die Inschrift lese in verwaschenem pompejanischem Rot: „Hier wird zur Aber gelassen, geschröpft und kastrirt."

Heute noch —

Nimm dies Buch und lies! Es wird zuerst dein Herz bedrücken wie ein Alp, es wird dein Gehirn pressen wie Schrauben aus mittelalterlichen Folterkammern, es wird dich grabesnächtig anwehen wie aus Inquisitionskerkern, es wird dich andünsten wie schmorendes Menschenfleisch von Ketzer= und Hexen=Scheiterhaufen und wie Leichen= und Pestgestank von hundertjährigen Glaubenskriegen. Aber dann wird eine große Freudigkeit über dich kommen, eine helle, jubelnde Entschlossenheit und ein neues Heldengefühl. Du überwindest, wie deine Väter überwunden haben, du bist in unbezwinglicher Stärke gewachsen, beides im Geist und im Gemüt.

Nun vollende, küsse den heiligen Boden deines Vaterlandes, erhebe den Blick zu seiner Sonne und hilf dein Volk zum Siege führen!

So will ich zu meinem Jungen reden.

München.   Michael Georg Conrad.

Überſicht.

Eingang.

»Dirumpamus vincula eorum et
projiciamus a nobis jugum ipsorum.«
Hutten.

1) Ich weiß nicht, ob wir heute noch eine chriſtliche Geſell=
ſchaft haben. Die übergroße Maſſe der Gebildeten ſetzt einen Stolz
in ihren Atheïsmus. Die Proteſtanten und die von Rom unab=
hängigen Religions=Geſellſchaften beharren, glücklich, den Römiſch=
Wälſchen Gewiſſens=Fängern entgangen zu ſein, in ihrer freiheitlichen
Lehre, meiſt mit Lauheit, hie und da mit antikatoliſchem Eifer. Die
Katoliken, an der Hand weniger Intelligenzen, wiederholen, ſoweit
ſie Agitatoren ſind, eine ſeit Jahrhunderten eingeübte und auswendig
gelernte, antiteutſche, katoliſche Fluchformel, oder, ſoweit ſie indifferent
ſind, machen ſie nur das Nötigſte des Hokus=Pokus mit, oder, wie
die große Maſſe des niederen Volks, treiben das ewig=gleiche Trieb=
rad ihres Bischen Mitleids und jenſeitiger Aſpirazion zwiſchen den
zwei feſten Polen: Papſt und Fegefeuer, einem dieſſeitigen und jen=
ſeitigen, mit maſchineller Gleichmäßigkeit hin und her.

2) Für einen ſimplen Publiziſten, wie den Verfaſſer Dieſes,
der nur den einen Anſpruch erhebt: teutſch zu ſein, könnte eine
ſolche Betrachtung des zweifelloſen Einſchlafens des chriſtlich=religiöſen
Intereſſes wenig Anlokendes bieten, wenn der unglückliche, religiös=
politiſche Einflus des Auslandes, Rom's, — unglücklich, weil aus=
ländiſch — ſich entſprechend dieſem weichenden Intereſſe vermindert
hätte. Denn darüber kann heute kein Zweifel ſein, daß das immer
ſtrengere In=Sich=Zuſammenſchließen der einzelnen Nazionen des
Abendlandes, das immer feſtere Zuſammenhalten der durch Sprache,
Abſtammung, Charakter=Eigentümlichkeiten Zuſammengehörigen —

selbst bei so kleinen Gruppen, wie die Flamen, die Tschechen, Kroaten — jede ausländische Bevormundung, sei es in welcher Form nur immer, auf's Bitterste empfinden muß.

3) Nun sind aber die Prärogative Roms im Hinblick auf politische Beeinflussung der Staaten des Abendlandes in den letzten Jahren entschieden im Wachsen begriffen. Der Papst dringt in die Parlamente und entscheidet über Abstimmungen. Er beansprucht das Recht der Entscheidung bei seinen Angehörigen in allen Gewissens=Fragen; und wo käme bei einem ehrlichen Teutschen nicht das Gewissen in Betracht? Noch mehr: Eine eigene Soldateska, die in seinem persönlichen Dienst steht, lehrt und erzieht ihre Angehörigen in dem Sinne, daß jede Betonung der Interessen des Vaterlandes, jede Zusammengehörigkeit zur Heimat, jede Vaterlandsliebe im Interesse des apostolischen Stuhls und der katolischen Religion zu unterbrücken sei; und verlangt für die Ausbreitung dieser ihrer Ansichten das Recht der Errichtung öffentlicher Schulen in Teutschland. Und das Alles angesichts der zweifellosen Verminderung des Interesses für christliche Religionsübung überhaupt.

4) Ein größerer Gegensatz läßt sich kaum denken: Auf der einen Seite das immer entschiedenere Betonen der nazionalen Zusammengehörigkeit; das Wachsen des Nazional=Stolzes; die Empfindung der Solidarität gemeinschaftlicher, vaterländischer Interessen. Auf der andern Seite das Verlangen des Verzichtes auf jede Heimat, auf jedes Vaterland im Namen Gottes — wenigstens des jesuitisch=italienischen Gottes — und im Interesse der katolischen Religion. — Und dies bei Teutschland, welches gerade durch den Zusammenschluß aller seiner so disparaten Glieder seine präponderirende Stellung in Europa sich gewonnen, und durch seine nazionale Einigung allen Gebieten, geistigen wie materiellen, bei sich einen unvergleichlichen Antrieb gegeben hat!

5) Hiezu kommt noch ein Anderes: das römische Papsttum, weit entfernt, dem religiösen Indifferentismus Rechnung zu tragen, hat mit einer gewissen Verzweiflung die tollsten und wahnwitzigsten Zumuthungen an die Gewissen seiner Angehörigen gestellt. Es hat durch Aufstellung des Syllabus im Jahre 1864 zwischen dem mächtigen Bau der exakten Wissenschaft im Abendland und der katolischen Kirche eine für alle Zukunft nicht mehr zu beseitigende Scheidewand aufgerichtet. Es hat durch Promulgirung des Dogmas der unbefleckten Empfängniß Mariä zum Entsetzen aller höherstehenden Katoliken gezeigt, daß es sich mit seinen Lehren nurmehr an den kindlichen Glauben von Köchinnen und Dienstmädchen wenden werde. Und es hat schließlich durch das Vatikanische Konzil, auf dem es, im Zeitalter Darwin's, einen einzelnen Menschen für des Irrtums unfähig, wenn auch nur oder vielleicht gerade im Denken, erklärte, das einstimmige Gespött von ganz Europa herausgefordert.

6) Und hiebei war es beachtenswert, daß eine immer ge= steigerte Opposizion von Seite des Auslandes sich geltend machte: Von den in einem Rundschreiben durch Pius IX. zu einem Gut= achten über das zu promulgirende Marien=Dogma aufgeforderten Bischöfen haben fast nur Spanier und Italiener, also aus Ländern des krassesten Aberglaubens und des Unteutschesten, was Wälschland geboren, des Jesuitismus, sich zustimmend, und diese begeisternd, sich geäußert. Das Nordland Europas vom Erzbischof von Paris bis zum Kardinal=Fürstbischof von Breslau hat energisch remonstrirt, und, wohl ahnend, was dem Katolizismus drohe, eindringlich gewarnt.

7) Der Bischof von Ermeland antwortet: in seiner Diözese wisse man gar nicht, was die unbefleckte Empfängniß Maria's sei, und, abgesehen von dogmatischen Bedenken, werde gerade das ge= meine Volk durch ein solches päpstliches Dekret stutzig gemacht werden. [1] — Der Bischof von Limburg: Die Debatte über die unbefleckte Empfängniß sei für die Seelen wenig heilsam und die Gläubigen hätten davon entweder eine falsche Vorstellung, oder gar keine. — Ähnlich die Antworten aus Constanz und Bamberg. — Beinahe drohend antwortet der Bischof von Görz: „Im Hinblick auf Deutschland erscheint mir der Plan, den Schulstreit über die unbefleckte Empfängniß jetzo den Protestanten geradezu ins Angesicht zu entscheiden, voll Gefahr. Ich zittere vor dem Ausgang und halte das Unternehmen für äußerst gefährlich." — [2]

---

[1] Preuß, E., Die römische Lehre von der Unbefleckten Empfängniß. Berlin 1865. p. 121. f.

[2] Preuß, a. a. O. p. 122. f.   1*

8) Der Erzbischof von Rouen antwortet: „Dieser Glaubens=
satz ist in der heiligen Schrift nicht deutlich enthalten, für den
Glauben ohne alle Bedeutung und hat mit unserem Wandel vor
Gott nicht das Geringste zu thun. Ich fürchte daraus für den
guten Ruf der Päpste, und halte ein solches Dekret für eine sehr
gefährliche Sache." — Der Erzbischof von Dublin warnt davor,
in dieser Angelegenheit den Jesuiten Gehör zu schenken; mit dem
neuen Dogma werde die katolische Kirche in den Augen der Prote=
stanten nur immer tiefer sinken. — Ähnlich der Kardinal=Erzbischof
von Salzburg. [1]

9) Am Eindringlichsten warnt der Kardinal=Bischof Diepen=
brock von Breslau vor dem Dogma im Hinblick auf die teutschen
Protestanten: „ihre Prediger, die für Altar und Heerd kämpfen,
werden sich seiner als einer guten Beute bemächtigen; und die Un=
gläubigen werden mit den Pietisten Chorus machen und dies heilige
Geheimniß mit dem Schmutz ihres Spottes und ihrer Gotteslästerung
überströmen. Die Opposizion des römischen Klerus, der neologisch
gesinnt ist, besonders in den Rheinlanden, in Baden und Böhmen
wird dadurch neu gestärkt und genährt." [2]

10) Am Entschiedensten aber der Erzbischof von Paris in
einem zweimaligen Schreiben: „Ich behaupte, daß weder die Kirche
noch der heilige Stuhl das Recht hat, die Lehre von der Unbe=
fleckten Empfängniß zu einem Glaubens=Artikel zu machen. Die
einflußreichsten Männer und bedeutendsten Theologen meiner Diözese
fürchten aus dem Dekret schweren Nachteil für die Kirche, ja ernstes
Unheil. Und andererseits hat es nicht den mindesten Nutzen. Weder
den Gläubigen hilft es etwas, noch der Kirche, noch der Jungfrau.
Und ist das, von der Seelengefährlichkeit des Unternehmens ganz
abgesehen, nicht genug, Eure Heiligkeit auf andere Gedanken zu
bringen?" [3]

11) Aber Pius, der gern süße Sachen aß, und für die ebenso
lüsternen Mäuler seiner spanischen und italienischen Glaubensgenossen

---

[1] Preuß, a. a. O. p. 125. f.
[2] Preuß. p. 127—129.
[3] Preuß. p. 130—132.

zu sorgen hatte, verstand nicht die eindringlichen Warnungen der hervorragendsten und weitblickendsten Köpfe auf den abendländischen Bischofsstühlen, und promuligirte dieses Konfekt=Dogma am 8. De= zember 1854, ohne, wie es auf den alten Konzilien Brauch war, darüber abstimmen, oder gar regelrecht darüber beraten zu lassen. — Dies war die erste Etappe der gewaltsamen Verwälschung Teutscher Gewissen gegen den ausdrücklichen Willen Teutscher Bischöfe lediglich auf den Willen einiger Jesuiten hin. Die Gläubigen kuschten, weil sie es so gewöhnt sind. Ein bayrischer Prinz, für den die Aner= kennung des Dogmas die Vorbedingung der Zugehörigkeit zum höchsten Ordens=Kapitel des Landes ist, verweigerte die Unterschrift. Es ist auf dieses Dogma der Unbefleckten Empfängniß der Maria, auf das man die Altkatoliken in den 70er Jahren höhnisch verwies, als sie sich gegen die „Unfehlbarkeit" des Papstes sträubten.

12) Die nächste Etappe war die Enzyklika vom Jahr 1864 mit dem Syllabus, welche von der Wissenschaft, von der Politik, von der gesammten abendländischen Bildung, die in England, Frank= reich und Teutschland vorzugsweise ihren Sitz hatten, blinde Unter= werfung unter die verfaulten Maximen der süd=romanischen Staaten, unter die Religions=Paragrafen einiger Jesuiten verlangte. Auch hier einmüthige Frontmachung der bedeutendsten katolischen Köpfe im Norden Europas. Auf dem katolischen Kongreß in Mecheln, August 1853, hatte der berühmte Montalembert gesagt: „Von allen Freiheiten, die ich bisher vertheidigte, ist die Freiheit des Ge= wissens nach meiner Ansicht die kostbarste, heiligste, berechtigste, not= wendigste. Alle Freiheiten habe ich geliebt und ihnen gedient; aber ich rühme mich, der Streiter der letzteren zu sein. Ich erkläre: einen unüberwindlichen Abscheu empfinde ich vor allen Qualen und Ge= waltthaten, die man unter dem Vorwande, damit der Religion zu dienen, oder sie zu vertheidigen, der Menschheit zugefügt hat. Die von einer katolischen Hand angezündeten Scheiterhaufen erregen eben so sehr meinen Abscheu als die Blutgerüste, auf denen die Protestanten so viele Märtyrer hingeopfert haben. Der Knebel, welcher irgend einem in den Mund gesteckt wird, redet aufrichtig für seinen Glauben; ich fühle ihn zwischen meinen eigenen Lippen und ich empfinde einen

Schauder vor Schmerz. Der spanische Inquisitor, der zum Ketzer spricht: die Wahrheit oder der Tod! ist mir ebenso verhaßt als der französische Terrorist, der zu meinem Großvater sagte: die Freiheit, die Brüderlichkeit, oder der Tod! Das menschliche Gewissen hat das Recht zu fordern, daß man ihm nie mehr diese scheußliche Alternative stelle." [1] — Dies von dem Haupte einer katolischen Partei.

13) Die Enzyklika Pius IX. aber hatte gesagt: „die Lehre, di Freiheit des Gewissens und des Kultus sei einem jeden Menschen eigenes Recht, welches durch das Gesetz ausgesprochen und in jedem wohl eingerichteten Staat gesichert werden müsse, und die Bürger hätten Anspruch auf die volle Freiheit, ihre Meinungen, welche sie auch sein möchten, laut und öffentlich kund zu geben, durch das Wort, durch den Druck, oder in anderer Weise, sind verwegene Behauptungen und Wahnsinn!" [2] — Und die nun folgende Verdammung von Irrtümern ließ darüber keinen Zweifel, daß jeder Staat, der in diesem Geleise sich bewege, das Schicksal Spaniens, oder doch Östreichs haben werde. — Die französische Regierung verbot die Verkündigung der Enzyklika.

14) Ein anderer hervorragender Führer des liberalen Katolizismus in Frankreich, Hunt, hatte sich in seinem Buch „Die religiöse Revolution im neunzehnten Jahrhundert" wie folgt geäußert: „Die mit dem Papst rivalisirende Macht, der Episcopat, ist durch die Verkündigung des Dogmas der Unbefleckten Empfängniß nicht allein vernichtet, sondern erniedrigt worden, was die unwiederherstellbarste Form der Zerstörung ist. Darauf hatte man es abgesehen, als man 200 Bischöfe nach Rom kommen ließ. Man verbot ihnen jede Berathung, und stumm und willfährig wohnten sie dem feierlichsten Akt des katolischen Lebens, der Definizion eines Dogmas bei. Von da an stiegen sie von der Autorität von Hirten zum Rang der Heerde herab. Die Unfehlbarkeit des Papstes, welche Frankreich so viele Jahrhunderte hindurch scheitern ließ, fungirte öffentlich unter dem Beifall der katolischen Welt. Die fruchtbare Bewegung des modernen

---

[1] Preßensé, E. v., Das vaticanische Konzil. A. d. Franzöf. Nördlingen 1872. p. 50—53.
[2] Encyclica Pius IX. Köln 1865. p. 58.

Lebens zieht sich von der durch das ultramontane Dogma unbeweg=
lich gemachten, der Gegenrevoluzion verfallenen alten Kirche zurück.
Der Aberglaube breitet in ihr sein Reich aus, welches nur die Spitz=
findigkeiten der scholastischen, rabbinischen Wissenschaft verträgt. Der
Neukatolizismus oder Marianismus hat sich dogmatisch unvereinbar
gemacht mit dem wissenschaftlichen Fortschritt, wie mit dem politischen
und sozialen. Indem sich die Religion von den aufgeklärten
Ständen zurückzieht, wird sie die Religion der Landbe=
wohner, und wird so sterben, wie der erste römische Pa=
ganismus." [1]

15) Es kommt uns darauf an, hier zu zeigen, daß die Spal=
tung nicht zwischen Katolizismus und Protestantismus, nicht zwischen
Katolizismus und der modernen Staatsrechtslehre, sondern zwischen
Katolizismus und Katolizismus, zwischen süd=italienischer, neapolitanisch=
versumpfter Auffassung der Religion als eines Fatums, und nordischem
Freiheits=Bewußtsein, zwischen verwälschter, käuflicher Jesuiten=Moral
und germanischer Gewissens=Betonung, zwischen Unverantwortlichkeit
und Verantwortlichkeit, eingetreten war.

16) Die dritte, und vorläufig letzte, Etappe des Versuchs
wälscher Religions=Zentralisirung in Rom war das vatikanische Konzil
1869—1870 und die Unfehlbarkeits=Erklärung des Papstes. Hier
haben die teutschen Katoliken sich am energischsten gewehrt. Die
Andern, die Protestanten, die Indifferenten, die hohe Politik ging
die Sache schon gar nichts mehr an. Die Wirklichen Geistesmächte
des Abendlandes fanden es schon gar nicht mehr der Mühe wert,
zu remonstriren. So groß war die Kluft zwischen modernem Be=
wußtsein und den kindischen Versuchen eines in weiße Seide geklei=
deten Greises, sich zu vergotten. „Unser Jahrhundert — sagt
Harnack — hat fast schweigend hingenommen, was man dem Geiste
keines andern Jahrhunderts hätte bieten dürfen, ohne ein gewapp=
netes Europa, Katoliken und Protestanten, in die Schranken zu
rufen." [2] — Und der französische Minister Olivier bemerkte in

---

[1] Preßensé, a. a. O. p. 62.
[2] Harnack, A., Lehrbuch der Dogmageschichte. Freiburg 1890. Bd. III.
p. 648.

einer Rede vom 8. Juli 1868: die Zurückhaltung der Staatsgewalt bezeichne den Fortschritt der Zeiten und die unaufhaltsame Strömung nach der Trennung der beiden Gewalten. [1]

17) Die Ankündigungs=Bulle zum Konzil datirt vom 29. Juni 1868 und am 6. Februar 1869 erklärte das Leib=Organ der römischen Curie, die civilità cattolica, Haupt=Gegenstände der Beratung auf dem Konzil würden: die Unfehlbarkeit des Papstes, die Himmelfahrt der Jungfrau Maria und die Dogmatisirung des Syllabus. — Es war 2½ Jahre nach der Schlacht von Königgrätz. — Und damit die Katoliken im Norden wüßten, was ihrer wartete, fügte sie hinzu: „Die liberalen Katoliken fürchten, das Konzil möchte die Lehre des Syllabus proclamiren. Die eigentlichen Katoliken, d. h. die große Mehrzahl der Gläubigen, hegen eine entgegengesetzte Hoffnung." [2]

18) In Teutschland traten hervorragende katolische Theologen und liberale Katoliken, darunter der bedeutendste katolische Theologe der Neuzeit, Döllinger, in Koblenz am Rhein zu einer Gegenbewegung zusammen. Ihr Manifest erschien im Juli 1869 in der „Kölnischen Zeitung". Sie verlangen, daß die katolische Kirche auf jede politische Gewalt und auf Alles, was an die Theokratie des Mittel=Alters erinnere, verzichte (das Gegentheil, die politische Straf-Gewalt, hatte der Syllabus für die Kirche gefordert); daß die Kirche der modernen Kultur und Wissenschaft gegenüber eine vernünftige Stellung einnehme (der Syllabus hatte jede Lehre der modernen Wissenschaft, die mit der Lehre der Kirche nicht vereinbar, verdammt); sie verlangen die Teilnahme der Laien am kirchlichen Leben und einen versöhnlichen Standpunkt gegenüber den Protestanten; schließlich Abschaffung des römischen Bücher=Index. — Die bedeutendsten Bischöfe und Kardinäle schlossen sich diesen Vereinbarungen in brieflichem Meinungs=Austausch an. — Noch im gleichen Jahr erschien das berühmte Buch von Döllinger und Johannes Huber: der Janus, [3] welcher die Macht der römischen Kirche als eine Folge

---

[1] Preßensé, a. a. O. p. 76.
[2] Preßensé, a. a. O. p. 74.
[3] Der Papst und das Konzil von Janus. München 1869.

von Ursurpazionen und Betrügereien hinstellt. Selten ist von teut=
scher Seite gegen eine Weltmacht so kühn geschrieben worden. — —
Schließlich santen die zwanzig in Fulda versammelten teutschen
Bischöfe eine einstimmige Erklärung an den Papst, worin sie gegen
das neue Konzil und sein Programm entschieden Stellung nehmen.

19) Auf dem Konzil selbst hielten sich die teutschen Bischöfe
neben den französischen und ungarischen sehr wacker; obwohl der
gesammte Schematismus und die hierarchische Ordnung auf dem=
selben auf Mundtot=Machung der Minorität berechnet war: ohne
Genehmigung des Papstes konnte gar kein Antrag gestellt werden.
Wenige Tage nach der Eröffnung prangte ein päpstliches Dekret an
den Straßen Roms, welches jeden der Konzil=Besuchenden, der den
Syllabus nicht anerkenne, oder ein päpstliches Breve bestreite, mit
dem großen Bann belegte. Der ungarische Bischof Stroßmayer
wurde in öffentlicher Sitzung beschimpft, weil er sich dem Kanon,
der den Protestantismus als gottlose Pest bezeichnete, widersetzte.
Ein anderer Kanon besagte: „Wer da sagt, die menschlichen Wissen=
schaften müssen mit solcher Freiheit behandelt werden, daß man ihre
Behauptungen für wahr halten kann, auch wenn sie der geoffenbarten
Lehre widersprächen, der sei verflucht." Der Papst selbst benahm
sich in der kindischsten Weise: „Ich — sagte er zum Cardinal
Schwarzenberg — ich, Giovanni Maria Mastai, glaube an die
Unfehlbarkeit; zwinget Ihr den heiligen Geist, daß er Euch er=
leuchte!" — Und, wie das Tauschgeschäft und die merkantile Ab=
wicklung in der katolischen Kirche bis in das Tiefste und Letzte, bis
in das Bußsakrament, eingedrungen ist, läßt er sich vom Kardinal
Patrizzi bei einem Empfang mit den Worten anreden: er, der
Papst, „habe die Unfehlbarkeit redlich verdient als Belohnung für
die große Ehre, die er der Jungfrau Maria erwiesen", indem er
ihre Unbefleckte Empfängniß proklamirte. [1]

20) Wie es damals im Herzen eines teutschen Bischofs aus=
sah, zeigt ein Brief des Bischof Hefele aus Rom an Döllinger
vom 25. Januar 1871: „. . . . Schulte verdient für seine neueste
Schrift ‚Die Macht der römischen Päpste' großen Dank. Ob den

---

[1] Preßensé, a. a. O. p. 191.

Staatsmännern darüber die Augen aufgehen? Leider muß ich mit
Schulte sagen: Ich lebte viele Jahre in einer schweren Täuschung;
ich glaubte der katolischen Kirche zu dienen, und diente dem Zerr=
bild, das der Romanismus und der Jesuitismus daraus gemacht
haben. Erst in Rom wurde mir recht klar, daß das, was man
dort treibt und übt, nur mehr Schein und Namen des Christenthums
hat, nur die Schale; der Kern ist entschwunden, alles total ver=
äußerlicht. — Ein Schisma hat keine Chancen für sich, so bleibt
mir nichts übrig, als auf alle Zumutungen Roms mit non possumus
antwortend die Suspension über mich ergehen zu lassen. — Gegen=
wärtig mißhandeln mich die Römer durch Nichterteilung der Fakul=
täten zu Dispensen in Verwandtschaftsgraden; sie molestiren damit
meine Diözesanen, veranlassen, daß Einzelne im Konkubinat leben
oder Zivil=Ehen eingehen, aber was kümmert man sich in Rom um
das Gewissen der Leute, wenn man nur seine Herrschsucht befriedigt?
Versagte man ja doch das ganze Mittelalter hindurch den Völkern
alle Tröstungen der Religion, um einen Fürsten zu drücken und
zahm zu machen." [1] — Schließlich mußte der Papst in Rom un=
fehlbar werden, damit einige Leutchen in Würtemberg heiraten konnten.
So sind die teutschen Gewissen an Rom gebunden. Und unser
tapferer Hefele mußte sich auch unter das römische Joch beugen,
denn er war zuletzt allein.

21) Als es schließlich zur Abstimmung kam, war der größte
Teil der Minorität abgereist; 22 französische Bischöfe fehlten, darunter
der Erzbischof von Paris; 10 Ungarn, darunter Stroßmayer;
9 Teutsche, darunter Kardinal Schwarzenberg; diese waren dem
eklen Schauspiel davon gelaufen; denn wenn der Papst unfehlbar
war, brauchte man für alle Zukunft keine beratenden Bischöfe in
Rom. Also lieber gleich fort! Die Majorität bildete sich aus
Italienern, Spaniern, Kardinälen, Bischöfen der Propaganda, allein
100 widerrufliche apostolische Vikare, die alle mit ihrem persönlichsten
Interesse an den Papst gekettet waren.

22) Und heute? — Ist Alles beim Alten! — Von den aus=

---

[1] Kirchliche Korrespondenz für die deutsche Tagespresse 1890. IV.
p. 118.

ländischen Bischöfen unterwarf sich einer nach dem Andern. Warum?
— Es fehlte, wie Hefele sich ausdrückte, an dem Interesse der
Laien. Es fehlte an dem nazionalen Widerstand, an dem sich die
Bischöfe hätten anhalten können. Es fehlte an dem Interesse der
Staats-Regierungen, an dem sich die Bischöfe hätten aufrichten können.
So standen sie Rom allein gegenüber. „Wenn sich der Geistliche
auf die Staats-Gewalt berufen kann — sagt Preßensé — so
findet er weniger das Bedürfniß, seinen Stützpunkt in Rom zu suchen.
Er ist um so nazionaler, je mehr er geschützt wird." [1]) Und so ist
diese große Komödie, die über 15 Millionen teutscher Gewissen ver-
fügte, in Rom mit ein par Pourparlers abgemacht worden; weil
sich kein Mensch darum kümmerte. Die Signatur des Laien-Katoli-
zismus ist Blödigkeit. Nicht nur kommt die Gelegenheit, sich mit
Rom auseinanderzusetzen, wie 1869 unter einem eitlen, kindischen
Papst nicht wieder; sondern diese Gelegenheit ist auch definitiv ausgeschlossen, da der Papst, im Besitz der Unfehlbarkeit, weder teutsche
Gewissen, noch teutsche Bischöfe, noch teutsche Laien, noch teutsche
Regierungen braucht. Er dekretirt. Und du, teutscher Katolik,
mußt glauben.

23) Wir haben diese Orientirung vorausgeschickt, um zu der
These zu gelangen, daß der Verwälschung des teutschen Gewissens, wie sie von Rom aus seit einem halben Jahrhundert betrieben wird, nichts im Wege steht, und, wie die
Dinge liegen, kein Faktor, von keiner Seite, entgegengestellt werden
kann. Der liberale Katolizismus der 60er Jahre hat sich verblutet.
Die Bischöfe sind gänzlich machtlos. Die Laien indifferent und
teilnahmlos. Die kleine mutige Schaar der Altkatoliken ist, froh, der
wälschen Gefahr entronnen, in ganz anderer Richtung angaschirt.
Die Regierungen wollen nur um Gottes-Willen Frieden; und lassen
selbst die Jesuiten herein, wenn sie damit den Frieden mit Rom
erkaufen können. — Was Verwälschung des teutschen Gewissens heißt, sehen wir in Sitten und Gebräuchen in Tyrol, sehen
wir in Bayern, den Rhein hinauf und anderwärts. Und die ethische
Forderung dieses katolischen Gewissens lautet auf den ultramontanen

---

[1]) Preßensé, a. a. O. p. 26.

Versammlungen und in den Instituzionen der Jesuiten: Du mußt den Papst höher stellen, als Dein teutsches Vaterland!

24) Für den teutschen Katoliken, der sein Vaterland höher stellt, als einen italienischen Kardinal, giebt es nur Eines: Los von Rom und teutsche Messe. — Aber die Bewegung muß vom Volk ausgehen. Denn die Oberen sind schon seit 20 Jahren gebunden und gefesselt. — Wir haben im Folgenden einige Kapitel der römisch-katolischen Lehre von diesem Standpunkt aus beleuchtet; nicht als Katolik, nicht als Protestant, sondern als Teutscher. Und nicht vom Standpunkte einer besseren oder schlechteren transszendentalen Anschauung; sondern vom Standpunkte einer drohenden sinnlich-religiösen Vergiftung des teutschen Gemüts. — Wir beginnen mit der großen, schlüpfrigen Göttin der Päpste, mit der Jungfrau Maria.

Maria.

„Groß ist die Diana der Epheser!“
Apostelgesch. 19, 34.

»Evviva la Madonna!«
Lebehochrufe der Italiener.

25) Keine christliche Göttin — die Drei=Einigkeit nicht aus=
geschlossen — hat eine so rasche und glänzende Siegeslaufbahn ge=
nommen wie die Maria. — Was habt Ihr, Papisten, nicht alles
aus dieser simplen Jüdin gemacht? An ihr herumgezerrt, sie geputzt,
geziert, behangen, parfümirt, bis aus ihr die große Herrscherin im
Himmel, die nicht zu umgehende Mittlerin, der große Unterrock der
katolischen Kirche wurde, unter dem Euch so wohl ist?! Eure Re=
ligion ist eine Unterrocks=Religion! —

26) Die Geschichte begann auf dem Konzil in Ephesus im
Jahr 431. Dieses nannte sie „Gottesgebärerin“, während der
Patriarch von Konstantinopel, Nestorius, ein kluger und beson=
nener Mann, sie „Menschengebärerin“, im besten Fall „Christus=
gebärerin“ nennen wollte. In der Religion geht es wie im Wahn=
sinn: der Tollste hat Recht. Der Vernünftige muß unterliegen. Es
handelt sich nur darum, glücklich den Instinkt der Masse vorherzu=
riechen. „Gottesgebärerin“ ward die Jüdin auf diesem Konzil. Und
gleich hier schloß sich der hübsche, hierarchische Zug an, daß sofort
erklärt wurde: „Wenn Einer Maria nicht als Gottesgebärerin an=
nimmt, der ist getrennt von der Gottheit.“ [1] Es ist dasselbe Schema,
welches auch später beibehalten blieb, und bis heute, in den Dogmen=
Erklärungen von 1854 und 1870 deutlich erkennbar.

---

[1] Ein Ausspruch Gregor's von Nazianz, siehe: Lehner, F. A.,
Die Marienverehrung in den ersten Jahrhunderten. 2. Aufl. Stuttgart
1886. p. 76.

27) Und nun giebt es bald keine Grenzen mehr. „Unbefleckte Taube" wird sie jetzt genannt, „Kleinod der Welt", „unauslöschliche Lampe", „Gefäß des Unerfaßlichen", „wegen welcher die Engel Reigen tanzen, die Erzengel aufspringen, furchtbare Hymnen austönend", „der Festplatz des Erlösungsvertrags", „das Brautgemach", „die einzige Brücke Gottes zu den Menschen", „der fruchtbare Webstuhl der Heilsveranstaltung, auf welchem auf unsagbare Weise das Kleid der Vereinigung gewoben wurde, dessen Weber der heilige Geist, die Spinnerin die überschattende Kraft, die Wolle das alte Vließ des Adam, der Einschlag das unbefleckte Fleisch der Jungfrau, die Weberlade die Gnade des Boten Gabriel." [1] — Wir befinden uns im Orient. Freilich! Aber die katolische Kirche befand sich stets im Orient. Ihre schwülstigen Gebärakte und brünstigen Sinnlichkeiten, mit denen sie die einfachen Christus=Lehren ausstaffirten, sind Alles orientalische Arbeit. Orientalen waren ihre Liguori, ihre Sanchez, ihre Escobar, ihre Perrone, Malou und Pius IX. Treffliche Leute für ihre Kreise, für ihre Religion, für ihre Völker, die Wälschen. Aber nicht für uns Teutsche. Seit Jahrhunderten wehren wir uns gegen diese wollüstigen Lehren, die in Italien fabrizirt werden. Besonders gegen die Schlüpfrigkeiten im Marien=Kultus. Unser nordischer Sinn ist zu einfach und zu empfindlich für diese Sorte Religion. Und die Päpste wollen nicht begreifen, daß wir diesem pornografischen Kultus keinen Geschmack abgewinnen können. So wenig wir begreifen, daß man in den Händen fast jedes wälschen Priesters laszive Fotografien findet. [2] Eines Tages werden sie es aber begreifen müssen. Die Absonderungen der Nazionen werden auch auf diesem Gebiet reinliche Scheidung vornehmen müssen. Und so wenig wir uns arabische Erzählungen für das Niebelungenlied, so wenig werden wir uns wollüstige Marien=Dogmas statt der einfachen Christus=Lehre vorsetzen lassen.

28) Was sind aber die Gottes=Gebär=Studien auf dem Epheser Konzil für Spielereien gegen die Leistungen der Späteren auf diesem

---

[1] Lehner, a. a. O. p. 215 und 219.

[2] Die Teutschen, die den Feldzug 1870 mitmachten, wissen davon Einiges zu erzählen.

Gebiet! Sechsundvierzig Epitheta, Eigenschaftswörter und Substantiva, Kosewörter und Schmeichelnamen, die zum Theil aus einem Chambre separée hergenommen zu sein scheinen, hat die ‚Lauretanische Litanei‘, eine Anrufungsformel Maria's aus dem 14. Jahrhundert, mit deren Gebrauch gewaltige Sünden=Ablässe durch Papst Sixtus V. verknüpft sind. Nach jedem Epitheon oder Schmeichelwort ein schaarenweises „Bitt' für uns!“. Da das Beten in der katolischen Kirche der Zahl nach geht, so wollen wir's auch zählen: Sechsundvierzig Kosenamen von ‚Heilige Gottesgebärerin‘ bis ‚Königin ohne Makel‘ und eben=soviele ‚Bitt' für uns!‘ macht 92; vor Anrufung der Maria als Einleitung das Aussprechen der Namen der Drei=Einigkeit macht 95; hinter jeder göttlicher Person noch ein ‚Erbarm Dich unser!‘ macht 98; und hinter jedem ‚Erbarm Dich unser‘ noch ein ‚Erhöre uns!‘ macht gerade 101. [1]) Hundert und Eins Exklamazionen, um zur Maria zu beten! — Ihr geht sicher, wie jene bahrischen Kanoniere, die beauftragt, 100 Kanonenschüsse zu lösen, beim hundertsten nicht mehr wußten, ob sie 100 oder nur 99 hatten, und zu aller Sicher=heit einen hunderteinten löften.

29) Die ‚Litaney zur wunderthätigen Mutter Gottes Maria von Einsiedeln‘ hat sogar 252 Anrufungen und Schmeichelwörter von ‚Jungfrau aller Schönheit und Reinigkeit‘ bis ‚Liebhaberin aller Sünder‘. Wie viel Pfund Sünden=Nachlaß hiermit verknüpft, konnte ich leider nicht erfahren. [2])

30) Zählt man nur die Lauretanische Litanei, die von Ein=siedeln, und die Beinamen, die ihr der heil. Cyrillus gegeben, zusmmen, so erhält man an die 500 Epitheta. Ich bitte Dich, lieber Leser, wir haben angeblich eine monotheistische Religion und glauben an einen einzigen Gott; und ein Mitglied der römisch=italienischen Götterfamilie hat allein 500 Eigenschaftswörter und Thätigkeiten. Erwägt, mehr hatten die Chinesischen Götter und die Gottheiten der Brahminen auch nicht; diese hatten aber meist 6 Köpfe, 6 Hände und 12 Füße!

---

[1]) Reichenbach, A., Die Religionen der Völker. München 1885. p. 267.

[2]) Das Schaltjahr, welches ist der teutsch Kalender. Durch J. Scheible. Stuttgart 1847. Bd. V. p. 593—597.

31) Höre ich stundenlang und chiliadenweise die folgende un=
artikulirte Weise, ritmisch, nicht dem Sinn, sondern der Bequemlich=
keit nach, von teutschen Frauen betont: „Gägrüßt saist du Maria,
du best voller Gnaden, der Härr ist mit dir, du best genebaiet
unter den Waibern, und genebaiet ist die Frucht daines Laibes,
Jäsus Christus, Amen. Hailige Maria, Mutter Gottes, bett'
für uns arme Sünder, jätzt und in där Stunde des Abstärbens,
Amen." — so wendet sich in mir das Geblüt, und ich schaudere
über den Einfluß, welcher aus braven Menschen solche Puppen und
Pagoden machen konnte.

32) „Item, wo willt du die greulichen Abgöttereien tragen,
da sie nicht genug dran gehabt, die Heiligen zu ehren und Gott in
ihnen loben, sondern eitel Götter draus gemacht haben, und die
Mutter Maria an Christus Statt gesetzt, und den elenden Gewissen
einen Thrannen furgebildet, daß alle Zuversicht und Trost von Christo
genommen, und auf Maria gewendet ist. Kann dieß jemand leugnen,
Ist's nicht wahr? Sind nicht, sonderlich der schäbichten Barfüßer
und Predigermünch Bücher vorhanden, solcher Abgötterei durchaus
voll, als, die Marialia, Stellaria, Rosaria, Coronaria, und ganz
eitel Diabolaria und Satanaria?" [1]

33) Diese einfache Jüdin, die wie jede andere in Schmerzen
ihr Kind geboren hat, habt Ihr mit dem Rosenöl Eurer extravaganten
orientalischen Fantasie übergossen, und uns im Norden so unerträg=
lich gemacht. Denn wir verachten penetrante Gerüche. Dieses Weib,
welches Ihr wie eine Budoir=Königin geschminkt, geziert und behängt
habt, stieg zuletzt in Eurer wahnsinnigen, von sexuellen Beimischungen
nicht freien, Verehrung bis über Gottes Tron hinaus, wurde ,Mittel=
punkt des Weltalls', Mittelpunkt Eurer Verehrung, und Mittelpunkt
der christlichen Religion. Wären Papst und Pfaffen, wie einmal
vorgeschlagen, vor Beginn ihrer Amtsthätigkeit in Konsequenz ihrer
Gelübde kastrirt worden, es wäre nicht soweit gekommen: Eine simple
Jüdin an Stelle der unvergleichlichen Figur eines Christus getreten,
eine Arbeiterfrau an Stelle des Lehrers der Menschheit, und als

---

[1] Luther, Warnung an seine liebe Teutschen. 1531. Sämmtliche
Schriften. Erlangen 1830. Bd. 25. p. 41.

‚Erlöserin‘, als ‚Sündenvergeberin‘, die Euch ‚von ihrem Fleisch zu essen‘, ‚aus ihren Brüsten zu saugen‘ giebt, — das ist das Resultat Eurer Jahrhunderte langen schmutzigen Arbeit, Papisten!

34) Ich hätte Nichts dagegen, wenn Ihr die Jüdin außer zum ‚Mittelpunkt der Erde‘, zur ‚Ergänzung der Drei-Einigkeit‘, zur ‚Mit-Erlöserin‘, und was Ihr ihr sonst noch angedichtet habt, definitiv zur Haupt-Gottheit des Christentums erhebt, wie es jetzt im Zuge ist, so daß sie die Sünden vergiebt und uns den Himmel aufmacht, — wenn sie nur annähernd das durchgemacht hätte, was der große Lehrer und Märtirer Christus für die Menschheit, wirklich durchgemacht hat; wenn sie also, wie er, Worte der Liebe und des Mitleids gesprochen hätte, und dafür geschmähet, gegeißelt und ge= kreuzigt worden wäre. Statt dessen hat sie nur — geboren. Das haben die meisten übrigen Weiber auch. Ein Verdienst, recht groß, aber nicht groß genug, um zur Universalgöttin erhoben zu werden.

35) Wie die Sache jetzt liegt, habt Ihr sie zur göttlichen Puppe gemacht, mit Gold und Firlefanz behängt, ihr ein Lächeln angelogen, Schwerter und Schmerzen angedichtet, und sie mitsammt ihren Schmerzen so verzuckert, daß das Gericht, außer für wälsche Weiber, gar nicht mehr zu genießen ist.

36) In der großen italienischen Götter-Familie Gott-Vater, Gott-Sohn, der heilige Geist, Maria, die heilige Anna und der Papst, sieht man sofort aus der Summe der Beinamen, aus den nach allen Seiten hin sich erstreckenden Beziehungen, wer eigentlich der Mittelpunkt des Systems, von welcher Richtung die meisten Strahlen ausgehen. Nur mit Grauen zitiren wir die folgenden Ehrentitel, die auf die merkwürdigen polytheistischen und inzestuösen Beziehungen dieser italienischen Familie ein sattsames Licht werfen: Die heilige Anna ist ‚Großmutter Gottes‘ [1]), ‚Mutter der Maria‘, ‚Schwiegermutter des heil. Geistes‘ [2]). — Maria ‚Tochter Gott Vaters‘ [3]), ‚Tochter der heiligen Anna‘, ‚Gemahlin Gott Vaters‘ [4]),

---

[1]) Thomas de St. Cyrillo, De laudibus Divae Annae 1667.
[2]) Thomas de St. Cyrillo, a. a. O.
[3]) Malou, L'immaculée conception Bruxelles 1857. t. II. pag. 180, 182.
[4]) Malou, a. a. O. t. II. p. 177 ff.

Panizza, Teutscher Michel.   2

‚Tochter der Dreieinigkeit‘ [1]), ‚Mutter des Sohnes‘, ‚Schwester des heil. Geistes‘ [2]), ‚Braut des heil. Geistes‘ [3]), ‚Gemahlin des heiligen Geistes‘ [4]), ‚Vertraute der Drei=Einigkeit‘ [5]), ‚Vertraute des heiligen Geistes‘ [6]), ‚Monstranz der Drei=Einigkeit‘ [7]), ‚substaniell mit der Trinität vereinigt‘ [8]), ‚die vierte Person der Drei=Einigkeit‘. [9]) — Gott=Vater ‚Vater des Sohnes‘, ‚Vater der Maria‘, ‚Gemahl der Maria‘. — Christus kommt mit zwei Epitheta weg: ‚Sohn Gottes‘, ‚Sohn der Maria‘. — Der Papst ‚Stellvertreter Christi‘, ‚Gott auf Erden‘ (deus in Terris). [10]) ‚Vize=Gott‘, ‚kennt die Mysterien Gottes‘ [11]), ‚bespricht sich familiär mit Christus‘ [12]), ‚öffnet den Himmel‘ [13]), ist der Sohn Gottes‘ [14]), ‚auf Erden allgegenwärtig‘ [15]). — Wir meinen, ‚die Teutschen sollten mit diesem Rattenkönig von Verwandtschaften (die an das schreckliche Zusammenleben gewisser italienischer Familien erinnern) nichts zu thun haben, und Hände und Gewissen rein er= halten.

37) Wer in diesem göttlichen Bilderkreis die eigentliche Göttin ist, darüber kann wohl kein Zweifel bestehen. Und bald sorgten Spekulazion, Sinnlichkeit, Phantasie und zölibattsches Denken dafür, ihr aus der katolischen Kirche ein bequemes Bett zu zimmern: Die schönsten Kirchen wurden ihr gebaut, die Hauptaltäre ihr geweiht,

---

[1]) Nicolas, A., Die Jungfrau Maria und der göttliche Plan. A. d. Franzöf. Regensburg 1856. I. p. 319.

[2]) Marianische Litanei. Reichenbach, A., Die Religionen der Völker. München 1885. IV. p. 267.

[3]) Liguori, A., Die Herrlichkeiten Mariens. Regensbnrg 1860. II. 164.

[4]) Nicolas, a. a. O. I. 343.

[5]) Nicolas, a. a. O. I. 320.

[6]) Guillou, Mois de Marie. Paris 1869. p. 60.

[7]) Nicolas, a. a. O. I. 359.

[8]) Malou, a. a. O. t. II. p. 170, 173.

[9]) Malou, a. a. O. t. II. p. 175.

[10]) Baldus, Päpstlicher Jurist. 1327 — 1400.

[11]) Stap, Etudes sur le dogme de l'immaculée conception. p. 101 bis 104.

[12]) Stap, a. a. O.

[13]) Stap, a. a. O.

[14]) Veuillot, Rome pendant le Concil. Paris 1872. Vol. II. p. 468.

[15]) De Maistre, J., Du Pape. Paris 1884. p. 52.

ihre Statue überall vorne hin gestellt, und eine eigene Gebetsformel und ein eigenes Gebets=Werkzeug für sie erfunden, der Rosenkranz. Ein Weib begnügt sich nicht mit der stillen Verehrung ihrer An= beter; es mußte viel, fortwährend und laut gebetet werden; 150 Ave= Maria's enthält ihr Gebets=Werkzeug; und jedes Ave bringt nach der Verordnung Benedict's XIII. hundert Tage Ablaß. [1] Das war eine lustige, bequeme, süße und sinnliche Religion.

38) „Was soll man dann allhie sagen von dem großen ge= schmück in den Kirchen, der von gold, sylber, perlin, edelgestein und allerley geschmeyd zusammen gebettelt ist? von den köstlichen gemälts darinnen, von bildung und tafeln, die unaussprächlich vil gekost haben. In dem Allem ich gar kein Andacht spür, kann auch nit dencken, wie etwas guts von sollichem gezier kommen müg. Denn keine bulerin mag sich üppigklicher oder unschamhafftigklicher becleiden oder zieren, dann sie yetzund die mutter gottes, sanct Barbaram, Katha= rinam und andere heiligen formiren." [2]

39) Ritterorden werden zu ihrer Ehre gestiftet; Erzbruder= schaften gegründet, die sich nur mit ihrer Person und der Rosen= kranz=Arbeit beschäftigen; sie besiegt die Sarazenen in Palästina, die Mauren in Portugal; baut die Kirche zu Chartres; heilt alle Kranke, Lahme, Taubstumme; ihr Wohnhaus wird von Engeln aus Palästina nach Loretto in Italien getragen, und dort der Anlaß zum Zu= sammenströmen großer Geldsummen; der heilige Franziskus gründet ihr zu Ehren den sogenannten Portiunkula=Ablaß, der erste Fall des Sündenvergebens durch sie, an einem bestimmten Ort und gegen Bezahlung; sie macht unfruchtbare Weiber fruchtbar; der Ritter, der zu ihr hält, gewinnt die Schlacht und die Geliebte; einzelne Orden, wie die Franziskaner, ergeben sich ganz ihrem Dienst; andere Orden, wie den Jesuiten=Orden, gründet sie; Urban IV. stiftet den Orden der ‚Miliz der Jungfrau'; drei italienische Edelleute den Orden der ‚Miliz der unbefleckten Empfängniß'; andere Orden, die sich ihren

---

[1] Liguori, A. von, Die Herrlichkeiten Mariens. Regensburg 1860. II. p. 17.

[2] „Neüw Karsthans, Gesprechbüchlin" 1522. Ulrich's von Hutten Schriften. Hrsg. von Böcking. Leipzig 1862. Bd. IV. p. 668.

Dogmen oder ihrer göttlichen Verehrung entgegenstellen, wie die Dominikaner, verfolgt sie mit heftigem Zorn; sie besiegt die Engländer gegen die Franzosen; hunderte ihrer Bilder wirken auf wunderthätige Weise, verdrehen die Augen, oder schwitzen Blut; sie erscheint in zahllosen Visionen, unterhält mit einzelnen Heiligen und Asketen familiären Verkehr, wird im ganzen Abendland auf Bäumen, Wiesen, bei Quellen, in der Luft sichtbar; Mann, Weib und Kind tragen ihre Medaille; und diese Medaille heilt die schwersten Krankheiten wie Aussatz, Pest, Hundswut und — Protestantismus; [1] die Sorbonne in Paris kreïrt Niemanden zum Doktor, der nicht vorher einen Revers zu Gunsten ihrer unbefleckten Empfängniß unterzeichnet hat, [2] und noch heute hängt in einem teutschen Fürstenhause von dem Glauben daran die Tronfolge ab.

40) Kaum aber hattet Ihr Eure Göttin spekulativ sicher gestellt, und ihr als ‚Mittlerin zwischen Gott und Menschen‘ die Stelle Christi in den Herzen Eurer Anhänger angewiesen, so stürzte sich die Compagnie Jesu, diese Maulwürfe in der katolischen Kirche, auf den jungfräulichen Leib ihrer Auserwählten und durchschnüffelten, durchbohrten, durchsaugten und durchrochen ihn, wie Ratten ihr Kellernest, bis jede Faser von ihr dogmatisch=sensualistisch verwerthet war. Den ganzen Leib der Maria habt Ihr, wie Anatomen die Leiche zur descriptiven Erklärung, in Regionen eingetheilt, und bis auf die vulva keine vergessen; und jede derselben besonderer Verehrung überwiesen; mit ihren Secreten schlüpfrig=symbolischen Unfug getrieben, und das Alles als ‚Offenbarungen Gottes‘ der staunenden Welt verkündigt. Solcher Dreck paßte für die geilen Wälschen, die auch die Religion nicht ohne haut-goût genießen können; es war aber kein Gericht für die gesunden biderben Teutschen.

41) Schon bei dem Mönch Damiani im 11. Jahrhundert, dem zelotischen Helfershelfer von fünf Päpsten, finden wir die deutliche Absicht der katolischen Kirche, durch brutalste Vorführung der Ge=

---

[1] Geschichtlicher Bericht über den Ursprung und die Wirkungen der neuen Wirkungen der neuen Medaille. Münster 1839. p. 28 ff.

[2] Preuß, E., Die römische Lehre von der unbefleckten Empfängniß. Berlin 1865. p. 44.

ſchlechtsvorgänge bei der Geburt das Intereſſe der Gläubigen für
die Maria zu erwecken. So ſagt er u. A.: „Gott ſelbſt ſei durch
die Schönheit der Maria in ſinnlicher Liebe zu ihr entbrannt, und
ſolcherweiſe die Befruchtung der Maria zu Stand gekommen; ſie
fühlte den in ihre Eingeweide hineingefallenen Gott und deſſen in
der Enge des jungfräulichen Bauches eingeſchloſſene Majeſtät." [1] —

42) Der Dominikaner Alanus de Rupe erzählt „eines Tages
ſei die Jungfrau Maria in ſeine Zelle gekommen, habe aus ihren
Haaren einen Fingerring geflochten und ſich mit demſelben ihm ver=
lobt; ſich auch von ihm küſſen laſſen, und ihre Brüſte ihm zum Be=
rühren und daran zu Saugen hingereicht; nicht anders, als wie es
zwiſchen Braut und Bräutigam geſchieht." [2]

43) Und der Jeſuit Turranius Caniſius im 15. Jahr=
hundert zeigte ſogar Briefe, die er von der Maria erhalten haben
wollte. [3]

44) „In verklärter und himmliſcher Schönheit — ſagt der
Seminarprofeſſor Oswald — müſſen wir uns das Fleiſch der Maria
ſtrahlend denken." [4] — Ich ſchätze, er meint das ſpirituale Fleiſch.
— Oder das reale? —

45) Der Dominikaner=General Cajetan berichtet zu Anfang
des 16. Jahrhunderts, in Rom werde gelehrt, „Maria habe ihren
göttlichen Sohn aus drei Tropfen ihres Herzblutes und in der Herz=
gegend empfangen." [5] — Und Oswald lehrt gar, daß Maria mit
einem Tropfen ihrer Milch die Flammen des Fegefeuers auslöſchen
könne. [6]

---

[1] Damiani, Sermo XI. de Annuntiatione B. V. Mariae. Opuscula,
Lyon 1623. p. 171.

[2] »Virgo Maria quadam die cellulam Alani istius in gressa, quae
annulum ex suis capillis ei texuerit, ei se per annulum illum despon-
derit, osculandam se papillasque tractandas et sugendas praebuerit, non
minus familiariter quam sponso sponsa«. Alanus de Rupe, Compend.
Psalterii Mariani et de Mirac. Rozarii. Colon. 1624.

[3] Huber, J., Der Jeſuitenorden nach ſeiner Verfaſſung und Doctrin.
Berlin 1873. p. 317.

[4] Dogmatiſche Mariologie. Paderborn 1850. p. 45.

[5] bei Oswald, Dogmatiſche Mariologie. p. 110.

[6] Oswald, a. a. O. p. 183.

46) Gerson, der große Redner auf dem Konzil zu Konstanz, will wissen, ‚daß an dem Tage, an dem Maria in den Himmel aufgenommen ward, das Fegefeuer geleert wurde.‘ [1]) — Und Johann XXII. im 14. Jahrhundert erhielt von Maria das Versprechen und den Befehl, bekannt zu machen, daß alle ihre Verehrer, die das Scapulier tragen (eine Art Schulterbinde), den folgenden Samstag nach ihrem Tode aus dem Fegfeuer befreit würden. Johann gab darüber eine Bulle heraus, die von fünf weiteren Päpsten ausdrücklich bestätigt wurde. [2])

47) Der heilige Ambrosius meint, Maria habe die Himmelsschlüssel in Verwahrung, und sie sei es, die die Himmelspforte aufthue; [3]) womit es dann stimmt, wenn der heilige Amselmus behauptet: wir erhielten die Gnaden schneller, wenn wir uns direct an Maria wendeten, als wenn wir zu Christo unsere Zuflucht nähmen. [4]) — Und der heilige Bernhard sagt: Maria biete ihren Verehrern Milch und Wolle an; Milch, um sie zum Vertrauen zu ermuntern, Wolle, um sie vor den Blitzen der göttlichen Gerechtigkeiten sicher zu stellen. [5])

48) Was ist aber das Alles gegen die Leistungen der Jesuiten: Einer dieser Schlecker lehrte: Maria gebe den mit dem Teufel Ringenden von dem süßen Inhalt ihrer Brüfte zu kosten: »subinde etiam de suis sanctissimis mammis gustandam dulcetudinem praebens.« [6])

49) In München wurden von den Jesuiten 1559 in der Michaeliskirche „allerley Haarbüschel“ der Maria, ihr Schleier und ein Stück ihres Kammes gezeigt, und eigene Andachten für diese Gegenstände eingerichtet. [7]) — ‚Praecellens Uterus‘ — ‚Ausge-

---

[1]) Liguori, A. von, Die Herrlichkeiten Mariens. Regensburg 1860. p. 217.

[2]) Liguori, a. a. O. I. p. 218.

[3]) Liguori, a. a. O. I. p. 223.

[4]) Liguori, a. a. O. II. p. 144.

[5]) Liguori, a. a. O. I. p. 37.

[6]) Histor. Soc. Jesu. Colon 1621. V. 1. nr. 58 und 59.

[7]) A. von Bucher’s sämmtliche Werke. Hrsg. von J. von Kleßing. München 1819. I. p. 218. Ein bei dieser Gelegenheit von den Jesuiten eingeführtes und gesungenes Lied zu Ehren dieser „Haarbüschel“ ist so zweideutig, daß es hier nicht mitgetheilt werden kann.

zeichnete Gebärmutter' — beginnt der Jesuit Pontan einen Triumf=
gesang auf die verschiedenen Körpertheile der Maria unter Hervor=
suchung solcher, die mit dem Geschlechtsleben zu thun haben; ein
Poëm, das, auch nur lateinisch, hier mitzutheilen, zu bespectierlich sein
dürfte. [1]

50) Der Jesuit J. E. Nieremberg stellte 1645 auf, „der
Unterleib Marias sei das Gemach, worin sich die drei Personen der
Gottheit versammeln, um sich zu berathen über die Erwählung der
Menschen zur Seligkeit." [2] — Der Jesuitenpater J. Pemble in
München verlangte in einem 1764 erschienenen Mariengebetbuch
»Pietas quotidiana erga S. D. Matrem Mariam« u. a. „sich an
die Brüste Mariä zu legen, und so viel Gnade daraus zu saugen,
als möglich ist"; „so oft man die Maria nennt, zu sagen: Du bist
meine Frau!"; „Alles Mögliche zu versuchen, die Schmerzen der
schmerzhaften Mutter zu empfinden." [3] — Und derselbe Pater schrieb
in einer Fortsetzung seiner »Pietas quotidiana«: „Maria ist die
Kellnerin der ganzen heiligen Dreyfaltigkeit — Maria est cellaria
totius Trinitatis — denn sie bringt Jedem zu von dem Weine des
heiligen Geistes — quae propinat, cuivult, de vino Sancti Spiri-
tus.« [4]

51) Wir schreiben das Jahr 1764. Während Solches in
München als höchste Leistung katolischer Frömmigkeit und jesuitischer
Fingerfertigkeit produzirt wurde, dichtete Klopstock als Ausdruck

---

[1] A. v. Bucher, Die Jesuiten in Bayern. München 1819. Bd. II.
p. 479.

[2] Nieremberg, De affectu et amore erga Mariam Virginem Matrem
Jesu. Antw. 1645.

[3] A. v. Bucher, a. a. O. Bd. I. p. 146—147.

[4] A. v. Bucher, a. a. O. Bd. I. p. 149. Dieser Bucher war kato=
lischer Geistlicher (1746—1817). In München wurde er wegen eines Vor=
trags, in dem er die bürgerliche Berufswahl gegenüber der geistlichen pries,
von einem Jesuiten Gruber beim Kurfürsten Maximilian denunzirt. Der Kur=
fürst, der sich den Fall vorlegen ließ, beförderte aber sogleich den jungen Hilfs=
priester Bucher auf die ‚ansehnliche' Pfarrei Engelsbrechtmünster bei Regens=
burg, um die er petitionirt hatte, wo er fast sein ganzes Leben lang blieb,
und die Auswüchse der römischen Kirche und des Jesuitismus mit einer
Kühnheit und Freiheit schilderte, die ohne Gleichen ist.

tiefster Verinnerlichung protestantischer Frömmigkeit hoch im Norden an seinem „Messias". So hatte sich damals Teutsch und Katolisch geschieden. Ich frage Dich Leser, auf welcher Seite war damals der teutsche Geist? Und wenn die Antwort hierauf nicht zweifelhaft sein kann, so frage ich weiter: Kann jemals Teutsch und Katolisch in alle Zukunft sich decken?

52) Doch wir müssen im Dreck, d. h. in der katolischen Mario= logie, weiterfahren. Etwa um die gleiche Zeit, etwas vorher, läßt sich der Jesuit S u a r e z in eine langwierige Untersuchung ein, ob Maria Christus mit oder ohne Nachgeburt auf die Welt gebracht habe; und entscheidet sich für letzteres. [1]

53) Unter jesuitischer Anleitung — erzählt uns B u c h e r, — verlobten sich Jünglinge der Maria zu ewiger Keuschheit und schrieben diesen Keuschheitsbund am Altar mit ihrem eigenen Blut nieder, und übergaben ihn dem Magister. [2]

54) Jesuiten wie E s c o b a r widmeten ihre „Moral=Theo= logien", voll der schmutzigsten Untersuchungen und laxesten Sittlich= keits=Theorien, der Jungfrau Maria, von der sie behaupteten, daß sie ihren Mantel ausdrücklich um alle Ordensmitglieder geschlungen habe, und daß sie keinen Jesuiten, der im Orden sterbe, werde ver= dammen lassen. [3]

55) Der bairische Jesuit Wilhelm G u m p p e n b e r g kannte schon im Jahre 1673 nicht weniger als 1200 wundertätige Marienbilder, die er sämmtlich beschreibt. Sein Werk »Atlas Marianus« betitelt er so, damit Jedermann erfahre, daß Maria der Atlas der Welt sei, und er erbittet sich dafür keinen andern Lohn, als „von ihr ganz voll, ganz in ihr, zu leben." [4] — Und Hippolyt M a r a c c i, um 1650, weiß in seiner »Bibliotheca Mariana« bereits mehr als 300 Jesuiten zu nennen, welche in besonderen Schriften den Marien= kult empfohlen haben. [5]

---

[1] Suarez, Theol. Summa. Col. 1732. II. 305 sq.
[2] A. v. Bucher's sämmtliche Werke. Bd. I. p. 112.
[3] Huber, J. Jesuiten=Orden. Berlin 1873. p. 316 und 326.
[4] Huber, a. a. O. p. 326.
[5] Huber, a. a. O. p. 326.

56) Ende des vorigen Jahrhunderts mußte sogar der junge Theologie=Student Josef Nickel in Ulm seinen Kopf lassen, weil er behauptet hatte, die Jungfrau Maria habe mit den Wunderkuren des damaligen Hypnotisörs und Teufelsbanners Gaßner nichts zu thun. [1])

57) Im 17. Jahrhundert erschien eine Schrift „Heilsame Rat= schläge der seligsten Jungfrau an ihre unüberlegten Verehrer." Sie erschien in dem witzigen Köln; und war von Adam Widelketz, einem Juristen verfaßt. Die Jungfrau weist darin die unsauberen und schwülstigen Anreden, die Verzückungen, Verhimmelungen und krampf= haften Opfer, die man ihr erweist, zurück. Die Schrift erschien zuerst lateinisch, wurde in's Französische übersetzt, und erschien zu Anfang unseres Jahrhunderts nochmals französisch. Aber ohne Erfolg. Es ward weiter verhimmelt und weiter verzückt. Inzwischen wurde Maria unter womöglich noch tieferem Eindringen in ihre Sexualität als in der Vergangenheit „unbefleckt" von ihrer Mutter Anna empfangen erkannt. — Seitdem schweigt die Dame.

58) Mit diesen seit den Tagen des heiligen Bernhard, also seit fast einem Jahrtausend, fortgesetzten Untersuchungen über die unbefleckte Empfängniß der Maria — wie es herging, als sie männerlos empfieng, und wie es herging, als sie ohne männliche Be= fleckung empfangen wurde, — habt Ihr, Papisten, Eurer Versinnlichung und Befleckung des Heiligsten die Krone aufgesetzt, die Männer zum Lachen, die Weiber zum Kitzeln gebracht, so daß die katolische Kirche z. B. wirklich eh'r einem Gebärhaus, als einer Verehrungsstätte des höchsten Gottes gleicht.

59) Ohne einen gynäkologischen Kursus durchgemacht zu haben, dürfte es für einen Professor der Dogmatik in einem Priesterseminar heute kaum mehr möglich sein in besagter Materie das Wort zu er= greifen. Bände werden darüber verschmiert: ob die Erzeugung der Maria durch ihre Eltern Anna und Joachim mit oder ohne Wollust= Empfindung (libido) einhergegangen sei. [2]) Und Maria d' Agreda bestätigt in ihrer ‚Biografie‘ der Mutter Gottes, die diese ihr selbst

---

[1]) Solger, H., Zur Erinnerung an Schubart. „Gesellschaft" 1891. X. p. 1400.

[2]) Oswald, Dogmatische Mariologie. Paderborn 1850. p. 17.

in die Feder diktirt habe: ‚die heilige Anna und der heilige Joachim hätten keine sexuelle Lust empfunden, der Erzengel Gabriel habe ihre, der Maria, unbefleckte Empfängniß ihrer Mutter, der heiligen Anna, vorher angezeigt; sie habe dann an einem Sonntag stattgefunden, und Anna und Joachim hätten sozusagen auf Befehl des Engels gehandelt.' [1]

60) Bei Maria selbst, sagt Oswald, muß unterschieden werden: Maria als Mensch, und Maria als Weib; als Weib war Maria fleckenlos; als Mensch mit Sünden behaftet. [2] — Ferner: Die Sündlosigkeit der Seele, wie sie die Taufe bringt, sagt Oswald, muß genau unterschieden werden von dem fomes peccati, der Begierlichkeit, die im Fleisch steckt; nur um die erstere handelt es sich bei der unbefleckten Empfängniß Mariä; von letzterer war sie zwar auch frei; aber unterschieden müssen beide doch werden. [3] — Genau muß schließlich unterschieden werden zwischen libido, der rein fleischlichen Sinnlichkeit, dem sexuellen Verlangen, und gula, das nur auf Erzeugung von Nachkommenschaft hinzielende Begehren. Die erstere hatte Maria überhaupt nicht; die zweite wohl; sie wurde aber eliminirt; hatte sie also auch nicht. Trotzdem müssen beide unterschieden werden. [4]

61) Nun bei den Herrn Geistlichen ist es jedenfalls umgekehrt: bei ihrem Verkehr mit ihren Beichtkindern (s. u. „Zölibat") sind sie jedenfalls von gula, der Absicht auf Nachkommenschaft, frei; während die libido — ich schätze — vorhanden ist; die Unterscheidung beider Begriffe ist lobenswert; leider entspricht der Effekt nicht immer der Intenzion; und bei ausdrücklich mangelnder gula findet doch geistliche Nachkommenschaft statt; ein dogmatisches Rätsel, dessen Schwierigkeiten ich dem Spürsinn der theologischen Herrn in Paderborn empfehle.

62) „Die marianische Virginität — versichert Oswald — ist qualitativ verschieden von jeder andern, auch der reinsten und lau-

---

[1] La soeur Marie d'Agréda et Philipp IV. roi d'Espagne, correspondance inédite traduite de l'Espagnol par A. Germond De Lavigne. Paris 1855. p. VIII.

[2] Respekt!

[3] Oswald, a. a. O. p. 19.

[4] Oswald, a. a. O. p. 43—44.

terſten Menſchen beiberlei Geſchlechts; ſie iſt eine durchaus ſingu=
läre." [1] — Wie meinen Sie das, ſehr geehrter Herr?

63) Fünf enggedruckte Seiten braucht der Paberborner Herr,
um den Moment der Inkarnation zu beſchreiben. Wir erfahren
hier, daß in dem Moment, in dem Maria das Wort ‚Es geſchehe'
hauchte (dieſer Hauch iſt bei Oswald mit keulendicken Lettern ge=
druckt) die Befruchtung vollzogen war; nicht vorher, nicht nachher;
„Es iſt geſchehen" — ſchließt er dieſe Stelle mit drei Ausrufe=
zeichen, und fährt dann fort: „Dieſes Wort aus dem Munde der
Jungfrau iſt der Wendepunkt der Weltgeſchichte. — Die Weltſchöpfung
erfolgte mit Rückſicht auf das Ja=Wort Mariens; ſonſt würde Gott
die Erſchaffung des Weltalls zu Anfang der Zeiten zurückgehalten
haben. [2] — Die vier Jahrtauſende vor Chriſtus ſind nur eine
große Vorbereitungszeit, eine Friſt zur Präparation der hoch be=
gnadigten Werkſtatt für das große Geheimniß ihres makelloſen jung=
fräulichen Buſens." [3]

64) Doch wir müſſen weiter in unſerem Gebär=Curſus: Die
‚jungfräuliche Empfängniß' wird weiterhin auf fünf Seiten abge=
handelt: a) Mariens Leib iſt bei der Überſchattung durch den heiligen
Geiſt von außen nicht lädirt worden: „das Siegel der Jungfrau=
ſchaft an ihrem Fleiſch iſt nicht verletzt worden." — b) „wir müſſen
die jungfräuliche Empfängniß als einen Vorgang im Innern des
leiblichen Organismus betrachten"; dabei hören wir die ſtupende
Thatſache, „daß Maria bei der Empfängniß nicht das gemeine, un=
ſaubere Menſtruationsblut verwendete, ſondern ſtatt deſſen das reinſte,
lauterſte Herzblut." [4] — c) „die Überſchattung durch den heiligen

---

[1] Oswald, a. a. O. p. 44—45.

[2] Jetzt möchten wir drei Ausrufungszeichen machen.

[3] Oswald, a. a. O. p. 87—214. Was den letzteren anbelangt, ſo
braucht eine teutſche Jungfrau nicht ſo lange Zeit dazu; was die erſteren, die
vier Jahrtauſende anbelangen, ſo mögen Hannibal und Alexander der Große
ſehen, wie ſie ſich in dieſe Friſt zur Vorbereitung der ‚hochbegnabigten Werk=
ſtatt' mit Anſtand einſchlichten.

[4] Oswald, a. a. O. p. 106—109. — Wir wiſſen nicht, was der
verſtorbene Profeſſor Scanzoni in Würzburg zu dieſer Unterſuchung geſagt
hätte, glauben aber, er hätte uns beigeſtimmt, wenn wir ſagen, die katoliſche
Kirche thäte wahrhaftig beſſer, ſich um den Geiſt der Lehre Chriſti zu küm=
mern, ſtatt um das Menſtruazionsblut der Maria.

Geist gieng ohne jede libidinöse Regung vor sich; aber ein körper=
liches Gefühl hatte Maria doch; eine geistige Ekstase, ein Ver=
schlungensein des Fleisches durch den Geist." [1] — Hm!

65) Nach der ‚Empfängniß‘ die ‚Schwangerschaft‘; sie wird
auf vier Seiten durchgekostet; und wir erfahren: „Die inneren Ge=
fäße ihres heiligen Leibes sind nicht verletzt, zerrissen, gequetscht oder
durchbrochen worden; da nun die jungfräulichen Organe ohne jede
Läsion das Gotteskind fassen konnten, so muß eine Compenetration
(ein gegenseitiges Durchdringen) des Fleisches Christi und des jung=
fräulichen angenommen werden, d. h. daß Beider Leib in derselben
Raumstätte anwesend waren." [2] — Ich begreife nur nicht, warum
der liebe Gott, statt die anatomischen und physiologischen Einrichtungen
des menschlichen Körpers so fürchterlich zu mißhandeln, der Maria nicht
lieber das Christuskind hinten am Kragen oder vorne beim Fürtuch
herausgezogen hat. Ähnlich wie Minerva fix und fertig aus dem Kopf
Jupiters heraussprang. Oder mußte das Alles so geschehen, damit
Professor Oswald in Paderborn 1850 Jahre später diese stupenden
Untersuchungen anstellen konnte? —

66) Nach der ‚Empfängniß‘ die ‚Schwangerschaft‘; nach der
‚Schwangerschaft‘ das ‚Wochenbett‘. Auf 14 weiteren Seiten mit
der Überschrift ‚Das jungfräuliche Puerperium‘ hören wir, daß
Christus beim Durchtritt durch die Geburtswege das hymen der
Maria ebensowenig zerrissen habe, wie der heilige Geist bei der Be=
fruchtung (die bekannte Lehre des uterus clausus der katolischen
Kirche); daß sie keinen Wochenfluß gehabt habe; daß dagegen ihre
Brüste Milch gaben. „Wenigstens" — schließt Oswald diese Stelle
mit dem Bewußtsein eines Lehrers der Menschheit — „würde ich
es für verwegen halten, die Milchbildung in den jungfräulichen
Brüsten zu leugnen, obwohl es ein physisches Attribut der Mutter=
schaft ist." [3]

---

[1] Oswald, a. a. O. p. 110—111.

[2] Oswald, a. a. O. p. 111—114.

[3] Oswald, a. a. O. p. 114—128. Warte nur, frommer Oswald,
auch diese Milch Deiner frommen Denkungsart wird Dir noch getrübt wer=

67) Oswald behauptet ferner, daß wir im Abendmahl außer dem Leib und Blut Christi gleichzeitig das Blut und die Milch Maria's genießen. [1] — So! — Und wann werden wir Herrn Oswald's Fleisch, Blut, Milch — sonst noch 'was? — im Abendmahl genießen? —

68) Nach diesem gynäkologischen Kursus müssen wir uns noch ein wenig die hoch=spekulativen dogmatischen Ansichten eines Malou, eines Nicolas, eines Guillou ansehen. Nicolas sagt, es seien schon 40,000 Bände, meist in folio oder quart, über die Maria ge= schrieben worden; Grund genug, ihr die höchste Verehrung zu Theil werden zu lassen; es sei aber noch nicht genug; es fehle noch immer eine ‚wissenschaftliche' Behandlung des Marien=Kultus. [2] — „Das Christentum ist an die Maria gebunden und stützt sich auf ihr; sie

---

den. Und irgend einer Deiner noch eifrigeren Collegen wird eines Tags, wenn er nichts zu thun hat, auf die Meinung kommen, daß gemeine Mutter= milch unmöglich aus den Brüsten der göttlichen Jungfrau geflossen sein könne; er wird irgend eine ambrosianische Flüssigkeit Gottweißwelcher Provenienz substituiren. Der Papst wird dazu das Haupt neigen; und Deine Meinung, frommer Oswald, wird als sententia haeretica und expurganda mit jämmer= licher Miene durch die Jahrhunderte irren. —

[1] „In erster Beziehung behaupten wir nun eine wesenhafte Mitan= wesenheit Mariens in ihrer ganzen Person mit Leib und Seele in der Eucharistie; eine Anwesenheit ihres Herzblutes und ihrer jungfräulichen Mutter= milch; das lac virginale muß als das angesehen werden, was von der Maria in der Eucharistie primo loco vorhanden ist; dann in weiterer Abfolge die ganze Leiblichkeit der heiligen Jungfrau; so ergiebt sich die überaus liebliche und freundliche Vorstellung, daß der Comunizirende mit dem Fleisch und Blut Christi die Milch der heiligen Jungfrau gleichsam aus ihren Brüsten saugt." Oswald, a. a. O. p. 177—183. — Wenn ich diese Sprache höre, so habe ich die Empfindung, als stünde ich einer fremden Rasse gegenüber; als wäre es aus dem Italienischen, oder noch lieber aus dem Arabischen, übersetzt: Weiß der Himmel, es ist der degenerirteste, feigste und schmutzigste Component im Teutschen, der hier zu Wort kommt. Es ist ein Unterliegen unter wälschen Einfluß. Der Teutsche, wenn er sinnlich wird, kann brutal werden, aber nie, wie hier, flötend. Deßwegen behaupte ich, und wiederhole es immer wieder: die katolische Ausgestaltung des Christentums ist un= teutsch.

[2] Nicolas, A., Die Jungfrau Maria und der göttliche Plan. Regens= burg 1856. I. p. XI.

ift das Palladium der ganzen Religion." [1] — „Alles dreht fich im Chriftentum — nicht um Chriftus — fondern um den Empfäng= niß=Aft eines Weibes." [2] — „Da ohne die Antwort der Maria an den Engel, ‚Es gefchehe‘, die ganze Welt nicht erfchaffen worden wäre, fo verdanfen wir alle unfer Dafein der Maria." [3] — „Nimmt man Maria hinweg, fo verfchwindet das ganze Chriftentum." [4] — Malou fagt direct: „Maria übt die Funftionen einer göttlichen Perfon aus." »Elle exerce les fonctions d'une personne divine.« [5] — Und Guillou erflärt in einem durch ganz Franfreich verbrei= teten, unzähligemal aufgelegten Marien=Gebetbuch „Mutter Gottes fein heißt foviel, als eine umumfchränfte Herrfchaft und Autorität über Gott ausüben." [6] — Und derfelbe Guillou an anderer Stelle: „Maria ift Gott Vater gleich, fteht über dem Sohn, und ift die Vertraute des heiligen Geiftes." [7]

69) Dem gegenüber ift die Frage, mit der Nicolas feine Studie über Maria und ihre Verherrlichungen fchließt, nur aufrichtig und confequent: „Ift das Maria zugewiefene Amt im chriftlichen Syftem nicht derart, daß daffelbe aus ihr mit Gott Vater und dem Sohne eine Drei=Einigfeit macht, wobei der heilige Geift ver= fchwindet?" [8]

70) „Der heilige Geift verfchwindet — —" Es ift das der= felbe Gedanke, den Malou ausfpricht, wenn er fagt: »Marie est la quatrième personne de la Trinité«, die „vierte Perfon der Drei= Einigfeit." [9] — Daß der heilige Geift von Euch gewichen ift, dar= über war ich nie im Zweifel; und es ift erfreulich, daß es hier von

[1] Nicolas, a. a. O. I. p. 38.
[2] Nicolas, a. a. O. I. p. 39.
[3] Nicolas, a. a. O. I. p. 180. Hört es Sozialdemofraten! Ihr wißt jetzt, weßhalb Ihr auf der Welt feid!
[4] Nicolas, a. a. O. I. p. 455.
[5] Malou, L'immaculée, Conception considerée comme dogme de foi. Bruxelles 1857. Bd. II. p. 175.
[6] Guillou, Mois de Marie. Paris 1869. p. 243.
[7] Guillou, a. a. O. p. 60.
[8] Nicolas, a. a. O. I. p. 458.
[9] Malou, a. a. O. p. 175, 178, 192.

zwei hochstehenden kirchlichen Lehrern, darunter einem Bischof, be=
stätigt wird. Aber dogmatisch genommen ist es eigentlich zum Tot=
lachen. Das heißt, ich kenne Leute, die sich hier vor Lachen einfach
ausschütten werden. Ich kenne aber auch Leute, Katoliken wie Prote=
stanten, die gläubig sind; und die thun mir leid. — Ich fürchte
aber auch, daß es mit dem Verschwinden des ‚heiligen Geistes‘ nicht
sein Bewenden haben wird. Ich fürchte, daß ‚Gott Vater‘ und
‚Gott Sohn‘ auch noch verschwinden werden, und daß Maria allein
übrig bleiben wird.

71) Wie seid Ihr aber auch mit den drei Personen der Drei=
Einigkeit umgegangen! Hier ist es wirklich schwer, keine Satire zu
schreiben: Den ‚heiligen Geist‘, überall habt Ihr ihn eliminirt;
niemals ist er ‚complet‘ (Nicolas); er ist zwar der ‚Bräutigam der
Maria‘ (Liguori), sogar der ‚Gemahl der Maria‘ (Nicolas); trotzdem
darf er nicht zur Ausübung seiner Rechte schreiten, denn ‚er ist nicht
das Prinzip einer persönlichen Zeugung‘ (‚n’est le principe d’aucune
production personelle‘, Nicolas); er darf nur ‚überschatten‘, oder ‚in
Maria wohnen‘ (habiter);[1] trotzdem muß er ‚operiren‘ (Laforet);
und erst durch diese ‚Operation‘ wird er, der heilige Geist, ‚in der
Jungfrau Maria und durch sie complet‘ (Nicolas). Die Wirkung
dieser ‚Operation‘ ist die Befruchtung Maria’s; aber nicht er ist der
Erzeuger dieser Frucht, sondern Gott; denn er, der heilige Geist, ist
nur der ‚Repräsentant des zeugenden Prinzips‘ (Nicolas). — Kein
Wunder, wenn ein so beschaffener heiliger Geist, der nie complet,
sondern nur halb ist, und erst von Maria in seiner Vollständigkeit
abhängig ist, eines Tages ganz verschwindet.

72) Nicht viel besser habt Ihr’s mit Christus gemacht. Ihn,
den Mittelpunkt der christlichen Lehre, eine Person, vor der auch
der blindeste Atheist Halt machte, und dessen rührende Evangeliums=
lehre nun bald 2000 Jahre die Welt beherrscht, habt Ihr dogma=
tisch zur Puppe degradirt, nur um Maria, Euren großen Unterrock
zu steifen und zu stärken: Nicht, weil er Christus, sondern weil er
der ‚Sohn der Maria‘ ist, wird er verherrlicht: ‚Von Maria nimmt
der Sohn Gottes diese wunderbare Verherrlichung an, die glorreicher

---

[1] Laforet, les dogmes catholiques. Bd. III. p. 35.

ist denn die als Sohn Gottes' (Nicolas, I. 364). — ‚Christus wurde
nicht der Sohn Maria's, um in die Welt zu kommen, sondern er
kam in die Welt, um der Sohn Maria's zu sein'!!! (Nicolas, I. 334).
In Folge dessen besitzt sie ‚Autorität' über ihn (Nicolas, I. 362).
Sie ‚weist ihm gegenüber auf ihre Verdienste hin' (Oswald, p. 215).
Sie ist ‚das wahre Bindemittel des Diesseits mit dem Jenseits', ‚im
eigentlichen Sinn die Mittlerin', ‚sie ist uns die Nächste', ‚alle
Gnaden, welche vom Himmel auf die Erde herniedersteigen, gehen
durch ihre Hände' (Oswald, p. 215—216); und ‚ist als Erlöserin
der Menschheit ihrem Sohne gleich' (‚identifiée à son fils comme
corrédemptrice du genre humain' (Malou, II. 221).

73) Nicht anders seid Ihr mit dem alten Herr=Gott umge=
sprungen: ‚Maria verleiht Gott Vater eine unendliche Größe, die
Er nicht in der Welt hatte, indem sie ihm seinen Sohn unterwirft;
und in diesem Sinn erhöht und vervollständigt sie seine Majestät
um den ganzen Unterschied des Werthes' (Nicolas, I. 363); ‚Gott
ist zu Pflichten Maria gegenüber gezwungen' (Guillou, p. 243).
Und Nicolas fügt pag. 361 hinzu: ‚Wir sagen hier nichts, was ein
Katolik, ein Christ, ein Protestant sogar, nicht unterschreiben dürfte.'[1]

74) Und jetzt, lieber Leser, lies einmal eines der ersten drei
Evangelien, in denen doch Alles steht, was wir über Maria wissen,
und dann erwäge die große Schwindelfabrik der Päpste. Aus der
Vergessenheit habt Ihr diese einfache Jüdin hervorgezerrt, sie auf=
geschmückt und aufgeputzt, und sie vergrößert, und zuletzt aus ihr
den großen Unterrock der katolischen Kirche gemacht, unter dem Ihr
Euch alle gläubig versammelt, und dann freilich nichts anderes als
wie Unterrocks=Dogmen und Gebär=Vorgänge erblickt und construirt.

75) Nun, und die Wirkung ist nicht ausgeblieben. Was Ihr
wolltet habt Ihr heut erreicht. Maria ist die Göttin des Christen=
tums. Wer etwas braucht kommt zu ihr. ‚Auf ihr, sagt Pius IX.,
beruht unsere einzige Hoffnung'.[2] Nur auf Gebete zur Maria ist

---

[1] Nicolas, A., Die Jungfrau Maria und der göttliche Plan. Regens=
burg 1856. I, p. 361.

[2] »Optime enim nostis, Venerabiles Fratres, omnem fiduciae Nostrae
rationem in Sanctissima Virgine esse collocatam.« — Enciclica di N. S.
Papa Pio IX. — Perrone, J., De immaculato B. V. Mariae Conceptu.
Milano 1852. p. 216.

Ablaß und Sünden=Vergebung ausgeschrieben; Sünden=Vergebung auf 30 Jahre, 25 Jahre, 15 Jahre, 10 Jahre, 7 Jahre, 60 Tage und auf Lebenszeit; je nach Ort und Zahl der Gebetsleistungen. [1] — Die Religion ist verweibst. Die Männer lachen. Als das Un= fehlbarkeitsdogma im Anzug war, und einige Männer in München und sonstwo revoltirten, sagte man ihnen: Habt Ihr die ‚unbefleckte Empfängniß‘ geglaubt, könnt Ihr das auch noch glauben! Damit war der Gipfelpunkt der Effeminirung, der Verweibung des Gött= lichen, der Hysterischmachung des Himmels gekennzeichnet.

76) Gebetet wird nur noch von den Weibern. Und auch hier meist nur von den alten. Und von diesen gegen Bezahlung. Auf den Friedhöfen der großen katolischen Städte stehen diese verwelkten Gestalten am Aller=Seelen=Tag, wie die Klageweiber zu Zeiten der Römer, und plärren und kauen mit den eingefallenen Kiefern ihre Tausende von Ave=Maria's gegen wenige Groschen herunter; während ihre Auftraggeber, die vornehmen Herrn und Damen, die Nach= kommen der in den Gräbern Ruhenden, zu Hause auf dem Sofa liegen und die Zeitung lesen, zu empfindlich, um diesen verweibsten Kultus mitzumachen; zu stolz, um den großen Unterrock im Himmel für die Ruhe der Seelen ihrer Vorfahren im Fegfeuer anzuflehen.

77) Das Beten ist wie das Tapezieren ein Geschäft gewor= den, welches in den Händen Einzelner, eben dazu Befähigter, ruht. In Tyrol kauft man die Gunst der Maria wie Wurscht und Käs. Wer selbst nicht Lust oder Zeit hat, zu beten, läßt es durch Andere verrichten: „Ein Vaterunser mit Ave=Maria kostet drei Kreuzer; ein Rosenkranz, bestehend aus sechs Vater=Unser und 60 Ave=Maria, kostet zwanzig Kreuzer; eine lauretanische Litanei mit den dazu ge= hörigen Gebeten zehn Kreuzer; ein ‚Gelobt sei Jesus Christus!‘ wird als Draufgabe dazu gethan. [2] Höher im Preis steht ein Rutschen auf den Knien um den Altar, oder gar ein ausgestrecktes Liegen in Kreuzesform auf dem kalten Steinpflaster." ([3]

---

[1] Schmid, Fr. A., S. J., Ehrenvorzüge Mariä. 2. uAfl. Regens= burg 1856. p. 495 ff.

[2] Christus, der Grund= und Eckstein der ganzen christlichen Lehre, wird hier als Zuwage behandelt.

[3] Rosegger, P. K. Einiges über den Marienkultus in den Alpen. ‚Heimgarten‘, Graz, Augustheft 1893.

78) Die dogmatisch-wissenschaftliche Form für diesen Unter-
rocks-Kultus lautet: „Wir verehren Maria hyperdulisch, widmen ihr
einen spezifisch höhern Kult, weil sie Mutter Gottes und als solche
Repräsentantin ihres Geschlechtes ist. Ihr Verdienst ist ein wesent-
licher Beitrag zur Erlösung der Menschheit. Auch ist der himmlische Instanzenzug für das Gebet vollkommen klar. Christus
ist Mittler. Maria auch Mittlerin als Christmutter. Christus vermittelt bei Gott und Maria vermittelt beim Sohne. Diese beiden
Instanzen sind wesentlich. Die Heiligen sind nur Mittler durchaus
im sekundären Sinn. Sie können bei ihrer Interzession der Gottheit nur Verdienste vorhalten, und zu unsern Gunsten geltend machen,
die nicht so recht ihr Eigen sind. Maria bei ihrer Advokazie
hält aber von ihrem Eigenen dem Sohne vor, sie verweiset auf ihre
verdienstliche Muttertätigkeit: ostendit pectus et ubera (sie weist
auf ihre Brüste und Zitzen hin.") [1]

79) Man beachte die merkantile Sprache! Immer ist es das
kaufmännische System der Leistung und der Gegenleistung, welches
durch die gesammte katolische Auffassung, durch ihre Ablaß-Lehre wie
Pönitenz-Taxen geht, und dessen Schema lautet: Ich habe das und
das gethan, gebetet, gewallfahrt', was bekomm' ich dafür? Es ist
das Zwei-Kreuzer-System für ein Ave-Maria in Tyrol, das sich
bis in ihre besten dogmatischen Köpfe und bis in den katolischen
Himmel fortsetzt; auch dort verkehren die Gottheiten wie Kaufleute:
Maria weist auf ihre Brüste hin, als auf eine Leistung; sie präsentirt
selbe wie einen Wechsel; und Christus muß honoriren. Man mag
Heide oder Türke sein, an Christus glauben oder nicht, Jeder weiß,
glaube ich, soviel, daß Christi Lehre in ihrem ursprünglichen, naiven
Ausdruck das Gegentheil davon war: Gnade auch ohne Verdienst;
Mitleid auch wo jede Gegenleistung gänzlich ausgeschlossen ist.

80) Es hilft Euch gar nichts, wenn Ihr in Euren Lehrbüchern einen Cultus latriae — Anbetung — und einen Cultus
duliae — Verehrung — unterscheidet, und nur ersteren für Gott,
letzteren für Maria, bestimmt erklärt. Das Volk kennt nicht die
Doppelbedeutung in dem Wort orare, beten und verehren. Das sind

---

[1] Oswald, a. a. O. p. 210—215.

Worte. Das Volk handelt; es betet. Ihr sagt ja selbst, Maria sei ‚allmächtig‘,[1] und man könne nur durch Maria selig werden;[2] Was wundert Ihr Euch, wenn es sich ausschließlich an sie hält?

81) Das Volk bleibt übrigens auch hier nicht stehen; es betet nicht zur entfernten Maria; es betet zu ihrer hiesigen Statue. Diese neue Form der Statuen=Liebe, die besonders in Italien, aber auch in Teutschland, grauenhafte Vorgänge gezeitigt, habt Ihr auch auf dem Gewissen. Wer hat die tausende von wunderthätigen, blut= schwitzenden Madonnenbilder zugelassen, creïrt und begünstigt? In diesem Jahrhundert wurden 20 Madonnen=Statuen=Krönungen in Italien vorgenommen, das Doppelte, als im vorigen Jahrhundert, die letzte 1889 in Neapel, darunter 9 unter Leo XIII., und 3 von ihm selbst.[3] — Die Italiener opfern der Madonnen=Statue Hühner, und Tauben wie die alten Römer der Ceres.[4] In Neapel ver= kündet die Madonna del Carmine jedes Jahr an ihrem Festtag eine Nummer für’s Lotto=Spiel, die als ‚Numero der Madonna‘ in allen Zeitungen Italiens bekannt gemacht wird.[5] Und eine in Ferrara erscheinende katolische Zeitschrift spricht von „Gebeten an den Körper, an die Milch, an die Hände und an die Füße der Madonna.“[6] — Und in Teutschland?

82) In meiner Heimat, bei Würzburg, einem der gesegnetsten Landstriche unseres Vaterlandes, liegt hart am Main ein kleiner Hügel mit Namen ‚Käppele‘. Ich weiß nicht mehr, wie viel hundert Stufen dort hinaufführen; es ist ein prächtiger Aussichtspunkt; an den Geländen wächst köstlicher Wein und das ganze Land ringsum

---

[1] „Wenn Maria in ihrer Advokazie die Allmacht genannt worden ist, so wird uns das eher zu wenig als zu viel sagend erscheinen“. Oswald, a. a. O. p. 216.

[2] Liguori, A. v., Herrlichkeiten Mariens. I. p. 225.

[3] Die Libertà cattolica vom 3. Oktober 1889 bringt die Liste aller 30 Krönungen ‚Serie delle Jmagini di Maria SS. coronate dal R<u>mo</u> Capitolo Vaticano e Coronate a nome del Sommo Pontefice.«

[4] Trede, Th., Das Heidentum in der römischen Kirche. Gotha 1890. III. p. 206.

[5] Trede, a. a. O. I. p. 327.

[6] Il Rosario (der Rosenkranz). Ferrara 1889. Heft VII.

ist ein Eden an Üppigkeit und Wohlgeruch. — Auf diesem „Käppele"
findet die gemeinste Form weiblicher Prostituzion statt, die mir je
in meinem Leben vorgekommen ist. — Kann die Polizei keine Abhülfe treffen? — Die Polizei kümmert sich gar nicht darum, weil
sie sich nicht in kirchliche Dinge mischt. — Kann die Kirche keine
Abhilfe treffen? — Die Kirche unterstützt den fabelhaften Vorgang;
und derselbe ist ihr Werk. — Es war an einem Sonntag-Vormittag
und die Sonne vergoldete die dem Herbst entgegenreifende Wein-
hügel. Ich hatte einige der gewiß über Hundert Stufen be-
tragenden Serpentinen hinter mir, als ich bei einer Biegung des
Wegs einen dick zusammengepferchten Haufen junger Mädchen, es
waren meist Bauerndirnen, gebückt und knieend die blanken Stein-
stufen langsam, eine nach der andern, hinaufrutschen sah. Gleichzeitig
schlug ein unverständliches Summen an mein Ohr, welches das
Resultat einer mit fabelhafter Schnelligkeit produzirten Gloßolalie
war. Näher kommend bemerkte ich, wie jedes der Mädchen auf
jeder Steinstufe längere Zeit sich aufhielt; und aus dem Lippen-
schnurren erkannte ich einige — obwohl mit dem örtlichen Dialekt
genügend vertraut, — nur einige Laute, wie ‚Márrea‘ (Daktylus),
oder Complexe wie ‚Stunde däs Abstärbens‘, oder ‚där Du ihn
getragen haft‘; mit solch unerhörter Geschwindigkeit entstürzte das
Silbenmeer den jungen Lippen. — Bald war mir klar, daß der
Aufenthalt auf jeder Stufe nicht der Zeit nach, sondern der Lippen-
Arbeit nach sich berechnete, da immer nach einer ganz bestimmten
Phrase mit entsprechendem Tonfall das Hinauf-Rutschen auf eine
nächsthöhere Steinstufe statt fand. — Ich wußte doch ganz genau
aus meinem Reisehandbuch, daß da oben, auf dem Gipfel des Berges,
kein indisches Götzenbild stand, auch kein afrikanischer König sich dort
eingefunden hatte, dem man sich von einer halben Stunde entfernt
schon knierutschend so näherte. Nein, es war keine Ehrfurchtsleistung;
das erkannte ich sehr wohl. Es war eine, wie soll ich sagen —
Schnelligkeitsleistung, eine Massenbewältigung von Silben, wobei
jedoch der Körper vorwärts zu kommen trachtete. — In der Hand
hielten die Mädchen alle Zählketten, eine Art Kerbholz, welches aber
biegsam war, und die Stufen oder Skalen in Form von Kügelchen

auf einer Schnur aufgereiht trug. Nicht nach einer bestimmten Zeit, sondern nach einem bestimmten Silben=Quantum rollte an der Holz= schnur eine Kugel ab, und mehrere Kugeln entsprachen einer Stein= stufe. Ich kam jetzt der Lösung näher; in der Erregung findet man plötzlich Worte und Ausdrücke, auf die man bei ruhiger Gemütslage nicht gekommen wäre; und ich war fast gelähmt und sprachlos vor Bestürzung, als ich die letzte Gruppe dieser Derwische eingeholt hatte; und mein Inneres arbeitete wie ein photografischer Schnellapparat, um alles, was sich mir darbot, aufzunehmen. Aber ich hatte es jetzt: Es war ein Wettrennen mit dem Maul, welches durch den kleinen Holzapparat in der Hand controllirt, und durch Übertragung auf die Kniee äußerlich=räumlich executirt wurde. Die Mädchen schwitzten wie Rennbuben oder abgehetzte Pferde; aber der Körper blieb ruhig, da er beim besten Willen zum Vorwärtskommen nichts beitragen konnte, und die Entscheidung einzig in den Kiefern lag, von deren Gelenkigkeit eben Alles abhing. — Ich gebrauchte oben das Wort ‚Derwische‘; bemerke aber hier, daß ich solche orientalische Gebets=Gymnastiker nie gesehen; nur aus Beschreibungen wußte, daß dort ebenfalls die physische Leistung entscheidend ist; die dort aller= dings nicht um ihrer selbst willen, sondern zur Erzeugung einer Art engouement der Sinne, einer mit Berauschung einhergehenden Be= täubung, also eines physischen Endstadiums halber, betrieben wird. — Wertvoll war hier, daß die bei der Arbeit nicht beteiligten Sinnes= organe, wie die Augen, die Ohren, soweit es die Konzentrazion ge= stattete, sich anderweitig beschäftigen konnten. Und so betrachteten diese Mädchen während ihrer heftigen Arbeit zum Teil ruhig die Gegend, oder hörten, was um sie her vorging. Ja, einzelne tauschten ausdrucksvolle Mienen und lächelnde Geberden mit den Fußgängern nebenher aus. — Ich eilte vorwärts; traf auf dem Ziel Näher= gekommene; wie es der enormen physischen Leistung entsprach, viele waren ermattet; manchen lief der Schweiß in Strömen herunter. Noch höhere Gruppen hatte eine Angst vor dem Fertigwerden erfaßt, die unheimlich wirkte. Das Weiße des Auges trat bei Einigen heraus; viele gurgelten und stöhnten die letzten Perioden, und auf der letzten Stufe angekommen, stürzten Etliche wie erschöpft zu Boden

— Schon auf dem Heraufweg hatte ich, meine Neugier nicht be=
zähmend, eines der Mädchen gefragt, was die Zeremonie bedeute;
erhielt aber statt aller Antwort nur einen vielsagenden, ängstlichen
Blick; natürlich, wie konnte sie mir antworten, da ja eben Zunge
und Lippen in fürchterlicher Tätigkeit begriffen waren; ebenso gut
konnte ich einen Tschokei während des Rennens fragen, wie viel
Uhr es sei. — Oben selbst angelangt traf ich einen, wie es schien,
einfachen Landmann, aufrechtstehend. Ich frug ihn mit dem Aus=
druck des tiefsten Entsetzens, was das zu bedeuten habe, und ob es
sich bei den Heraufrutschenden um die weiblichen, ungefährlichen
Kranken einer Irrenanstalt handle. — Der Mann schluckte einigemal
hinunter, bevor er mir antwortete, und sagte dann sehr ruhig, fast
ernst mit skandirtem Hochteutsch: „Das — geschieht — zur — Ver=
ehrung — Gottes!" — Er meinte die Marienkirche, die auf der
Höhe erbaut war. —

Wenn ich mich heute dieser Szene erinnere, und von Scham
und Mitleid gepeinigt mir vorsage, daß es teutsche, fränkische Mäd=
chen sind, die es nicht besser wissen, die auf den Wink eines Italie=
ners, der uns soviel angeht, wie der Sultan von Siam, diese
grauenhaften Exerzizien ausführen, dann steht mir der Verstand still,
und ich will nicht begreifen, daß Teutschland Teutschland ist. —

Zölibat.

„Und er schuf sie ein Männlein und
Fräulein, und sprach zu ihnen: Wachset
und mehret Euch!"

1. Mose, 1, 27—28.

83) Das Zölibat ist eine der miserabelsten Leistungen, die das
Christentum gezeitigt; einer der unglücklichsten Gedanken, die je in
eines Menschen Hirn entstanden; mit Recht weiß man nie: heißt es
der, die oder das Zölibat; es ist weder männlich noch weiblich; es
ist ein gräßliches Neutrum; ursprünglich, zugegeben, aus einer idealen
Forderung entsprungen, hat es in seinen Folgen Millionen von
Menschen unglücklich gemacht, zerrüttet, degenerirt, zertreten. Das
Zölibat ist der indische Wagen von Jagernaut in's Abendländische
übersetzt, unter dessen Walzen sich Tausende zu Ehren des Götzen
zerquetschen lassen: die Ehre der Gottheit mit dem Tod des An-
beters erkauft.

84) Es wäre überflüssig hier, die Entstehung und Fortbil-
dung des Zölibats aus den sittlichen und asketischen Anschauungen
der ältesten christlichen und orientalischen Lehren vorzuführen. Wir
leben nicht im Orient, auch nicht in Süd=Italien. Wir leben in
Teutschland. Und die teutsche Sittlichkeit richtet sich unseres Er-
achtens auch beim Geistlichen nach der Anatomie und Physiologie
des teutschen Körpers, wie sie bei Hyrtl und Moleschott nach-
gelesen werden können. Wer darüber hinaus kann, mag ein sehr
findiger Italiener, sogar ein Papst sein; ein Teutscher ist er nicht.

85) Der Träger der zölibatären Anschauungen war ursprünglich das Mönchstum. Diese Art des beschaulichen Lebens stammt
aus dem Orient, einem Klima, wo die Übung der Insichselbst=Ver-
senkung dem Gemeinwesen keine Kosten verursacht, und wo Mäßig-

keit und Einfachheit durch die Natur selbst vorgeschrieben sind. Die altchristliche Lehre der Selbstabtötung verpflanzte dieses beschauliche Leben in das Abendland, wo alle Verhältnisse dieser Art der Selbst= Hypnose feindlich waren, und wo schon das Klima zum Arbeiten und Sich=Tummeln ansporrnte. Solange es noch Wälder auszuroden und Land urbar zu machen gab, waren die Mönche am Platz. Heute im bevölkerten Teutschland erlauben weder Kultur noch christ= liche Auffassung das corporative Nichtstun auf Kosten Anderer. Auch das corporative Beten für Andere verträgt sich mit der modernen Auffassung der Selbst=Verantwortlichkeit nicht. Für Bettel=, Bet= und Maulaffen=Mönche ist heute kein Platz mehr in der Welt. —

86) Beschaulichkeit, Zurückgezogenheit, Insichselbstversunkensein ist ein Vorrecht der Dichter und Denker, die ihre Gemütsanlage dazu treibt. Eine Krankheit ist es immer. Aber in diesem Fall eine Solitärkrankheit. Keine Korporativ=Krankheit, hervorgegangen aus Nachahmungssucht und Heuchelei.

87) Bald finden wir denn auch in dem mit einer kräftigen Bevölkerung durchsetzten Abendland und bei dem Drängen der her= vorragendsten Geister zu geistlichen Stellen und in die Klöster einen heftigen Kampf gegen die Zölibats=Forderungen des Orients, und die ganze Geschichte dieser Verirrung ist bis zum heutigen Tag eigentlich nichts anderes als das Unerfüllt=Bleiben oder Auf=Ab= wege=Gerathen gegenüber einer unerfüllbaren Forderung.

88) Der Mailänder Mönch Jovinian war der erste, der um 385 den schwärmerischen Anschauungen eines Augustin, Ambro= sius und Hieronymus über den höheren Werth der Ehelosigkeit gegenüber dem Ehestand nicht nur mit geheimem Konkubinat, wie die andern, sondern mit offener Gegnerschaft und gründlicher Bibel= festigkeit entgegentrat, wobei er im Verlauf einiger heftiger Controvers= schriften einmal die brüsk=barbarische Frage an seine Gegner richtete: zu was Gott den Menschen Genitalien verliehen habe; eine Frage, die der alte, 70jährige Hieronymus in Bethlehem nur mit Unflätig= keiten zu beantworten wußte. [1]

---

[1] J. und A. Theiner, Einführung der erzwungenen Ehelosigkeit bei den christlichen Geistlichen. Altenburg, 2. Aufl. 1845. I. p. 209.

89) Und der heilige Augustin, der spätere Glaubensheld und Vertheidiger der Ehelosigkeit, war wenigstens so vorsichtig, erst seine Jugend ganz durchzukosten, und dann, als er schon im Begriffe stand, sich zu bekehren, noch eine Beischläferin aus Italien mit nach Afrika hinüberzunehmen, wie er uns selbst in seinen Confessiones erzählt; [1] auch Gott zu bitten: er möge ihm die Gabe der Keuschheit verleihen, aber nicht sogleich, erst nach Sättigung seiner Triebe. [2] — Das ehrliche Geständniß schadet dem hervorragenden Kopfe so wenig, wie Rousseau's Offenheiten über seine Jugend den Leistungen seiner Reife. —

90) Eine entsetzliche Heuchelei war aber die folgende Instituzion: Schon im 2. Jahrhundert hatte, wie Augustin berichtet, eine christliche Sekte der in Afrika lebenden ‚Abeloniten‘, die vollständiger Ehelosigkeit huldigten, die Gewohnheit, um den falschverstandenen Spruch 1. Kor. 7, 29: „Das ist die Meinung: die da Weiber haben, daß sie seien, als hätten sie keine", buchstäblich zu erfüllen, als Mann ein junges Mädchen, als Weib einen Knaben, sich zur Gesellschaft zu erwählen, um auf diese Weise in Verbindung mit dem andern Geschlecht, und doch ehelos zu leben. Im Laufe des 3. Jahrhunderts finden wir dann in Italien die gleiche Sitte, nur mit dem Unterschiede, daß es unverheirathete Geistliche sind, die erwachsene Jungfrauen, die Keuschheit gelobt hatten, zu sich nahmen, um, wie sie vorgaben, „in geistiger Vertraulichkeit und in platonischer Liebe miteinander zu leben; sie theilten dasselbe Bett, und behaupteten, mitten unter den Flammen unverletzt zu bleiben." [3] Diese Jungfrauen erhielten den Namen dilectas, sorores, oder mit einem griechischen Wort agapetae. Schon Tertullian spricht von der Schwängerung dieser gottgeweihten Jungfrauen als von etwas ganz Gewöhnlichem. Und da die Zahl dieser sorores, als einer keuschen

---

[1] Sct. Aur. Augustini Confessionum Ingolstadt 1824, l. VI. c. 6—16.

[2] Augustini, a. a. O. l. VIII. c. 7. — »Da mihi castitatem et continentiam, sed noli modo. Timebam enim, ne me cito exaudires et cito sanares a morbo concupiscentiae, quam malebam expleri quam exstingui.« —

[3] Theiner, a. a. O. I. 89.

Absicht dienend, unbeschränkt war, so hatten namentlich die vornehmeren Geistlichen und Bischöfe eine ganze Anzahl derselben. So hatte Heuchelei und Eheverbot das Gegenteil von dem Beabsichtigten bewirkt. Nicht eine Ehe sollte es sein, und nun war es ein Harem.

91) Hieronymus in seiner suchtigen, derben Weise schreibt darüber: „Woher brach die Pest der Agapetinen in unsere Kirche? Woher diese neuen Eheweiber ohne Ehe? Woher dieses neue Geschlecht Konkubinen? Ich will noch deutlicher sagen: Woher diese Huren, die sich nur mit einem Mann abgeben (meretrices univirae)? Die Jungfrauen verlassen ihren leiblichen Bruder, und suchen sich einen Fremden als ,Bruder‘. Unter dem Vorwand des geistlichen Trosts vereinen sie sich, um zu Hause fleischlichen Verkehr zu pflegen. Sie wissen sich unfruchtbar zu machen und morden die noch nicht gebornen Menschen. Fühlen sie sich von ihrer Ruchlosigkeit schwanger, so treiben sie die Frucht mit Gift ab. Oft sterben sie mit davon, und dreifachen Verbrechens schuldig gelangen sie in das Jenseits: als Selbstmörderinnen, als Ehebrecherinnen an Christus, als Mörderinnen des noch nicht gebornen Kindes.“ [1]

92) Ich bitte, dieses in's Altbayerische, in's Rheinländische oder Kölnische zu übersetzen. Wer erkennt dann nicht unter der griechischen agapeta die teutsche Pfarrersköchin? — Die Welt ändert sich nicht; und ihre Begierden auch nicht. Nur unser Geschwätz ändert sich.

93) Bald wurden die agapetae und dilectae in den Häusern der Geistlichen ganz verboten. Was war die Folge? Es wurde noch schlimmer. Die Synode zu Metz verbietet 888 den Geistlichen ,Mutter und Schwester im Hause zu haben, damit sie dem Satan alle Gelegenheit nehmen, und ein engelgleiches Leben führen.‘ [2] — Im gleichen Jahr das Mainzer Konzil: „Den Geistlichen wird durchaus verboten, Weiber im Hause zu haben. Obgleich die heiligen Canonen einigen Weibern erlauben, mit den Priestern in einem Hause zu leben, so haben wir doch oft vernommen, was sehr zu be=

---

[1] Hieronymi, Ep. 18, ad Eustochium de custodia virginatitis. Op. IV. 2. Paris 1693—1704.
[2] Theiner, a. a. O. I. 450.

dauern ist, daß durch jene Erlaubniß sehr viele Verbrechen begangen
worden sind; so zwar, daß einige Priester mit ihren eigenen
Schwestern Beischlaf gepflogen und mit ihnen Kinder erzeugt haben." [1]
— Und im Poenitentiale des englischen Erzbischofs Egbert finden
wir um die gleiche Zeit im cap. 7 Strafen darüber angesetzt, „wenn
Bischöfe, Priester und Diakone mit Mutter, Schwester und vier=
füßigen Thieren Unzucht treiben." [2] — Und in den Klöstern?
Die eben angeführten canones poenitentiales aus England
haben Strafstimmungen ‚gegen Masturbation zwischen Mönchen und
Nonnen und gegen Auto=Masturbation bei Nonnen mittelst Fremd=
körper.‘ [3]

94) Die neueste Auflage des katolischen Kirchen=Lexikons nennt
diese Erörterungen Theiner's und Anderer ‚Sudel=Literatur‘ [4] —
Sehr gut! — Aber wem verdanken wir diese Sudelliteratur? —
Ist das nicht, als wenn der verfolgte Dieb mit dem gestohlenen
Gut unter die Menge läuft und ruft: Haltet den Dieb!? — Oder
wenn der der Unsittlichkeit angeklagte vor dem Richter sein Gesicht
verhüllt: er könne über diese Dinge nicht sprechen?

95) Mit Recht schließt Theiner diesen Abschnitt seines Werkes
„Solche Verfeinerungen der Wollust verdankt man offenbar dem
Klosterwesen ein Stamm des germanischen Volkes, dessen Keuschheit
Tacitus großen Lobes werth gefunden hatte, konnte nur durch
unnatürliche Zwangsanstalten zu solcher Ausartung geführt werden." [5]

96) Als dann Luther, pochend auf seine germanische Ge=
sundheit, diesen bestialischen Zölibats=Zwang brach, und mit lobens=
wertem Beispiel vorangehend selbst sich mit einer abligen Jungfrau,
die, wie er, ehemals im Kloster gewesen, verehelichte, fiel die ganze
Horde päpstlicher Zwangs=Verschnittener über ihn her, und beschul=
digte ihn eben jenes Verbrechens, dessen Übung ihnen aus einer

---

[1] Theiner, a. a. O. I. 450.
[2] Theiner, a. a. O. I. 442.
[3] Theiner, a. a. O. I. 442.
[4] Wetzer und Welte's Kirchenlexikon. 2. Aufl. Freiburg i. B. 1884.
p. 593.
[5] Theiner, a. a. O. I. 443.

mehr denn 1000jährigen Tradizion bekannt war, und nannte seine Ehe mit Katharina von Bora ‚Unzucht mit einer Nonne‘. [1] —

97) Doch der wahre Charakter der katolischen Kirche kam damals schon zum Vorschein: Benedikt VIII. beschuldigt auf der Synode zu Pavia, zwischen 1014—24, die Geistlichen vor allem deshalb, daß sie nicht geheim — ‚caute‘, — statt öffentlich und mit Aufsehen — ‚publice et pompatice‘ — mit Frauen Umgang hätten. [2] — Und zur Zeit Josef II. galt dann später allgemein der Grundsatz für und Ratschlag an die katolische Geistlichkeit Östreichs: ‚si non caste tamen caute!‘ — wenn nicht heilig, dann doch heim= lich! [3]

98) Doch gab es damals, in der frühen Zeit, in der wir noch stehen, wenn auch gehorsame, doch auch ehrliche und offene Geist= liche. Und so erklärten denn die auf der Synode zu Chalons im Jahr 900 versammelten Väter im Hinblick auf den Zölibat: „Ob= gleich uns vom apostolischen Stuhl ein kaum zu ertragendes Joch auferlegt wird, so wollen wir es dennoch demüthig tragen." [4]

99) Nun tritt aber, im 9. Jahrhundert, ein mutiger Teut= scher auf, Bischof Ulrich von Augsburg, der die ganze Zwiespältig= keit eines äußerlich bestehenden Zölibats und geheim desto unver= frorener getriebener Unzucht offen darlegt. Er schickt dem Papst Nicolaus I. ein Schreiben, worin er sich zur Vertheidigung der

---

[1] Ein Teutscher Priester Namens Engelhard schrieb über diesen Gegenstand ein 678 Seiten langes Buch: ‚Lucifer Wittenbergensis oder der Morgenstern von Wittenberg, das ist: vollständiger Lebenslauff Catharinä von Bore, des vermeynten Ehe=Weibs D. Martini Lutheri, meistentheils aus denen Büchern Lutheri, aus seinen safftigen Tischbrocken, geistreichen Sendschreiben, und anderen raren Urkunden verfasset, in welchem alle ihre Schein=Tugenden, errichtete Großthaten, falsche Erscheinungen, und elende Wunderwerck nebst dem ganzen Canonisations=Proceß, wie solcher von ihrem ‚Herrn Gemahl‘ noch bey ihren Lebs=Zeiten vorgenommen worden, weitläuffig erzehlet werden. an das Tageslicht gestellet von R. S. Eusebio Engelhard. Cum licentia Superiorium.. Landsberg 1747. — Von Luther's Weib wird nur gesprochen per: ‚diese Hure‘, oder ‚dieses geile Luderfleisch.‘ —

[2] Theiner, a. a. O. I. p. 461.

[3] Theiner, a. a. O. III. p. 1032.

[4] Theiner, a. a. O. I. p. 452.

Priester-Ehe ausdrücklich auf die Bibel beruft (das war damals noch Usus in der katolischen Kirche) und schließt dann dasselbe: „Was können aber Menschen Thörichteres und den göttlichen Fluch Heraus-forderndes thun, als wenn Bischöfe und Archidiakonen, um der legalen Ehe zu entgehen, so sehr in Wollust versinken, daß sie weder Ehebruch, noch Blutschande, noch die schändlichen Umarmungen mit Mannspersonen scheuen, indem sie vorgeben, die rechtmäßigen Ehen der Kleriker stänken in ihrer Auffassung. Hiezu fügen sie die so thörichte und schändliche Entschuldigung hinzu, es sei ehrbarer sich heimlich mit Mehreren einzulassen, als sich im Angesicht der ganzen Welt mit Einer zu verbinden" — »ut dicant: honestius est pluribus occulte implicari, quam aperte in hominum vultu et conscientia cum una ligari.« [1]

100) Diese Schrift, die von Nicolaus I. nicht beantwortet worden zu sein scheint, war bis zum 11. Jahrhundert das Ver-teidigungsmittel der teutschen Geistlichkeit; wie immer: wenn einmal ein Mann Mut gezeigt hat, macht er den Andern für zwei Jahr-hunderte Mut. — Erst der fanatische Gregor VII. verdammte die ehrliche teutsche Schrift 1079. Und damit nimmt dann die Ge-schichte der heiligen, geheimen Schweinerei römisch-teutscher Nazion ihren Fortgang.

101) Inzwischen hatte aber die Unzucht am römischen Hofe selbst unglaubliche Dimensionen angenommen; und, wie es bei den Herrn Italienern Sitte: das Knaben-Geschlecht stand ihnen näher, als das Weiber-Geschlecht; und da nur die Weiber-Ehe verboten war, die Verbindung zwischen einem Italiener und einem Knaben aber überhaupt nicht, weder als legal noch illegal, in ihrem Kodex vorgesehen war, so ertrugen die italienischen Priester das Zölibat leichter wie die ehrlichen Teutschen. ([2] Und so konnte denn 1060

---

[1] Theiner, a. a. O. I. p. 474—75.

[2] Das hier Gesagte ist der Grund, warum ich nie der Versuchung widerstehen kann, die römisch-katolische Religion, die doch in Rom gemacht wird, die italienische Religion zu nennen. Geografisch hab' ich ja nicht Unrecht; ich möchte aber auch psychopathisch nicht Unrecht haben. Es klingt vielleicht toll, was ich meine. Ich drücke mich wohl unrichtig aus, und kann mit Worten nicht gut umgehn. Daß ich es frei heraussage: es ist die Feig-

der eifrige Mönch Damiani in seinem liber Gomorrhianus eine
ganze Serie päderastischer Vergehen — wann Geistliche mit Knaben,
wann Geistliche unter sich, wann sie mit Thieren, wann sie mit
Beichtkindern Unzucht trieben — mit der Ruhe und Sicherheit einer
Naturgeschichte vortragen, — »in quo omnes ejus, sodomitici
sceleris, species edisserit, quales tum apud eos bacchabantur« —
wobei wir erfahren, daß die Mönche, um ungestört ihren Fleisches=
übungen nachgehen zu können, sich selbst gegenseitig in der Beichte
absolvirten. (¹ Papst Alexander II. lachte über das Buch, ließ sich
aber das Manuscript geben, und gab es nicht mehr heraus, da er
die Wirkung außerhalb Rom's doch fürchtete.

102) Schon ein Jahr vorher hatte Damiani an Nicolaus II.
hinsichtlich Befolgung des Zölibats geschrieben: „Würde die Unzucht
bei den Priestern geheim betrieben, so sei es zu ertragen, aber die
öffentlichen Konkubinen, ihre schwangeren Leiber, die schreienden
Kinder, das sei das Ärgerniß der Kirche." ²) — Dieser Damiani
hatte schon den echten katolischen Geist: was geheim geschieht, ist
nicht geschehn; nur was schreit, ist eine Sünde. Deßwegen ließ er
auch ruhig sein liber Gomorrhianus unterdrücken; er wußte, sodo=
mitische Vergehen schrieen nicht, und kannte das römische Sprüch=
wort: ‚Cazzo in culo, non fa fanciullo.'

103) Aber durch ganz Italien erschallte die Stimme dieses
fanatischen Mönchs. 1062 erklärte er in einem Rundschreiben gegen
die Longobarden: „Wer den Zölibat nicht befolge, begehe die Sünde
wider den heiligen Geist, die weder in diesem noch im jenseitigen
Leben vergeben werden könne." ³) — Diese Sünde wider den heiligen
Geist, lieber Leser, war meistens die Gehorsam=Verweigerung
gegen den italienischen heiligen Geist. Dieser italienische Geist aber
wechselte von Jahrzehnt zu Jahrzehnt; er war bald Taube, bald
war er Hahn; er hatte im 11. Jahrhundert zelotischen, im 12. und

---

heit der Päderastie, die ich darin entdecke; und deshalb nenne ich sie die
italienische Religion.

¹) Theiner, a. a. O. II. 21.
²) Theiner, a. a. O. II. 74.
³) Theiner, a. a. O. II. 88.

13. absolutistischen, im 14. avignonensisch=wollüstigen, im 15. aristo=
telisch=atheïstischen, im 16. prunkhaft=geldgierigen, im 17. jesuitisch=
inquisitorischen, im 18. diplomatisch=nachgiebigen Charakter; im 19.
unter Pius IX. infantil=kurzsichtigen, unter Leo XIII. füchsisch=
opportunistischen Charakter. — Hüten wir uns vor diesem wechseln=
den, je nach Neigung, Gelehrsamkeit oder sexuellen Bedürfnissen der
Päpste veränderlichen heiligen italienischen Geist; und halten wir
uns an den teutschen heiligen Geist!

104) Als auch jetzt Damiani bei den lombardischen Priestern
kein Gehör fand, und Viele lieber ihre Stelle, als ihre Frauen, auf=
gaben, wendet er sich, wie es der beleidigte Ehemann macht, statt
an den Übeltäter, an den Verführer, und spricht die Priesterfrauen
in einem Schreiben vom nächsten Jahr in folgender lieblichen Weise
an: „Jetzt rede ich zu Euch, Ihr Schätzchen der Kleriker, Ihr Lock=
speise des Satans, Ihr Auswurf des Paradieses, Ihr Gift der
Geister, Schwert der Seelen, Wolfsmilch für die Trinkenden, Gift
der Essenden, Quelle der Sünde, Anlaß des Verderbens; Euch, sage
ich, rede ich an, Ihr Lusthäuser des alten Feinds, Ihr Wiedehopfe,
Eulen, Nachtkäuze, Wölfinnen, Blutegel, die ohne Unterlaß nach
Mehreren gelüstet. Hört mich Ihr Metzen, Buhlerinnen, Lustdirnen,
Ihr Mistpfützen fetter Schweine, Ihr Ruhepolster unreiner Geister,
Ihr Nymphen, Sirenen, Hexen, Dianen, und was es sonst für
Scheusalsnamen geben mag, die man Euch beilegen könnte; denn
Ihr seid Speise der Satane, zur Flamme des ewigen Todes be=
stimmt. An Euch weidet sich der Teufel wie an ausgesuchten Mahl=
zeiten, und mästet sich an der Fülle Eurer Üppigkeit. Ihr Tigerinnen
deren blutiger Rachen nur nach Menschenblut dürstet, Harpyen, die
das Opfer des Herrn umflattern und rauben, und die, welche Gott
geweiht sind, grausam verschlingen. Ihr seid die Sirenen, indem Ihr,
während Ihr trügerisch=demüthigen Gesang ertönen laßt, unvermeid=
lichen Schiffbruch bereitet. Ihr seid wüthendes Otterngezücht, die
Ihr vor Wolluft Christum, der das Haupt der Kleriker ist, in Euren
Buhlen ermordert." [1] — Ob das auf die schönen Mailänderinnen
tiefen Eindruck gemacht hat? —

---

[1] Theiner, a. a. O. II. 96—97.

105) Übrigens wurde das Weib trotz aller Marien-Verehrung
von der katolischen Kirche stets herabgedrückt und moralisch erniedrigt.
Eine Kirchenversammlung zu Mâcon in Südfrankreich im 6. Jahrhundert erörtert lange die Frage ,num feminae sint homines' —
,ob die Weiber Menschen seien', welche sie nach langen Debatten
doch bejahte. [1] — Noch im Jahr 1518 erklärt eine Schrift, die
sich mit den Eheweibern der Priester beschäftigt, das Verhältniß
zwischen Mann und Weib folgendermaßen: „Das Weib, wenn es
an wollüstige Umarmungen gewöhnt ist, sucht sich stets, auch in
vorgerückten Jahren, mit dem Mann zu vermischen, angetrieben,
nicht so sehr von ihrem eigenen Fleisch, als vom Teufel, dessen
Werkzeug sie ist." [2] — Hier erscheint also das Weib in Gemein-
schaft mit Sirenen, Hexen, Böcken, Ratten und Schlangen in der
Gefolgschaft des Teufels als ein willenloses, untergeordnetes Werkzeug desselben, dessen er sich bedient, um die Krone der Schöpfung,
den Mann, in seine Gewalt zu bekommen. — Aber auch noch in
unserem Jahrhundert hören wir, und zwar, in einer Mariologie,
Sätze wie: „Innerhalb der Menschheit stammt das Böse vom Weibe
her nach dem bekannten Satze ominum malorum origo mulier." —
„In der That braucht es kaum weiter ausgeführt, geschweige erwiesen zu werden, daß das Weib nach dem creatürlichen An-Sich,
also die Natur in ihrer nackten Blöße betrachtet, dem Manne
in einem merklichen Grade nachsteht." [3] — „Es muß also ein
Gesetz von allgemeiner Gültigkeit sein, daß der Mann die ganze
Gattung, Mann und Weib, das Weib aber nur ihr Geschlecht
vertritt." — „Der Abstand des Weibes gegen den Mann
in physischer, wie in geistiger, in intellektueller, wie in ethischer Hinsicht, den außer dem Christentum Niemand übersehen kann, und der

---

[1] Aretin, Ch. v., Aussprüche der Minnegerichte. München 1803. p. 3.

[2] »Mulier namque libidinosis amplexibus assueta etiam annosa
semper expectat viro commisceri: ne dum a carne propria verumetiam
a dyabolo (cujus rethe est) agitata.« — De damnabili statu Concubina-
riorium et quod absolvi non possunt. Item quam damnabile est pres-
biteris concubinariis curam animarum committere eosve ad celebrandum
conducere vel inducere. Antverpie 1518. p. 2.

[3] Und angezogen? —

auch im Christentum nicht ausgeglichen ist, wird durch die größere Sünde der Mutter der Menschheit bedingt." [1] —

106) Mit Gregor VII. wurden die Forderungen der römischen Kirche hinsichtlich des Zölibats immer bringendere und es entstanden, besonders in Teutschland, große Unruhen. Als Bischof Sigfrid von Mainz auf der Erfurter Synode 1074 Gregor's Verordnungen verlesen wollte, verließen die meisten Geistlichen die Versammlung und erklärten, lieber den Bischof zu ermorden, als ein solch' ruchloses gegen Gott und die Natur frevelndes Gesetz verkündigen zu lassen. Der Bischof wäre fast um's Leben gekommen und floh nach Heiligenstadt. [2] — Damals gab es noch teutsche Geistliche! — Ähnlich erging es dem Bischof Altmann von Passau, der, als er 1074 die Zölibats-Gesetze Gregor's von der Kanzel verlas, beinahe in Stücke gerissen worden wäre. [3] — Auch Bischof Heinrich von Chur kam bei dieser Gelegenheit in Lebensgefahr. [4]

107) Erzbischof Johann von Rouen mußte 1075 nach Verlesung der römischen Zölibats-Gesetze unter Steinwürfen die Kirche verlassen; und auf einem Konzil in Paris, im gleichen Jahr, wurde von den anwesenden Bischöfen, Äbten und Geistlichen beschlossen, „des Papstes Befehle seien für Frankreich nicht maßgebend, und, die die Priester-Ehe verböten, seien als Ketzer zu erachten." [5]

108) Die morgenländische Kirche hatte sich bekanntlich schon im Jahr 692 auf ihrem II. ökumenischen Konzil in der Zölibatsfrage von der römischen Kirche getrennt, und die Priester-Ehe freigegeben. So ist es bis heute geblieben.

109) Als Gregor VII. bei den teutschen Geistlichen nichts ausrichtete, wante er sich an die Mönche. Bei diesen lag die Zölibatsfrage ja ganz anders; sie waren freiwillige Zölibatäre und traten mit dem freiwilligen Gelübde der Keuschheit in's Kloster ein; wer sich dem nicht unterwarf, konnte draußen bleiben: Mönche brauchte

---

[1] Oswald, H., Dogmatische Mariologie. Paderborn 1850. p. 9—13.
[2] Theiner, a. a. O. II. 178.
[3] Theiner, a. a. O. II. 180.
[4] Theiner, a. a. O. II. 181.
[5] Theiner, a. a. O. II. 182.

die Welt nicht; aber Geistliche waren für das Volk und den religiösen Kult nötig; deßwegen waren die Mönche freiwillige, die Geistlichen gezwungene Zölibatäre. Gregor gewann die Mönche gegen große Vergünstigungen und ließ durch sie das Volk gegen die teutschen Geistlichen aufwiegeln. Es wurde damals mit Fragen gespielt, wie: ob die Wandlung der Hostie in den Leib Christi durch einen konkubinatorischen Priester überhaupt zu Stande käme. Hatte doch Gregor an den Grafen Robert von Flandern geschrieben: „Beachtest Du nicht, was es für eine Raserei und ein Verbrechen ist, wenn Deine beweibten Priester zu gleicher Zeit den Leib der Hure und den Leib Christi berühren?" — Der Leib eines italienischen Knaben, mit dem der römische Priester Unzucht trieb, befleckte die sacramentale Handlung nicht; nur die ‚Hure'; denn die Hure war ja ein Weib; und das Weib war des Teufels. — Das teutsche Volk, welches mit solcher Innigkeit und tiefen Auffassung an den Mysterien des christlichen Gottesdienstes hieng, konnte hier beunruhigt werden: die Wandlung der Hostie von einem beweibten Priester nicht vollzogen, oder minderwertig gemacht! hier war der Punkt, das Volk aufzustacheln; und hier tat es Gregor mit der Rücksichtslosigkeit, die einen Geschäftsmann wie ihn, auszeichnete. Und teutsche Mönche waren seine Helfershelfer. Es kam, wie früher in Mailand, allerorts in Teutschland zu blutigen Kämpfen zwischen Mönchen und Volk einerseits, den Geistlichen anderseits. „Und Hunderte von teutschen Priestern fielen als Märtyrer unter den Streichen der Mönche und des Volks, weil sie ein Eheweib hatten." [1]

110) In Frankreich, wo die Geistlichen und Bischöfe, wie die weltlichen Großen, mehr zu ihrem Könige hielten, konnten die Ehegesetze Gregor's nicht die Verwirrung anrichten, wie in Teutschland, und der Papst sah sich zum Nachgeben genötigt. „Gregor — sagt Theiner — fand in Frankreich nicht so viel Vaterlandsverräther wie in Teutschland, um den Umsturz der bürgerlichen Ordnung bewirken zu können." [2] — Das ist überhaupt der Grund, wie so Teutschland durch fast 2000 Jahre hindurch der stete Kampfplatz zwischen

Papst und Kaiser war: in Teutschland fand sich stets eine Partei, bereit, bei dem ersten Fluch oder Bannschreiben, das über die Alpen kam, über den eigenen Landesherrn herzufallen.

111) Und ist dies heute anders? Hat nicht der Verlauf des sogenannten Kulturkampfes in Teutschland in den 70er Jahren gezeigt, daß es eine große, mächtige Partei bei uns giebt, die den Papst als ihren König, den eigenen König als Landesverräther ansieht, sobald derselbe versucht, sich der päpstlichen Übergriffe im eigenen Land zu erwehren? Und ist es nach der Seite nicht berechtigt, von den teutschen Katoliken eher als von Jtalienern, denn als von Teutschen zu sprechen?

112) Am wenigsten richtete Gregor mit seinen Keuschheits=gesetzen in England aus. Dort regierte Wilhelm der Eroberer. Und vor dem Gleichmut dieses selbstbewußten Mannes fielen päpstliche Schlauheit wie brutale Drohungen gleicherweise zu Boden. Gregor schrieb erst die süßesten Briefe, ,wie er diesen König über alle andern liebe‘. Wilhelm der Eroberer brauchte keine Liebe von der päpstlichen Sorte. Endlich wurde Gregor wild, schickte 1079 seinen Legaten Hubert hinüber und verlangte vom König ,den Lehens=eid an die römische Kirche zu leisten und den Peterszins zu zahlen.‘ — Wilhelm schrieb lakonisch zurück: „Dein Legat Hubert, frommer Vater, ist zu mir gekommen und forderte von mir, daß ich Dir und und Deinen Nachfolgern den Eid der Treue schwören, und das Geld, welches meine Vorfahren an die römische Kirche zu schicken pflegten, einzahlen soll. Das letztere laß ich gelten. Das erstere nicht. Das Geld wird durch den Legaten gelegentlich überschickt werden.“[1] — Der Papst war schlau genug, zu wissen, daß man mit Eroberern vorsichtig umgehen muß. Er forderte die normänni=schen Bischöfe auf, wenigstens ad limina Apostolorum zu wandern, d. h. sich bei ihm zu stellen. Aber sie blieben ruhig zu Hause bei ihrem König und bei ihren Frauen.

113) Der folgende Vorfall trug natürlich auch nicht dazu bei, die Engländer von der Notwendigkeit des Zölibats zu überzeugen: Auf der Synode zu Westminster 1170 erklärte der päpstliche Legat

---

[1] Theiner, a. a. O. II. 243—244.

und Cardinal Johannes von Crema, es sei ein unerhörtes Verbrechen, sich von der Seite einer Konkubine — so nannte er die
englischen Priesterfrauen — zu erheben, um den Leib des Herrn zu
konsekriren. An einem darauffolgenden Nachmittag wurde er selbst,
nachdem er Vormittags die Messe gehalten, in einem Hurenhaus auf-
gegriffen.[1] —

114) Aber in Teutschland hatte die päpstliche Wühlerei schrecklich gewirkt. Länderweis, sagt eine Straßburger Chronik auf das
Jahr 1116, war nach dem Tode Gregor's VII. die christliche
Religion in Teutschland zerstört. Den verjagten Geistlichen blieb
fast nichts, als das nackte Leben. Wegen Mangels an allen Einkünften hörte hie und da der Gottesdienst gänzlich auf.[2]

115) Damals sang man in Teutschland:

> Audientes audiant
> Diu schande uert al über daz lant
> Quaerens viles et tenaces
> Si hat sich uermezcen des
> Quod velit assumere
> Die bösen herren, swie ez erge
> Ad prodendum in dot haim[3]
> Nu hin nu hin, nu hin nu hin.
>
> O liberales clerici
> Nu merchet rehte wi dem si
> Date, vobis dabitur
> Ir sült lan offen iwer tur
> Vagis et egentibus
> So gewinnet ir daz himelhus
> Et in perenni gaudio
> Alsus also, alsus also.

---

[1] »Cum die illa corpus Christi confecisset, post vesperam in mere-
trico interceptus.« — Mornay, Ph., Mysterium iniquitatis sen Historia
Papatus. secunda editio. Salmurii 1612. pag. 646.

[2] Theiner, a. a. O. II. 289.

[3] dot haim: Heim des Todes, hier: Hölle.

Sicut cribratur triticum
Also will ih die herren tun
Liberales cum cibro
Die bösen wisent in daz stro [1])
Viles sunt zizania [2])
Daz si der tieuel alle erslah
Et ut in aeuum pereant
Avoy avoy alez avant.

Rusticales clerici
Semper sunt famelici
Die geheizent und lobent vil
Und lovfent hin zer schanden zil.
Quisque colit et amat
Daz in sin art geleret hat
Natura vim non patitur
Hin vür hin vür hin vür. [3])

116) Trotzdem blieb es hinsichtlich des Zölibats eigentlich beim Alten; wenn es nicht schlimmer wurde. So berichtet der Abt Rupert von Deutz bei Köln (1120—1135): „Diejenigen Priester, die sich der Ehe enthalten, weil sie den Kirchengesetzen zuwider sei, leben nichts weniger, als enthaltsam, sondern treiben es nur noch schlimmer, weil kein eheliches Band ihre Ausschweifungen zügelt, und sie desto ungebundener von einem Gegenstand der Lust zum andern schweifen können." [4])

117) Dieses Wortes des Abtes Rupert ließen sich genau auf unsere heutigen Zustände anwenden. Es ist noch immer die alte Geschichte: Die katolische Kirche hat die offizielle Priester-Ehe zu unterdrücken und den äußerlichen Zölibat, d. i. den Zölibat im Zivilregister und im äußerlichen Verhalten durchzusetzen gewußt. Aber im Geheimen ist es wie vor 1000 Jahren. Die damaligen agapetae und introductae und extraneae heißen jetzen Haushälte-

---

[1]) Die Bösen ‚schiffen‘ in’s Stroh. — Eine bildliche Redensart.

[2]) zizania: Unkraut; im Gegensatz zum Weizen.

[3]) Soltau, F. L. v., Einhundert deutsche historische Volkslieder. 2. Ausgabe. Leipzig 1845. p. 41. — Das Gedicht setzt sich aus Lateinischen, Teutschen, Latinisirt-Teutschen und Französischen Wendungen zusammen.

[4]) Theiner, a. a. O. II. 339—340.

rinnen, Köchinnen oder Nichten. In diesem Punkt bleibt die Welt
auf dem alten Fleck. Das korrekteste Verfahren wäre, die katolischen
Priester den Tag vor ihrer Weihe zu kastriren, wie es im 2. Jahr=
hundert üblich war. Sind unsere Schwestern und Töchter nicht
ebensoviel wert wie die Hulbinnen des Sultans? Und was tut der
Sultan? Er kastrirt die Aufseher seines Harems. Zudem hat die
römische Kirche durch ihre Knaben=Kastrationen zum Zwecke des
Chor=Gesangs eine viel=hundertjährige Übung im Entmannen. Ist
es den katolischen Priestern mit ihrem Keuschheits=Gelübbe Ernst,
dann brauchen sie die Hoden nicht mehr; [1] ist es ihnen nicht Ernst,
dann sollen sie, solange der Papst auf seiner Zölibatsforberung be=
steht, und — Gott sei's geklagt! — noch ein Wort in Teutschland
zu sagen hat, auf den Priesterstand verzichten. — Die Operazion
ist bei dem heutigen antiseptischen Verfahren gänzlich gefahrlos; die
Stimme bleibt weich und zart; also eminent geeignet für den Kirchen=
gesang; und hervorragende Weiter=Entwicklung des Verstands, die
nach der Meinung einiger Physiologen an den Besitz der Hoden
geknüpft sein soll, braucht doch der heutige katolische Priester nicht.
Dann wird sich zeigen, wieviel wirklich dem Herrn Geweihte sich
melden werden. Dann werden auch die teutschen Beichtkinder vor
den Nachstellungen katolischer Geistlicher sicher sein. Dann wird der
Beichtstuhl von schmutzigen Reden und Thaten frei bleiben. Dann
werden auch die zahlreichen, plötzlichen Versetzungen katolischer Priester
wegen zunehmenden Ärgernisses unter der Bevölkerung und uner=
hörter Delicte, wegfallen. — Und wegen des dann allerdings großen
Ausfalls an unehelichen Geburten kann sich das an Kinder=Nachwuchs
so reiche Teutschland trösten. —

118) Gratian's im Jahr 1151 abgeschlossenes Werk der

---

[1] Der Ferraresische Arzt Palingenius schrieb in seinem bekannten
Sitten=Gedicht »Zodiacus Vitae« zu Beginn des 16. Jahrhunderts, als er
auf das Schandleben der Mönche zu sprechen kommt:
. . . . . deceat privari et partibus illis,
quas auferre solet cristatis villica gallis.
Man solle Denen, die die Keuschheitsgelübde ablegen, das nehmen, was die
Bäuerin den jungen Hähnen nimmt. — Palingenü Stellati Zodiacus vitae.
Lugd. 1576.

Kirchengesetze, das Jus canonicum, enthält noch cap. 13, dist. 31 das Zugeständniß, „daß die Eheverbote eine menschliche Erfindung seien, und ehemals Bischöfe und Priester sich verheiraten konnten, wie in der orientalischen Kirche auch." [1] — Damals waren päpstliche Verordnungen noch Menschenwerk; heute sind sie „göttliche Offenbarungen" geworden.

119) Je strenger und weltverachtender die Regeln eines Ordens waren, desto größer die Ausschreitungen. 1135 stiftete Gilbert von Sempringham in England einen Orden, der die trübsinnigste Richtung verfolgte. Kurz darauf kann Nigellus von Wireker, Präcentor von Canterburry, nur die entsetzlichsten Ausschweifungen daraus berichten. Von den Nonnen sagt er unter Anderem: es gäbe zwei Kategorieen, solche die fruchtbar sind, die kämen nieder; und solche, die nicht fruchtbar sind, die kämen nicht nieder; Jungfrauen hießen sie beide. [2]

120) Was in anderen Klöstern geschah, ist teilweise zu bestialisch, um mitgeteilt zu werden. Man lese z. B. bei Theiner den Fall aus dem Kloster Wattun, wo Nonnen einen Mönch, der sich mit Einer der ihren vergangen hatte, durch die Schuldige in einen Hinterhalt lockten, und ihn dort entmannten. [3]

121) Inzwischen erlebte der geschlechtliche Versündigungs-Wahn unter dem großen Sittenprediger Bernhard von Clairvaux im 12. Jahrhundert eine neue Auferstehung. [4] — Die Ehe wurde jetzt vielfach auch bei Laien als etwas Schimpfliches, Entehrendes, ‚eine

---

[1] Corpus juris canonici post emendationem absolutam editum Halae Magdeburgicae 1747. tom. I.

[2] »Harum sunt quaedam steriles, quaedam parientes:
   Virgineoque tamen nomine cuncta tegunt«
in seinem Buch Brunellus sive speculum stultorum, siehe Baleus, Scriptorum illustr. maj. Britanniae Centuria III. append. cap. 25, Basileae 1557.

[3] Theiner, a. a. O. II. 371.

[4] Die ‚eheliche Beischlafs-Sünde‘ hatte schon Justinus Martyrus im 2. Jahrhundert construirt; siehe dessen apolog. II de resurrect. carnis; er empfahl consequenter Weise auch die Entmannung, dem sich viele Jünglinge, u. a. der heilige Origenes, unterzogen.

Art Unzucht' angesehen. Die Jungfrau Maria (die doch selbst Kinder geboren hatte, auch außer Christus) erschien nächtlicher Weile den Ehegattinnen und beredete sie, sich des Umgangs mit ihren Ehemännern zu enthalten. Schließlich galt außereheliche Unzucht für eine verzeihlichere Sünde, als der Verkehr in der Ehe. — „Während der Verwirrungen, die in Deutschland unter Heinrich IV. stattfanden, — schreibt Theiner — entsagten viele Verehlichte, von Verzweiflung ergriffen, der Ehe, begaben sich sammt ihrer ganzen Habe unter die Leitung der Mönche, und begannen eine gemeinsame canonische Lebensweise. Als Mehrere hierüber ihr Bedenken äußerten, eilte Urban II. herbei, erklärte diese Lebensweise für die der ersten Christen, und bestätigte sie. Ungeheuren Profit hatten hiervon die Mönche." [1] — So geht es, wenn man den goldbehängten Italiener auf dem Stuhl Petri statt gelegentlich für einen Verrückten, für einen Gott hält.

122) Um 1212 war in Straßburg ein Diacon Namens Bochard mit der Schwester der Gräfin von Flandern in Ehe getreten, und hatte von ihr zwei Kinder. Als Innocenz III. davon erfuhr, bannte er ihn, befahl, den Bann jeden Sonntag öffentlich zu verkünden, und legte dem Missethäter auf, ein Jahr Buße zu thun. Bochard kämpfte ein Jahr im Orient gegen die Türken und kehrte dann zurück. Als er seine Frau und seine Kinder wiedersah, erklärte er, er könne und wolle sie nicht verlassen. Seine Priesterstelle gab er aber auch nicht auf. Inzwischen starb Innocenz III.; sein Nachfolger Honorius III. griff aber die Sache mit größerem Eifer auf, ließ den flüchtigen Bochard in Gent ergreifen und enthaupten. Der Kopf wurde in ganz Flandern herumgezeigt. [2]

123) Wie es aber trotz alledem in den Klöstern selbst aussah, davon geben Verordnungen von einem Konzil in Paris vom gleichen Jahre einen Begriff: dort wird u. a. befohlen, „daß Mönche und Kanoniker nicht zusammen im Bett liegen dürfen und Sodomiterei treiben"; „daß die verdächtigen Thüren zu den Schlafsälen und

---

[1] Theiner, a. a. O. II. 356—361. Anmerkg.

[2] Theiner, a. a. O. II. 410.

sonstige gefährliche Aufenthaltsörter von den Bischöfen zu verrammeln seien"; ebenso „daß Nonnen nicht zusammen im Bett liegen dürfen."[1]

124) Ein relativ gesunder Geist herrschte immer in der Schweiz. Als im Jahr 1230 die Züricher die Frauen ihrer Geistlichen vertreiben wollten, weil letztere, obwohl im Besitz weltlicher Güter, sich weigerten, zum Aufbau der Stadtmauern beizutragen, kam der vernünftige Bischof Conrad von Constanz herüber, und erklärte den Züricher Bürgern, ihr Zorn gegen die Priesterweiber habe keinen vernünftigen Hintergrund; die Geistlichen bedürften der Frauen, da sie ja nicht kochen und weibliche Geschäfte verrichten könnten; und stiftete so Friede.[2]

125) Eine der häufigsten Strafen gegen die Priesterfrauen war, daß sie ergriffen und gewaltsam ‚kurz geschoren‘ wurden. So lautete eine Verordnung des Erzbischofs von Rouen 1231: „Wir befehlen, daß die Konkubinen der Priester öffentlich in der Kirche am Sonntag in Gegenwart des Volkes geschoren werden."[3] — Ähnliches geschah später vielfach bei Freudenmädchen. — Geht man dem tollwüthigen Gedanken nach, der in dieser rohen Verordnung liegt, so ist es klar, man wollte dem Weib seine schönste Zierde rauben, es gleichsam zum Mann degradiren, und es als Beschimpftes öffentlich sichtbar machen. Derweil war gerade sie mehr Weib, wie jede Andere. — So schlägt Natur, wenn man seinen eigenen Wahn gegen sie forziren will, immer in Wahnwitz und Unnatur um. Und das ist der Inhalt der ganzen Geschichte des Zölibats: ein Kampf gegen die Natur, geführt von einem Heer unzähliger, meist zwangsweise geworbener Soldaten, der in Unnatur und Selbstbeschädigung endet. ——

126) Prachtvoll, und einen Einblick in den süß-schurkenhaften Gedankengang der katolischen Kirche gewährend, ist eine Aufstellung des Magister Heinrich vom Mendicanten-Orden zu Straßburg vom Jahr 1261, daß, „wenn eine Nonne, von Versuchung des Fleisches und menschlicher Schwachheit überwältigt, zur Verletzung der Keusch-

---

[1] Theiner, a. a. O. II. 421.
[2] Theiner, a. a. O. II. 435.
[3] Theiner, a. a. O. II. 436.

heit getrieben werde, geringere Schuld habe und mehr Nachsicht ver=
diene, wenn sie einem Kleriker, als wenn sie einem Laien sich hin=
gebe"; eine Ansicht, die der Bischof Walter von Straßburg auf
dem nächsten Konzil um das Gewicht seiner eigenen Meinung ver=
stärkte. [1])

127) Allmählich kommen wir in die Periode, in der der
Priester wegen seiner Konkubine nicht mehr sein Amt aufgeben muß,
nicht mehr seine Pfründe verliert, nicht mehr in Todsünde verfällt,
nicht mehr ein Jahr gegen die Heiden kämpfen muß, sondern für
sie eine Buße bezahlt. Dies ändert die ganze Situazion. Die
Priester bezahlen freudig und gern. Die Gelder fließen in die
bischöfliche Kasse, und bilden einen Theil der regelmäßigen Einnahmen.
Der Bischof zahlt einen Theil des Geldes an den Papst. Jetzt ist
Alles zufrieden; die Zölibatsfrage ist gelöst. Der Priester hat kein
Eheweib. Er hat eine durch Kirchenbuße gereinigte, mit baarem
Geld bezahlte Konkubine. Jetzt wird nicht mehr geköpft, nicht mehr
geschoren. Die Zölibatsgesetze werden strenger wie je verkündigt;
aber nur, um die Bußen in die Höhe schrauben zu können. Das
Land dieser neuen Erfindung ist natürlich Italien.

128) Während noch 1310 auf einem Provinzial=Konzil in

---

[1]) Theiner, a. a. O. II. 457. — Siehe auch das satrische lateinische
Gedicht „Das Liebeskonzil" aus dem 12. Jahrhundert, welches Moriz
Haupt aus einer Trierer Handschrift mitgeteilt hat: Die Äbtissin eines
südfranzösischen Klosters ladt alle ihre kanonischen Schwestern zu Frühlings=
anfang zur Beratung darüber bei sich ein, ob und wem sie, dem Himmel Ge=
weihte, ihre irdische Liebe schenken dürften. Einige jüngere Nonnen strengerer Ob=
servanz stellen die Meinung auf, ihr Keuschheitsgelübde erlaube ihnen nur,
sich den Ordensbrüdern vom gleichen Orden hinzugeben, also Dominikane=
rinnen nur Dominikanern. Dies wird verworfen. Alle Kleriker hätten das
Recht auf ihre Liebe. Denn sie seien verschwiegen, sanft im Umgang und
gäben Geschenke. Dagegen wird die andere Meinung, das Recht dieser Gunst=
bezeugung auch auf Ritter, Knechte und Reißige auszudehnen, mit Entrüstung
zurückgewiesen; denn diese seien, obwohl tapfer und kräftiger, Prahlhänse und
schwätzten alles aus. In diesem Sinn wird dann förmlich beschlossen, über
Anders=Denkende der Bannfluch ausgesprochen und befohlen, die neuen Be=
schlüsse allen Frauenklöstern mitzuteilen. — Zeitschrift für deutsches Alter=
thum, hrsg. von Haupt. Leipzig 1849. Bd. VII. p. 160.

Köln bestimmt wird: ‚Geistliche im Konkubinat werden suspendirt; es ist verboten, bei ihnen die Messe zu hören'; läßt sich schon 1311 der Mailänder Erzbischof Castonus auf dem Pergamener Konzil folgendermaßen vernehmen": Ein Prälat und Vorsteher einer Kirche, welcher eine Konkubine bei sich hält, muß zehn, ein anderer Kleriker fünf Pavier Liren (librae Papienses) als Buße bezahlen, welche der Bischof nach seinem Gutdünken zu frommen Zwecken verwendet." [1]

129) Die Teutschen merkten davon nichts. Und hoch oben im Norden, in Skandinavien, Dänemark und theilweise auch in Eng= land, wo die aufrührischen Zölibats = Gesetze eines Gregor gar nicht hingedrungen waren, oder keine Beachtung gefunden hatten, lebte Alles in Ruhe und Frieden; die kirchlichen Mysterien erfüllten die Bewohner dieser düsteren und zu tiefsinniger Grübelei anregenden Klimate viel zu intensiv, um den lockeren Erörterungen eines römischen Hofs Aufmerksamkeit zu schenken; und das Priesterweib nahm seine altchristliche, unerschütterte Stellung ein. So daß sich hier, auf diesem Punkt, die merkwürdige Perspektive ergiebt, daß, während in Italien der Kreis von der legalen Priestersfrau zum gezüchtigten und geschmähten Weib im Hause des Geistlichen, und von da zur durch Geldbuße legalisirten Konkubine bereits vollendet hatte, hoch oben in dem beneidenswerten Norden die Gattin des Priesters, das Vorbild der evangelischen teutschen Pfarrersfrau, unberührt von diesen eckelhaften Kämpfen, noch ihre vornehme altchristliche Stellung unbe= stritten inne hatte.

130) Einzelne Verordnungen aus der Folgezeit aber zeigen, wie tief der Schaden stellenweise gefressen: Auf einem Konzil zu Oxford 1322 wird den Geistlichen verboten, „an dunklen Orten die Beichte der Weiber zu hören." — Und das Konzil zu Avignon verbietet den Priestern, Gift oder tötliche Kräuter zur Abtreibung der Kindes= frucht zu reichen. [2]

131) „Ja wir befinden in täglicher erfahrung, daß die hailige römische kirch vil lieber gedulden will, daß ir liebe hailige schwesterlin in den klöstern als nonnen und Beginen [3] mit tränken und arznei

---

[1] Theiner, a. a. O. III. 595.
[2] Theiner, a. a. O. III. 600—608.
[3] französische Klosterfrauen.

ire frucht vertreiben, ehe daß sie geboren werde, oder auch frävenlich
erwürgen, wann's an das liecht gebracht ist, dann daß sie nach Pauli
rat männer sollten nemen." [1]

132) In Italien steigen bald die Taxen für den den Priestern
jetzt offiziel gestatteten Umgang mit den Weibern. „25 Lire für
eine verdächtige Frauensperson, 25 Goldgulden für eine eigentliche
Konkubine" bestimmt das Konzil von Florenz 1346. [2] — Jetzt, seit=
dem die Kirche Geld bekam, gieng die Transsubstanziazion, die Ver=
wandlung der Hostie in den Leib Christi, durch den beweibten Priester
anstandslos vor sich.

133) Inzwischen freilich hatten sich die Päpste das Recht, in
Sittlichkeitsfragen mitsprechen zu können, selbst benommen. Während
durchweg in Teutschland die härtesten Zölibatsgesetze verkündet wur=
den, überließ sich der päpstliche Hof in Avignon während des
ganzen 14. Jahrhunderts, wie uns Petrarca erzählt, Ausschwei=
fungen und sexuellen Lastern von einer Exorbitanz, gegen die das
harmlose und ehrliche Eheband eines teutschen Klerikers, der lieber
seine Pfründe, als sein Eheweib und seine Kinder aufgab, eine heilige
Messe genannt werden muß. „Die zu Greisen gealterten Kirchen=
fürsten — schreibt Petrarca im 20. seiner adresselosen Briefe —
vergessen, daß sie keine Zähne und Kräfte mehr haben, wagen Dinge,
vor denen selbst ein unbändiger Jüngling zurückschrecken würde, und
zeigen sich so, als ob ihr Heil nicht im Kreuz Christi, sondern in
schamlosen Übungen auf lüsternem Pfühl zu finden sei." [3]

134) Der große Strafprediger Nicolaus d'Oresme nannte

---

[1] J. Fischart, Bienenkorb des hailigen römischen immenschwarms.
1582. Hrsg. von J. Eiselein. Sanct Gallen 1847. p. 305.

[2] Theiner, a. a. O. III. 611.

[3] »Quis non irascatur et rideat illos senes pueros, coma candida,
togis amplissimis, lascivientibus animis? Tam calidi, tamque praecipites
in venerem senes sunt, tanta eos aetatis et status et virium coepit oblivio,
sic in libidinem inardescunt, sic in omne ruunt dedecus, quasi omnis
eorum gloria, non in Cruce Christi sit, sed in commessationibus et ebrie-
tatibus, et quae has sequuntur in cubilibus impudicitiis.« Librorum
Francisci Petrarchae Basileae (1495) impressorum Epistolae sine titulo.
Epist. XX.

1364 die Avignonensischen Prälaten in Gegenwart Urban's V. „un=
züchtige Hunde." [1] — Und was Dante und Boccaccio und die
übrigen Novellisten von der Lüsternheit italienischer Priester zu er=
zählen wissen, brauchen wir hier wohl nicht anzuführen.

135) „So treibst Du und Deine Kinder schändliche Unzucht;
denn die Cardinäl und Deines Hofes Puseron [2] und Hermaphro=
diten führen ein solch greulich Wesen, daß Himmel und Erden dafür
beben und zittern." [3]

136) Als Innocenz IV. 1245 das zu Lyon abgehaltene Konzil
verließ, sagte der Cardinal Hugo im Moment der Abreise des
päpstlichen Hofes zu den Einwohnern der Stadt: der Aufenthalt des
römischen Stuhls sei der Stadt doch von großem Nutzen gewesen:
wie sie hergekommen seien, habe es hier drei oder vier Hurenhäuser
gegeben, jetzt, bei ihrem Abzug, sei nur noch ein einziges da; dies
reiche aber von einem Ende der Stadt bis zum andern. [4] — Solche
Späße konnten sich die hohen Herrn schon unter sich erlauben. Nur
hinausbringen durften sie nicht; aber selbst da war die Gefahr nicht
groß. Die blöden Teutschen waren glücklich, einen italienischen Lüst=
ling zum Herr=Gott zu haben, und sanken gläubig in's Knie, sobald
sich nur der Zipfel eines päpstlichen Legaten bei ihnen blicken ließ.

137) „Solch schändlich Leben, das so offenbar ist, straft kein
Papst, Cardinal, Bischof, Doctor, Pfaff, Mönch, Nonne, sondern
lachens, putzens und schmückens." [5]

138) Und von Johann XXIII., der auf dem Konzil zu
Konstanz 1415 gegen seine zwei Gegenpäpste abgesetzt wurde, und

---

[1] Theiner, a. a. O. III. 623.

[2] Knabe, Knäbchen; italienisirte Form vom lateinischen pusus.

[3] Luther, Wider das Bapstum zu Rom vom Teuffel gestifft. Witten=
berg 1545. Sämmtliche Werke. Erlangen 1830. Bd. 26. p. 134.

[4] »Amici magnam fecimus, postquam in hanc urbem venimus,
utilitatem et eleemosynam. Quando emin primo huc venimus, tria vel
quatuor prostibula invenimus. Sed nunc recedentes unum solum relin-
quimus. Verum ipsum durat continuatum ab orientali porta civitatis
usque ad occidentalem. — Matthaeus Parisiensis, Historia major ad a. 1221.
ed. W. Wats, 1686, p. 707.

[5] Luther, Warnung an seine lieben Deutschen, 1531. Sämmtliche
Schriften. Erlangen 1830. Bd. 25. p. 8.

dessen Taten nur deßhalb an's Licht kamen, da man, um ihn absetzen zu können, seine incrimina angeben mußte, erzählt Dietrich
von Niem, ein damaliger Chronist, „daß Johann nach einem öffentlichen Gerücht als Cardinal in Bologna an zweihundert Ehefrauen,
Witwen und Jungfrauen, auch viele Nonnen, entehrt habe. Einige
derselben sollen von ihren Ehemännern, andere von ihren Anver-
wandten, aus Schande um's Leben gebracht worden sein, ohne daß
dies auf den eigentlichen Urheber dieser traurigen Ereignisse Eindruck gemacht habe. Bonifaz IX. habe ihn seiner Zeit nach Bologna
geschickt, um ihn teils von seiner Beischläferin in Rom zu entfernen,
damit diese nach Neapel zu ihrem Ehemanne zurückkehren könne, teils
um sich durch ihn Bologna zu unterwerfen." ¹) — Seine Schand-
thaten wurden von den geistlichen Herrn auf dem Konzil selbst unter
70 Anklagepunkte gebracht, von denen aber aus Schonung für die
Zuhörer nur 50 zur Verlesung kamen, darunter: Hurerei, Ehebruch,
Blutschande, Sodomie, Simonie, Freigeisterei, Räuberei und Mord. ²)
— Als er merkte, was gegen ihn im Anzug war, floh er aus
Konstanz als Postknecht verkleidet, wurde aber eingeholt und zur
Unterzeichnung der Abdankungs-Urkunde gezwungen. — Trotzdem
machte ihn sein Nachfolger Martin V. wieder zum Dechant des
Cardinalcollegiums. — Auf demselben Konzil wurden Huß und
Hieronymus, die ein tadelloses, sittenreines Leben geführt, aber die
Autorität der Bibel höher achteten, als die des Papstes, — ver-
brannt.

139) Währenddem kamen aus Teutschland die schrecklichsten
Nachrichten über die Wirkung der Zölibats-Gesetze. Dietrich von
Niem berichtet aus den Diözesen Bremen, Utrecht, Münster:
„Mönche und Nonnen leben in den Klöstern zusammen und machten
aus denselben Hurenhäuser, in denen die schaudervollsten Verbrechen
verübt würden. Die Nonnen töteten ihre eigenen Kinder." ³)

---

¹) Schröckh, Kirchengeschichte. Th. 31. p. 378 ff. Leipzig 1800.
²) Weber, J. C., Das Papsttum und die Päpste. Stuttgart 1834. II.
p. 248.
³) Theodorus de Niem, Historiarum sui temporis, lib. IV. cap. 34.
Basil. 1566.

140) Gegenüber diesem allgemeinen Verderben, und dem Ver=
fall der Sitten vom Papst herunter bis zum letzten Bettelmönch, der
sich auf seinen Wanderungen als Beichtvater in die Häuser schlich,
und die Frauen verführte, und angesichts der gänzlichen Unwirksam=
keit der bis zum Überdruß verkündigten Keuschheits=Verordnungen,
kam dann Franziscus Zabarella, Erzbischof von Florenz, 100 Jahre
vor Luther, selbst auf den zuerst schüchtern auf dem Konzil ausge=
sprochenen Gedanken: unter den gegenwärtigen Verhältnissen sei die
Priester=Ehe, als das geringere Übel, dem Zölibat vorzuziehen. [1] —
Und selbst Pius II. hatte, als er noch nicht Papst, sondern Aeneas
Sylvius hieß, gesagt: „Wenn man Gründe hatte, den Geistlichen
die Weiber zu nehmen, so hat man noch weit triftigere, sie ihnen
wieder zu geben." [2]

141) Kaiser Sigismund griff den Gedanken auf dem Konzil
auf, und sprach ihn in seiner berühmt gewordenen Schrift ‚Die
Reformation' (später gedruckt zu Basel 1521) mit voller Deutlichkeit
und großer Gemütswärme aus: „Es ist under der priesterschaft
große mißhellung dick und vil, zwischen den bischoffen und jnen als
ich euch sag. Wann die bischoff von geytigkeit (aus Geiz) und on
alle notturft, und wider gott und recht (brand=) schatzen die priester
und nemen jnen abstewer (von wegen ihrer Eheweiber); Processen
schickt er jnen des ersten vor jrer concubinen wegen, darumb das
sie der stewer dester ee ein geen. Etwan so kummen sie in den
pann (Bann), sie lassen aber darumb jrer concubinen nit. Also nympt
der bischoff das gelt wider recht und laßt sie sitzen mit großem un=
recht, und dick und vil in pennen (Bannflüchen) unabsolvirt. (Erst
nimmt der Bischof von den Priestern wegen ihrer Weiber eine
Steuer; kommen sie dann von Seite des Papstes wegen der Weiber
in den Bann, so kümmert sich der Bischof nicht darum.) Aber darum
das es versehen (vermieden) werde, so ist es weger (besser) das man
lebe als man zu Orient lebt (die orientalische Kirche behielt bekannt=
lich die Priesterehe bei) und an andern ettlichen enden, do die priester

---

[1]) Theiner, a. a. O. 656.

[2]) »Sacerdotibus magna ratione sublatas nuptias mairoi restituendas
videri«. Platina, historia de Vitis Pontificum Parisiis. 1505. p. 333, b.

ee (Ehe=) Weiber nemen, wann unser herr Christus hat es nit ver=
botten der priesterschaft." [1]

142) Aber was hatte damals ein Kaiser zu sagen?! Be=
sonders ein so schwacher, wie Sigismund. Hatte er sich doch auch
von den geistlichen Herrn beschwaten lassen, das Huß und Hiero=
nymus auf sein kaiserliches Wort hin gegebene freie Geleite zu
brechen; die einzige Vorbedingung, welche die beiden furchtlosen
Denker dem Flammentod überliefern konnte. Und so mußte auch
jetzt der Kaiser vor dem Franzosen Gerson und seiner dogmatischen
Sofistik hinsichtlich der Priester=Ehe zurückstehen. Die Unzucht der
Geistlichen, sagt Gerson, ist das geringere Übel gegenüber der
Priester=Ehe, und drückt dies in folgendem horrenden Satz aus:
„Lieber unenthaltsame Priester als gar keine" (d. i. verheiratete)!" [2]
Und an anderer Stelle sagt er: „Es ist zwar ein großes Ärgerniß
für die Pfarrkinder, wenn der Pfarrer mit einer Konkubine Bei=
schlaf pflegt; aber ein weit größeres ist es, wenn er die Keuschheit
seiner Pfarrtochter verletzt." — Aber die Konkubine ist ja eine Pfarr=
tochter! Die Konkubinen fallen ja doch nicht, als Geschenk Gottes,
vom Himmel herab, für jeden Priester eine! Sondern sie sind die
Töchter des Landes. Und der Priester kann sie, da er nicht mit
ihr verheiratet ist, jede Stunde wechseln. Und eine Bürgers= und
Pfarrtochter nach der andern kommt dann dran!

> „Hat einr mit einer nit genug,
> Nimpt er zwo drei nach seinem fug:
> Welch im nit gfelt, die läßt er gon,
> Nimpt ander, als vil er wil hon." [3]

Das ist es ja eben, wogegen sich das nordische Bürgertum

---

[1] „Die Reformation: so der aller Durchleuchtigest, Großmechtigest fürst
herr Sigmund, Römischer Kaiser, in dem nechsten Concilio zu Constenz, die
Christenliche kirchen in bestentige ordenung zu bringen fürgenommen hat".
Basel 1521.

[2] Gerson, Dialogus Sophiae et Naturae super coelibatu sive casti-
tate Ecclesiasticorum. Opera. Basil. 1528. tom. II.

[3] Triumphus Veritatis, Sik der Wahrheit, mit dem Schwert des Geists
durch die Wittenbergische Nachtigall erobert. Von einem Nürnberger ca. 1525.
s. Oskar Schade, Satiren und Pasquille aus der Reformationszeit. Han=
nover 1863. Bd. II. p. 214.

auflehnte. Das war der ehrliche, gesunde Gedanke Kaiser Sigis=
mund's! — Hier, auf diesem Konzil, kann man sehen, wie sich
katolischer und teutscher Geist scheidet; katolischer, doktrinärer Starr=
sinn der Wälschen und germanische, ehrliche Herzens=Einfalt; Ger=
son und Kaiser Sigismund. Lieber Unzucht der Priester und
Rettung des doktrinären Lehrbegriffs, als verehelichte Pfarrer und
Sauberkeit im Gottesdienst und in der Gemeinde. — Gerson ist
der erste Typus jener vaterlandslosen, gewissensbaren Menschen, die
aus Lust, der Kohorte des Papstes anzugehören, Alles preisgeben,
der früheste Typus jener Malou, Guillou, de Maistre, Veuillot
unserer Tage. —

143) Das Konzil von Konstanz hatte durch seine Entscheidung
über das Zölibat das eigentliche, geheime Denken der katolischen
Kirche wie mit einem Schlaglicht grell beleuchtet: Man war zu=
sammengekommen, hauptsächlich, um ‚Reformazion‘ zu üben, ‚Refor=
mazion an Haupt und Gliedern‘; einer der Hauptpunkte war die
Priester=Ehe; man wußte, daß der Zölibat im Sinne wirklicher
Keuschheitsübung nicht durchführbar sei, daß die strengsten Verord=
nungen und Strafen nichts genützt hatten; man gab zu, daß die
Priesterehe den gegenwärtigen furchtbaren Zuständen in Sakristeien
und Klöstern vorzuziehen sei (s. den Erzbischof von Florenz); aber
man wußte auch seit Hildebrand (Gregor VII.), daß die Ehe=
losigkeit der Priester das einzige Mittel sei, sie vom Vaterland ab=
zutrennen und zu einem hierarchischen Werkzeug der Päpste zu
machen. [1]) Wie hatte man sich also jetzt zu entscheiden: Entweder
Priester=Ehe und Verminderung des päpstlichen Einflusses, oder
Zölibat mit allen Unzuchts=Consequenzen und Aufrechterhaltung der
Hierarchie. Man entschied sich für's letztere. Und nun kommen die
dogmatischen Maulwürfe und wühlen nach der neuen Metode.

144) Man höre Gerson: „Verletzt ein Priester das Gelübde
der Keuschheit, wenn er eine unzüchtige Handlung begeht? — Nein!
Das Gelübde der Keuschheit bezieht sich bloß auf das Nicht=Eingehen
einer Ehe. Ein Priester, der also die stärksten Unzuchtsdelikte sich

---

[1]) »Non liberari potest Ecclesia a servitute Laïcorum, nisi liberen-
tur prius Clerici ab uxoribus« hatte Gregor geschrieben. Epist. III. 2.

zu schulden kommen läßt (quamvis peccet gravissime) bricht, wenn er es als Unverheirateter thut, das Keuschheitsgelübbe nicht." [1] — Merkst Du Leser, worauf es hinausgeht? — Da man die Priester=Ehe unter keinen Umständen gestatten kann, die Priester aber, wie die Erfahrung gezeigt hat, die Keuschheit ebenso wenig halten können, so muß man eben die außereheliche Geschlechtsgemeinschaft der Priester, sei es nun mit Konkubinen oder Beichtkindern, dogmatisch construiren und vertheidigen. Und das thut Gerson.

145) Und der Kardinal Lampeggi erklärte dem Senat von Straßburg, der sich im Hinblick auf die Priester=Konkubinen recht=fertigen wollte, daß er den Priestern der Stadt die Ehe erlaubt habe: „Er wisse wohl, daß die deutschen Bischöfe ihren Geistlichen für eine auferlegte Geldbuße außerehelichen Geschlechtsgenuß gestatteten; doch dies sei kein Grund, die Priesterehe zu erlauben; denn, daß sich die Priester verheirateten, sei eine viel schwerere Sünde, als wenn sie sich mehrere Huren zu Hause hielten — quod sacerdotes fiant mariti, multo esse gravius peccatum, quam si plurimas meretrices alant; — denn jene bildeten sich ein, nicht zu sündigen; diese aber erkenneten wenigstens ihre Sünde." [2] — Dies ist ganz echter katolischer Geist.

146) Wenn man nur Das den fünfzehn Millionen Katoliken in Teutschland täglich vorsagen könnte, daß es sich in Rom nicht um Religion handelt; daß seit fast 1000 Jahren, seit Gregor VII., die Herzens=Reinheit eines Menschen, sein transszendentaler Flug nach Oben, seine moralische Sauberkeit, worauf Alles der Teutsche so viel hält, dort gar nicht in Frage kommen; daß es sich dort nur um religiöse Herrschaft, oder italienische Religion handelt; wir wären frei von diesem Sumpf=Ort, dessen dogmatische Dünste tausend=

---

[1] Violatne persona votum suum, quando non servat castitatem, vel etiam presbyter, aut religiosa persona? Respondeo, quod regulariter votum castitatis fit, quod nunquam vovens, contrahere velit matrimonium et pro hoc quis consequenter obligatus est ad castitatem. Ideo non violat votum suum is, qui non contrahit matrimonium, quamvis peccet gravissime. Sermo contra luxuriam. Dominica II. Adventus. Op. t. III. p. 917.

[2] Rongeü, J., Kostbare Reliquien aus dem goldenen Zeitalter der Römischen Hierarchie. Landsberg 1845. p. 9.

mal schlimmer sind, als seine mesitischen; und wären ein einiges
Vaterland.

147) Noch einmal Gerson: „Die Prälaten können nicht bloß,
sondern müssen von der Fällung der Excommunication gegen prieste-
liche Konkubinarier abstehen. Es wäre in der That sehr thöricht,
gegen die ausschweifenden Priester mit dem Bann vorzugehen,
thöricht, gefährlich, gottlos und beinahe sacrilegisch. Es ist
besser, Schuldige ungestraft zu lassen, als Unschuldige zu bestrafen.
Die Pfarrkinder werden aber gestraft, wenn ihnen der Umgang mit
dem Pfarrer verboten, und so ihr Gewissen durch Zweifel beunruhigt
wird. Wenn man Gründe hat, die Huren zu dulden, so hat man
noch mehr Ursache, die hurerischen Priester zu dulden.“ [1] — Das
ist wiederum ganz echter, reiner katolischer Geist.

148)
　　„Ists aber nit ein tirannei,
　　Daß man so zwingt zur hurerei,
　　In dem daß man die ee verbeut
　　Den geistlichen? als werns nit leut
　　Die an in hetten fleisch und blut,
　　Welchs dan, wie sin natur ist, thut,
　　Und keuschheit nieman halten kan.
　　Dan wie kann feur on flammen sin?
　　Got gieß den tauw der gnaden drin.
　　Nach secht von diser keuschheit wegen,
　　Dern sie all zeit (wie ghört ist) pflegen
　　In irem so geistlichen stant,
　　Werden sie alle geistlich genannt —
　　Ja fleischlich, vihisch, pfei der schand,
　　Daß man sol von uns christen sagen
　　Das d' heiden hetten nie verdragen!“ [2]

149) Von hier aus war es nur ein Schritt, die beim unbe-
weibten Priester unvermeidlichen Unzuchtshandlungen zu legalisiren
und über sie weise Vorschriften zu geben. Auch diesen macht Gerson:
„Das dritte Mittel — sagt er, — um Unzuchtsvergehen zu compensiren, ist, ihnen eine große Anzahl guter Werke gegenüberzustellen.
Auch gebe man Acht, erstere nur im Geheimen zu üben, nicht an

---

[1] Gerson, Liber de vita spirituali animae. t. III. p. I. p. 51—54.
[2] Triumphus veritatis, Sik der Wahrheit, a. a. O. p. 216.

Sonntagen und an heiligen Örtern und nur mit Unverehelichten." [1)]
— Wer die Wurzeln des Jesuitismus in der katolischen Kirche jenseits der Reformazion aufsuchen will, muß hier anfangen.

150) Inzwischen nimmt die merkantile Form des Zölibats ihren Fortgang. Die ‚Priester=Hure‘ war jetzt dogmatisch konstruirt; und der ‚Huren=Zins‘, die Huren=Taxe war ebenfalls schon einge= führt; die alte Sittenlosigkeit unter neuer, theologischer Etikette konnte also jetzt ruhig ihren Fortgaug nehmen. Aus der nun folgenden Zeit des 15. Jahrhunderts berichtet uns Nicolaus von Clemangis: „Die Vorsteher der Parochien in den Diözesen halten sich meist gegen einen festen und übereingekommenen Preis, den sie an ihre Prälaten zahlen, öffentlich Konkubinen." [²)]

151) An anderer Stelle, erzählt er, zwingen die Bürger die Geistlichen, sich Konkubinen zu halten, um den Schändungen der Frauen und Jungfrauen einen Damm entgegenzusetzen: »Denique laici usque adeo persuasum habent nullos (clericorum) coelibes esse, ut in plerisque parochiis non aliter velint presbyterum tole- rare, nisi concubinam habeat, quo vel sic suis sit consultum uxoribus, quae nec sic quidem usque quaque sunt extra periculum.« [³)]

152) „Ist heute Jemand zum Müßiggang geneigt — fährt er fort — flieht er die Arbeit und will ein schwelgerisches Leben führen, so lauft er mit offenen Armen dem Priesterstand zu." — »Si quis hodie desidiosus est, si quis a labore abhorrens, si quis in otio luxuriari volens ad sacerdotium convolat.« [⁴)]

153) Von den Nonnen schreibt er, daß ihre Klöster nicht

[¹)] »Tertium remedium est efficere, ut paucissima faciant peccata, et interdum multa bona facere. Notate quod sit in secreto, et extra festa et loca sancta, cum personis sine vinculo.« Gerson, Sermo contra luxuriam. Dominica IV. Adventus. Op. t. III. p. 932.

[²)] Nicolaus de Clemangis, De corrupto ecclesiae statu: »Plerisque in dioecesibus rectores parochiarum ex certo et conducto cum suis prae- latis pretio, passim et publice concubinas tenent.« Op. Ed. G. M. Lydius. Lugduni 1613. c. 15. n. 13. p. 15.

[³)] De praesulibus simoniacis. Lugduni 1613. p. 165. sq.

[⁴)] Nicolaus de Clemangis, a. a. O. c. 16. n. 3.

Gottes Heiligtümer, sondern dem Venusdienst geweihte Häuser seien,
wo die männliche Jugend sich zur Sättigung ihrer Gelüste zusammen=
finde. Und eine Jungfrau den Schleier nehmen lassen heiße nichts
Anderes, als sie zur öffentlichen Lustdirne machen: »Nam quid, ob-
secro, aliud sunt hoc tempore puellarum monasteria, nisi quaedam,
non dico Dei sanctuaria, sed Veneris execranda prostibula, sed
lascivorum et impudicorum juvenum ad libidines explendas recep-
tacula. Ut idem hodie sit puellam velare, quod et publice ad
scortandum exponere»[1]).

154) Nun kam das Baseler Konzil heran (1431—1449).
Aufs' Neue erhoben sich Stimmen, den Geistlichen lieber die Ehe
zu erlauben, als das Schandleben weiter mitansehen zu müssen.
Besonder Nicolaus Tudeschi, der berühmteste Kanonist seiner Zeit,
plädirte für die Abschaffung der die Priester=Ehe verbietenden Ge=
setze. Und 1439 wurde sogar ein verheirateter Papst, Felix V.
(1439—1448) gewählt. Als sich einige Stimmen dagegen ver=
nehmen ließen, erklärte Aennas Sylvius, später als Pius II.
selbst Papst: „Was streiten sich die Doctoren, ob ein verheirateter
Papst schuldig sei, seiner Frau die eheliche Pflicht zu leisten[2]); und
ob ein Verheirateter Papst sein kann? Es gab, wie Ihr wißt, ver=
heiratete Päpste. Vielleicht dürfte es gut sein, wenn sich die Priester
verheiraten dürften; weil Viele verheiratet im Priesterthum ihr Seelen=
heil fördern würden, die jetzt ehelos zu Grunde gehn"[3].

155) Alain Chartrier, Secretär König Karl's VII. pro=
fezeite 75 Jahre vor Luther, das Verbot der Priesterehe, welches
nur die Unzucht fördere, und bereits zur Spaltung der griechischen
von der römischen Kirche geführt habe, werde noch weitere Spal=
tungen zur Folge haben[4]. Dieser Chartrier wußte wenigstens
soviel, daß die italienische Sittlichkeit von der Sittlichkeit der nor=
dischen Völker himmelweit verschieden sei; was die Päpste, die die

---

[1]) Nic de Clemangis, a. a. O. c. 23. p. 22.
[2]) Das war natürlich für die lüsternen, ungewaschenen dogmatischen
Mäuler der Wälschen das Pikanteste und Interessanteste an der Sache.
[3]) Theiner, III. 696.
[4]) Theiner III. 697.

Priester-Hure dogmatisch construirt hatten, nicht wußten. Es war ein Glück. Der Riß mußte dann um so sicherer erfolgen. Auf diese gänzliche Unkenntniß der Päpste von den sittlichen und gemütlichen Anforderungen der Teutschen setzen wir auch heute noch unsere stärkste Hoffnung, daß im 20. Jahrhundert die Konkubinatspäpste ihre spezifische italienische Religion nur mehr für Italiener zu bekretiren in der Lage sein werden; nicht mehr für Teutsche. Wenn die Teutschen erst wissen werden, daß auch die dogmatische Konstruk=zion der Päderastie päpstlicherseits vorgesehen war, dann wird ihnen ja doch ein Licht aufgehen[1]).

156) Auch der Carmelitermönch Thomas von Rennes sprach sich auf seinen Wanderpredigten durch England, Frankreich und Italien, sowie in seinen Schriften, entschieden für Wieder=Einführung der Priester=Ehe aus[2]). In Rom wurde er 1433, weil er von der Konkubinats=Lehre der Kirche allzusehr abgewichen war, verbrannt[3]) In Basel aber, auf dem Konzil, ließ man Alles beim Alten.

157) Im Jahre 1437 nimmt der Bischof von Constanz, Heinrich von Hewen, schon 2000 Goldgulden jährlich von seinen

---

[1]) Sixtus IV. erlaubte den Cardinälen, die darum nachgesucht hatten, wie Wesellus Groningensus in seinem De Indulgentiis Papalibus erzählt, während die heißen Monate Juni, Juli, August mit Knaben fleischlichen Ver=lehr zu unterhalten — ,masculino coitu frui permisit' — Ich gönne den Herrn ihr Vergnügen. Chacun à son goût. Nur den einen bescheidenen Wunsch hätte ich, es möchte die teutsche Religion sich nach dem teutschen Sommer, und noch mehr nach dem kalten, geharnischten Winter sich richten. — Wer Augen hat, zu sehen, und Nasen, zu riechen, der weiß, daß diese drei italienischen Sommermonate durch die ganze katolische Dogmatik spucken. Und, da uns der Papst in der letzten Zeit überhaupt nur Unterrocks= und persönliche Hoheits=Dogmen über die Alpen gesant hat, so sehen wir nicht ein, was uns dieser Juni=, Juli= oder August=Italiener in der Religion über=haupt noch lehren soll.

[2]) »In salutem esse multarum animarum, si Presbyteri continere non valentes, nuptiis uti Graecorum more permitterentur. Cum essent tunc immundi, et illicito coitu macularentur; ubi cum uxore propria castitas esset« Theiner III. 699.

[3]) Wetzer und Welte, Kirchenlexikon. Freiburg 1848. Bd. II. p. 366.

Geistlichen Konkubinatssteuer ein. Und „die Pfaffen kauften gern", fügt Hemmerlin in seinem registro querelarum bei[1]).

158) Auf der Synode zu Breslau, 1446, werden die „Pö=nitenz=Canones für die Bischöfe und Geistlichen, die mit ihren Beicht=kindern, oder mit denen, welche sie getauft oder gefirmt haben, oder auf widernatürliche Weise, Unzucht getrieben haben" bekannt gemacht[2]). Da die Konkubine kein Eheweib, so konnten die Geistlichen auch die Ehe nicht brechen; und da nach der Lehre der römischen Kirche außerehelicher Verkehr für die Geistlichen kein Brechen ihres Keuschheits=Gelübdes bedeutete, so standen ihnen die Beichtkinder frei.

159) Inzwischen mußte aber in Folge der neuen Konkubinats=Lehre eine ältere Anschauung rektifizirt werden: Früher glaubte man, und Gregor VII. hatte damit die Teutschen gegen ihre eigenen Geistlichen aufgewiegelt, ein Priester, der den ‚Leib der Hure' be=rührt habe, können am Altar die Wandlung des ‚Leibes Christi' nicht vollbringen. Das stimmt jetzt zur neuen Konkubinats=Lehre nicht mehr. Auf der Synode zu Eichstätt, 1447, werden daher die guten Teutschen wieder besänftigt. Dort heißt es: „Wer öffentlich behauptet, oder dafür hält, daß ein Priester, der sich wegen Unzucht in einer Todsünde befindet, nicht den Leib Christi hervorbringen, oder seine Untergebenen nicht von Sünden lossprechen könne, soll für einen Ketzer gelten"[3]). Merkst Du was Leser? —

160) Das System, gegen Entrichtung einer Geldsumme sich ein Weib zu kaufen, gegen das man zu Nichts verpflichtet war, und das man wie einen Dienstboten jeden Augenblick entlassen konnte, hatte inzwischen auch in Laienkreisen Anklang gefunden. Die Synode zu Leutschau (Ungarn) verordnet, „daß es den Geistlichen ferner nicht erlaubt sein solle, den Laien das Konkubinat gegen Bezahlung einer Geldbuße zu gestatten[4]). — Hier sieht man, was das päpst=liche Zölibat für Wirkungen bis zum letzten Bauersmann ausübte, und wie das gesammte bürgerliche Leben vergiftet und zerstört war;

---

[1]) Theiner III. 795.
[2]) Theiner III. 706.
[3]) Theiner III. 707.
[4]) Theiner III. 715. Anm.

nur, um im ehelosen Pfaffen ein blindes und gefüges Werkzeug in Rom zu haben: vom Papst kauften das Konkubinatsrecht die Bischöfe, die Bischöfe verkauften es an ihre Geistlichen, und die Geistlichen verkauften es an die Bürger. Jetzt fehlte nicht viel, und das bornirte Ideal Bernhard's von Clairvaux im 12. Jahrhundert war erreicht: Die Ehe wird als etwas Schimpfliches und Gemeines gemieden, und Jeder kauft sich von seinem Pfarrer gegen eine bestimmte Taxe eine Konkubine.

161) Einen Vortheil hatten in diesem ganzen Zölibatsgeschäft die Päpste: während die Laien den Geistlichen, die Geistlichen den Bischöfen, die Bischöfe den Päpsten die Konkubinats=Taxe zahlten, waren die Päpste selbst frei. Wem wollten sie für ihre Beischläferinnen Zins zahlen? — Dem lieben Gott? — Der nahm keinen an. Der hatte uns ja ausdrücklich die Naturrechte frei gegeben, und gesagt: ‚Wachset und mehret Euch!‘

162) Dies erwog Papst Pius II., von dessen Söhnen einer in Straßburg, der andere in Florenz untergebracht war[1]), und der in einem seiner Briefe schreibt: „Ich fürchte die Enthaltsamkeit, die ich im Übrigen lobe, und vor der es mir wahrscheinlicher dünkt, daß sie in Worten, als in Taten sich ausspricht. Warum soll ich den Gesetzen der Natur Widerstand leisten? Die Liebe bedingt Alles, und wir unterwerfen uns ihrer Macht. Ich nehme es von mir ab, den der Liebesgott in tausend Gefahren gestürzt hat"[2]).

163) Später, als er älter wurde, schrieb er nicht anders, nur seinem Alter entsprechend. Einem Priester, der seine Richtung wohl kannte, und um Dispens zur Heirat nachgesucht hatte, antwortete er: „Ich muß bekennen, ich habe das Leben satt und überdrüssig. Die Venus ekelt mich an. Freilich nehmen auch die Kräfte ab. Mein

---

[1]) Theiner III. 716 und 717 Anm.

[2]) »Timeo ego continentiam, quae licet laudanda sit; verbis tamen quam factis probabilior est. — Quid ego naturae legibus renitar? Amor vincit omnia et nos cedamus amori. Ego de me facio conjecturam, quem amor in mille pericula misit«, Epistolae Basileae 1571 n. 50 u. 62. — Siehe auch: Böhmer, G. W., Beitrag zur Geschichte der Jugendsünden des Papstes Pius II. Magazin für Kirchenrecht. Bd. I. Göttingen 1787. —

Haar ist grau; meine Nerven sind ausgetrocknet, mein Gebein ist morsch und mein Körper übersät mit Runzeln. Ich kann keinem Weib mehr zur Lust dienen, keine mir. Von nun diene ich mehr dem Bachus, als der Venus. Der Wein ernährt mich, erfreut mich und ergözt mich und macht mich selig. Dieser Saft wird mir bis zum Tode süß sein. — Wahr ist es, mich flieht mehr die Venus, als ich sie" [1]). Der Mann war ehrlich. Jedes Wort ist hier verständlich und begreiflich. (Das heißt für Jeden, der nicht, wie Veuillot, den Papst für den ‚Sohn Gottes‘ hält.) Unbegreiflich ist nur, warum die andern Priester, die aus demselben Holz geschnitzt sind, sich zermartern und kasteien sollen. — Er schlug dem Priester (einem Teutschen, Johann Frunt) die Bitte um Dispens zur Heirat ab [2]).

164) Bald unterlag das Priesterkonkubinat, welches ein Geldgeschäft geworden war, den Unannehmlichkeiten, welchen jedes Kassa-Geschäft unterliegt: es wurden Konkubinatsgelder unterschlagen: Auf einer Provinzialsynode zu Gran in Ungarn klagt der Erzbischof Hypolitus: „Die Archidiaconen, die die Visitationen bei den Geistlichen wegen Beischläferinnen über sich hätten, und die Hälfte der Buße in jedem Anzeigefall zugebilligt erhielten, [3]) behielten das ganze Geld und machten überhaupt keine Anzeige. So betrögen sie die bischöfliche Kammer" [4]). Der gute Erzbischof klagt hier, wie Du siehst, Leser, nicht über die Unsittlichkeit seiner Diözese, sondern, daß ihm diese Unsittlichkeit kein Geld trägt.

165) Doch das wurde bald anders: man besteuerte jetzt nicht nur die Konkubinen, sondern auch ihre unehelichen Kinder: Aus dem Jahr 1487 erzählt uns der Chronist Bullinger: „Wenn ein Priester ein uneheliches Kind bekommt, so gibt er dem Bischof eine Geldbuße, und erhält dafür einen Absolutionsbrief, den man ihm gerne gibt" [5]). — Mehr leistet heutzutage ein unglücklicher Jüngling

---

[1]) Epistolae no 92.
[2]) Theiner, III. 718.
[3]) Diese Archidiaconen waren also eine Art Hurenzinspächter.
[4]) Theiner, III. 729.
[5]) Theiner, III. 735.

auch nicht, wenn ihm dergleichen paſſirt: er gibt der Mutter eine Geldbuße; und weniger erhält er auch nicht: das zuſtändigee Amts= gericht verzichtet auf Klage wegen Deflorazion. — Was iſt dann der Unterſchied zwiſchen einem ſolchen Jüngling und einem Prieſter? — Ja ſo! Der Prieſter hat das Keuſchheits=Gelübbe abgelegt; der Jüngling nicht. —

166) Im Jahre 1507 kam ein Inſtitut auf, welches an die berüchtigten ‚Generalſteuereinnehmer‘ der Franzoſen erinnert; ‚General= Hurenzins=Einnehmer‘ könnte man ſie nennen, welches bloß hohe Geiſtliche werden konnten. Der Biſchof Hugo von Landenberg gab jedem Prälat, Decan oder Propſt ſeiner Diözeſe Conſtanz gegen Bezahlung einer beſtimmten Summe „einen Gewaltbrief auf Monats= friſt, die Prieſterſchaft von geheimen oder öffentlichen Unkeuſchheits= ſünden zu abſolvieren“ [1]).

167) Und 10 Jahre ſpäter, 1517, ſchrieb der gleiche Biſchof Hugo von Landenberg in einem Hirtenbrief: „Unſer Gemüth iſt voller Schmerz über die ſchlimmen Berichte von unſerer untergebenen Heerde, daß Prieſter unſerer Diözeſe mit Beiſeiteſetzung aller Scham und Gottesfurcht vor Jedermanns Augen Beiſchläferinnen und ver= dächtige Weiber in ihren Wohnungen haben und unterhalten.“ — Hier war offenbar etwas vorgefallen. Entweder fanden die Gewalt= briefe für Unkeuſchheitsvergehen nicht prompte Abnahme, oder die Steuer=Schraube ſollte ſtärker angezogen werden. Denn unſer Biſchof wird uns als ſehr geſchickt ‚bei Eintreibung von Steuern‘ geſchildert [2]).

168) Wir haben das Jahr 1517 genannt. Jeder weiß, welche Bedeutung dieſes Jahr in der Religions=Geſchichte Teutſch= lands hat. Mit dem Auftreten Luther’s kommt nun Bewegung in die Entwicklung des Zölibats. Nachdem einmal der ſtörende Eiſenhebel an das Lehrgebände der römiſchen Kirche gelegt war, und ihre Autorität als eine vom Erfolg dieſer Fundament=Prüfung ab= hängige, alſo nicht als göttliche, ſondern menſchliche, Fehlern unter= worfene, erkannt war; nachdem die römiſch=katholiſche Kirche als

---

[1]) Theiner, III. 734.
[2]) Theiner, III. 734. 736.

italienische angesehen, und ihr die teutsche Lehre als gleichberechtigt gegenübergestellt war, und dies in den höchsten, speculativen Fragen, mußte natürlich der Zölibat, als eine italienische Einrichtung, fallen. — Jetzt traten die höchsten Würdenträger, nachdem ihnen der einfache Augustiner=Mönch Mut gemacht, mit Anklageschriften hervor. So der hochangesehne Johann, Bischof von Chiemsee, in dem zu Landshut 1524 gedruckten Onus ecclesiae, der bayrische Geschichtschreiber Aventin († 1534), in seinen ‚Jahrbücher der Baiern‘ der u. a. den toten Gregor VII., den Hauptkämpfer für das Zölibat, folgendermaßen apostrofirt: „Und Du überaus wachsamer Gregor, was begännest Du heute, wenn Dich ein Geschick unsern Zeitläuften aufgespart hätte, und Du heute sehen müßtest, wie das Amt des Priesters aus Huren, Saufen, Notzucht, Blutschande und Ehebruch besteht?“ [1] — Gleichzeitig erschienen die berühmten epistolae obscurorum virorum, welche mit beißendem Spott das Luderleben der Pfaffen aufdeckten; die Flugschriften »De fide Concubinarum in Sacerdotes«; [2] »De fide meretricum in suos amatores« [3] mit dem Motto: ‚Ach liebe Elsa biß mir holb!‘; »De miseria curatorum«; Erasmus' ‚colloquia‘, die ‚Dialoge‘ und ‚Gesprächsbüchlein‘ Ulrichs von Hutten und vieles Andere.

169) Wie es die Pfaffen trieben, zeigt ein Gedicht aus damaliger Zeit:

> „Resch und behend der pfarher sprach,
> heut hand wir ein gute sach,
> meßner richt die kirchen zu,
> unser nachpar vogt ist todt, seit frölich.
> Lauff zum pfaffen in der nech,
> das sie kommen in die zech,
> zum gabriel, eya, eya,
> derselb hat viel guter fisch,
> so sitz wir oben an dem tisch,
> saufs gar aus, hobie der bawr ist todt,
> der bawr ist todt in diesem dorff,
> gibt er kein gelt so legt man jn nicht in kirchhoff.

---

[1] Joannis Aventini Annalium Bojorum lib. V. c. 13. n. 13. Basil. 1615.

[2] Francofurti 1599.

[3] ebenda.

„Der pfarherr sprach zum meßner schnel,
mach mit dein glocken ein gros geschel,
das die bawren in kirchen gan,
darnach so zünd die kerzen an, gar schnel.
Merckt jhr bawren was ich rath,
helfft der armen seel aus not,
gebt pfenning, eya, eya,
mit vigil seelmeß, jars tag,
das der seel wol helffen mag
im beutel. Hodie der bawr ist todt,
der bawr ist todt zu dieser frist,
frewt euch jr pfaffen, wenn ein reicher todt ist.

„Der pfarherr sprach zu seiner magd,
dieser todt ist mir nit leid,
ein weil hand wir zu fressen dran,
in unserm haus, leb wir im saus und gar frölich.
Elselein, liebes Elselein
so haben wir aber zu trincken wein,
bis fröhlich, eya, eya,
so las uns haben einen guten mut,
als der bawr der bawrin thut
im kämmerlein. Hodie der bawr ist todt,
der bawr ist todt zu dieser frist,
Die sach haben wir getrieben mit großem list.“ [1]

170) Und Luther selbst blieb natürlich nicht zurück: „Daß sie die Ehe verboten, und den göttlichen Stand der Priester mit ewiger Keuschheit beschweret haben, das haben sie weder Fug noch Recht gehabt, sondern haben gehandelt als die endchristlichen, tyrannischen, verzweifelten Buben, und damit Ursache gegeben allerlei erschrecklicher, greulicher, unzähliger Sünde der Unkeuschheit, darinnen sie denn noch stecken. Als wenig nu uns oder ihnen Macht gegeben ist, aus eim Männlin ein Fräulin, oder aus eim Fräulin ein Männlin zu machen, oder beides nichts zu machen; so wenig haben sie auch Macht gehabt, solche Creatur Gottes zu scheiden, oder verbieten, daß sie nit ehrlich und ehlich bei einander sollten wohnen. Darumb wollen wir ihren leidigen Cölibat nicht willigen, auch nicht leiden,

---

[1] Das Ambraser Liederbuch vom Jahr 1582. Hrsg. von J. Bergmann. Stuttgart, Bibliothek des literarischen Vereins. 1845. p. 185.

sondern die Ehe frei haben, wie sie Gott geordnet und gestiftet hat." [1]

171) „Der Papst hat es verboten. Was soll ich sagen? Lieber Esel, wenn der Papst geböte, nicht ehren Vater und Mutter, solltet ihr nicht die sein, die sich ihm entgegensetzen? — Nu sehet ihr, daß allen Priestern unmüglich ist, das verfluchte Menschengesetz der verbotenen Ehe. Sehet und greifet, daß sie es nicht halten mügen, und sollens doch halten ohn alle Noth. O ihr Seelenmörder, wie jämmerlich mackelt ihr euer Händ in dem unschuldigen Blut; welch' ein Rechenschaft werdet ihr müssen geben für diese Tyrannei!" [2]

172) „Was machst du denn, daß du diesen armen Menschen sein Lebenlang behälst in unkeuscher Keuschheit? Daß er ohn Unterlaß mit dem Herzen wider sein Gelübb sündiget, und vielleicht besser wäre, das Männlin hätte zuweilen ein Fräulin, und das Fräulin einen Buben bei sich." [3]

173) „So du sie erkenntest, wer sie sind, die so große Keuschheit vorgeben und Zucht erzeigen, du würdest ihr hochgelobte Keuschheit nicht würdig achten, daß eine Bübin (d. i. Hure) sollt ihr Schuch dran wischen." [4]

174) „Da sind des römischen Stuels Cardinäl und Gesind, Hermaphroditen, a parte ante viri, a parte post mulieres.« [5]

175) „Die Päpstliche und Cardinalische Keuschheit, welche ist eine besondere Keuschheit über die gemeinen und geistlichen Keuschheit, und heißt auf Welsch Puseronen (Liebes-Knaben), nämlich die Sodomitische und Gomorrische Keuschheit. Denn also mußte Gott seinen Feind und Widersacher, den Papst und Cardinäl, fur andere blenden

---

[1] Luther, Schmalkaldische Artikel, so da hätten sollen auf's Konzilium zu Mantua überantwortet werden 1538. Sämmtl. Schriften, Erlangen 1830. Bd. 25. p. 142.

[2] Luther, Wider den falsch genannten geistlichen Stand des Papsts und der Bischöfe. 1522. Sämmtliche Werke, Erlangen 1840. Bd. 28. p. 193.

[3] Luther, Bedenken und Unterricht von den Klöstern und allen geistlichen Gelübbden. 1522. Sämmtliche Werke, Erlangen 1840. Bd. 28. p. 12.

[4] Luther, Bedenken und Unterricht. Bd. 28. p. 26.

[5] Luther, Wider das Bapsttum zu Rom vom Teuffel gestifft. Wittenberg 1545. Sämmtliche Schriften, Erlangen 1830. Bd. 26. p. 129.

und plagen, daß sie nicht werth blieben, mit Weibsbildern natürlicher Weise zu sündigen, sondern, ihrem verdienten Lohn nach, ihr eigene Leibe und Personen durch sich selbs zu schänden, und dazu in solchen verkehreten, verstockten Sinn gerathen, daß sie solchs für keine Sünde hielten, sondern damit scherzen, als wäre es ein Kartenspiel, darüber sie lachen und fröhlich sein mügen, ohn Fahr." [1]

176) Der Danziger Mönch Jakob Knabe war der erste Teutsche, der pochend auf die neue Lehre, und in dem sicheren Bewußtsein der Unabhängigkeit der teutschen Sittlichkeit von der italienischen Unzuchtslehre die Kutte ablegte und 1518 die Anna Rosenberg heiratete. [2]

177) Jetzt wird auch bekannt, daß der „Hurenzins', den die Bischöfe von ihren Geistlichen, gegen das Recht eine Konkubine zu halten, eintrieben, eine ihrer vornehmsten und sicherſten Jahrgelder waren; daß deßhalb Geiſtliche, die keine Konkubine hatten, von den Bischöfen nicht gern gesehen wurden, und schließlich auch diese den allen abgeforderten „Hurenzins' zahlen mußten. [3]

178) „Wenn ich nu fraget, aus was Grund die armen Priester gefangen und tribulirt werden umb der Ehe willen; acht ich sie werden sprechen: Es stehet in den Decretalen des Papsts. Hie rath, Rather gut: Warumb sehen die gemeinen Frauenwirth nicht gern, daß ihnen am Zinse nicht abgehet. Haben doch die Bischoff schier in allen Stiften einen großen Theil ihrer jährlicher Zins von ettel Pfaffenhurn. Denn wer ein Hürlin will haben, der muß ein Jahr ein Gülden [4] davon dem Bischoff geben, und ist unter ihnen einen Sprüchwort: Keusche Pfaffen sind dem Bischoff nicht zuträglich, und sind (die Bischöfe) denselbigen auch feind. Wie mag ein reicher (reicherer) Frauenkrämer sein in der Welt denn ein Bischoff? Wer wollt nu die geistlichen Väter verdenken, daß sie Hurerei zu lassen

---

[1] Luther, Warnung an seine lieben Teutschen. 1531. Sämmtliche Schriften, Erlangen 1830. Bd. 25. p. 32.

[2] Friese, Chr. G., Beitrag zur Reformations-Geschichte in Polen und Lithauen. Breslau 1786. Th. 2. Bd. 1. p. 73.

[3] Theiner, III. 808—810.

[4] ein Goldgulden oder Dukaten, damals eine hohe Summe, nach heutigem Wert ca. M. 40.—.

umb Geld, und lebendige Frauenbälge verkaufen, und die ehelichen Weiber verbieten, die ihnen kein Geld tragen? Nahrung ist mancherlei. Ein Kaufmann hat Würz und Tuch feil; die Bischoff müssen Hurenfleisch feil haben, wie sollten sie sich sonst nähren?" [1]

179) Einen kostbaren Einblick in die damaligen Verhältnisse giebt uns ein satirisches Gespräch aus dem Jahr 1524: Ein Hurenwirt (Bordellhalter) holt mit seinem Knecht Kunz zu Pferd auf der Heerstraße einen großen Zug Reisige ein:

„Hurenwirt: Kunz, mein lieber gesell, was vor ein großer raisiger zeug zeucht do vor uns hin?

Kunz: Es ist unser gnediger herr der bischof.

Hurenwirt: Wo wil er hin, maister?

Kunz: Er will gen Regensburg in concilabulum (der sog. Regensburger Konvent vom Jahr 1524).

Hurenwirt: Wo wil er hin? ad diabolum?

Kunz: Ei, die bischof wellend ein concilium halten und ratschlag thon, wie man widerumb das heilig evangelion und Christum hinter sich druckt..."

Allmählich holen sie den Bischof ein:

„Hurenwirt: Was für ein gespenst reitet dem bischof nach?

Kunz: Es ist seiner gnaden concubin.

Hurenwirt: Was heißt ein concubin?

Kunz: Ein beischläferin oder ein beiligerin.

Hurenwirt: Ich merk wol, es ist des bischofs hürlin.

Kunz: Ei jo, geb im got beul (Hiebe)! er hat nach alle monat ein neue; denn ich weiß es wohl, er bescheußt manchem burger sein weib und tochter.

Hurenwirt: Woher weistu es?

Kunz: Do ich im stift choralis gewesen bin, hab ich im dick müssen kuplen. Darnach bin ich sein kämerling worden. Da hab ich erst erfaren, was der bischoffen keuschheit ist. ich hab aufs bischofs hof fressen, saufen, spilen, raßlen, schweren, fluchen, hurerei und alle leichtfertigkeit erfahren und gelert; 'bann da hört man ‚gleich wie auf anderer weltlichen fürsten höfen' selten oder nimmer von got reden, auch über tisch, sondern nur von kriegen und huren ....."

Sie haben jetzt den Bischof eingeholt nnd der Hurenwirt tut, als wisse er nicht, wen er vor sich habe:

„Hurenwirt: Got grüß euch, herr hauptmann, got grüß euch!

---

[1] Luther, Wider den falsch genannten geistlichen Stand des Papstes und der Bischöfe. 1522. Sämmtliche Werke, Erlangen 1840. Bd. 28. p. 191.

Bischof: Got dank dir, gesell!

Hurenwirt: Herr, ir haben ein großen reisigen zeug, ich mein, ir wellen in krieg oder uf raub.

Bischof: O nein, behüt uns got! dann uns gebürt weder zu kriegen noch zu rauben.

Hurenwirt: Lieber herr, zürnen nit! wer sind ir?

Bischof: Wir sind der bischof zu N.

Hurenwirt: Ach, aller gnedigster herr und fürst, haben mir nichts für übel, denn ich hab euer gnaden nit kennt.

Bischof: Nichts, nichts, mein gsell.

Hurenwirt: Wo wil euer gnad hin mit so vil pferden?

Bischof: Wir wellen gen Regenspurg ins concilium, ratschlag zu thun wider die Lutherei mit dem römischen Legaten.

Hurenwirt: Ich hör wol, der legat ist der sachen halb von Rom gesandt.

Bischof: Ei jo, denn es ist kein sach jez zu mal, die unsern heiligen vater bapst, der ein gemeine sorg tragen muß für die christliche kirche, so hart angelegen als eben die Lutherei, und nit unbillich, denn großer und merklicher schaden dem stul zu Rom daruß täglich erwachst, des gleichen den bischoffen und allen geistlichen.

Hurenwirt: Was wirt euer gnaden diser zeug wol kosten?

Bischof: Nicht minder denn zwei tausent gulbin.

Hurenwirt: Gnediger herr, es ist vil.

Bischof: Der fiscal muß es bezalen.

Hurenwirt: Kunz, was heißt ein frißgar?

Kunz: Es heißt nit frißgar, sonder ein fiscal, das ist meines gnedigen herrn geltsamler oder einzieher oder seckelmeister.

Hurenwirt: Gnediger herr, wo her kompt aber dem fiscal solich gelt?

Bischof: Im fallend jerlich über die 2800 gulden nur von den priestern umb die absoluz.

Hurenwirt: Kunz, lieber, was ist absoluz?

Kunz: Es ist, so ein priester ein kind macht, so wird er irregularis, das ist ungeschickt meß halten, muß sich darnach absolvieren lassen und umb die absoluz muß er dem fiscal III oder IV, V gulbin geben, macht aber einer einer nunnen ein kind, so er ein gespons Christi geschmecht (die Schmach angetan) hat, muß er X gulbin geben.

Hurenwirt: Was muß aber einer geben, so er eim münch ein kind macht?

Kunz: Ach der muter seich! du fragst so thorlich. man macht den münchen kein kind, die münch machen aber den nonnen kinder.

Hurenwirt: Nun gond doch vil münch daher mit großen beuchen wie die schwanger frowen.

Kunz: Es sind die gute bißlin und schleck, die in die beuch groß machen.

Hurenwirt: Nun, so gesegene es in mein nachbaur der henker! sag mir weiter, laßt man dem priester, nach dem so er die absoluz bezalt hat, die meß im haus?

Kunz: O jo, denn nach der absoluz wirt er wider geschickt, meß zu lesen umb geli und die sacrament mit zu teilen.

Hurenwirt: Gnediger herr, wann ich auch hurerei tribe und so ich ein kind gemachet het, möcht ich nit auch ein absoluz bezahlen und für und für in hurerei mit sicherer conscienz verharren?

Bischof: Nein, dann es ist nur den geweichten (den Priestern) zuge-lassen.

Hurenwirt: Wer absolviert aber die ordensleut, so die kinder machen?

Bischof: Si sind gefreit (frei) und unser jurisdiction durch bäpstliche bullen empfreiet und abzogen. uns gebürt nur, unser priesterschaft zu strafen."

Und nun die Stelle voll beißender Schärfe, wo der Hurenwirt dem Bischof Moral predigt:

„Hurenwirt: Ich merk wol, inen ist frei, on alle straf verhengt hurerei zu treiben. gnädiger herr, zürnen nit! mich bedunkt, euer gnad sige (sei) über-sichtig und bruche ein brill oder augenspiegel uf der nasen, in die weite zu sehen; dann ir gesehen die armen Dorfpfefflin ußen uf dem land und sind inen gar ungnedig und übersehen den thumpropst, den vicarium und thum-herrn. —

Bischof: Ja, mein gesell, wir haben dem capitel ein jurament gethon, si bei alter gwohnheit zu lassen. wir müssen gestohn bi geistlichem recht.

Kunz: Meister, du kannst nit merken, was siner gnaden angelegen ist.

Hurenwirt: Was ligt im an?

Kunz: Solt sein gnad dem thumbprobst, dem vicario und den thumb-herren ire metzen und huren vertreiben und sie umb der hurerei willen strafen wie die Dorfpfaffen, sein gnad würd bösen luft uf seim stift haben. und so sein gnad allweg für sein leib auch ain rößlin am baren hat ston und ein fins hürli bei im hat, so wurden seiner gnaden capitelbrüder sprechen ‚medice, cura te ipsum!‘

Hurenwirt: Was ist das geredt?

Kunz: Es heißt: du arzet, mach dich selber gesunt!

Hurenwirt: Es ist wol geredt.

Bischof: Dein Knecht hat die stich erraten. wir müssen umb der red willen durch die finger sehen.

Hurenwirt: Gnediger herr, euer gnad muß das übel in euch und in den andern strafen und bessern und der priesterschaft und allen menschen ein christlichs ersams vorbild und exempel vortragen. ein bischof der sine sünd

Panizza, Teutscher Michel. 6

nit abtilget und siner sünd laster nit besfert oder straft, der soll ntt bischof, sonder ein unzüchtiger oder unverschempter hund genent werden . . . . ." u. s. w.[1]

180) Der größte Widerstand gieng jetzt in der Tat von den Bischöfen selbst aus, die sich in ihren Einnahmen enorm ge= schmälert sahen, wenn die neue teutsche Sittlichkeitslehre durchdrang. Die Taxen waren jetzt sehr hoch, und hatten sich nach den ‚Taxae apostolicae‘, der großen Sünden=Börse der päpstlichen Kurie, gerichtet: Ein reines Mädchen zu beschlafen kostete 56 Goldgulden, eine da= mals enorme Summe. Die Nonnen standen höher. In demselben Jahr, da Zwingli seine berühmte Schrift über die Gestattung der Priester=Ehe an die schweizerische Eidgenossenschaft und an den Bischof von Constanz — wir kennen ihn schon, den großen Huren= treiber, Herrn Hugo von Landenberg — gerichtet hatte, 1522, erhöhte dieser letztere die Taxe für ein uneheliches Priester=Kind von vier auf fünf Gulden[2]; vermutlich war »sein Gemüth wieder voller Schmerz über die schlimmen Berichte aus seiner Diözese« (s. oben) d. h. er brauchte Geld. — Die Bischöfe erklärten ganz offen, sie könnten auf die Einnahmen aus dem Konkubinat nicht verzichten. — So hatte ein einziger, scheußlicher Gedanke eines Papstes, Gregor's, in der Entfernung von vier Jahrhunderten gewirkt; nach dem furcht= baren Gesetz der Zunahme der zerstörenden Wirkung nach dem Qua= drat der Entfernung, welches physikalische Gesetz, wie es scheint, auch in der moralischen Welt Geltung hatte. — Jetzt war man in Teutsch= land einig, das Priester=Zölibat war ein Saustall; Luther hatte in seiner dumben, oft barbarischen, Weise auf die Naturvorgänge selbst hingewiesen, denen wir uns nicht entziehen könnten; und er hatte es in seiner korrekten Weise mit dem biblischen „Wachset und mehret Euch!" theologisch begründet; jetzt hatte man in Teutschland die Einsicht und den Willen, das Priester=Zölibat aufzuheben; es gieng nicht; es scheiterte am Geldpunkt; die Bischöfe konnten die Ein=

---

[1] Ein Wegsprech gen Regenspurg zu ins concilium zwischen einem bischof, hurenwirt und kunzen seinem knecht. 1525. — Oskar Schade, Satiren und Pasquille aus der Reformationszeit. Hannover 1863. Bd. III. p. 159—166.

[2] Theiner, 820—828.

nahme an „Hurenzins‘ nicht entbehren. — Und nun erwägt, Teutsche, heute ist es noch dieselbe Geschichte. Der katolische Priester erwirbt heute seine Konkubine nicht mehr gegen die bischöfliche Taxe, sondern gegen — die Nachsicht seiner Gemeinde, die Alles weiß, und die Schande verbirgt. Und diese grandiose Schweinerei hält heute in Teutschland noch immer der Papst, wie ein lustiges Gaukelspiel, zwischen seinen zwei Fingern. Heute, wie zu wiederholtenmalen, sind Teutsche, wie teutsche katolische Geistliche, über die Notwendigkeit der Aufhebung des Priester=Zölibats einig (siehe der letzteren wiederholte Eingaben in diesem Jahrhundert). Der Papst verbietet’s. Dieser einzige Italiener verbietet eine der Grundlagen teutscher Sitte. Es geht gegen seine hierarchischen Prinzipien. — Teutschland, dein Name ist Feigheit.

181) Der Stadt Zürich gebührt die Ehre, die Streitfrage damals zum äußersten Konflikt und zur Lösung gebracht zu haben. Sie setzte 1523 in ihrem Rathaus eine öffentliche Disputazion fest zwischen Zwingli und einem beliebigen Gegner. Der Bischof Hugo von Landenberg sante seinen Generalvikar J. Faber. Unter dem Zulauf von ca. 600 Geistlichen und Interessenten fand sie statt. Zwingli beruft sich auf die Bibel; Faber auf die Konzilien. (Es ist zum Totlachen). Faber unterlag. Hier wurde zum erstenmal wieder die Bibel über die päpstliche Autorität gestellt. Die päpstliche Un= fehlbarkeit wurde damals gebrochen. Heute steht der unfehlbare Papst wieder über der Bibel. Aber damals war auch auf katolischer Seite die Meinung feststehend, daß die Autorität der Bibel die höhere sei Der Rat von Zürich erlaubte auf Grund der bei dieser Disputazion hervorgetretenen Anschauungen die Priesterehe[1]).

182) Und so ließ sich der Rat vernehmen „Getreue, liebe Eidgenossen! Den Priestern ist durch die Satzungen der Menschen und Väter die Ehe verboten; man findet aber im Worte Gottes, daß Gott die Ehe allen Menschen offen und erlaubt gelaßen habe,

ein Pfarrer ein Eheweib haben soll. Deßen beladen wir uns nicht sonderlich (d. h. in der neutestamentlichen Bibel-Exegese wollen wir uns nicht für competent erachten). Da wir aber sehen, daß die Bischöfe Geld nehmen und der Pfaffheit ihre Kellerine und Mätzen bleiben und öffentlich mit einandern Kinder zu zeugen nachlaßen (erlauben), sie (die Bischöfe) auch als Menschen (wie köstlich! also nicht als Götter) nicht ohne Frauen sein mögen, auch Gott die Ehe, wie obsteht, nicht verboten, sondern befohlen hat, so können wir nicht wieder Gottes Wort fechten" [1]. — Das war wieder einmal teutsche Sprache und teutsche Vernunft. Hier zerschellte die wälsch-päpstliche Sklaven-Dogmatik eines Gerson.

183) Und nun sehen wir allenthalben in der Schweiz, am Rhein, und vielerorts in Teutschland, wie Priester anständigen Bürgerstöchtern ‚unter lautem Jubel des Volks‘, die Hand reichen. 1524 verheiratet sich Zwingli; 1525 Luther; Teutsche Fürsten und Magistrate erlassen jetzt allenthalben der Priester-Ehe günstige Resoluzionen. Wäre das bairische Fürstenhaus nicht gewesen, die italienische Religion wäre damals schon in Teutschland untergegangen [2]. Und wir wären frei. So hat heute noch ein italienischer Kardinal mit seinen posterioren Neigungen über Sitte und Moral in Teutschland mehr zu sagen, als ein teutscher Fürst.

184) Während sich so die Teutschen über die göttliche Legalität der Priesterehe herumstritten, und viel dogmatischen Schweiß vergossen, selbst auf päpstlicher Seite stehende Theologen, wie Agrippa von Nettesheym, den Zustand in den teutschen Priesterhäusern für haltlos erklärten [3], war man in Italien über solche Bagatellen längst hinaus: Dort schrieb gleichzeitig der Erzbischof von Benevent und päpstliche Nunzius, Johannes de la Casa, ein Lobgedicht auf die Knabenliebe; ‚quo nihil foedius excogitari possit‘:

---

[1] Füßli, J. K. Beiträge zur Erläuterung der Kirchen-Reformations-Geschichten des Schweizerlandes. Zürich 1741—53. Th. 2. p. 249—250.

[2] Winter, V. A., Geschichte und Schicksale der evangelischen Lehre in Baiern. München 1809. Th. 2. p. 310.

[3] Agrippae ab Nettesheim, De incertitudine et vanitate scientiarum. Coloniae 1698. c. 63.

‚etwas Schändlicheres kann man sich nicht vorstellen‘, zenſirt es der Teutſche Sleidanus[1]); ‚maravigliosamente composto‘: ‚unvergleich= lich in der Ausführung‘, nennt es der Italiener Bianchini[2]). — Immer wieder muß ich ſagen: die italieniſche ‚Liebe‘ gehört nicht nach Teutſchland; und die italieniſche Religion gehört nicht nach Teutſchland. Die teutſchen Katoliken behaupten aber, ohne die päde= raſtiſchen, römiſchen Vorbeter könnten ſie die Werke des Chriſten= tums nicht üben. Was iſt da zu wollen?

185) Mit dieſem Schandgepäck im Gewiſſen ſetzten es die Päpſte trotzdem durch, daß auf dem Reichstag zu Augsburg 1530 auf’s Neue Acht und Bann über die verehlichten Prieſter ge= ſprochen wird[3]). — Wer iſt an ſolcher Schmach ſchuld? — Immer die, die ſich ſolches gefallen laſſen. — Hingegen waren die konkubina= toriſchen Prieſter nach wie vor frei; denn Konkubinat war ja keine Ehe, und tangirte auch das Keuſchheitsgelübbe nicht. Damals kam die Redensart über die katoliſchen Geiſtlichen auf: „Es iſt keyn ſeyner leben auff erden, denn gewiße zins haben von ſeinem lehen, eyn hürlin daneben, und unſerm Herrn Gott gedienet“[4]).

186) Auch war es der katolifchen Geiſtlichkeit in ihrem pri= vilegirten Hurenneſt allmählich bequem geworden; ſie wollten daſſelbe durchaus nicht verlaſſen, und ſich mit den Bürgern auf eine Stufe ſtellen. Die Stralſunder ſingen um dieſe Zeit:

> „Die pfaffen, muniche und nunnen
> Seint nur ein burde auff erden,
> Sie haben ſich des beſunnen,
> Sie willen nicht burger werden;
> Das macht allein jre große geitz,
> Das ſie beharren jre widerſtribe
> Und willen der ſtadt nicht ſchweren.
> Ach du große faule roth, (Rotte)
> Wie lange treibſt du mit uns den ſpott?
> Die haut ſoll man dir klauwen.

---

[1]) Commentariorum de statu religionis et reipublicae Carolo V. Caesare. Argentor. 1555. p. 154.
[2]) Bianchini, della satira italiana, Massa 1714. p. 39. — de la Casa’s Lobgedicht ſteht in der Sammlung ‚Le Terze Rime piacevoli‘ Bene= vento 1727.
[3]) Theiner, III. 851—852.
[4]) Theiner, III. 855.

> „Nu sprechen die pfaffen fein:
> ‚Es mochte uns woll geruwen,
> Solten wir alle burger sein
> Und schweren unsere treuwe.
> So halten wir das gantz erwagen,
> Wen eyner lege bei seiner magt
> Bei nacht, worde man zu jm steigen,
> Die weigh[1] wurde da nicht verschone;
> Der eefrauwen feint wir nicht gewonet,
> Wir halten hueß mit horen‘.“[2]

187) Im sogenannten ‚Augsburgischen Interim‘ vom Jahr 1548, welches teutsche Katoliken und Protestanten ausgearbeitet, und das die Billigung Kaiser Karl’s V. gefunden hatte, wurde zum großen Ärger des Papstes festgesetzt „die Priester=Ehe sei an sich ehrlich und erlaubt; doch thäten die Kleriker besser, sie zu vermeiden“[3]. Die ganze Bedeutung dieser Bestimmung wird erst klar, wenn man erwägt, daß fast die gesammte Priesterschaft im Konkubinat lebte, und diesem gegenüber der Ehestand nun als ‚ehrlich und erlaubt‘ hingestellt wurde. Es scheint auch, daß man von Seite der Fürsten und Stätte den Versuch machte, die Geistlichen durch Treueschwur auf die örtliche Verfassung ihrer privilegirten Stellung zu berauben, und sie von Seite des Papstes auf Seite des Landes zu ziehen. Jetzt war’s an den papistischen Pfaffen zu klagen:

188) Ein Spottlied aus dieser Zeit läßt sie singen:

> „Drumb Vater Bapst, Hellischer Herr,
> gedencke doch auf Mittel:
> Wie wir des Eydschwurs und Beschwer
> loß werden mit gutem Titel,
> unsre Köchin und Madonnen meist,
> sampt den guten Prebenden feist,
> mögen sicher behalten.

> „Denn die Ketzer auff deinen Bann,
> und Decret nichts mehr geben:
> Als ob sie eine Gans pfiff an,

---

[1] Die Priesterweihe.

[2] Zober, E., Spottlieder auf die römisch=katolische Priesterschaft aus den Jahren 1524—1527. Stralsund 1855. p. 10.

[3] Theiner, III. 871.

und vernichten darneben
alle Päpstische Tradition,
die Messe und Religion,
so wir lang exercieret.

„Wir hören täglich mit verdrieß,
Daß man uns trotzt, und saget:
Pfaff und Vogel stirb oder friß,
niemand ist der uns klaget,
man rupfft uns steiff die Federn auß,
wir können in Fraw Venus Hauß
jetzt wie zuvor nicht schleichen.“ [1])

189) Die Fürsten erkannten immer mehr den Vortheil, die
Priester durch eine bürgerliche Ehe mit ihren Interessen und denen
des Landes zu verbinden: König Sigismund August von Polen
verlangte 1556 unter 5 Punkten, die er dem Papst Paul IV. ein=
händigte: das Verehelichungs-Recht der Geistlichen und die Einführung
der Messe in der Muttersprache. [2]) — Und bald darauf fordert
Franz II. von Frankreich durch seinen Gesanten de l'Isle von
Pius IV. Freigabe der Priester-Ehe. Im Namen des Papstes gibt
diesmal der Cardinal von Carpi eine ehrliche Antwort: „Wenn man
den Priestern Frauen gäbe, so würde das Interesse ihrer Familien,
ihrer Weiber und Kinder sie von der Abhängigkeit des Papstes los=
reißen.“ [3]) — Also deßhalb Konkubinat, Beichtkinder-Schändung,
Ehebruch und Unzucht aller Art.

190) Inzwischen nahm katolischerseits das Zölibat oder die
Ehelosigkeit ruhig ihren Fortgang: Auf einer 1563 abgehaltenen
Visitation der Klöster in Niederöstreich fand man bei den 9 Mönchen
des Benedictinerklosters Schotten 7 Konkubinen, 2 Eheweiber, 8 Kin=
der; bei den 18 Benedictinern zu Garsten 12 Konkubinen, 12 Ehe=
weiber, 19 Kinder; [4]) bei den 7 Chorherrn zu Klosterneuburg
7 Konkubinen, 3 Eheweiber, 14 Kinder; bei den 40 Nonnen zu

---

[1]) Ein Hundert deutsche historische Volkslieder. Hrsg. von Soltau.
Leipzig 1845. p. 464.
[2]) Theiner, III. 888.
[3]) Theiner, III. 907.
[4]) Wir wollen hier nicht weiter dividiren.

Aglar 19 Kinder u. s. w. [1]) — Man nannte dies Zölibat. — Übrigens hatten ja Papst Julius III. und sein Kardinal Crescentius ebenfalls ihre Konkubinen, und zwar gemeinschaftlich, deren Kinder sie, wie billig, auf gemeinschaftliche Kosten erziehen ließen; man braucht also mit den Herren von Klosterneuburg nicht allzu streng zu verfahren. [2])

191) Als auch auf dem Konzil von Trient (1545—1563) der großen Besiegelung, daß teutsch und päpstisch nie mehr identische Begriffe sind, die vom Kaiser Ferdinand und Herzog Albert von Bayern unterstützte Forderung der Priester=Ehe als ‚ketzerisch‘ und ‚gegen das Interesse des päpstlichen Stuhls verstoßend‘, abgelehnt werden sollte, erklärte der Herzog von Bayern: dann werde er in seinem Land die Priester=Ehe einführen. Es ist ein schöner Lichtblick in der päpstlichen Geschichte Bayerns. Aber auch nur das. Der Papst schickte ihm einen seiner Legaten mit dem wohlklingenden Namen Ormanette, durch den er ihn seiner besonderen Fürsorge versichern ließ. Dies genügte. Die Priester=Ehe wurde verworfen. Und der bayrische Herzog blieb ruhig. [3])

192) Am 11. November 1563 wurde in der 24. Sitzung des Tridentiner Konzils im 9. Canon bestimmt: Wenn Jemand sagt, daß die Kleriker, welche die Weihe empfangen, oder Diejenigen, welche die Ordensgelübde abgelegt haben, eine Ehe eingehen können, und

---

[1]) Theiner, III. 911.

[2]) Theiner, III. 897.

[3]) Theiner, III. 918. — Mit Stolz blickt ein heute unter königlicher Gunst erscheinendes bayrisches Blatt auf die historische Rolle des damaligen Herzogtums und seiner Regenten, als Retter der italienischen Religion in Teutschland, zurück. Die illustrirte Wochenschrift „Das Bayerland" schreibt unter dem Titel: „Bayern, der Retter des Reiches im 16. Jahrhundert": „Im Reformationszeitalter erscheint Bayern zugleich als der vornehmste Hort der katholischen Religion im deutschen Reiche. München bleibt eine lange Zeit der Hauptherd, von welchem die Fäden der katholischen Gegenbewegung ausgehen, auf welchen sie wieder zurücklaufen. Welches Geschick hätte dem alten Glauben in Deutschland gedroht ohne die rüstige Thätigkeit Albrechts V., ohne die ausdauernde Tapferkeit Maximilians I! Es ist klar: ohne Bayerns Widerstand war die katholische Kirche in Deutschland verloren." — Das Bayerland. München 1894. Nr. 8.

daß dieselbe gültig sei, der sei verflucht."[1] — Hör' es bayrischer Herzog! —

193) Und der 10. Canon lautete: „Wenn Jemand behauptet, der Ehestand sei dem jungfräulichen Stande vorzuziehen, und es sei nicht besser und heiliger in der Jungfräulichkeit und in der Ehelosigkeit zu leben, als sich zu verheiraten, der sei verflucht."[2]

194) Wer dem bisherigen Gang der Zölibats-Gesetze gefolgt ist, muß, wenn er Psychologe ist, ungefähr wissen, was nach der feierlichen Bestätigung des Verbots der Priester-Ehe im Land für eine Wirkung zu erwarten ist: Vermehrung der Konkubinen, Vermehrung der Unzucht, Selbstverständlichkeit dieser Priestermätressen gegenüber der Selbstverständlichkeit des Keuschheitsgelübdes, Erhöhung der Taxen. — Und so war's: Unter Bernhard von Raesfeld, Bischof von Münster, im Jahr 1565, nannten die Domherrn ihre Konkubinen Dompröpstinnen, Domdekaninnen, Domkantorinnen, Domküsterinnen u. dergl. Als Bernhard dagegen einschreiten wollte, erklärten ihm seine Domherrn, er möge erst seine eigenen Konkubinen entfernen.[3]

195) Auf der Synode zu Leuwarden, 1570, wurde den Klerikern geboten, nachdem sie doch, uneingedenk ihres Berufes und ihres Gelübdes, nicht anders mit ihren Konkubinen lebten, als wären sie im ehelichen Verband, wenigstens nicht mit ihnen Taufen und Hochzeitsfeierlichkeiten zu veranstalten.[4]

196) Auf der Synode zu Salzburg, 1573, überreichte der Gesante Ninguarda im Auftrag des Papstes 40 Kapitel Desiderata, unter denen es im 5. Kapitel heißt: „Die Bischöfe und Prälaten

---

[1] »Si quis dixerit, clericos in sacris ordinibus constitutos, vel regulares, castitatem solemniter professos, posse matrimonium contrahere, contractumque validum esse, anathema sit.« — Libri symbolici Ecclesiae Catholicae. Edit. Streitwolf et Klener. Gottingae 1846. tom. I. p. 91.

[2] Si quis dixerit, statum conjugalem anteponendum esse statui virginitatis, vel coelibatus, et non esse melius, ac beatius manere in virginitate, aut coelibatu, quam jungi matrimonio; anthema sit.« Libri symbolici, a. a. O. p. 91.

[3] Theiner, III. 938—939.

[4] Theiner, III. 947.

sollen ihre Mätressen nicht auf Reisen in Wägen und Schlitten —
‚quod gravius est, in itinere vehiculo, quod Schlitten [1]) vulgus
appellat‘ — oder zu Pferd mit sich nehmen, noch mit ihnen in die
Bäder reisen, oder in Gasthöfen absteigen, oder ihnen ihre Familien-
oder Würde-Namen beilegen.“ [2]) — Und wie's an anderen Orten
zugeht, ergibt sich aus einer Verordnung des Erzbischofs von
Cambrai vom Jahr 1617, „es sollten die Beichte der Weiber
nicht in der Sakristei gehört werden, sondern auf einem freien Platz
in der Kirche; und bei Dunkelheit sollte Licht angezündet werden.“ [3])

197) Im 18. und 19. Jahrhundert werden die Verordnungen
und ewig gleichen Lamentazionen seltener. Die Landessynoden, wo
dergleichen Mißstände regelmäßig besprochen wurden, hörten allmählich
auf. Man hatte eingesehen, es half Nichts; und die schweren sakri-
legischen Anklagen setzten nur die Priesterschaft bei der Bevölkerung
herab. Das Volk, namentlich das teutsche, in seiner Gutmütigkeit,
hielt zuletzt das Zölibat, wie die Trinität, und Sohn-Gottes-schaft
Christi, für eine Einrichtung Gottes. Der schwarzgeröckte, rasirte
Herr auf der Straße, das wußte man, der konnte nicht heiraten;
warum nicht? Ei, weil ein katolischer Priester doch nicht heiraten
kann. Weiter geht der Kalkül eines Katoliken nicht. Man hat auch
keine Zeit, über solche Geheimnisse nachzudenken. Zu was ist denn
Rom da? Dort lebt das gemeinschaftliche Hirn der teutschen Katoliken. Und so blieb der gutmütigen teutschen Bevölkerung nichts
anderes übrig, als für die menschlichen Bedürfnisse Seiner Hoch-
würden im Stillen zu sorgen. Und in jedem Städtchen und Dörfchen
wurde ihm der ‚Zehente‘ der hübschen Weiblichkeit gern abgeliefert.
Und man war stolz, wenn das Hochwürdige Auge auf die Insassin
eines Hauses fiel. Denn der Einfluß der teutschen Pfarrersköchin
ist groß. Durch ihre Hände geht all der Eier-, Butter-, Fleisch-
und Brod-Zins, den die Gemeinde getreulich abliefert. Und beim
‚Aufgebot‘, bei ‚Taufen‘, ‚Hochzeiten‘, ‚Beerdigungen‘ kann der Pfarrer

---

[1]) Nur der Östreicher und Südteutsche versteht das hier vom Papst
unbewußt gemachte obszöne Wortspiel.

[2]) Theiner, III. 980.

[3]) Theiner, III. 980.

unglaublich viel; und sie noch mehr. Meist hat eine Schwester oder entfernte Verwante der Pfarrersköchin mehrere Kinder, die auch oft, vom 10. Jahr an, im Pfarrhaus als Neffen und Nichten erzogen werden. Und so singt man noch heut' in Teutschland:

> „Madle, wenn Du dienen mußt,
> Diene nur den Pfaffen,
> Kannst den Lohn im Bett verdienen,
> Brauchst nit viel zu schaffen." —

198) Als Ende des vorigen Jahrhunderts die große refor=matorische Ära in Östreich begann und Josef II. 800 Klöster auf=gehoben hatte, erschien auch eine Flut antizölibatischer Schriften, außer in Östreich, auch in Teutschland, Frankreich, Toscana; Geist=liche ließen selbst Zirkulare bei sich herumgehen, um Meinungen aus ihren Kreisen für die Freigabe der Priester=Ehe zu sammeln; daneben entstanden, besonders in dem witzigen Italien, eine Menge von Paskillen, welche die Schande der Priester in der entsetzlichsten Weise blosstellten. Allgemein erwartete man nun von Josef II. und der von ihm niedergesetzten Religions=Commission die Aufhebung des Zölibats; einfach von Rechtswegen, wie damals in der Schweiz, ohne viel in Rom zu unterhandeln; was die Bevölkerung und ein großer Theil der Geistlichkeit mit Jubel begrüßt hätte. — Aber sie kam nicht. An Mut fehlte es Josef nicht; er hatte Kühneres vollbracht; aber man glaubte, er war damals an der Grenze seiner Leistungs=fähigkeit angekommen. — Höhnisch erinnerte man die Geistlichen an ihr altes ‚Si non caste, saltem caute': sie hätten ja im Geheimen doch vollständige Freiheit.

199) Damals erschien jenes bittere, satirische Danksagungs=Schreiben der östreichischen, katolischen Geistlichkeit an Josef II., worin selbe dem Monarchen Dank weiß für die Verweigerung der Aufhebung des Priester=Zölibats, da sie so besser fahre; zugleich ein Beweis dafür, wie weit damals die Bewegung unter der Geistlichkeit selbst gediehen war. [1]

---

[1] Ich gebe hier die überaus seltene Druckschrift, die 1788 Josef II., sein Staatskanzler Kaunitz und die übrigen Minister anonym zugesant er=hielten, ihrem ganzen Umfang nach: „Danksagungs=Schreiben der gesamten Katholischen Geistlichkeit an seiner kaiserl. königl. Majestät Joseph II. für die

200) Man war gegen die Erscheinung des schwarzgeröckten, geistlichen Kapaunen in Teutschland zuletzt abgestumpft worden. Ein Rousseau müßte kommen, um ihnen und ihrer Umgebung erst zu sagen, um was für eine Sorte von Zucht=Menschen es sich hier

Verweigerung der Priester=Ehe. Wien, bey allen privilegirten Nachdruckern 1787. — Länger können wir den Dank in unsern Herzen nicht verschließen, den wir Eur Kaiserl. Majest. für alle die gnädige Verfügungen, zu Gunsten der allein wahren Katohlischen Kirche, des Christentums, und der Geistlichkeit schuldig sind. — Euer Majestät haben es sich von Anfang Dero glorwürdigsten Regierung äußerst angelegen seyn lassen, alles zu thun, was die Aufklärung, die Kultur, den Flor, und Reichtum dero Länder beforderen kann. — Manche verkannten die Absicht Euer Majestät und dachten, höchstdieselbe hätten ungünstige Gesinnungen gegen die Katolsche Geistlichkeit, weil Eur Majestät einige Klöster eingezogen, und dafür eine Religions=Kasse errichteten; sie dachten, es sey zeit, die Geistlichkeit anzugreifen, derselben ihre wahre, alten, von der Kirche ererbten Rechte streitig zu machen, und Euer Majestät dahin zu bewegen solche zu schmälern, oder aufzuheben: diese schrieben dahero wider das päbstliche Cölibat gebot, und trugen bey Euer Majestät darauf an, dasselbe bey der Katolischen Geistlichkeit abzuschaffen. — Wir unsers Orts hielten uns ruhig dabei, weil wir den hellen Geist und die edelen Gesinnungen unseres glorwürdigsten Monarchen kannten; denn solte Joseph den Cölibat der Geistlichen abschaffen, und ihnen gestatten ehelich werden zu dörfen? — Er, der von so vielen befreieten Nonnen, Thränen des Dankes erhalten hat? — und warum erhielt sie Joseph von ihnen? weil sie sich des lebens und der freiheit freueten, weil sie Mädgen und nicht Engel waren, Fleisch und Blut hatten, und nun dem Kerker entlassen, die Triebe der Natur, natürlicher und mittheilender befriedigen konnten: — Joseph ist zu menschenfreundlich und ächt Katolisch, als das er Nonnen befreien solte, um sie mit Geistlichen ins Ehe joch zu spannen; ist zu erleuchtet um einen Unterschied zwischen einem Mädgen und einer Nonne zu machen, da er doch hell den Unterschied unter den Nonnen un uns Geistlichen einsiehet, weil wir uns auf unzählige weise helfen können, welches die eingesperreten nicht vermögen, Joseph ist zu fern von Aberglauben, als daß ihm Thränen des Danks aus welchen weiblichen auge sie rinnen mögen, nicht gleich lieb sein solten, und auf welche menge dankbarer Seelen, die bei der Abschaffung des Cölibats würden verlohren haben, kann Joseph nicht rechnen? denn der gröste Theil der Katolischen Geistlichen, die ohne anstrengende Geschäfte des Geistes und Cörpers ihr leben hinbringen, sind zur befriedigung des weiblichen Geschlechts auf alle weise die Geschiktesten, und können nicht allein den unverehlichten Fraunzimmer vorstehen, die sonst unbefriedigt blieben, sondern auch den Ehefrauen, dessen

handelt. In Straßburg hat man von tierschutz=freundlicher Seite gegen das gewaltsame Stopfen der Gänse zur Erzielung größerer Lebern protestirt. Hier müßte etwa die Studie einsetzen. — Der ursprüngliche Gedanke Gregor's im Hinblick auf das Zölibat war

---

Männer sich müde und kraftlos arbeiten müssen. — So wie sie für alle beten, so können sie auch füglich, und ohne nachteil ihrer Geschäfte für alle die so genannte Werke des Fleisches verrichten: dies geschiehet nun, wie es sich von geistlichen nicht anders denken läßt, auf eine geistliche Art, wovon die welt nichts weiß. — Daher werden die von uns erzeugten Kinder, weil viel darauf ankömt, von welchen Saamen sie entspringen, viel besser und ihren wahren Erzeugern an kopf und herzen — das ist, an verstand, Religiosität, und Neigung zur practischen Geistlichkeit, die in winkeln getrieben wird, und in steten actu ist, ähnlich. — Wie viel Tausend unverehligte und verehligte Persohnen, die man mit dem gehässigen Nahmen der Huren und Ehebrecherinnen belegt, bauen Eur Majestät in stillen mit Thränen des Danks Altäre im Herzen, daß höchstdieselbe ihnen ihr Vergnügen, und die Befriedigungen der unschuldigen Triebe der Natur nicht durch Aufhebung des heiligen, päbstlichen Cölibats Gebots geraubt haben! Hierüber müsse Joseph die gröste Wonne der Menschlichkeit fühlen. — Die Aufrechthaltung des heiligen Cölibats ist uns auch ein neuer Beweiß von der väterlichen und wohltätigen Vorsorge Euer Majestät für die Römisch Katolsche Kirche und ihrer Geistlichkeit. Euer Majestät ehren alte Rechte, und sind ein erklärter Feind aller uneinträglichen neuerungen; nun hat die Rechtgläubige allein seelig machende Römisch Katolsche Kirche, außer welche kein Heil ist, von jeher aus Nachgiebigkeit gegen das Fleisch, oder vielmehr geistlichen Saamen auszusäen, der Geistlichkeit Beischläferinnen und Huren nachgesehen, und ihr alle naturliche und unnaturliche Befriedigung der Geilheit im dunkeln vergönnet, nur die Ehe versagt, und deswegen in jure Canonico den Erweis der Unzucht eines Geistlichen schier unmöglich gemacht, und allen clericis die goldene Regel vorgeschrieben: Si no caste, tamen caute. Euer Majestät wissen, wie dies alles dahin zielet, die Geistlichen durchaus nicht an eine Frau zu binden; wissen, daß das hochheilige Sacrament der Ehe von uns nur in Büchern für den Pöbel, oder so lang der Copulations actus währet, angesehen wird, wissen, was selbst in dem heiligen Rom unter den untrüglichen augen des heiligen Vaters geschiehet, daß die Monsignori ihre Maitressen, die Kardinäle ihre Battistinos haben, und die schönsten Kastraten auf die Kapelle kriegen. Alles ist also der Geistlichkeit in diesem Punct nachgiebig vergönnet. — Solten nun die unzweifelhaften großen verjährten Vorrechte der Geistlichkeit geschmälert werden? und ihr keine andere Befriedigung der Geschlechts=Lust mehr, als blos in der Ehe mit einer

von seiner Seite klug und berechnend. Er hatte seine Italiener und Mönche Damiani'scher Schilderung im Auge. Er konnte aber nicht wissen, wie die Verordnung auf den Teutschen und Nordländer wirken würde. Und die Exemplifizirung auf diesen Völkertypus

---

Frau erlaubt sein? — Joseph war zu gerecht, und gütig, als daß er das verfügen konnte. — Euer Majest. sahen aber auch nur allzuwohl die Vortheile der Ehelosigkeit des Geistlichen standes ein, um viele Ehe fruchtbar zu machen, und mannigfaltigere Befriedigungen der Geschlechts=Lust, so wohl uns als den weiblichen Geschlechte zu gewähren, wie im einfachen langweiligen Ehestande möglich ist. — Mögen es manche geringe schätzen, wie ein Beherrscher von Ländern und Völkern für das Vergnügen der Unterthanen sorgt; wir erkennen es mit größten Danke, daß Joseph uns keine Feßeln angelegt hat. — Je mehr Vergnügen in einem Staate ist, desto lieber lebt man darinnen. Die Ungebundenheit der Sitten ist zwar ein verkanntes, aber gewiß bewährtes Mittel einen Staat den mehrsten Menschen angenehm zu machen; Klima und natürliche Fruchtbarkeit, selbst Gerechtigkeit der Regierung und Polizei thut dies ungleich weniger. — Aber wie übel wäre es auch, wenn wir, die wir Breviar, Chor, und Meßen zu versehen haben, auch solten mit der Kinder last beschwehret werden! Das kann seiner natur nach blos für Layen gehören. — Unser erleuchteter Monarch siehet aber auch ein, welcher Aufwand nöthig wäre, um die Geistlichen alle so zu besorgen, daß sie Frau und Kinder ernähren können. — Freilich wäre die Einziehung von zwey der besten Klöster zur hinlänglichen verbeßerung aller armen Pfarren, und zweier anderen zur stiftung einer Geistlichen wittwen und waisen Kaße zureichend, dazu käme denn nichts aus dem Staate, sondern nur in einem anderen schnelleren umlauf, aber die Schatzkammer verlöhre doch zu nächst. Noch mehr, die Geistlichkeit würde durch die Ehe zu häußlicher Tugend und Sittsamkeit geleitet, abhängiger vom staate, und unabhängiger von Rom, gemacht werden; ja sie würden sich in Künsten und Wissenschaften, wie die Layen zu bemühen, genöthiget sehen. Aber was litte denn die Kirche? wo bliebe denn der Luxus, den die Geistlichen auf alle weise unterhalten, und zwar gerade die art von Luxus, welche dem staate an vortheilhaftesten ist? Ja, was würden nicht selbst die Weltlichen leiden, wenn eine solche Vermischung der Stände wäre, daß die Geistlichen, wie die Weltlichen auch im weltlichen sinne arbeitsame und nützliche Leute würden, die Bürgerlichen Geschäften und Ämtern wohl vorstehen könnten! — Falsche Politiker dringen auf Frugalität und Arbeitsamkeit, und bedenken nicht, wo alle Arbeit herkommen soll, wenn alle Glieder des Staates arbeiten, und nur blos was nützliches arbeiten sollen; wenn keine Verschwendung, kein Luxus, keine blos verzehrende Klasse der Menschen da wäre! — Bedächten sie doch was Menenius Agrippa schon den Römern

scheint heute nicht unwichtig zu sein; ja wichtiger als die gesammten Geschehnisse der katolischen Kirche von Gregor bis heute. — In Bezug auf den Italiener täuschte sich auch Gregor nicht. Der italienische Priester mit seiner großen Porzion Klugheit und noch größeren Geschicklichkeit erkannte bald, daß er ,vornen herum' nichts, ,hinten

---

gezeigt hat, daß der Magen am menschlichen Cörper so notwendig ist, als irgend ein Glied: ja daß die Glieder ohne den Magen nicht bestehen können. — Welche tiefe Weisheit zeigen daher Euer Majest. daß Höchst dieselbe den Geistlichen Stand bei den erhalten, was er ist, und sein muß. Wir bewundern auch billig die geistes größe Euer Majest. darinnen, da alle andere erleuchtete Regenten der Welt, und Staatsmänner dafür halten daß die Stärke eines Staats nicht im besitze großer wüsten, sondern in der Bevölkerung des Staats bestehe, und daher auf alle weise die Volks menge zu vermehren suchen. — Euer Majestät allein nach Höchster Einsicht dafür halten, daß den Monarchen an großer Volks menge nichts liegt, und diese ein gewisses maas nicht übersteigen darf, wenn nicht mehr magen und münde seyn sollen, als Speise und Trank für sie ist. — In Gemäsheit dieses grundsatzes bestätigen Euer Majest. den Cölibat, den wir, da wir uns aus allen Kräften bestreben, das schöne geschlecht in der Zeit, die uns von Chor gehen übrig bleibt, zu vergnügen, die wir Mädgen, Nonnen, alte Principeßen, Frauen und Wittwen bedienen, und so wie zu Rom dem Barigello, also dem Scharwächter-auffeher jeder Stadt fur nächtliche freiheit ein beträchtliches zahlen: Wir gehen, wie Euer Majest. bekannt ist caute darauf aus, schwachen Ehemännern Kinder zu verschaffen, hingegen aber die Befruchtung der Unverheirateten auf alle weise zu hindern; und solte aus Übereilung oder Unvorsichtigkeit mahl eine Schwängerung geschehen seyn, die Frucht wieder fort zu schaffen. Dadurch wird eine große menge Frauenzimmer Unfruchtbar gemacht, eine menge Saamen, woraus Kinder zu tausenden entstanden wären, vergossen. Wir sind also im stande Euer Majestät darzu thuen, daß wir, die Geistlichkeit ihrer Staaten, jährlich nach der mäßigsten Berechnung wenigstens eine million menschen tödten, und eine übermäßige dem Staate schädliche Bevölkerung, bey der immer einer den anderen auffressen würde, verhinderen, welches weg fallen würde, wenn wir vereheliget wären. — Wir bezeugen daher Euer Kays. Majest. wegen der väterlichen Sorge fur den Flor und das Wohl ihrer Staaten, fur die vorrechte der Geistlichkeit und der Kirche den heißesten Dank, und fügen zu unsern versprechen, daß wir nach Euer Majest. weisen Ermessen möglichst fortfahren wollen, unsern Geistlichen Amte besagter weise obzuliegen, weiter nichts hinzu, als wir nicht aufhören werden, zu wünschen, daß der asmodische Geist des heiligen Gregorius VII. Pabsten Hillebrand auf Euer Majestät in Ansehung des Cölibat-Gebots ferner ruhen möge, die wir in tiefster unterthänigkeit und angemessener Ehrforcht ersterben.

herum' Alles tun dürfe, und so hat er als ‚abgefeimter Spitzbube‘ und ‚feiger Hund‘ bei Groß und Klein, Arm und Reich, im Volk wie bei den Gebildeten, im Roman, in der Satire, im Volkswitz, in der Posse, auf dem Theater, seine feste, verächtliche Stellung.[1]) Dieser Typus kommt nur in Italien vor. Er kann auch nur dort beobachtet werden. Es ist eben italienische Religion. Nicht viel anders ist der spanische und französische Priester.[2]) — In Teutschland war der bessere Typus auch immer noch der, der ein Aug zudrückte, und Ähnliches von seiner Umgebung erwartete, ein Keuschheits=Gelübde mit dem geheimen Vorbehalte tat, innerhalb seiner vier Wände und den Weibern gegenüber zu tun, was ihm beliebte, und was man ihm gewährte; der schmunzelnde, fette Priester mit viel Benevolenz; feig auch er, vor den Ohren das Gesicht mit Heuchelei verlarvt, hinter den Ohren vollgepackt mit Duckmäuserei; aber wenigstens gesund. — Der bedenklichere Typus sind jene Bornirten, aber Ehrlichen, die die Sache für Ernst nahmen, ein isolirter Organismus, im steten Kampf mit sich selbst, der das eigene Gespeie täglich wieder aufißt, sich innerlich zerrüttet, aber alle Selbst=Anklagen stumm hinunterwürgt, der bei uns mit dem gestochenen Kalbsgesicht umhergeht, Einem nicht mehr in's Angesicht, geschweige den Himmel anzuschauen vermag, zermartert, verstumpft, von einer fremden Idee steif=suggestionirt, oft halbverblödet, gewiß die erbärmlichste Menschensorte, die bei uns herumläuft, ein gänzlich unberechnet gewesener anthropologischer Effekt dieses nun bald 1000=jährigen päpstlich= hierarchischen Gedankens.

201) Bis zu Pius VI. drang damals diese Anti=Zölibats= Bewegung, die in Leopold von Toscana in nächster Nähe einen aufgeklärten Fürsten zum Verteidiger hatte, der u. a. den Grundsatz aufstellte, daß nur dem Staate das Recht zustehe, ‚trennende Ehehindernisse‘ zu setzen. Leopold änderte denn auch aus eigener Befugnis die Klostergelübde dahin ab, daß Nonnen erst vom 40ten

---

Aller Durchlauchtigster Unuberwindligster Kayser Euer Majest. Alleruntertanigste Gesammte Römisch Katolsche Geistlichkeit.“ —

[1]) Man muß den Priester der italienischen Komödie in Italien gesehen haben.

[2]) Siehe den Priestertypus bei Moliere.

Jahr an die sog. ‚ewigen Gelübbe‘ ablegen dürften. Pius, den doch ein Hauch modernen Geistes berührt zu haben schien, und der unter seinen Meßbüchern die in's Italienische übersetzte, ursprünglich teutsche, Schrift gefunden hatte „dringende Vorstellung an Mensch=lichkeit und Vernunft um Aufhebung des ehelosen Standes der kato=lischen Geistlichkeit 1782“, ordnete ein Zusammentreten der Cardinal=Collegiums an. Und dort fiel dann die kühle Antwort, mit der teutsche Potentaten stets glücklich waren, sich von Boden päpstlicher Audienz erheben zu dürfen: „es seien die Kirchengesetze gegen die Priesterehe nicht aufzuheben, und dem Verlangen der Regenten nicht nachzugeben.“ [1]

202) Und in der gleichen Versammlung sprach der Cardinal Pallavicini die Worte: „Wenn man den Geistlichen die Ehe ge=stattet, ist die römisch=päpstliche Hierarchie zerstört, das Ansehen und die Hoheit des römischen Bischofs verloren; denn verheirathete Geist=liche werden durch das Band der Frauen und Kinder an den Staat gefesselt, und hören auf, Anhänger des römischen Stuhls zu sein. Die Staatsklugheit lege also seiner Heiligkeit wie dem heiligen Collegium als Pflicht auf, niemals dergleichen Anträgen Gehör zu geben.“ [2] — Das war also päpstlicher Weisheit letzter Schluß.

203) Noch einige Köchinnen=Erlasse aus neuerer Zeit sind zu erwähnen: Im Jahre 1796 erläßt der Fürst=Bischof Konrad von Regensburg ein Rundschreiben, worin er sagt, daß die Kleriker seiner Diözese „sich im Koth der Unzucht befinden, unreinen Umgang mit Weibern pflegen, und mit sacrilegischen Verbrechen sich notorisch be=sudeln.“ Er meint dann fortfahrend, die Ursache des Übels liege „in dem überall um sich greifenden Luxus und in der Verdorben=heit des jetzigen Zeitgeistes.“ — Beneidenswerter Bischof, der nach fast 2000=jähriger Unzucht in der katolischen Kirche sich mit einer solchen Ausrede zufrieden geben konnte! — Das Rundschreiben schließt: „Wir vertrauen im Herrn, daß wir nie gezwungen werden dürften, die Strenge dieses Gesetzes an den Geistlichen auszuüben,

---

[1] Theiner, III. 1030.
[2] Storia polemica del celibato sacro da contrapporsi ad alcuni detestabili opere uscite a questi tempo. Roma 1784.

Panizza, Teutscher Michel.   7

so daß keiner als ein Sünder, wenigstens keiner, der kundbar und mit Ärgerniß sündigt, gefunden werde."[1] — Katolischer Priester, was willst Du mehr? In der teutschen Campagna geht es Dir wahrhaftig nicht schlecht.

204) Dieses Rundschreiben hatte, außer einer energischen Kritik,[2] eine Menge satirischer angeblicher Universitäts=Gutachten zur Folge, in welchen dasselbe in seiner ganzen jesuitischen Hohlheit aufgedeckt wird. — Diese Rundschreiben sind auch unklug, abgesehen davon, daß sie wertlos sind. Sie machen nur Lärm unter der schlafenden Heerde. Und vorsichtig sind die Hirten auch ohne Rund=schreiben.

205) Trotzdem erläßt der Bischof Albert von Augsburg 1826 ein neues Umlaufsschreiben, worin er klagt, daß „die Geistlichen seiner Diözese mit dem schändlichen Laster der Unzucht behaftet sind; daß die Pfarrer mit ihren Köchinnen im Wirtshaus und auf den Jahrmärkten erscheinen und bei sinkender Nacht vollgefressen und =gesoffen, (multa demum nocte vino dapibusque onusti) nach Hause zurückkehren. Er verbietet den Priestern junge Mädchen oder geschwächte Frauenspersonen in's Haus zu nehmen, auf den Jahrmärkten die Köchinnen mit sich zu führen, oder auf unvorsichtige Weise (incanta) mit ihnen zu verkehren. Schließlich sollten sie sich nicht unter die Befehle und die Herrschaft der Köchin fügen, damit sie nicht dem Spott und dem Ärgerniß der Bevölkerung preisgegeben seien."[3]

206) Seitdem ist in Teutschland von verschiedener Seite, öffentlich und privat, in Schrift und Wort, versucht worden, die unsittliche Zumutung des Papstes an den teutschen Priester, in zwangsmäßiger Unzucht zu leben, zu brechen. In Schlesien richtete die katolische Geistlichkeit selbst im Jahre 1826 eine diesbezügliche Eingabe an die bischöfliche Behörde.[4] — In Würtemberg und

---

[1] »atque ades vel nullus eorum, vel saltem nemo cum scandalo, et notorie delinquens inveniatur.« Hente, Archiv für neuere Kirchengeschichte. 1796. Bd. III. p. 699.
[2] Freimüthige Gedanken über die Priester=Ehe von einem batrischen Professor der Theologie. 1796.
[3] Theiner, III. 1022—23.
[4] Über die Aufhebung der Ehelosigkeit bei den katolischen Geistlichen. Weimar 1828.

Baden gelangten von Katoliken unterzeichnete Petizionen an die Ständekammern. [1] — In Süddeutschland haben sich 1830 eigene Vereinigungen gebildet zum Zweck der Aufhebung des Priester-Zölibats. [2] — Alles umsonst. Die Landstände erklärten ihre Incompetenz; die Regierungen zauberten; die Fürsten hatten nicht den Mut, zu decretiren.

207) Zu den stärksten und wirksamsten Bekämpfern des Priester-Zölibats gehören die „Haberfeldtreiber" im bayrischen Gebirge; sie üben ein Rüge-Recht, welches die begütertsten, angesehensten Bauern des Bezirks zu Mitgliedern hat, geheime Organisazion besitzt, und auf viele Jahrhunderte zurückgeht. Gänzlich unabhängig von Kirche oder Staat, wie deren administrativen Erwägungen, leiten diese Leute aus ihrem eigenen Empfinden das Recht ab, moralische Handlungen ihrer Mitbürger, die gegen ihre althergebrachten Sitten verstoßen, und vom Strafgesetzbuch nicht faßbar sind, in öffentlich-wirksamer Weise zu rügen. Hierher gehört das Konkubinat ihrer Priester. Und ohne Rücksicht auf einen Papst in Rom, oder eine angedrohte Ausschließung aus der Kirche, die sie höhnisch verlachen, umstellen sie Nachts das Haus des Übeltäters, rufen den Geistlichen heraus, und lassen ein in Knittelversen abgefaßtes, rüksichtslos-derbes Schmähgericht über ihn ergehen, dem das halbe Dorf zuhört. Im Jahr 1790 quälten sie den hochangesehenen und reichen Propst von Fischbachau, der sich ihrem Gericht widersetzte, und einen der ihren Nachts beim Treiben erschossen hatte, mit ihren versteckten Umtrieben so lang, bis er Abtei und Land verließ. [3]

208) Der Entwurf des neuen teutschen bürgerlichen Gesetzbuches hat den Antrag, die Priesterweihe und das Ordens-Gelübde mit unter die Ehehindernisse aufzunehmen, und den Entwurf dahin

---

[1] Beantwortung der Frage, ob die Aufhebung des Gesetzes der Ehelosigkeit der katolischen Priester zweckmäßig sei. Ulm 1824. — Denkschrift für die Aufhebung des den katolischen Geistlichen vorgeschriebenen Cölibats. Freiburg i. B. 1828.

[2] Über die Bildung eines Vereins für die kirchliche Aufhebung des Cölibatgesetzes. Ulm. 1831.

[3] Kern, C., Die Haberfeldtreiber. Oberbayrisches Sittenbild. Stuttgart. 1862. p. 46 ff.

7*

zu ergänzen, „daß Geiftliche der katolifchen Kirche, welche die höheren Weihen empfangen haben, fowie die einem päpftlich approbirten Orden angehörenden Ordensperfonen, welche die feierlichen oder die nach dem Ordensftatut diefem gleichgeftellten einfachen Gelübbe abgelegt haben, eine Ehe nicht fchließen können," abgelehnt, alfo den welt= lichen Arm zur Durchführung des römifch=katolifchen Priefter=Zölibats verweigert.[1]

209) Theiner, deffen fleißiges Werk über die „erzwungene Ehelofigkeit" wir fo oft zitirt haben, und das mit dem Jahr 1828 abfchließt[2]), führt noch eine große Anzahl crimineller Fälle an, bei denen der Zwangs=Zölibat und die elementare Gewalt, felben zu brechen, bei katolifchen Geiftlichkeiten zu furchtbaren Konfequenzen ge= führt hat. Diefes Material, an dem es auch für die Gegenwart nicht mangelt, und welches bei dem bekannten Vertufchungs=Syftem in diefen Kreifen nie ftatiftifch verwertbar fein wird, fteht heut in zweiter Linie. Heute wiffen wir aus den Krankengefchichten der Irrenhäufer und aus den pfychopathifchen Unterfuchungen der Sexual= Pfyche durch Moll, Krafft=Ebing, Tarnowsky u. a. von welch' fundamentaler Bedeutung für die geiftige Entwickelung eines Menfchen die Geordnetheit feiner fexualen Triebe ift. Der Nervenarzt ift uns heute in diefer Hinficht eine wichtigere Perfönlichkeit, als der Papft.

210) „Denn es ift nicht ein frei Willköre oder Rath, fondern ein nöthig, natürlich Ding, daß Alles, was ein Mann ift, muß ein Weib haben, und was ein Weib ift, muß ein Mann haben."[3] — Der freiwillige, auf abnormaler Organifazion und Dis= pofizion beruhende Laien=Zölibatär ift ein gefchmacklofes, in= differentes, urfache= und wirkungs=lofes Individuum, welches in ge= nügender Anzahl bei uns zu finden ift, um die Fadheit der Menfchen=

[1]) Allgem. Zeitung. München 1893. Nr. 340 vom 8. Dez. Zweites Abendblatt.

[2]) Das im Buchhandel längft vergriffene und in Folge Aufkaufs durch die Jefuiten auch antiquarifch in den letzten zehn Jahren kaum mehr erhält= lich gewefene Werk Theiner's erfcheint jetzt in einem Neudruck, und bis auf die Neuzeit fortgeführt von Prof. Dr. Nippold, bei Hugo Klein in Barmen.

[3]) Luther, Predigt vom ehelichen Leben. 1522. Sämmtliche Werke. Erlangen 1829. Bd. 20. p. 58.

raffe zu demonſtriren: Der Zwangs-Zölibatär, wie der römiſche
Prieſter, iſt, — ſofern er ehrlich iſt — ein neues Genus, ein Ver-
ſuchstier, der Effekt einer Viviſektion, bei der nicht kaſtrirt, ſondern
nur unterbunden wurde, und bei dem die Lüſternheit bald zu Kopf
ſteigt, deſſen Blick, Rede, Gewohnheit, Denken, transzendentale Erhebung, Alles dieſen kranken Milchſaft einer molkigen Stockung zeigt,
eine Art Oswald,[1] anatomiſch betrachtet eine Form von situs trans-
versus, wobei die Teſtikel in der Hirnſchale, das cerebrum in der Bauch-
gegend zu liegen kommt, der Samenkoller beim Pferd menſchlich
gewendet, eine neue Spezies, die entkräftigend, verſchleimend und ölig
auf ihre Umgebung wirkt, mit einem Wort, ein ſcheußäliges Experi-
ment und eine Gefahr für die Menſchheit.

211) Theiner ſchließt ſein wiederholt angezogenes Werk:
„Leicht könnte ein großer Fürſt, begeiſtert von Eifer für die ſittliche
Wohlfahrt ſeines Volks, weiſe und kräftige Maßregeln ergreifen, um
endlich die Quelle ſo vieler ſittlicher Übel zu verſtopfen. Seine
Name würde unſterblich ſein, und mit Recht unter den größten Wohl-
thätern der Menſchheit genannt werden."[2] — Wird dieſer Fürſt in
Teutſchland möglich ſein? —

---

[1] Siehe oben die Kapitel über Mariologie.
[2] Theiner, III. 1038—39.

Beichte und Ablaß.

„Was bedeut bann dz ich jn etzliche sehe
in bie oren murmelen?"

Hutten, Gesprechbuchlin.

212) Es wohnt in Teutschland eine Sorte schwarzgerockter
Menschen mit Riesenbäuchen, Stiernacken und festgesessenen Schwarten,
glatten Fischmäulern und kolossalen Muschelohren, die sich damit beschäftigen, einzelne ihrer Nebenmenschen im Lauf der Woche aufzu-
fressen und das Gewöll in irgend einer Form wieder auszuspeien.
In großen marktartigen Hallen hocken sie tagsüber in vergitterten
Häuschen, dessen Öffnung geheime Griffe verlangt, mit ihren Wesens-
Organen, die Abscheu erregen würden, verborgen, mit Tintenfisch-
ruhiger Klarheit ihr Opfer erwartend, und die unsichtbaren Nesseln
und Hacken durch das Gitter hervorstreckend; bis ein harmloses
Menschen-Wesen in ihre Nähe kommt, meist ein junges Mädchen,
oder eine junge Frau, auch ein altes Weib, welches sie sofort packen,
hereinziehen und verzehren. Bleich, ausgesogen und entstellt verlassen diese armen Geschöpfe die Tintenfischbude. — Diese schwarz-
gekleideten Menschen, die dieses eckele Geschäft betreiben, sind
Priester einer ausländischen, der römischen, Kirche, und stehen unter
dem Befehl eines italienischen Kardinals. Das Hotell, in dem diese
Mahlzeiten ausgeführt werden, heißt Kirche oder Katebrale; das
Büfée heißt Beichtstuhl, und die Mahlzeit selbst — Beichte. Und
weil das Maul in diesem Falle das Ohr ist: Ohren-Beichte. —
Es handelt sich nicht um den irdischen Leib und dessen Aufzehrung
— eine verhältnißmäßig geringfügige Sache — sondern um den
geistigen Leib, — eine sehr viel wichtigere Sache. Tausende von
diesen teutschen Astral-Leibern, wenn ich so sagen darf, von diesen
geistigen Innnern der Teutschen, wandern solchermaßen wöchentlich

in die Mägen der römischen Pfaffen; daher die stiermäßige Aufge=
dunsenheit dieser letzteren. Der Prozeß ist relativ neueren Datums.
Christus und sein Evangelium wußten nichts von diesem eckelhaften
Geschäft. Es geschieht zur Zeit auf Befehl eines in Rom wohnen=
den Italieners, der behauptet, über die Seelen der Teutschen ver=
fügen zu können. — Wenn die Teutschen meinen, einmal wöchentlich
oder monatlich ihre Seele von einem römischen Emissär verspeist
sehen zu müssen, so ist das ihre Sache. Wir behalten unsere Seele
in uns; verantwortlich mit derselben, soweit sie sich in Taten um=
setzt, nur dem irdischen Richter, so weit sie in Gedanken besteht, nur
dem Gott, der über Wolken tront. —

213) In der Tat: Christus und sein Evangelium wußten
Nichts von dieser unerhörten Sitte. Die einzige Bibelstelle, in der
Jakobi=Epistel, die davon handelt, heißt: Wenn Du etwas getan hast,
das dich drückt, gehe Du hin zu Deinem Bruder, zu Deinem Nächsten,
und eröffne Dich ihm, und laß Dich von ihm trösten. — Hierin
liegt etwas Menschliches, Begreifliches, Rührendes. Der Mensch
sucht in der Not den Menschen auf, um sich an ihm zu halten. Ge=
teiltes Leid, halbes Leid. Und auf diese einfache, menschliche Mah=
nung bauten Papst und die Römische Kirche ihr grandioses Schwindel=
institut auf mit Sündenzwang und Seelenriecherei, Zettel und Para=
grafen, von deren Erfüllung das ewige Heil abhänge.

214) „Wir fragen allhie Papst und alle die Seinen, woher
sie Macht haben, die Beicht aufzulegen dem Christen, und wo das
Gott geboten habe. Tret herfür ihr lieben Freund, zeigt Brief und
Siegel!“ [1]

215) „Zum ersten ist eine Beicht, als, wenn Jemand offent=
lich gesündigt hatte, so ward derselbig auch offentlich angeklagt. —
Zum andern ist ein Beicht, da wir Gott unsere Sünden allein
klagen. — Zum Dritten ist eine Beicht, da einer dem andern beichtet,
und erzählt ihm, was sein Noth und Anliegen ist, auf daß er von
ihm ein tröstlich Wort höre. Diese Beicht hat der Papst gestreng
geboten und einen Nothstall daraus gemacht, daß es zu erbarmen

---

[1] Luther, Von der Beicht, ob die der Papst Macht habe zu gebieten.
Wittenberg 1521. Sämmtliche Werke, Erlangen 1830. Bd. 27. pag. 337.

ift. Dieß Nöthigen und Zwingen hab ich verworfen und hart an=
gegriffen. Und eben darum will ich nicht beichten, daß es der Papft
geboten hat und haben will. Denn er soll mir die Beicht frei
lassen und keinen Zwang noch Gebot daraus machen: deß er keine
Macht noch Gewalt hat zu thun." [1]

216) „In geschäfft der selen — schreibt Ulrich von Hutten
— ist weder brieff, noch außerlichs gezeügknüß von nöten, sunder
eines guten gewissens, welches got dermaßen kennt, daß er, als
menschlicher gedancken erfaren, niemants anzeygens noch beweyhsung
darüber bedarff." [2]

217) Im Geschäft der Seelen ist weder Brief noch äußer=
liches Zeugniß von Nöten — in der Tat, ernster und tiefer kann
man den Gedanken kaum ausdrücken: Nach der Sünde, nach einer
Tat gegen Dein Gewissen, bist Du immer noch ein Schurke vor Dir
selbst, — für den Fall Du ein ehrlicher Kerl bist — mag' Dich
ein Priester oder ein Freund getröstet und absolvirt haben; nur Du
selbst — wofern Du ein ehrlicher Kerl bist — kannst Dir ver=
zeihen; wenn Du's kannst; und die Zeit es verwischen.

218) Eine Tat kann niemals ausgelöscht werden, heiße sie
gut oder schlecht. Eine Tat ist geschehen, wie ein Wort gesprochen;
beides ist unreparirbar; eine zweite (Buß) Tat kann nur unsere Ge=
sinnung hinsichtlich der ersten — falls sie schlecht war — doku=
mentiren, nicht sie auslöschen. — Hätten Alle gleich empfindliche
Gewissen, so bedürften wir des Strafrichters nicht. Nur die Ge=
wissensrohen erzwingen die allgemeine Strafe für Alle. Den mit
empfindlichem Gewissen Ausgestatteten kann die Buße vor dem
Richter nicht zufrieden stellen. Seine Tat ist getan; er muß sie
mit sich selbst verspeisen,[3] mit sich selbst in Ordnung bringen; Nie=
mand kann ihm helfen. Er ist und bleibt vor sich ein Schurke. —
Nur verändert die psychische Arbeit der Reue, der Mortifikazion,

---

[1] Luther, Wider den falsch genannten geiftlichen Stand des Papftes
und der Bischöfe. 1522. Sämmtliche Werke, Erlangen. Bd. 28. p. 249.
[2] Geſprechbüchlein her Ulrichs von Hutten, gekrönten Poeten, von dem
verkärten stand der Stat Rom. 1519. Hutten's Schriften. Hrsg. von
Böcking. Leipzig 1860. Bd. IV. pag. 181.
[3] „Schweigend seinen Schmerz verzehren", wie es Calvin einmal
ausdrückt.

mit der Zeit sein Gehirn; — und bald fühlt er, daß er ein anderer Mensch ist, eine andere Persönlichkeit. Erst jetzt, nachdem dieser Personen-Wechsel vollzogen, welches Monate dauern mag, ist die frühere Handlung, als Nicht-Resultat seiner gegenwärtigen Individualität, als nicht mehr ihm gehörig, vergangen und vergessen.

219) Wegen einer Handlung, die man gegen sein Gewissen, gegen seine Prinzipien, gegen die ganze Macht seiner Persönlichkeit getan hat, thun mußte, weil es nicht anders gieng, weil es eine unglückselige Verkettung war, weil man rein dynamisch einem stärkeren Einfluß erlag, begreife ich, daß man wochenlang wie ein Geschlagener, mit sich selbst uneins, umherläuft, und sich zergrimmt, bis der naturgemäße Wechsel den eigenen Körper in dieser Zeit psychisch wie physisch verändert. Aber mit diesem Gewissensdruck zum Papst oder seinem Pfaffen gehn, und dort gegen Geld und gute Worte wie bei einem Käshändler sich Sünden-Vergebung kaufen, um dann lustig wie ein Handwerksbursch weiterzuziehen, scheint mir eine unerhörte innere Feigheit zu sein, ein Prozeß, der durch und durch unteutsch ist.

220) Von allen Völkern des Abendlandes ist es anerkannt, daß der Teutsche, der Germane, die tiefste Innerlichkeit besitzt. Dies setzt doch reichen innerlichen Verkehr mit sich selbst und ein empfindliches Gewissen voraus. Trotzdem läuft der Teutsche, der lockeren romanischen Sitte folgend, zu einem fremdländischen, lateinisch sprechenden Menschen in ein kleines Holzhäuschen, und fragt ihn, den Fremden, was er über sein, des Teutschen, Gewissen denke. Welche Schande! Welche Feigheit! Welche schmachvolle Kapitulazion vor dem eignen Gewissen!

221) Bei Hutten lesen wir folgenden Dialog (Phaëton und der Sonnengott fahren auf dem Sonnen-Wagen. Sie sind auf der Höhe des Himmels angelangt, und blicken auf Teutschland herunter.)

„Phaëton: Was bedeüt dann das, daß ich etzliche sehe ihnen (den Mönchen) in die Oren murmelen, wie auch anderen pfaffen? —

Sonne: Das heißen sie beychten. Dann es würt für ein gehstlich und gottsförchtig ding angesehen, das ein yeder was er gesündet hab, bissen zu erkennen gebe. Und nit allein was er mit der thatt begangen, sonder auch was im in gedencken gewest. Und also muß yederman diße aller seiner heymlichkeiten mitwissend haben.

Phaëton: Mag yemant des überredt werden, daß er disen loßen gesellen seine heymlichkeit offenbare?

Sonne: Alle mentschen thun das auß ordnungen und aufsätzungen der geystlichen, auch alter gewonheit.

Phaëton: Wenn sye aber heymliche bing also erfaren, offenbaren sie die nit weyter?

Sonne: Darnoch ein yeder gehäb und verschwigen ist, oder herwider loß und schwatzhafftig, würt es behalten oder außgeschutt.

Phaëton: Sere ist es aber färlich, heymlichkeiten bißen entdecken, und sye verborgener sachen bekündigen, zu voran, so sie gern wein trinken und voll seint. — Wie aber, das ich sye auch die weyber beycht hören sehe? Fürwahr diße gewohnheit muß ich schelten. — Denen sie aber ire heüpter begriffen, was machen sie aus denselbigen? —

Sonne: Reyn, lauter, unschuldig und frey von allen sünden.

Phaëton: Ob sie schon vorhin befleckt, schuldig, und in banden der sunden verstrickt gewesen?

Sonne: Ja, die selbigen. Und das heyßen sie absolviren.

Phaëton: Was sagst Du? Die selbs also sündhaft leben, mögen andere uß gefängniß der sünden erledigen?

Sonne: So ist ihre Religion." [1]

222) „Item, wie will auch dein Gewissen tragen die große Plage, Marter und Gewalt, die sie aller Welt haben angetan mit ihrer Angstbeicht, damit sie so viel Seelen verzweifelt gemacht, und allen christlichen Trost den elenden Gewissen geraubt und gewehret haben, da sie die Kraft der Absolution und den Glauben so verrätherisch boshaftig verborgen und geschwiegen, allein gedrungen auf die unleidliche Marter und unmügliche Arbeit, die Sünden zu erzählen." [2] — „Ist es aber redlich, schweig christlich than, daß

---

[1] Gesprechbuchlin Ulrich's von Hutten: Die Anschawenden. Hutten's Schriften. Hrsg. von Böcking. Bd. IV. p. 299 f. Leipzig 1860.

[2] Luther, Warnung an seine lieben Teutschen. 1581. Sämmtliche Schriften. Erlangen 1830. Bd. 25. p. 43.

man solchen Jammer in die Welt bauet? Solch Schätzung, solch Angst, solch Tyrannei, solch Frevel und Gewalt übet? O Papst, wie siehet sich hie Dein und der Deinen Verdienst?" [1] — „Es muß auch ein seltsam Gott sein, der dir solch Ding gebiete, das nit in deiner Macht, sondern in eins Andern heimlichen Willen stehet. Wo hat er solch Gebot mehr geben?" [2] — „Damit hätt er (der Papst) Gewalt aller Herzen Heimlichkeit zu offenbaren, als wär er Gott selb, der allein der Herzen Heimlichkeit wissen will." [3] — „Was aber von heimlichen Sunden ist, die kann Niemand vormahnen, noch selbander strafen, vielweniger offentlich vorklagen und ubirwinden. Drumb ist kein Gewalt in der Kirchen, dieselben zu binden oder zu lösen, sondern stehet in eins jglichen Willkohre, ob er sich selb vormahnen, strafen, vorklagen und bekennen will." [4] — „Die ‚Schlüssel‘ sollen mit den Sünden zu thun haben, nit mit dem Herzen oder Gewissen: und sollen nit Herzen oder Gewissen zuschließen oder aufschließen; sondern den Himmel. Es heißen nit Herzenschlüssel oder Gewissenschlüssel, sondern Himmelschlüssel." [5] — „Siehe, anf solchen Pelzärmeln steht die Beicht und das ganz Papstthum; noch wollen sie niemand die Schrift wissen lassen, denn sie selb allein, meinend ihr Ding stehe auf stärkeren Säulen, denn der Himmel." [6]

223) Und Ihr habt, um Eure feige Ohrenbeichte durchzusetzen, auch da Eure großen Lappen=Ohren hingehalten, wo noch nichts zu hören war, und der Kinder Herzen vergiftet, und ihnen Sünden gelehrt, damit sie Sünden beichten können! Welche Schmach für teutsche Schulkinder, sie herumtrippeln zu sehen, und sich gegenseitig ‚Sünden‘ ausfragen und abbetteln zu hören — nur um Namen und leere Begriffe handelt es sich dabei — um den vorgeschriebenen Beichtzettel ausgefüllt abgeben zu können. [7]

---

[1] Luther, Von der Beichte, ob die der Papst Macht habe zu gebieten. Wittenberg 1521. Sämmtliche Werke. Erlangen 1830. Bd. 27. p. 338.
[2] Luther, a. a. O. p. 340.
[3] Luther, a. a. O. p. 342.
[4] Luther, a. a. O. p. 347.
[5] Luther, a. a. O. p. 348.
[6] Luther, a. a. O. p. 340.
[7] Ich weiß nicht, ob es in Teutschland ähnliche ‚Instruktionen für junge Beichtväter‘ gibt, wie sie die katolische Kirche in den französischen

224) So hat sich das Krämer= und Kauf=Geschäft der päft=
lichen Sünden=Börse bis auf die Kinder=Welt fortgesetzt: In kato=
lischen Ländern verkaufen sich die Kinder gegen Zuckerwerk, Bleistift,
Griffel u. dergl. ‚Sünden‘ aus Angst, im Beichtstuhl nicht die ver=
langte Anzahl nennen zu können. Auch das kommt auf Rechnung
der verlotterten, wälschen, hurenmäßigen Auffaffung der Religion
durch die italienischen Götter in Rom.

225) Wenn Eure Beichte noch gewahrt bliebe! — War Euer
psychisches Gerüst nun einmal so lübschäftig, daß es ohne Anlehnung
an einen Andern nicht bestehen konnte, — und darin liegt eine
mangelhafte Tätigkeit der Seele — wenn dann wenigstens Eure
geheimnißvolle Kommunikazion gewahrt bliebe! Aber die wird preis=
gegeben und ausgeschwätzt, sobald der Vorgesetzte Eures Vertrauten,
sei es Rom, sei es wer anders, es befiehlt. — Die Jesuiten haben
allein auf diesen Punkt hin ein weltumfassendes Kommunikazions=
Netz konstruirt, deffen Fäden in Rom zusammenliefen. — Und dann
steht Ihr in der ganzen Erbärmlichkeit und Hülflosigkeit Euerer
Seele da!

226) Noch heute hat jeder katolische Fürst seinen eigenen
Beichtvater. Und ehedem wurden diese Beichtväter von Rom aus
verschickt und den durchlauchtigsten Königen und Regenten beigegeben.
Und ihre Stellung war eine unermeßlich hohe und einflußreiche; da
sie die Herzen ihrer Zöglinge „leiteten“. So wichtig waren diese
lebendigen, schwarzen Schlummerrollen für die Herzen der Fürsten,
daß ein Franzose ein eigenes Werk darüber schreiben konnte:

Priester=Seminaren eingeführt hat, und wie sie jüngst von Léo Taxil in
zweifellos authentischen Stücken veröffentlicht wurden. Dort befindet sich in
einer vom Erzbischof Claret herausgegebenen Instrukzion ‚aux nouveaux confesseurs pour les aider à ouvrir le coeur fermé de leurs pénitents‘ auf
pag. 229 ein ‚questionnaire pour interroger les jeunes filles qui ne
savent pas ou qui n'osent pas faire l'aveu de leurs péchés d'impureté.
— Jede der hier folgenden 50—60 Fragen ist eine directe Instrukzion zur
Unsittlichkeit am jungen, weiblichen Körper und eine Anreizung zur Ausübung
derselben. — Léo Taxil, Les livres secrets des Confesseurs dévoilés aux
pères de famille. Paris 1883. p. 229.

»Histoire des Confesseurs des Empereurs, des Rois et d'autres Prin-
ces« par M. Grégoire. Paris 1824. Und eines der Kapitel heißt: »Confesseurs des Empereurs d'Allemagne, des ducs de Baviere etc.« Und dies
ist ein herzergreifendes Kapitel für einen Teutschen. Aber oft verkrüm-
pelten sich die Beziehungen des Fürsten zu seinem Beichtvater, die durch-
lauchtigste Seele schlief nicht mehr so sanft auf der schwarzen
Schlummerrolle; und nun war die Situazion eine entsetzliche. Der
Fürst war halbirt; der Beichtvater aus Rom hatte seine Seele so
zu sagen in Pacht. Und nun sollte er fort. Und ein Anderer sollte
kommen. Und diese Transakzion sollte geschehen, ohne daß die
Seele des Fürsten schaden leide. Und nun begannen diplomatische
Verhandlungen. Und Bistümer und Grafschaften wog ein solcher
neuer Beichtvater auf. Und oh, wenn der heilige Vater sich er-
weichen ließ, wie in dem Falle Herzog Wilhelm's II. von Baiern,
und ließ sich herbei, dem gewünschten neuen Beichtvater die Seele
des Fürsten zu übergeben; und oh, die Freude, wenn es ein Jesuit
war; denn die Jesuiten waren unübertrefflich geschickt im Beichthören.
Jetzt war der Fürst wieder ganz! Jetzt hatte er sein unentbehr-
liches, seelisches Komplement aus Rom erhalten! — Mein Gott, die
Sache ist ja herzbrechend! Aber, Gott verzeih mir, mich erinnert
die Sache an unsere modernen Hypnotiföre und ihre Opfer: wo auch
Einer am Stuhl sitzt, unfähig, einen ganzen Menschen zu bilden,
und der Beichtvater geht auf ihn zu und reicht ihm einen rohen
Kartoffel und spricht: Essen Sie mein Freund, essen Sie diese süße
Pfirsich! Und der Fürst ißt, ganz entzückt, und schlürft die süße
Speise hinunter. — Mein Gott, die Sache ist ja herzbrechend schön;
nur weiß man nicht, soll man drüber lachen oder weinen. —

227) „Damit aber auch die Leute fein aufrichtig heraus
beichten möchten, legte man denen Beicht-Vätern ein ewiges Still-
schweigen von dem, was ihnen in der Beicht eröffnet worden, auff;
man hat auch wohl zuweilen die Verbrecher, (diejenigen, die das
Beichtgeheimniß brachen) zur Besänftigung der Layen, hart gestrafft.
Weil aber offenbar, daß die Geistlichen alles, so wider des Päbstlichen Stuhles Interesse lauffet, denen Superioribus zu eröffnen verbunden, kan man leicht ermessen, daß den Beicht-Vätern der Mund

nur vor denen Ohren der Weltlichen, nicht aber der Geistlichen, am allerwenigsten aber vor dem Röm. Stuhle verschlossen sey" — sagt der kernige und gelehrte Bürgermeister der Stadt Budissin in Ober-Lausitz, Matthäus Göbel, in seiner Caesareo-Papia Romana[1])

228) Schon unter Bonifaz VIII. (1294—1303) war es üblich, Beichtgeheimnisse den geistlichen Vorgesetzten mitzuteilen. Eben dieser Papst befahl einem Kardinal, eine diesem von einem spanischen Bischof gemachte Beichte, ihm zu eröffnen, was der Kardinal auch tat. Unter den zehn Kapital-Verbrechen, deren die zu Paris versammelten französischen Bischöfe Bonifaz VIII. anklagten, lautet das siebte: »septimo quod sit revelator confessionum. Nam coegit quendam Cardinalem, ut confessionem a quodam Hispaniae Episcopo sibi factam revelaret, qua cognita Episcopum loco movit, sed post pecunia placatus Papae, eundem restituit.«[2])

229) Sarpi schreibt in seiner Gesch. des tribent. Konzils über die Jesuiten als Beichtväter: „Niemand kann Gesinnung und Geheimnisse der Fürsten und Könige mit solcher Genauigkeit erforschen als ihre (der Jesuiten) Beichtväter. In der Beichte, besonders jener, welche über das ganze bisherige Leben Rechenschaft ablegt, werden ihnen die geheimsten Herzensfalten der Regierenden offenbar. Diese Art der Beichtablegung setzt die Berater des Röm. Stuhls sicherer auf dem Laufenden, als es die Millionen des spanischen Herrschers (Philipp's II.) vermögen, die dieser an seine Emissäre ausgeben soll. So daß es nicht zu verwundern ist, was ein heutiges Staatsoberhaupt der Venezianer gesagt hat, er habe seit fünfzehn Jahren sich nicht ein einziges mal ihnen zur Beichte gestellt. Denn soweit gienge bei den Venezianern die Religiosität nie, — noch wird sie es je — daß sie ihre Staatsgeheimnisse der Treue dieser Priester anvertrauen."[3])

---

[1]) Caesareo-Papia Romana, die politischen Geheimnisse des päftlichen Stuhls. 3. Aufl. Leipzig 1720. p. 211—212.

[2]) Mornay, Ph., Mysterium iniquitatis seu historia Papatus, secunda edit. Salmurii 1621. p. 948.

[3]) Paul Sarpi's Geschichte des Konziliums von Trient; übersetzt von Winterer. Mergentheim 1839—1841. Buch VII.

230) Und Thuanus sagt in seinem Geschichtswerk, daß die Jesuiten-Patres aus der Venezianischen Republik ausgewiesen wurden, „weil man überzeugt war, daß sie durch ihr Beichthören die Geheimnisse des Staates und der Familie auskundschafteten": »quod arcani Imperii et familiarum per confessiones eos rimari, persuasum habent.« [1]

231) Maria Theresia, eine große, weitblickende, aber bigotte Frau, wollte die Jesuiten in Wien auch nach Aufhebung des Ordens halten; bis man ihr die Abschriften ihrer in Wien abgelegten Beichte insgeheim von Rom aus, durch ihren eigenen Gesanten, zustellte. [2]

232) Daß der Bruch des Beichtgeheimnisses ein im canonischen Leben vorgesehener Fall war, ergibt sich daraus, daß die Pönitenzial-Taxen der römischen Kurie eine relativ geringe Strafe dafür festsetzten: sieben grossi, nach unserem Geld ca. Mark 120.—: »Absosutio pro Presbytero, qui revelavit confessionem alterius gr. VII.« [3]

233) In dem Breve vom 21. Juli 1773, mit dem Papst Clemens XIV. den Jesuiten-Orden aufhob, beruft er sich ausdrücklich auf „die schwersten Beschuldigen, die den Mitgliedern des Ordens gemacht werden, und die den Frieden und die Ruhe der Christenheit stören"; eine dieser schwersten Beschuldigungen war das Brechen des Beichtgeheimnisses; „er wolle — schrieb Clemens weiter — den Gläubigen ihre Ruhe, der Kirche den Frieden wiedergeben", und hob den Orden auf. Der gute Clemens war ein Papst, wie jeder andere; er hob den Orden auf, weil er mußte, und weil der Ansturm zu gewaltig war. — Ich wünschte nur, es möchte auch in Teutschland bald ein Ansturm entstehen, gegen den das gesammte Papsttum sich nicht mehr halten könne, und daß dann das Papsttum, in ähnlicher Weise, durch ein Breve, von kurzer Hand, von den Teutschen für Teutschland aufgehoben werde.

234) Der Domprediger von Brixen, später Bischof daselbst,

---

[1] Thuanus, J. A., Historia sui temporis. Londini 1733. l. 137.
[2] Walch, Ch. W. F., Neueste Religionsgeschichte. Bd. 3. p. 109 ff. Lemgo 1771.
[3] Taxae cancellariae apostolicae juxta Exemplar Leonis X. Pont. Romae 1514 impressum. Sylvae Ducis 1706. p. 55.

Johann Nas, schreibt 1573 an einen Geistlichen, Melchior in Klausen, über die Jesuiten: „. . . . wan man aber auß der Beicht ein verraterei mache, durch ein Persohn erforsche und außfragte, was die ander, dritt, viert oder sechst Persohn thue, und also einen gantzen Hauß secreta wissen wöll und solches dann weiter khummen laß, daß vil andere unschuldige verdacht werden 2c. daß haiße nit Gott gelobt, daß sey schelmerey und verraterey." [1])

235) Weiter in demselben Schreiben: „Ir sprecht, die Jesuwiter sagen, man soll offt Beichten. Ja es ist das gemain geschrai alhie, sie zwingen alle Evangelia, alle fest und sehr auff die Beicht. — Item, daß ains ein Ding, einmal geschehen, vielmals beichten soll, wann es gleich vor gebeicht hat; wanns aber khain Jesuiter gewest, so gelt es nit. Daß ist falsch und erlogen; vielleicht niemandt ist absolviert worden, biß dise Sekt ist auffkhummen; nun so sey Gott unsern voreltern genedig." —

236) Schließlich Folgendes aus dem gleichen Brief: „Item der schreibt, ich hab gelert, daß Fragen in der Beicht sei nit gut: also wann ein Beichtvatter die Magt fragt, was ir Frau thue, waß für leuth mit dem herrn umbgehen, waß man eß, was man für göst lad, was man von disem oder jenem redt, Item wan unschuldige Jungfreilein fleischlich ding fragt, daran Ir hertz nie gedacht, und von dannen an Im nachsinnen und darmit spielen, Item de situ coeundi, und halt so närrisches ding, darauff billich folgen mueß dictum Prophetae: Defecerunt scrutantes scrutinia. — Wann nu hie ain einfeltiges Mensch (dann die gescheiden fragen sie nit so hoch) also alle ding seines nechsten verredt, aus dem Hauß alle ding schwezt, so sprech Ich, es sey verretherey und khün nicht guets darauß volgen, sey wider die Lieb des nechsten. Mein wie khumbts, daß sie aller Häußer gehaimnis wissen wollen, und doch Ir sachen so haimlich halten, warumb thuen sy nit irem nechsten, wie sie wellen, daß man Ihnen thuen soll?" —

---

[1]) Johannes Nas und die Jesuiten, Archiv für die Geschichte deutscher Sprache und Dichtung. Wien. Februarheft 1872. Das Original dieses in jeder Hinsicht beachtenswerten Briefes eines teutschen katolischen Bischofs liegt im Museum Ferdinandeum in Innsbruck.

237) Und aus neuester Zeit erfahren wir von dem aus dem Jesuiten=Orden ausgetretenen Grafen von Hönsbröch, also von autoritativer Seite, daß das Beichtgeheimniß bei den Jesuiten statutengemäß gebrochen wird: „Der Jesuitengeneral Klaudius Aquaviva stellte als zu befolgenden Grundsatz auf, daß selbst wenn die Gewissensrechenschaft abgelegt worden sei in Form der sakra= mentalen Beichte, dennoch der Obere das in dieser Beichte Mit= getheilte in der angegebenen Weise (d. h. zur Disposizion der Oberen und des Generals) benutzen dürfe. Hier wurde also von Menschen= hand das von Gott seinem Sakrament aufgedrückte Siegel zer= brochen!!" [1]

238) Es kommt ein Letztes hinzu: Wir wissen heute ein Bischen mehr von der Seele des Menschen, als zur Zeit des Jakobi= Briefs. Und da die Geistlichen ebenfalls Menschen sind, so unter= liegen sie deren Bedingungen: Das Behalten eines Geheimnisses, selbst in der ehrlichsten Absicht, und selbst wenn beschworen, ist nicht immer in unseren Willen gegeben. Nicht nur wenn wir ‚voll‘ sind, wie Hutten meint, — und das soll auch bei Geistlichen vor= kommen — sondern unter den verschiedensten psychischen Disposizionen, im Schlaf, im Traum, in der Hypnose, unter dem Einfluß be= stimmter Medicamente, geben wir das unserem Unter=Bewußtsein Anvertraute ahnungslos von uns. Und, was wichtiger sein dürfte, unser gesammtes Gedächtniß ist das Material, aus dem wir, uns selbst unbewußt, unser gesammtes Tagesleben, unsere Handlungen, unsere Reden, unsere Andeutungen, unsere Bewegungen, unsere Gesten aufbauen. Mit einem uns anvertrauten Geheimniß in dieser Hin= sicht als Baumaterial nicht rechnen wollen, liegt außerhalb des Be= reiches unseres Willens; da die tiefste und letzte Verknüpfung dieses Materials im Unbewußten vor sich geht. Unsere Motive, als letzter Anstoß unseres Redens und Handels reichen tiefer hinab, als unsere Jurisdikzion. Die Wahrung des Beicht=Geheimnisses ist also psycho= logisch unserem Willen entzogen.

239) Das ist die katolische Beichte. Ein Narrenwerk; erst

---

[1] Hönsbröch, P. v., Mein Austritt aus dem Jesuiten=Orden. Preu= ßische Jahrbücher, Berlin. Mai=Heft 1893. p. 316.

vergöttlicht; dann vermenschlicht. Ich glaube, auf Grund des Gesagten, darf man jedem Teutschen zurufen: Beichtet überhaupt nicht; wenigstens solange Ihr nicht wißt, daß Ihr einem teutschen, von Rom unabhängigen, Priester gegenübersteht. Euer Gewissen muß doch wahrhaftig mehr wert sein, als der Papst! — „Und Summa Summarum, wer ein recht Christen ist, der thut viel besser, Gott allein zu beichten, unangesehen des Papstes Narrenwerk und Gebot, wenn und wie oft er will oder darf." [1]

240) Und doch war diese Beichte noch ein Kinderspiel gegen das, was ihr folgen sollte: Was auch der Mensch getan haben mochte, schließlich, wenn er reumütig bekannte, mußte er absolvirt werden. Die Schuld wurde vergeben. Er war frei. Zu schnell entschlüpfte der sündige Mensch dem kirchlichen Einfluß. Überwachung aber des Menschen in jedem Moment, auf allen seinen Gängen, bis auf seine nebensächlichsten Handlungen, war das Grundprinzip der katolischen Hierarchie. Hier mußte also etwas gefunden werden, um den armen Kerl festzuhalten. Man sagte: die Schuld ist vergeben; das können wir leider nicht hindern; Christus ist am Kreuz gestorben. Aus des Teufels Krallen seid Ihr erlöst. Aber die Strafe für die Schuld muß außerdem gebüßt werden; hier oder im Jenseits; besser hier; und die Strafe geht uns, die Kirche, an. Die Schuld war etwas Moralisches, Jenseitiges, in den Himmel Reichendes, Imponderabiles; die hatte Christi Blut weggewaschen. Die Strafe war etwas Hiesiges, Irdisches, das Fleisch Treffendes, Meß- und Wägbares. — Die lehrhafte Unterscheidung dieser Beziehungen geht übrigens nicht auf einen Kirchenlehrer, auch nicht auf eine Zeit-Periode zurück, sondern entwickelt sich schon seit dem 3. Jahrhundert. [2]

241) Dazu kam aber noch etwas Anderes: das In-Bezug-Setzen einer bestimmten Menge der Strafleistung mit der Höhe der Schuld; auch für rein geistige Strafleistungen, wie das Gebet:

---

[1] Luther, Von der Beichte, ob die der Papst Macht habe zu gebieten. Wittenberg 1521. Sämmtliche Werke, Erlangen 1830. Bd. 27. p. 373.
[2] Siehe Harnack, Lehrbuch der Dogmengeschichte. Freiburg 1888—90. 2. Auflage. Bd. I, p. 367—78. Bd. III, p. 288—93.

Wer zwanzig Geldstücke zahlen muß statt eines, um eine Schuld zu
sühnen, empfindet die Strafe zwanzigmal stärker; wer zwanzig
Rutenhiebe bekommt statt eines, ebenso; dies ist begreiflich und war
bei den alten Germanen wie bei den übrigen Völkern Brauch. Aber
daß zwanzig ‚Vaterunser‘ mehr sein sollen, als Eines, wer hat das
zuerst eingeführt? Seit meinen Jugendjahren ist dies einer meiner
furchtbarsten Gedanken: daß ein Dutzend Vater-Unser oder Ave-
Marias mehr seien als eines im Hinblick auf die Leistung wie auf
die Gesinnung des Büßenden. Wer hat diesen entsetzlich rohen
Gedanken zuerst in das Christentum eingeführt? Es ist dieser Gedanke der Grund, der mich beim Betreten einer katolischen Kirche
alles Händefalten und Dortknieen für einen gegenstandslosen Schaber-
nak, ihre Gottheiten im Gegensatz zum teutschen Herr Gott für italienische Opernfiguren, ihre ganze Religion für einen fremdartigen, mich
neugierig machenden, orientalischen Kultus halten läßt. — Wer hat
den Quantitätsbegriff für eine transzentale Erhebung zum unsichtbaren Gott, für das Gebet, in die christliche Kirche eingeführt? —
Harnack leitet die später in Aufnahme gekommene Buß-Gestaltung
in der Kirche auf die irischen und schottischen Mönche im 5. und
6. Jahrhundert zurück.[1]) — Ich kann mir nicht helfen, ich glaube
hier einen ursprünglich orientalischen Einfluß zu erblicken: als ich
zum erstenmal die Gebetsübungen der Derwische in einer blendenden
Schilderung erzählen hörte, wie sie die Köpfe schlenkernd mit ihrem
li la la illà hin und her warfen, und in immer schnellerem Tempo
diesen stampfend vorgebrachten Ritmus wiederholten, bis ihnen der
Schaum vor den Lippen stand und sie berauscht und besinnungslos
niederstürzten, um in einem Außer-Sich-Sein, in einem Verzückungs-
stadium, die psychische Vereinigung mit dem Göttlichen auf einige
Minuten zu erleben, — war mir klar, daß diese religiöse Wort-
und Körper-Gymnastik die Quelle unserer Litaneien und Rosenkranz-
Übungen seien. Denn 100 oder 150 Ave-Marias sind keine Verinnerlichung, keine Gesinnungs-Konzentrazion, sondern zweifellose
Gymnastik; nur fehlt hier der Endeffekt des Orientalen: die Berauschung, die Verzückung. Denn das abendländische Hirn ist dieser

---

[1]) Siehe Harnack, a. a. O. Bd. III. p. 290 ff.

Trans-Form auf dem Wege ritmischer Körper- und Lippen-Leistung nicht fähig; aber der gymnastische Anlauf dazu liegt in der Litanei deutlich vor; und bei den keuchenden Beterinnen auf dem „Käppele" bei Würzburg (siehe unter „Maria") mag ein Inizial-Stadium der Berauschung, in Form von Schwindel, eintreten. [1]) Ich gebe hier meine Gedanken ganz wie ich sie habe, ohne ihre wissenschaftliche Begründung versuchen zu können: die Maßen-Gebets-Leistung mit ritmischer Akzentuirung in der katolischen Kirche ist orientalisch-heidnische Gottesdienst-Übung: die abendländische, und besonders die nordländische, Art der Erhebung zu Gott ist spezifisch: Verinnerlichung in sich selbst, Versenkung in das eigene Gemüt, feierliche Stimmung, Zwiegespräch mit der Seele, Abschluß von der Außenwelt, Aufsuchen großer Stille und Zusammenfassen des Stimmungsinhalts in wenige, hergebrachte oder selbst erfundene, Worte, die nicht notwendig laut gesprochen, sehr leicht innerlich geweint sein können. — Und nun mag, nachdem wir einige grundlegende Erörterungen und Unterscheidungen gepflogen, das Geißelknallen und endlose Psalmodiren der frühesten Kirche bis zu den großen Portmonä-Leistungen der sündigen Christenheit im prächtigen St. Peters-Dom zu Rom ihren Fortgang nehmen.

242) Einer der Ersten, bei dem wir ganz exakte Zahlen in Bezug auf den expiatorischen, bußtilgenden Wert von Gebets- und Körper-Gymnastik finden, ist der Mönch Damiani in Italien (1002—72). „Es werden aber nach unserer Regel (ex more) 3000 Geißelhiebe (scopae) für die Buße eines Jahres gegeben, oder 20 Psalmen gelesen, oder 25 Messen." Das Entscheidende liegt

---

[1]) Auch in der Echternacher Spring-Prozession findet auf dem eine Viertel-Stunde langen Weg von der Stadt bis zur Kirche eine bis zur Erschöpfung und Besinnungslosigkeit gehende, durch Begleitung von wilder Blechmusik noch gesteigerte Tanz-Gymnastik statt. Der Teilnehmer spricht einen Wunsch aus, und verlangt von Gott für diese seine Leistung die Erfüllung desselben. Es wird auch gegen Bezahlung getanzt, und die Anweisung auf eine Handlung Gottes gehört dann dem Zahlenden. — Obwohl der geistige Prozeß hier viel roher, und der Zweck nicht ein psychisches, euphorisches Endstadium, sondern eine materielle, irdische Leistung ist, kann man doch hier, wie auf dem „Käppele" bei Würzburg, von abendländischen Derwischen reden.

in dem Wort ‚oder‘; wer gleichzeitig geißeln und psalmodiren konnte, errang noch mehr. Ein Schüler Damiani's, der sog. Dominicus loricatus (der Gepanzerte), machte mit eisernen Panzern und Ringen beschwert Tausende von Kniebeugungen und psalmodirte dabei; er brachte durch diese komplizirte Gymnastik in kurzer Zeit hunderte von Bußjahren zusammen. [1]) Einmal betete er 12 Psalmen 24 mal, also 288 Psalmen, mit ausgespannten Armen direkt hintereinander. Ist dies nicht deutliche Derwisch-Arbeit? „Dabei hatte er nicht bloß die Abbüßung der eigenen, sondern auch fremder Sünden im Auge, und berechnete die Abtragung der Buße je nach der Zahl der Streiche und dem Psalmengebet; so daß nach seiner Rechnung 10 Psalmen mit 1000 Streichen vier Monate kanonischer Buße tilgten; oft nahm er nach dem Bericht des Petrus Damiani 100 Jahre Buße auf sich.“ [2]) Hier haben wir also schon das ganze Bußsystem der katolischen Kirche. Natürlich muß derjenige, für den man die Buße tilgt, sich erkenntlich erweisen, ein Almosen geben, welches später genau fixirt wird; und damit ist dann die Sünden-Börse fertig.

243) Ein reines Gewissen wird gegen eine Tracht Prügel oder gegen eine Porzion Maulfertigkeit verabreicht, und Sündlosigkeit verzapft wie Bier.

244) Das ganze Verhältniß und seine Konsequenzen drückt unser Lausitzer Bürgermeister Matthäus Göbel treffend, wie folgt, aus: „Unter den neu-erdichteten Sakramenten haben sie sich die Buße trefflich nütze gemacht. Sie wußten aber wohl, daß kein Mensch ohne Sünde leben, kein Sünder aber ohne Buße selig werden könne. Daher sie desto sorgfältiger waren, in diesem unentbehrlichen Religionsstücke ihr Interesse wohl zu beobachten. Es war ihnen unverborgen, daß derjenige, so über die Gewissen der Menschen herrschet, auch ein Herr sey über ihre Ehre und Vermögen. [3]) Solche Gewissens-Beherrschung zu überkommen, war es

---

[1]) Petri Damiani Vita S. Dominici. Op. Paris 1743. t. I. p. 236.

[2]) Kirchenlexikon der katholischen Theologie von Wetzer und Welte. Artikel „Dominicus Loricatus“. Freiburg 1849. Bd. III.

[3]) Möchten sich diesen Satz die Teutschen merken!

ihnen nicht recht, zu glauben, daß man nach hertzlicher Bereuung
der Sünden, durch den Glauben an das Verdienst Christi, derer
Vergebung erlangen sollte, sondern es mußte gelehret werden: Es
könne der Mensch in der Beichte nur derer Sünden Vergebung
erlangen, die er dem Priester mit allen Umständen ausführlich
erzählet; und ob er gleich durch die Absolution der Schuld Er-
lassung erlange, wurde ihm doch die Straffe vorbehalten, die er
entweder in diesem Leben, oder nach dem Tode, im Fegfeuer büßen
müsse. Durch das Erste, nehmlich die Erzählung aller Sünden,
kamen sie hinter die Geheimnisse, nicht allein gemeiner Leute, sondern
auch hoher Potentaten, und erfuhren ihre Rathschläge und innerliche
Zuneigungen. Über dieses wurde durch diese Erzehlung, Krafft der
allen guten Gemüthern angebornen Schamhaftigkeit, in denenselben
eine tresliche Venerazion gegen die geistlichen Herren Beicht=Väter
angezündet; sie auch sehr gefürchtet, weil es in dero Macht stünde,
alle Tod=Sünden mit einer zeitlichen Straffe zu belegen. Denen
Reichen, und endlich einem Jedweden nach seinem Vermögen, legte
man öffentliche Geißelung, schwere Walfahrten an weit entlegene
Örter, vieles Fasten und andere unerträgliche Bußen auff. Wann
nun solche zu verrichten und auszustehen, denen zarten Weltlichen
unmöglich, lehrete man, daß solche wohl mit Geld bezahlet, und
durch die Heiligen Mönchs=Orden gebüßet werden könnte. Wodurch
denn denen einfältigen frommen Layen ihr Geld meisterlich aus den
Händen gespielet, und vielmehr ihre Beutel, als Gewissen erleichtert
wurden." [1]

245) „Secht an, was treibents in der beicht.
　　Denn wer dasselbig achtet leicht,
　der hat der sachen nit verstand.
　　Ich wil geschweigen großer schand
　die do geschiht. So schwatzens ab
　　beyd weib und mannen gut und hab.
　Wo dann ein frommer sterben muß,
　　in's closter geben, ist sein buß." [2]

---

[1] Matthäus Göbel, Caesareo-Papia Romana, die politischen Geheimnisse des päpstlichen Stuhls. 3. Auflage. Leipzig 1720. p. 210—211.
[2] Ulrich von Hutten, Clag und Vermanung gegen dem übermäßigen
unchristlichen gewalt des Bapsts zu Rom. 1520. Schriften, herausgegeben
von Böcking. Leipzig 1862 Bd. III. p. 525.

246) „Und meynen die törchten menschen, gottes huld und gnad do mit zu erwerben, das sie ir gelt zu geystlichem gebrauch geben. Dann sie glauben gäntzlich es sey wol angelegt. Und zu voran die güten Freülin, die dann erbärmlich also betrogen werden, und mit wunderlichen zusagungen, durch die beychtiger überschmeychelt. Dieselbigen melcken von jnen so vil sie wöllen. Und meynen die gutten frommen weyblien, sie mögen doran nit sündigen[1].‟

247) Das ganze merkantile System wird zusammengefaßt unter dem Wort Ablaß. Das Wort kommt nicht von: ablassen, im Sinne von: Sünden nachlassen; sondern daher, daß der Papst die von Orden und Betbrüderschaften durch sog. Leer=Beten, oder Jm=Voraus=Beten, und Kasteien, aufgehäufte Spannkraft, die man ‚Gnaden=mittel‘, oder ‚gute Werke‘ — opera supererogationis — nannte, und in Zahlen oder dem Druck nach angegeben werden konnte, zu seiner Verfügung nahm, und davon gegen Renumerazion ‚abließ‘, was ihm gutdünkte[2]. — Die Sache ist nicht direkt verständlich, und durchaus kein so einfaches Kassengeschäft, wie oberflächliche Protestanten oft meinten: Wenn z. B. Einer einen Mord begangen hatte, so wante er sich an einen Priester, und durch dessen Vermittlung erhielt er vom Papst einige Tausend ‚Vater=Unser‘, die irgendwo anders, von anderen, im Kloster, oder sonstwo, gebetet worden waren, die also als saubere, verwendbare, sündentilgungsfähige Vater=Unser dalagen. Diese tausend oder wieviel ‚Vater=Unser‘ also, die zwar gebetet aber nicht verbetet waren, die also einen Wert repräsentirten, weil der betreffende Beter, der sich gerade sündenfrei fühlte, oder gerade ab=solvirt worden war, für seine Vater=Unser nichts vom Himmel bekommen

---

[1] Vadiscus, dialogus Hutteni. Huttens Schriften, hrsg. v. Böcking. Leipzig 1860. Bd. IV. p. 228.

[2] Unter Anderen hatte die „Bruderschaft der elftausend Jungfrauen‟ an geistlichen Schätzen, welche zur Erwerbung der Seligkeit helfen sollten, im voraus aufgesammelt: 6455 Messen, 3550 ganze Psalter (sämmtliche Psalmen gebetet), 200,000 Rosenkränze, 200,000 Te deum laudamus, 1600 Gloria in excelsis Deo, 11,000 Gebete für die Patronin St. Ursula, und 6,930,000 Paternoster und Ave Maria. — Siehe Freytag, G., Doktor Luther, eine Schilderung. Leipzig 1883. p. 17.

hatte, auch nichts nötig hatte, gab der Papst dem betreffenden Tot=
schläger; und dieser zahlte dafür 50 Grossi, zirka 250 Mark (dies
war ungefähr der Pönitenzpreis für einen Mord in der Tax=Liste
Papst Leo's X.[1]). — So weit war die Sache allerdings reines
Kassengeschäft; nun kommt aber das Merkwürdige: Der Totschläger
bekam die ‚Vater=Unser‘ eigentlich nicht. Was sollte er denn mit den
‚Vater=Unsern‘ thun? Er konnte ja damit nichts anfangen; was kann
denn ein Totschläger mit ‚Vater=Unsern‘ machen? Er kann sich ja
mit denselben krumm beten. Er kann sich in seiner Verzweiflung da=
mit vor Gott hinwerfen: es hilft ihm nichts: der Katolik hat ja keine
direkten Beziehungen zu Gott. Gott ist ja für den Katoliken keine
Instanz. Er kann also mit den ‚Vater=Unsern‘ rein nichts anfangen.
— Wer bekommt dann die ‚Vater=Unser‘? — Gott, das allerhöchste
Wesen, der Inbegriff unserer höchsten und heiligsten Vorstellungen!
— Und von wem? — Vom Papst. — Hat denn der Papst mit
diesem höchsten Gott solche Beziehungen, daß er ihm ‚Vater=Unser‘ mit
einer entsprechenden Weisung überreichen kann? — Das glauben in
Teutschland 15 Millionen Menschen, und geben ihren letzten Spar=
pfennig dafür her, und verraten ihren Fürsten, wenn es gewünscht
wird. — Und der Mörder? — Erhält die ‚Vater=Unser‘ nur nomi=
nell; sie werden ihm angerechnet; und Gott muß ihn dafür von den
ewigen Strafen befreien. — Muß? — Das ist eben die dritte Seite
im Ablaß: erst die Beziehung des Mörders zum Papst; demnächst die
Beziehung des Papstes zu Gott; und jetzt die Beziehung Gottes
zum Mörder, die eigentlich keine Beziehung, nur eine unsichtbare
Funktion, ist.[2]) Gott muß für jedes Vater=Unser etwas leisten. Wird

---

[1]) Siehe Woker, Ph., Das Finanzwesen der Päpste, Nördlingen 1878.
p. 104 und 82—83.

[2]) Ein Analogon für dieses merkwürdige Verhältnis vermag ich nur in
den Gepflogenheiten unserer heutigen Produkten=Börse zu finden. Dort
kauft auch Einer, sagen wir, Tausend Sack Kartoffel, ohne sie je zu sehen
zu bekommen, ohne sie auch nur sehen zu wollen. Er will nur den Profit,
der sich eventuell aus dieser unsichtbaren Ware nach einiger Zeit ergiebt, ein=
streichen. Wer die Kartoffel gepflanzt hat, wer sie einmal ißt, das gilt ihm
gleich. Er ist nur intermediärer Besitzer der 1000 Sack Kartoffel. — Und
so ist unser Mörder nur intermediärer Besitzer der 1000 katolischen ‚Vater=
Unser‘. —

es von Jemandem gebetet, der selbst keine Sünde begangen, so muß
Gott das Vater=Unser für einen Andern annehmen, und diesem eine
Strafe erlassen. So ist der Pakt den der Papst mit dem Herr=Gott
geschlossen hat. Gott muß also dem Mörder, für den die nötige An=
zahl ‚Vater=Unser‘ hinterlegt wurden, die Strafe erlassen, ohne daß er
mit ihm in directe Beziehung tritt. Dies ist lediglich ein Rechen=
geschäft. — So also ist der Instanzenweg. Der Ablaß ist, figürlich
ausgedrückt, ein spitzes Dreieck. An der Spitze der Papst. Unten
an den Schenkeln der Sünder und Gott. Obwohl diese beiden Enden
der Schenkel sehr nahe beieinander sind, ist doch eine Beziehung
zwischen Gott und Sünder unmöglich; diese Drei=Eck=Seite ist nicht
ausgezogen; muß als punktirt betrachtet werden. Ausgezogen ist nur
die lange Linie vom Sünder hinauf zum Papst; dorthin geht der
Instanzenweg; und ferner die lange Linie vom Papst herunter zu
Gott; dies ist der Weg, den nur der Papst beschreiten kann.

Ich sehe, einem jungen Menschen aus Norddeutschland, der viel=
leicht noch nicht 20 Jahre alt und der Sohn ehrlicher Leute ist,
schwindelt hier das Hirn. Ich kann ihm aber nicht helfen. Zu
irgend einer Zeit muß eben Jeder, der nicht zurückbleiben will, das
schmutzigste System, das Menschen in Rechnung auf andere an Gott
glaubende Menschen konstruirt haben, kennen lernen. Und da es
für die Meisten umständlicher, schwieriger und kostspieliger ist, es aus
einem Werk wie Harnack’s ‚Dogmengeschichte‘ kennen zu lernen, so
mögen sie es aus einem geringeren und populäreren Buche thun, wie
dem vorliegenden.

248) Die Rechnung nach ‚Vater=Unser‘, ‚Ave Maria’s‘, ‚Li=
taneien‘ u. dergl. war aber bald zu umständlich. Man rechnete nach
‚Monate‘, ‚Jahre‘ Buße, einerlei, was vorgefallen war. Man sagte:
ein Mord braucht, um hinsichtlich seiner Straf=Wirkung ausgelöscht
zu werden, soundsoviel Monate ‚Buße‘, und diese monatelangen Ge=
bete und Kasteiungen kosten so und so viel. — Da aber die Buß=Zeit
für den Missethäter gar kein Interesse hatte, da er sie ja nicht ab=
büßte, sondern nur bezahlte, so setzte man in den Taxbüchern gleich
die Summe neben das Verbrechen, und sagte: Ein Mord kostet so=
undsoviel. — Und der Papst ließ die Mönche in den Klöstern fleißig

beten und pſalmobiren, und gab ihnen einen Theil des dafür einge=
handelten Geldes, und ſchenkte ihnen Privilegien; und ‚Tauſende von
Jahren Sünden=Vergebung‘ ſammelten ſich beim heiligen Vater an;
man nennt dies den ‚Gnadenſchatz der Kirche‘; und er gab davon ab
an Könige, Fürſten und Herren, und beruhigte ihre Gewiſſen; nur
die Armen ließ man in Verzweiflung, und rief ihnen zu, ſie möchten
ſich ſelber kaſteien, und beten, ſo gut es ging. Und was ein Papſt
an ‚Gnadenſchatz‘ nicht brauchte, überließ er ſeinem Nachfolger, wie
einen Schatz an baarem Gelde. Die Höhe ſchwankte wie in jedem
anderen Staats=Sau=Stall — wollte ſagen: Staats=Haushalt. Ich
weiß wirklich nicht, wie viel Tauſend Sünden=Vergebungs=Jahre der
gegenwärtige Papſt, Leo XIII., geſammelt, und was das Jahr
koſtet. —

Und der Herr=Gott im Himmel ſchlug dieſe verdammte Sünden=
Krämer=Bude nicht in Trümmer? — Nein, lieber Freund, ehrliche
Menſchen ſchloſſen aus dem Umſtand, daß dieſe päpſtliche Sünden=
Bude aufgeſchlagen werden konnte, daß es keinen Herr=Gott
gebe! —

249) „O jr munich und pfaffen,
Was hant jr gethan?
Habt uns gemacht zu affen;
Die leng' mag's nyt beſtan,
Es ſoll euch bald gerewen,
Das ſage ich vorwar,
Die Haut ſoll man euch pluwen
Und ziehen bey dem haer.“

ſangen die Stralſunder im Anfang des 16 ten Jahrhunderts[1].

250) „Dann all dieſe verdienſt und gute werk in ain haufen
zu ainem ſilberkuchen geſchlagen, ſamt allen unſern verdienſt und
werken der ſupererogation, das ſeind die werk, ſo uns nach abge=
ſtrichenem ſeſter (Maas) zu ainer zugab überbliben, werden in ain
kiſt geſchloſſen, zu welcher unſer hailiger vater der bapſt von Rom
den ſchlüſſel in verwarung hat, und tailt aim jeglichen darvon mit,
wie es im geliebt; das iſt, nach dem im ainer die hand mit hailigem

---

[1] Spottlieder auf die römiſch=katoliſche Prieſterſchaft aus den Jahren
1524—1527. Hrsg. von Ernſt Zober. Stralſund 1855.

gulbenöl zum besten salben und schmieren kann. Und ist bise hailige goldsalb so kräftig, daß kain missetat, sünd noch schelmenstük so groß in der welt geschiht: bis öl kann es rainigen und verzeren[1])."

251) Das Nächste war, daß man, nachdem man sich des Gewissens der Menschen bemächtigt hatte, man nach ihrem Körper langte, ihren Magen untersuchte, was sie aßen, ihre Kleider visitirte, was sie trugen, ja bis in's Ehebett stieg, und alle Funkzionen beobachtete und abzählte, und Alles besteuerte und zur Sünde machte, nicht, um es zu verbieten, sondern um es auslösen zu lassen, und die menschlichen Funkzionen gegen Geld zu verkaufen.

252) „Darnach raffet er aller Mönche und Nonnen Secten auf, mit alle ihren Statuten von Kleidern, Speisen, Geberden ꝛc. und was ein iglicher Narr erdichtet, bestätiget solch unzählige und unträgliche Gesetze, krönet sie mit Ablaß und Gnaden, daß die christliche Freiheit und Glauben nicht mehr ist bekannt gewest; sondern alle Welt, alle Winkeln, alle Kleider, alle Personen, alle Speise mit Stricken und Banden überschüttet und erfüllet ist worden, daß, wo es hätte sollen länger währen, vielleicht auch Sünde und Hölle hätte müssen sein, wo Jemand hätte gehustet, geschneutzt, geniesed, oder sonst sein Nothdurft gethan[2])."

253) „Ich schweig itzt, was er mit seinem verlogen Ablaß, gülden Jahr, Weihwasser, Agnus Dei, Chresem, Feur, Wachs, Kräuter, ah, wer kann Alles erzählen, item Wallfahrten, Brüderschaften, gestiftet hat; es ist fast kein Creatur blieben, daran er nicht seine Strick und Gift gehenket habe, daß, wo Einer gangen, gestanden, oder was gethan hat, da ist er in Fährlichkeit der Sünden und Tods kommen[3])."

254) „Wenn der Teufel selbs zu Rom regiern sollte, künnte ers doch nicht ärger machen. Aber nu sich der Papst ihm übergeben hat, zur Larven, mit Gottes Wort geschmückt, darunter man ihn nicht

---

[1]) G. Fischart, Bienenkorb des hailigen römischen immenschwarms 1582. Hrsg. v. G. Eiselein. Sanct Gallen 1847. p. 235.

[2]) Luther, Wider das Bapstthum zu Rom vom Teuffel gestifft. Wittenberg 1545. Sämmtliche Werke, Erlangen 1830. Bd. 26. p. 187.

[3]) Luther, a. a. O. p. 187—188.

hat können kennen, da ist's geschehen, da ist er unser Abgott worden, den wir unter dem Namen St. Petri und Christi haben angebetet, sampt allen seinen Lügen, Gotteslästerungen und Abgöttereien[1]."

255) „Denn das ist nicht der größeste Schade, daß er unser Leib, Gut und Ehre unter sich geworfen hat mit seinem verfluchten Binden; aber daß er die Gewissen oder Seelen damit verstrickt und verknüpft hat, als seien es göttlich Gebot, Gottesdienst und Werk zur Seligkeit, und Sünde macht, da kein ist; da sind die Gewissen erschreckt und blöde worden, der Glaube geschwächt und endlich erwürget und erstickt, christliche Freiheit verlorn[2]."

256)   „Hört zu ir Teütschen was ich sag,
auß Gottes stifftung nymmer mag
bewißen werd, uns schuldig sein,
dem Bapst zu geben gelt hin eyn,
und umb jn kauffen geistlich war,
pfrund, kyrchen, pfarren und altar.
Gott hats gegeben alls umb sunst,
und mag nit sein der göttlich gunst
wo man die Sacrament verkaufft.
Kein hat Gott nie umbs geld getaufft[3]."

257) „Veräußerung des Innerlichsten" nennt Ranke mit einer glücklichen, vieldeutigen Wendung den Ablaß, als er auf die deletäre Wirkung dieser frivolen, päpstlichen Einrichtung auf die Innerlichkeit und das Gemüt der Teutschen zu sprechen kommt[4]. — In der That, ihre Sünden glaubten sie verkauft zu haben, und ihren Anstand, ihr Gewissen, hatten sie in Wirklichkeit verkauft. —

258) Allerdings stellte schon auf dem Konzil zu Konstanz 1418 die teutsche Nazion die Forderung, die Ablässe, welche Vergebung der Sünden verheißen, abzustellen[5]. Aber wer kümmerte sich damals

---

[1] Luther, a. a. O. p. 189.
[2] Luther, a. a. O. p. 188.
[3] Ulrich von Hutten, Clag und Vormanung gegen den übermäßigen unchristlichen gewalt des Bapsts zu Rom. 1520. Schriften hrsg. v. Böcking. Leipzig 1862. Bd. III. p. 486.
[4] Ranke, Die römischen Päpste. Leipzig 1874. Bd. I. p. 50.
[5] Woker, Ph., Finanzwesen der Päpste. Nördlingen 1878. p. 109.

um die teutsche Nazion? Das Haupt=Ablaßwesen gieng ein Jahr=
hundert später erst recht an.

259) Im Gegentheil, nachdem die Päpste die erste Süßigkeit
der Ablaß=Einnahmen verkostet hatten, verlangten sie noch mehr; ihr
Magen schrie mit der Unerbittlichkeit eines hungernden Wolfs nach
dieser Speise; und dieser Wolf ward unter Leo **X.** zum brüllenden
Löwen, der ganze Länder verschlang. Der allerdings bekam das
Blutbrechen; und zwar von einem Stück, welches aus Teutschland
kam, und welches er zu heißhungrig verschluckt hatte; seitdem ist ihr
Magen etwas verstaucht; aber noch immer sehr aufnahmefähig.

260) „Nach dem Binden fing er nu auch das ander Stück
an, nämlich Lösen; denn er hat auch Macht zu lösen, das ist, um
Geld zu verkäufen; nicht die Sünde vergeben, sondern solche seine
Gesetze feil haben und verkäufen; da hat er einen Markt und Kram
angericht in aller Welt, welchen, achte ich, gäbe er nicht umb den
Markt zu Venedig oder Antdorf; da hat er feil Botterbriefe, Eier=
briefe, Milchbriefe, Käsebriefe, Fleischbriefe, Ablaßbriefe, Ehebriefe und
Alles, was er schändlich gebunden hat, und noch viel schändlicher
umbs Geld los giebt. Das ist das Geschwürm und Ungeziefer seines
Krames: Indulta, Privilegia, Immunitates ohne alle Maaße und
Zahl. — Hie haben wir unsere christliche Freiheit müssen umb unser
Geld käufen¹)."

261)　„Ihr hatt' uns hart getrucket
　　　Durch Enticrist (Antichrist) zu Rom
　　　Und jamerlich entzucket (entzogen)
　　　Fleiß, eyer, Keß und raum; (Rahm)
　　　Durch ablas brieffe vorlauffet
　　　Die unser seligkeit,
　　　Das gelt von uns gerauffet;
　　　Wirt euch warlich laidt!
　　　　　Kisten=seckel=feger²)!

　　　„Christus unser here
　　　Mußt ein lugener sein,
　　　Die durch sein gotlich lere

¹) Luther, Wider das Bapstum zu Rom vom Teuffel gestifft. Witten=
berg 1545. Sämmtl. Werke. Erlangen. Bd. 26. p. 190.
²) Ausfeger der Kisten und Taschen! Bezeichnung für die Ablaß=Krämer.

Sprach): ‚Was zum mundt geyt ein,
Das selbig nit beflecket‘,
Wie sanctus Matheus sacht;
Alle zü habt jr vorstecket,
Das sey dyr godt geclagt!
Kisten=seckel=feger[1])!“

sangen die Stralsunder.

262) Woker schreibt in unseren Tagen: „Faßt man die ganze Menge der im Taxenbuche aufgestellten Bestimmungen zusammen, so bleiben nicht viel unbesteuerte menschliche Handlungen übrig; päpstliche Taxen begleiten den Menschen bei jedem Schritt durch's Leben, erlauben ihm das Verbotenste, verbieten ihm das Erlaubteste, sie vergiften und stören die sozialen Verhältnisse und greifen willkürlich ein in die staatlichen Ordnungen. Ein solches System mußte wie eine sittliche Pest in der Menschheit wirken[2])."

263) „Item, der Herr will, daß nach dem Glauben und der brüderlichen Liebe soll aller Kreaturen Brauch frei sei. — O nein, spricht der allerhöllischst Vater, Christus ist toll und thöricht, hat vergeßen, was er mir mit den Schlüßeln für große Macht zu binden gegeben hat, nämlich: Wer Milch ißt am Freitage, Sonnabend, an der Apostel Abend, oder meiner Heiligen, die ich gemacht habe, das ist eine Todsünde und ewig Verdammniß; wer Butter, Käse oder Eier ißt an selbigen Tagen, das ist eine Todsünde und die Hölle; Wer aber Fleisch äße an solchen Tagen, der ist weit unter der Höllen verdampt[3])."

264)   „Up die styge ind up die stege
Up die straißen ind up die wege
So hait Roemsche gyricheit
Byl manchen angel hin geleyt
Und kan doch nümer werden vol
Dat ist eyn unseliges ho" (Loch).

sang man schon im 15ten Jhrh. am Niederrhein[4]).

[1]) Spottlieder der Stralsunder aus den Jahren 1524—27. Stralsund 1855. p. 16.
[2]) Woker, Th., Das Finanzwesen der Päpste. Nördlingen 1878. p. 120.
[3]) Luther, a. a. O. p. 186.
[4]) Ein Hundert Deutsche historische Volkslieder, ges. v. Soltau. Leipzig, 'z Ausgabe 1845. p. LVI.

265) Der nächste Schritt war, daß man die Leute nach Rom zu kommen zwang; es genügte nicht, ihre Gewissen zu beherrschen, ihre Handlungen alle aus der Ferne zu kontrolliren; auf diesem Weg blieb zu viel Geld in den Händen der Zwischenhändler, der Bischöfe und der Geistlichen kleben; man wollte den Leuten zeigen, wo der Statthalter Christi wohne, von wo der direkteste Weg zum Himmel sei, wo die Wirksamkeit der Gebete und Almosen am größten sei; man wollte die Sünden=Vergebung lokalisiren. Schon Bonifaz VIII. fieng im Jahr 1300 an, allen Rompilgern, welche während dieses Jahres nach Rom kämen und die Kirchen des hl. Petrus und Paulus besuchten und daselbst beichteten, „nicht nur volle und reichlichere Sündenvergebung als sonst (man erwäge die Sprache), sondern vollkommensten Nachlaß aller Sündenstrafen zu versprechen“: »quolibet anno centesimo futuro non solum plenam et largiorem, imo plenissimam omnium veniam peccatorum«; und dies sollte sich alle 100 Jahre wiederholen. Man nannte dies ‚Jubeljahr‘, ein für einen Nordländer im Hinblick auf Sündenvergebung, Reue und Beichte kaum verständliches Wort. Der finanzielle Erfolg war enorm. Der Geschichtsschreiber Villani erzählt im 8. Buch seiner Weltgeschichte als Augenzeuge, daß sich täglich während dieses Jahres 200,000 Pilger in Rom befanden, die Zuströmenden und Abziehenden ungerechnet. Am Altar des hl. Paulus standen Tag und Nacht zwei Geistliche, und scharrten mit Rechen das Geld der Gläubigen zusammen, wie ein Chronist berichtet, der sich selbst unter den Pilgern befand[1]). Greise, Kranke, Kinder schleppten sich den langen Weg nach Rom hin, oft sich einander tragend, um gegen Geld ihre Sünden los zu werden, d. h. ihrer Furcht, in dem eigens für diese Zwecke konstruirten Fegfeuer sitzen zu müssen. In Rom angekommen rutschten sie auf den Knieen die Stiege zum Vorhof von St. Peter hinauf und warfen sich in Ekstase am sog. Apostelgrab nieder. Der Zweck wurde vollkommen erreicht: Die Sündenvergebung,

---

[1]) »die ac nocte duo Clerici stabant ad altare S. Pauli tenentes in eorum manibus rastellos rastellantes pecuniam infinitam« Chron. Astense. Siehe Gregorovius, Gesch. d. Stadt Rom im Mittelalter. Stuttgart 1892. 4. Aufl. Bd. V. p. 537.

von der wir oben meinten, sie ruhe als letzter Prozeß im Gewissen des Einzelnen, war hier an eine Steinplatte lokalisirt. Dante sah noch dieses Jubiläum und erwähnt es im 18ten Gesang seines ‚Inferno‘. Das Gedränge muß darnach entsetzlich gewesen sein. Man berechnete allein die Kupfermünzen der Armen auf 50,000 Gold=gulden; die Gesammt=Einnahmen auf 13 Millionen[1]).

266) Dieses Jubiläum, welches man mit Recht ‚das goldene Jahr‘ nannte, und sein enormer Geldeingang machte die römischen Päpste, und noch mehr die Römer, zu gierigen Wölfen, zu gold=fressenden Schakalen. In unseren Tagen sagt man, der erste Mor=fium=Genuß wirke auf dazu disponirte Leute derart, daß sie es unter allen Umständen wieder haben müßten, und sie würden darüber zu Dieben und Betrügern, und verlören das Gefühl für Schande. So wirkte das gelbe Metall damals auf die Päpste. Sie mußten es unter allen Umständen haben. Und wenn sie zu ehrlosen Betrügern dadurch wurden. Und die Römer erklärten, sie könnten ohne den Fremdenzufluß nicht mehr existiren. Ganz Rom bestand aus Wirts=häusern und Herbergen. So ließ man denn in der Welt sündigen, damit die Römer zu ihrem Geld kämen. Und wo nicht genug gesündigt wurde, konstruirte man neue Sünden. Gleich Clemens VI. setzte, kaum gewählt, 1344 das Jubiläum auf alle 50 Jahre herunter; wie er wehmütig hinzufügt, „als Gnadenconzession aus dem unerschöpflichen Schatze der Verdienste Jesu Christi, zu dessen Haufen die Jungfrau Maria und alle Auserwählten i h r e Ver=dienste bekanntlich hinzugäben.“[2]) — Urban VI. setzte es noch im gleichen Jahrhundert auf alle 33 Jahre fest; und Paul II. im Jahr 1470 auf alle 25 Jahre;[3]) und was wäre erst gekommen, wenn die Päpste nicht 1309 auf ein volles Jahrhundert nach Avignon in Südfrankreich ausgewandert wären. In Rom entstanden jetzt

---

[1]) Weber, C. G., Das Papstthum und die Päpste. Stuttgart 1834. Bd. II. p. 156, 161.

[2]) Kirchen=Lexikon der katholischen Theologie von Wetzer und Welte. Freiburg 1850. Bd. V. p. 876.

[3]) Die Oberammergauer spielen alle 10 Jahre; die Brixener alle 5 Jahre; und die Echternacher Springprozession ist jedes Jahr.

die Sünden-Kanzleien mit einem Heer von Beamten und Schreibern, von denen Ablaß-Bullen und Indulgenzen, Lossprechungen vom Bann, bis herunter zu den kleinsten Butter- und Eier-Briefen in Tausenden und Abertausenden von Exemplaren gegen Baarzahlung im Namen Gottes ausgefertigt wurden. Die Einnahmen aus all' diesen Quellen berechnen sich nach Hunderten von Millionen. [1]) Und Papst Leo X., der „große Ablaßkrämer", konnte mit Recht zum Kardinal Bembo sagen; »Quantum nobis nostrisque ea de Christo fabula profuerit, satis est omnibus seculis notum«: „Was Uns und den Unsrigen jenes Märchen von Christus für Vorteile gebracht hat, ist durch alle Jahrhundert zur Genüge bekannt."[2])

267) Nachdem der große Ablaß-Bau ausgeführt war, kamen noch eine Menge Ausschmückungen und Zierraten hinzu. Die wichtigste war wohl die, die Alexander VI. einführte, wonach der in Rom gewonnene Ablaß auch auf die ‚Seelen im Fegfeuer‘ ausgedehnt werden konnte. Welche Anstachelung der Fantasie! Ein Besuch in Rom verschaffte allen verstorbenen Verwanten das Himmelreich. Der gleiche Papst führte auch die sogenannte ‚goldene Pforte‘ auf, eine Thüre der Peterskirche, die nur im Jubeljahr geöffnet ist, nach Schluß desselben wieder vermauert wird. Mit drei Schlägen eines goldenen Hammers und den Worten ‚Aperite mihi portas Justitiae‘! wurde sie vom Papst am ersten Tag des Jubeljahrs geöffnet. Jeder, der durch sie hindurch geht, wird aller Sünden quitt und ledig, und kann dies auch für Andere, zu Hause-Gebliebene, mit dem gleichen Effekt besorgen. — Eine größere Anzahl von Sünden und Vergehen behielten sich die Päpste vor persönlich zu vergeben. Dies waren die casus reservati. Kein Priester oder Bischof konnte daran rühren. Selbst Christus nicht, auf den sich Jemand hätte berufen können. Ihretwegen war es natürlich vor Allem angezeigt, nach Rom zu pilgern. — Clemens VI. befahl in einer Bulle den Engeln im Paradies, Allen etwa auf der Reise zum Jubeljahr nach Rom Verstorbenen direkt den Himmel zu öffnen, da ihre Seelen

---

[1]) Siehe Weber, J. C., Die Päpste. Stuttgart 1834. Bd. II, p. 161.
[2]) Bale, John, (irischer Bischof), Pageant of Popes. Edition 1574. pag. 179.

aus dem Fegfeuer schon befreit seien; »prorsus mandamus Angelis Paradisi, quatenus animam illius a purgatorio penitus absolutam in Paradisi gloriam introducant«.[1]) — Und in einer Bulle vom Jahr 1342 erklärte der gleiche Papst: „Christus habe das Menschen= geschlecht mit einem einzigen Tropfen seines Blutes erlöst; der Rest des vergossenen Blutes, welches doch nicht umsonst vergossen sein könne, bilde, vermehrt um die Verdienste Maria's und der Heiligen, den unermeßlichen Gnadenschatz der Kirche, zu dem der Papst den Schlüssel habe, und von dem er zur Entsündigung der Menschheit ablassen könne, soviel er wolle, ohne Gefahr, den= selben je zu erschöpfen."[2]) — Man kann der unwissendste Katechet sein, um zu wissen, das dies die Christus=Lehre auf den Kopf stellen und sie in der rohesten Weise vermenschlichen hieß. Christus erlöst die Menschen durch die Lauterkeit seiner Gesinnung, durch den über= irdischen Zug seines ganzen Wesens. Hier erlöste der Papst gegen irdisches, baares Geld. Es war der Morsium=Zustand der Päpste. Das Gold rollte in ihren Adern.

268) „Und wenn der Papst mit seinen Papisten kein ander Lügen und Trügerei in der Christenheit getrieben hätten, denn allein das Ablaß, so hätten sie damit wohl verdienet, daß man sie für die größesten Ketzer und Räuber schelten sollt, so die Erden je getragen hat. Denn sage mir, welch Räuber hat jemals so viel geraubt oder gestohlen, als durchs Ablaß geraubt und gestohlen ist? Welch Ketzerei hat so viel Seelen verführt und betrogen?"[3])

269)
　„. . . zu Rom, und nemen täglich ein
　von Teutschen, unser schweyß und blut.
　Ist das zu leiden, und ist's gut?
　Ich radt, man geb jn fürter mee
　kein pfennig, das sye hungers wee
　ersterben."[4])

[1]) Baluzii Vitae Paparum Avenionensium. Paris 1693. tom. I. pag. 312.

[2]) Weber, C. J., Das Papstthum und die Päpste. Stuttgart 1834. Bd. II. p. 312.

[3]) Luther, Von der Winkelmesse und Pfaffenweihe 1533. Sämmtliche Schriften, Erlangen 1830. Bd. 31. p. 310.

[4]) Ulrich von Hutten, Clag und Vermanung gegen den übermäßigen unchristlichen gewalt des Bapsts zu Rom. 1520. Schriften, herausgegeben von Böcking. Leipzig 1862. Bd. III. p. 494.

270) „All ding umbs geld man kauffen muß,
wer des nit hatt, den hilfft kein gruß.
Und seind zu Rom die pfrunden feyl.
Sie sprechen auch der Seelen heyl,
vergebung aller missethat;
Und was die geistlichkeit angat
gehör in sölcher kauffleut schatz.
So haben seydther Bäpste vil
Gekartet gantz das widerspil,
un machen new gesätz on zal,
das Evangelium wirt schmal." [1]

271) „Die Bäpst zerknütschen, schwechen und ertöbten die
seelen der Menschen mit der krafft ires tonderschlags, wöllen sie
sich nit zu Rom absolvieren lassen. Gleich als ob einer an dem ort
er krancket, nit auch gehehlet werden möge, und an dem ort einer
sündiget, daselbst nit möge gnad und barmhertzigkeit von gott erwerben; und sey von nöten hin und hinwider zulauffen; oder als
ob einem eine Stadt und nit sein eygen gewissen solichs bringe." [2]

272) „Denn auch fast alle, die von Rom wiederkommen,
bringen mit sich ein päpstlich Gewissen, das ist einen epicurischen
Glauben. Denn das ist gewiß, daß der Papst und Cardinäl, sampt
seiner Bubenschule, gar nichts gläuben, lachens dazu, wenn sie vom
Glauben hören sagen. Und ich selbs zu Rom höret auf den Gassen
frei reden: Ist eine Hölle, so stehet Rom darauf." [3]

273) Dreierlei Dinge — sagt Hutten — bringen die zurück,
die gen Rom zum Papst gehen: „ein corrumpirtes Gewissen, einen
bösen magen, und leeren seckel." [4]

274) „Nur die Gutmüthigkeit der Gläubigen — meint
Ranke — gewährte dem Papst die großen Einkünfte aus Jubiläen
und Indulgenzen." [5] — Nein, da kennt Ranke seine Landsleute

---

[1] Hutten, a. a. O.   pag. 515.
[2] Vadiscus, dialogus Hutteni. Hutten's Schriften, Bd. IV, p. 212.
[3] Luther, Wider das Papsttum zu Rom vom Teuffel gestifft. Wittenberg 1545. Sämmtliche Schriften, Erlangen 1830. Bd. 26. p. 126.
[4] Gesprächbüchlein her Ulrichs von Hutten. Schriften, Bd. IV. p. 169.
[5] Ranke, Die römischen Päpste in den letzten vier Jahrhunderten.
Leipzig 1874. Bd. I. p. 262.

denn doch zu wenig. Es war naiver, ehrlicher Glaube und Sorge für das Jenseits auf der einen, rücksichtslose Berechnung auf der andern Seite. — Laurence Sterne definirt in einer seiner Predigten das Papsttum als »a system to operate upon mens weaknesses and passions, and thereby to pick their pockets«: ein Gauner=System, welches unter Berechnung der Schwachheiten und Neigungen der Menschen ihnen die Taschen plündert.

275) Gutmüthig war nur das, aber zugleich ein Beweis für den Ernst der Auffassung, daß es keine Nazion so weit und so bunt mit sich treiben ließ, wie die teutsche; so daß einst Alexander VI., als er hörte, sein Sohn Cäsar habe im Brettspiel 100,000 Gold=gulden verloren, achselzuckend erwidern konnte: „Es sind nur die Sünden der Teutschen!" [1]

276) „Es sagt der Papst hie in der Bulla Clementis des siebenten, darin er ausschreibt allen Christgläubigen, beide Mannen und Weibern, daß er zur ersten Vesper am Abend des heiligen Christtags wölle sich fügen in St. Peters Münster und mit eigen Händen die Pforten aufthun, so man pflegt im Halljahr aufzuthun, und die Pforten der andern Kirchen auch aufzuthun verschaffen: Wir haben in Deutschland alle Pforten längst aufgethan, aber die Buben bringen des Gelds nicht einen Heller wieder, darumb sie uns mit palliis, indulgentiis, dispensationibus betrogen, daß sie aus Deutschland durch ihre teuflische Bullen mehr denn gestohlen und geraubt. Laßt Euch die Walen (Wälschen) auch Geld geben. Wer euch kennt, der kauft euch nicht. Wir dürfen deiner Bullen, Papst, nicht; nur das Blei und Pergamen gespart; es trägt hinfort nicht Geld!" [2]

277) Das Nächste war nun, daß man die Jubeljahre in die fremden Länder selbst hinausgehen ließ. Eigentlich ein Widerspruch;

---

[1] »Dicentibusque Caesarem Borgiam alea ludentem centum aureorum millia perdidisse respondebat ‚Germanorum tantum haec peccata sunt!'« — Mornay, Ph., Mysterium iniquitatis seu Historia Papatus. Salmurii 1612. p. 1326.

[2] Luther, Papst Clemens' VII. zwei Bullen. 1525. Sämmtliche Werke, Erlangen 1830. Bd. 29. p. 299.

denn der ursprüngliche Gedanke war, den Gläubigen wissen zu lassen, daß der nächste Weg zum Himmel da sei, wo der Papst sei (‚ubi papa ibi Roma‘) und sonach Sündenvergebung in Rom zu holen sei. Aber die Goldkrankheit unterdrückte jeden, sogar den hierarchischen Gedanken. Trotz der Hundert-Tausende, die Rom besucht hatten, wußte man, daß noch mehr zu Hause geblieben waren, die nicht kommen konnten, die aber gern gekommen wären. Denen wollte man auch die Indulgenzen zukommen lassen, sie auch von dem uner=schöpflichen Gnadenschatz der Kirche, der sich aus dem Verdienst der Maria, der Heiligen, und den Gebeten der Mönche zusammensetzte, mitgenießen lassen. Dabei machte die Kurie eine jener kindlich=dialektischen Geistes=Operazionen, bei denen sie weder die alte, wert=volle Posizion preisgab, und doch, durch eine kleine Gedanken=Wen=dung, die Vorteile einer neuen Posizion gewann; Operazionen, die typisch sind für das molluskenartige Denken des römischen Priesters: freilich, sagte man, vollständige Sünden=Vergebung und gänzliche Errettung der Seelen der Verstorbenen aus dem Fegfeuer kann nur in Rom, an den Altären St. Petri und St. Pauli, geholt werden; also für Die, die sich dahin auf den Weg machen. Aber es können ja einzelne Gläubige sich fest vornehmen, die Reise zu machen, sie sogar antreten, und abgehalten werden; der Papst schenkt ihnen dann den Rest der Reise; es genügt auch der lebhafte Wunsch, die Reise zu machen; der Papst nimmt den Willen für die Tat; er kann das; er tut mehr: er schickt seinen Legaten heraus, und der absolvirt Dich, genau so, als wenn Du in Rom gewesen wärest. Nur eine Kleinigkeit ist zu beachten: genau die Kosten, die Dir mit Deiner Begleitung auf einer Reise nach Rom erwachsen wären, mußt Du dem Legaten für die ‚plenissima venia peccatorum‘, für die komplete Sündenvergebung, einhändigen; damit auch äußerlich, und dem großen Verdienste Christi gegenüber, durch ein sichtbares Symbol die Reise nach Rom festgehalten werde. — Das war die nächste Stazion. Ursprünglich vergab nur Christus die Sünden; später ‚entsündigte‘ der Papst die Menschheit; jetzt taten es seine Legaten in jedem einzelnen Land; und, beim Himmel! wie taten sie es! In Teutschland ist der Name Tetzel, den jedes Schulkind mit der Empfindung der Verachtung nennt, in dieser Hin=

ſicht der Ausdruck der ſchändlichſten Geiſtesoperazion, die je in teutſchen Herzen vollzogen worden iſt.

278) Und ſo verkündigte Clemens VI. in ſeiner Bulle vom Jahr 1342: „Jeder, der die Abſicht hat, Unſere Stadt als Pilger zu beſuchen, kann an dem Tage, an dem er die Reiſe antreten will, ſich an irgend einem Ort einen Beichtvater wählen, dem Wir volle Vollmacht erteilen, alle Sünden, auch die der von Uns vorbehaltenen Fälle, zu vergeben; genau, als wenn Unſere Perſon ſelbſt anweſend wäre. Ebenſo gewähren wir, daß jener, der gebeichtet hat und auf der Reiſe ſtürbe, von allen Sünden gänzlich befreit ſein ſoll. Und weiterhin befehlen wir den Engeln im Paradies, eine ſolche aus dem Fegfeuer gänzlich erlöſte Seele, in die Freuden des Paradieſes einzuführen." [1]

279)
>„Da ſchickt der bapſt uß ſin legaten
>Mit vil gewalts, wenig ducaten,
>Er gibt in aber ſonſt dar neben
>Die ablaßbrief, dar von zu leben,
>Do mit das was in b'kiſten gfelt,
>Jm unverletzt werd zu geſtellt,
>Und uns die flügel mit geſerden
>Deſt baß da durch beſchroten werden.
>Wan nu die botſchaft uß geſant
>Kompt irgent in ein ſtat im lant,
>So muß man ir entgegen gon
>Mit herrlicher prozeſſion,
>Sie füren in mit großem brangen,
>Mit kreuzen, fanen und kerzſtangen,
>Mit großem gſang und auch geſchrei

---

[1] »Quicunque peregrinandi causa ad hanc civitatem accedere proposuerit, illa die, qua de hospitio suo viam arripere voluerit, eligere possit confessorem seu confessores et in via et in locis quibuscunque. Quibus quidem Confessoribus authoritate nostra concedimus plenam potestatem absolvendi omnes casus Papales ac si persona nostra ibi esset. Idem concedimus, si vere confessus in via moriatur, quod ab omnibus peccatis suis sit immunis penitus et absolutus. Et nihilominus prorsus mandamus Angelis Paradisi, quatenus animam a Purgatorio penitus absolutam in Paradisi gloriam introducant.« — Mornay, Mysterium Jniquitatis. p. 1036.

Von pfaffen, münchen mancherlei.
Als dan so würt ein kreuz uf gsteckt,
Da mit der menschen herz bewegt,
Und würt der ablaß wie der wein
Uß gruft mit großem gleiß und schein.
Da mit kompts gelt dan auch von den,
Die vor gen Rom nit mochten gen." [1]

280) Der päpstliche Sekretär am Hofe in Avignon und
spätere Bischof von Verden (in Hannover) Dietrich von Niem
(† 1417) beschreibt die Wirkung der Jubel=Jahr=Ausschreibungen
in und außerhalb Roms zur Zeit Bonifaz IX. folgendermaßen:
„Unzählige Fremde jener Länder und Provinzen, die dem Päpst=
lichen Stuhl in Gehorsam ergeben waren, kamen nach Rom, und
brachten für Kirchen und Basiliken reichliche Opfer dar, die zum
größten Theil in die Hände Bonifaz' und weniger Anderer ge=
langten. Bonifaz selbst war aber mit diesen Einnahmen noch nicht
zufrieden, und, in der Absicht, selbe bis aufs Äußerste zu steigern,
— denn er war ein unersättlicher Schlund und im Geiz von Nie=
mand überboten (erat enim insatiabilis vorago, et in avaritia nullus
ei similis) — sante er Eintreiber (Quaestuarios) in die verschiedenen
Länder, um jene Sünden=Vergebungen zu verkaufen, wobei sich
der Preis nach der Summe richtete, die die Betreffenden
bei einer Reise in solcher Absicht nach Rom hätten aus=
legen müssen. Auf diese Weise erpreßten die so privilegirten
päpstlichen Eintreiber mit feiner Berechnung auch von den einfachen
und den niederen Klassen angehörigen Leuten (barbaris) enorme
Summen. So wurden von ihnen auf einer einzigen Tour und aus
einer einzigen Provinz durch diese Sünden=Verkäufe über 100,000 Gold=
gulden eingebracht; da sie alle Sünden, auch ohne Buße (etiam
sine poenitentia) den Beichtenden nachließen, und gegen Erlegung
der betreffenden Summe von Allem und Jedem freisprachen; wobei
sie sagten: Sie hätten volle Gewalt in dem, worin Christus dem

---

[1] Triumphus Veritatis, Sik der Wahrheit, mit dem Schwert des
Geists durch die Wittenbergische Nachtigal erobert. Von einem Nürnberger,
ca. 1525. Siehe Oskar Schade, Satiren und Pasquille aus der Reformations=
zeit. Hannover 1863. Bd. II. p. 225.

heiligen Petrus auf Erden zu lösen und zu binden Gewalt über=
geben. Sie, die Eintreiber aber, kehrten überfett und dick geworden,
und beladen mit Schätzen, im Gefolge von schönen Pferden und
einer zahlreichen Familie nach Rom zurück, um dem heiligen Vater
von ihrer Kollekte Bericht zu erstatten." [1]

281) „Umbs gelt Alles erlauben das göttlich und menschlich
gesetz verbieten, das nennt man facultates. Aber dieweyl sie be=
daucht, daß nit genug leüt gen Rom kommen, solich war zukauffen,
haben sie angefangen legaten herauß zu schicken. Aber daß man
einem erlaubt, die fasten über fleisch, buter, eyer zu essen, ist nichtes
zu achten. Sondern ob einer einen eyd gethan, der ihm nit behäg=
lich zu halten, mag er umb die legaten erkauffen. Oder ob einer
einen menschen getödt hette, oder seinen vater entleybt, oder sich mit
seiner schwester vermischet, oder — das am höchsten geschätzt (bezahlt)
würd — ob einer im bann wär, kann alles durch die facultates
ungethan gemacht werden. Und bringen uns nit allein die legaten
facultates her, sondern man läst auch etzlichen den vorkauff darinnen.
Dann die bettelmünich treyben Höcken=werck (Hausir=Handel) damit.
Kauffen's zu Rom, uff daß sie die wider hie außen mögen
verkauffen." [2]

282) „Hast aber Du ye gemeint, das man sich zu Rom auch
der schanden schäme?" [3]

283) „Du mußt aber durch das Wort, römische Kirche, bei=
leibe nicht verstehen die rechte christliche Kirche, die vor dem Papst=
tum gewest ist, sondern päpstisch, spitzbübisch und teuflisch mußt Du
es verstehen, daß der Papst der heiligen, christlichen Kirchen Namen
braucht auf das schändlichst und lächerlichst, und meinet damit seine
Bubenschule, Huren= und Hermaphroditenkirche." [4]

---

[1] Theodorus a Nyem, Historiarum sui temporis. Basil. 1566.
lib. I. c. 68.

[2] Vadiscus, dialogus Hutteni, Hutten's Schriften, herausgegeben von
Böcking. Leipzig 1863. Bd. IV. p. 228. 235.

[3] Gesprächbüchlein her Ulrichs von Hutten. Schriften, Bd. IV. p. 165.

[4] Luther, Wider das Bapstum zu Rom vom Teuffel gestifft. Witten=
berg 1545. Sämmtliche Schriften, Erlangen 1830. Bd. 26. p. 143.

284) „Ah, mein lieber Bruder in Chrifto, halt mir's ja zu gut, wo ich hie oder anderswo so grob rede von dem leidigen, verfluchten, ungeheuren Monftro zu Rom. Wer meine Gedanken weiß, der muß sagen, daß ich ihm viel, viel zu wenig thue.“ [1]

285) Er that ihm wirklich nicht zu viel. Und er sprach als Teutfcher für die Teutfchen. Und es gieng in Teutfchland wahrlich am gräßlichften zu. Man muß überlegen, was es heißt, wenn ein ausländifcher Schriftfteller, wie Guicciardini († 1540), der eine Gefchichte Italiens fchrieb, sobald er auf den Ablaß zu fprechen kommt, dabei ausdrücklich von Teutfchland handelt; wenn er erzählt, wie Leo X. das Recht der Sündenvergebung und der Erlöfung aus dem Fegfeuer für die Provinz Teutfchland an Emiffäre verkaufte, und wie diefe Zwifchenhändler die teutfchen Sünden enorm vertheuerten, da fie außer dem dem Papft bezahlten Einkaufspreis einen möglichft hohen eigenen Profit herauszufchlagen fuchten (»ubi ejus ministri exiguo lucello merces suas addicebant«); wie fie bis in die Garküchen vordrangen und dort beim Würfelfpiel entfchieden, ob die Sünden eines Zechers frei vergeben, oder dafür bezahlt werden müffe (inque popinis ipsis facultatem liberandi animas ex Purgatorio aleae exponebant«); und wie fchließlich Leo X. den weitaus größten Teil diefer aus Teutfchland gezogenen Gelder feiner geizigen Schwefter Magdalena als Gefchenk überwies.“ [2]

286) Man wende fich von diefer Wirtshaussjene, wo teutfche Sünden im Würfelfpiel ausgepafcht werden, hinüber auf die bluttriefende Stätte von Golgatha, wo ein Menfch für Ideen, die wir, die jeder Atheïft als die höchften und edelften anerkennen muß, eine der graufamften Todesarten erlitt — denn Chriftus ift ja doch kein ‚Märchen‘, wie Leo X. glaubte — und erwäge dann den Weg von jenem fürchterlichen Hinrichtungs-Akt, auf den fich eine ganze Religion gründete, bis zu jener teutfchen Trinkftube, und frage fich: Wer hat eine urfprünglich lautere, die Gemüter einer halben Welt fich unterwerfende Idee fo verhunzt, fo malträtirt? —

287) Rom! — Und Teutfchland ift der Endpunkt diefer uner-

[1] Luther, a. a. O. p. 179.
[2] Guicciardini, Franc., Hist. Ital. Basil. 1566. l. XIII. p. 395.

hörten Gemeinheit! — Wir haben hier das gesammte Programm unseres Buches: Teutschland ist mit schuld an dieser fürchterlichen Degenerazion der christlichen Lehre; mitsammt seiner Gemütsfaselei und tiefen Inbrunst für alles Überirdische. Hätte Teutschland sich tapferer gewehrt, und die Sünden=Handlungsreisenden von Rom hinausgeworfen, die Päpste wären nicht so tief gesunken. Denn die Italiener, die Wälschen, besitzen nicht den nöthigen Fond, um einen Degenerazions=Prozeß in irgend einer Sache, zu irgend einer Zeit, in irgend einer Frage, berühre sie irdische oder geistige Interessen, zum Stillstand zu bringen. Moral ist nicht die Sache der Wälschen. Und Moral war nie die Sache der Päpste. Ob sie sich für ‚Söhne Gottes‘ oder ‚Statthalter Christi‘ halten, ist ja hier ganz gleichgiltig. Die Päpste waren die denkbar unglücklichsten Verwalter einer Reli=gion, die das gesammte Abendland ergriffen hatte. Faul, stinkend, widerwärtig bis zum Ausspeien wurde in ihren Händen die einst so kräftige Frucht des Christentums, die Lehre mitleidiger Selbstent=äußerung. —

288) „Der dort auf Erden jetzt an meiner Statt
Den Platz sich angemaßt, regieret, hat
Aus meinem Grab gemacht 'ne Düngergrube
Voll Unflat und voll Schmutz, — der Lotterbube
An meiner Stelle Christus sein? — zum Lachen,
Zum Lachen ist's und Hölle lustig machen![1]

289) Wie fürchterlich Teutschland geblutet haben muß, zeigt uns ein lateinisches Gedicht des Konrad Celtes aus dem 15. Jahr=hundert: »In Romam« überschrieben: „Wie hast Du Dich verändert, Rom, und wie gemein erscheint uns heute Dein Gesicht! Ehemals handeltest Du mit alten Körpern und Heiligenknochen, heute handelst Du mit Seelen. Unser gesammtes Teutschland ist in Folge dieser

---

[1] »Quegli che usurpa in terra il loco mio,
Il loco mio, il loco mio, che vaca
Nella presenza del Figliuol di Dio,
Fatto ha del cimiterio mio cloaca
Del sangue e della puzza, onde il perverso,
Che cadde di quassu, laggiu si placa.«
Dante, Paradiso XXVII. 22—27.

Handelschaft vom Süden bis zum entferntesten Norden, von einer Grenze zur andern, ausgesaugt und ausgeplündert, All' unser Gut in Eure Spinden und Kästen gewandert, damit Du, gottloses Rom, Deinen Lüsten Genüge tun könnest. Und die Gelder, die wir Euch schickten zum Aufbringen der Heere, die unsere Grenzen gegen die Heiden und Türken schützen sollten, die habt Ihr in Rom vor den Altären des Bachus und der Venus vergeudet!"[1])

290) Man wird mir hier entgegnen: Der Ablaß ist ja vorbei. Die schmutzigste Ära ist überwunden! — Der Ablaß ist nicht vorbei. Er blüht in Teutschland und Italien, wenn auch nicht in dieser Form, auf's Üppigste. Millionen werden jährlich in Teutschland für das Erlösen der Seelen aus dem Fegfeuer ausgegeben. Ich will den Geistlichen nicht ihr Einkommen beschneiden. Ich kenne manchen schwarzgerockten armen Teufel auf dem Lande, der auf dieses Fegfeuer=Geld angewiesen ist. — Ich sage nur: Laßt Euch nicht weiter beschmutzen von der italienischen Religion; — denn christliche Religion habt Ihr nicht mehr. — Laßt Euch nicht weiter verwickeln in ihre Unterrocks=Dogmen und heilige Gebärhaus=Exerzizien. Habt nichts zu thun mit den Erweiterungen zur ‚christlichen' Religion, die nur die Erhöhung der Person des Papstes im Auge haben. Merkt Ihr denn nicht, daß man den Papst zum ‚Gott' machen will? In Frankreich wird er schon ‚Sohn Gottes' genannt. Wollt Ihr ihn denn anbeten? (Ihr habt es schon getan!) Was geht Euch ein Italiener an? Der Papst ist doch ein Italiener. Seid Teutsche.

---

[1])   In Romam.

»O qualis facies et quae mutatio Romae:
    Vendidit haec quondam corpora, nunc animas.
Quicquid in extremis habuit Germania terris,
    Et mediis quicquid continent illa plagis,
Exhanstum est, totum et Latias migravit in arces,
    Epleat ut luxus impia Roma tuos.
Dum qui militibus deberent cedere nummi,
    Et nostro tutas reddere in orbe domos,
Hos modo Romanus miles sibi tollit in usus,
    Ut Veneri et Baccho nocte dieque vacet.«
Pasquillorum tomi duo. Eleutheropoli (Basil.) 1544. p. 77.

Ihr habt doch teutſche Sprache, teutſche Kunſt, teutſche Literatur, teutſche Fürſten, teutſche Herzen: warum wollt Ihr italieniſche Religion? Wollt Ihr teutſches Chriſtentum, — das habt Ihr ja von Euren teutſchen Biſchöfen. Laßt Ihr den italieniſchen Gott den Italienern. Und glaubt Ihr an den teutſchen Gott!

291) Auch irrt Ihr, wenn Ihr meint, die römiſche Kirche habe ein Titelchen ihrer Ablaß-Einrichtungen aufgegeben. Zwei Hundert Jahre nach Luther hat Pius VI. in der Conſtituzion Auctorem fidei „das Schmähen gegen die in der Kirche gebräuch-lichen Ablaß-Verzeichniſſe ſtrenge gerügt und ſolches für vermeſſen, anſtößig (!), ärgerlich und ſchimpflich für den heiligen Stuhl und für die in der ganzen Kirche beſtehende Praxis er-klärt.“ [1]

292) Und der zweimalige Sturm des aufgeklärten katoliſchen Teutſchlands gegen die Trierer Rock-Wallfahrt im 19. Jahrhundert iſt ebenſo vergeblich verrauſcht wie der Zorn der Reformatoren gegen dieſes ſündenvergebende Kleidungsſtück im 16. Jahrhundert; die Mahnung des katoliſchen Prieſters Ronge, ſich an den Geiſt Chriſti, nicht an deſſen Rock, zu halten[2], im Jahr 1844 ebenſo vergeblich geweſen, wie Luther's rückſichtsloſe Filippika aus dem Jahr 1531: „Hilf Gott, wie hat es hie geſchneiet und geregnet, ja eitel Wolkenbruch gefallen, mit Lügen und Beſcheißerei? Wie hat der Teufel hie todte Knochen, Kleider und Geräthe aufgemutzt. Wie ſicher hat man allen Lügenmäulern geglaubt? Wie iſt man ge-lauffen zu den Wallfahrten; welchs alles der Papſt, Biſchoffe, Pfaffen, Münche haben beſtätigt, und die Leute laſſen irren, und das Geld und Gut genommen. Was thät allein die neue Beſcheißerei zu Trier, mit Chriſtus Rock? Was hat hie der Teufel großen Jahr-markt gehalten in aller Welt, und ſo unzählige falſche Wunderzeichen verkauft? Ach was iſt's, daß Jemand hievon reden mag? Wenn

---

[1] Schmid, Fr. A. S. J. Die Ehrenvorzüge Mariä. 2. Auflage. Regensburg 1856. p. 495.

[2] Johannes Ronge's Brief in den „Sächſiſchen Vaterlands-Blättern“ Nr. 164 vom 1. Oktober 1844. Siehe Heil.-Rock-Album. Leipzig 1845.

alles Laub und Gras Zungen wären, sie könnten allein dieß Buben=
stück nicht aussprechen."[1]

293) Nach dem heute unter den teutschen Katoliken verbrei=
tetsten Ablaß=Verzeichniß können von jedem Katoliken, bei ein Bischen
Maulfertigkeit, während seines Lebens erworben werden zusammen=
gezählt ca. 1400 Jahre Sündenstrafen=Nachlaß, außerdem noch ca.
90,000 einzelne Tage, und außerdem an die zweihundert „voll=
kommene" Ablässe sei es „an einem bestimmten Tag", sei es „in
der Todesstunde", sei es „für immer" (also im Voraus).[2]

294) Die Kirche giebt überhaupt nichts auf. Wie noch in
jüngster Zeit zwei katolische Theologen hervorgehoben haben, die es
wissen mußten (Renan in seinen Aufzeichnungen aus dem Priester=
seminar und Döllinger in seinem jüngst veröffentlichten Brief an
Pfarrer Westermayer in München), hat die Kirche immer ihr ganzes
System im Auge, und vertheidigt immer ihren ganzen Kodex und
ihre ganze Geschichte. Und Du kannst Dir nicht das Eine aus=
wählen und das Andere zurückweisen. Da nun die römisch=italienische
Kirche alle ihre Thaten von Sylvester bis Leo XIII., die Schläch=
tereien der Waldenser wie die Nieder=Metzelung der teutschen ver=
ehlichten Geistlichen im 11. Jahrhundert, die Demüthigungen teutscher
Kaiser wie die Lehren der Jesuiten, den Ablaß, wie die Inquisizion

---

[1] Luther, Warnung an seine lieben Teutschen. 1531. Sämmtliche
Schriften. Erlangen 1830. Bd. 25. p. 45—46. — In seinem „Karst=
hans" läßt Hutten folgenden Dialog halten: „Karsthans: Hilf Got von
hymel, was hör ich, würt auch die heiligkeit der heiligen umbs gelt erkaufft?
Nun sieh ich das es doch gar büberey mit den geistlichen ist. — Franz:
Wie dann unseres hergots rock zu Trier? — Karsthans: Ist es warlich
Christus cleid geweßt? — Franz: Da wil ich nit von urteylen, das weiß
ich aber wol, daß der Bapst bestätigt hat, er sey es, hat aber etlich tausent
Ducaten für sein gutten willen genommen, und ein teyl von dem gelt, das zu
der walfahrt fällt, muß man im auch järlich überliefern. Das sein die Trierischen
pfaffen wol zu friden, dann sie haben dannocht großen gewinn darvon." —
Hutten, Gesprechbüchlin, Neüw Karsthans. 1523. Schriften. Leipzig 1860.
Bd. IV. p. 671. —

[2] Maurel, A. P. (Priester der Gesellschaft Jesu). Die Ablässe, ihr
Wesen und ihr Gebrauch. Nach der 13. französischen Auflage von einem
Mitgliede derselben Gesellschaft übersetzt. 8. deutsche Auflage. Mit Ge=
nehmigung der geistlichen Obrigkeit. Paderborn 1884.

unter ihren Schutz nimmt, und als ein einziges göttlich=inspirirtes Ereigniß feiert, so soll sie auch — wie Luther gelegentlich bemerkt — den ganzen Kübel ihrer Laster und Vergehen übergestülpt bekommen, damit sie bedeckt mit dem Schmutz von Jahrtausenden als das vor der Welt erscheint, was sie wirklich ist, und die Teutschen sich entscheiden können, ob sie hinter diesem Dreckwagen noch länger dreinmarschieren wollen.

295) Auch habt Ihr noch nicht Alles vom Ablaß gehört: Nachdem man unbeschränkte Sünden=Vergebung zu Rom wie zu Hause, mit oder ohne Reue, für sich wie für Andere, für Tote wie für Lebende gegen Geld erhalten konnte, blieb für die Bequemlichkeit der Menschen wie für die Kasse des Papstes noch immer etwas zu thun übrig: — kein Teutscher wär darauf gekommen — die Kirche vergab die Sünden im Voraus. Und wie heute die englischen Reisenden mit den Kupons der Firma Cook in der Tasche für noch nicht gegessene Beaffteaks, noch nicht beschlafene Betten, noch nicht gesehene Sehenswürdigkeiten ihre Reise antreten, aber alle diese Kupons schon bezahlt haben, so konnte man von Rom aus mit einem bestimmten im Namen Jesu ausgefertigten Pergament in der Tasche für vergebene Sünden nach Hause zurückkehren, und brauchte die Sünden jetzt nur noch zu begehen; wie jene Engländer die beafsteaks nur noch zu essen brauchten.

296) Am Hochaltar der Sebastianskirche in Rom konnte man gegen Bezahlung acht Seelen auf einmal aus dem Fegfeuer befreien und erhielt selbst 2800 Jahre Ablaß hinzu.[1] — Solche Altäre, deren es mehrere und mit verschiedener Wirksamkeit gab, hatten die Überschrift: „Wenn Jemand an diesem Altar eine Messe lesen läßt (dafür zahlte man je nach der Wirksamkeit des Altars eine verschiedene Taxe), so erlangt er vollkommene Vergebung seiner Sünden. Wenn aber die Messe für die Seele eines Abgestorbenen gelesen wird, so steigt dieselbe sogleich während der Handlung und Feier der Messe aus dem Fegfeuer in den Himmel auf, und wird bewahrt bleiben. Nichts ist gewisser!"[2]

---

[1] Woker, Ph. Das kirchliche Finanzwesen der Päpste. Nördlingen 1878. pag. 115.

[2] Woker, a. a. O. p. 115—116.

297) Dreißig Tausend Jahre Sündenvergebung versprach mit eigenem Munde Alexander VI. Allen, die in Rom vor einem bestimmten Bild der heiligen Anna ein bestimmtes kleines Gebet sprächen, welches mit den Worten begann: »benedicta sit sancta Anna mater tua, ex qua sine peccato et macula processisti.«[1]

298) Die Kirchen Roms besaßen an und für sich das Recht der vollkommenen Sündenvergebung. Wollte eine ausländische Kirche diese Fähigkeit erwerben, so mußte sie bezahlen, wie z. B. die Deutsch-Ordens-Kirche tausend Goldgulden. Diese konnte dann wieder ihre Taxen von den Gläubigen erheben. — Das war es freilich nicht wie in Rom.

299) Ablaß für ein Jahr kostete in Rom 16 grossi (nach heutigem Geld und heutigem Wert ca. 280 Mark), für zwei Jahre 20 grossi, für drei Jahre 24 grossi, für vier Jahre 30 grossi, für fünf Jahre 40 grossi, für sieben Jahre 50 grossi u. s. w. Der denkbar größte Ablaß war der auf Lebenszeit.[2]

300) „Hie wirt deyn götlich leer ermordt,
 Hie thut man gwalt der predig deyn,
  Hie gibt man alles lasters scheyn,
  Hie lert man rauben sey keyn sündt,
  Hie lobt man böse list und sünndt,
 Hie würt deyn Evangelium voracht,
  Hie übt der Bapst eyn unvorschampten bracht,
  Hie man bekümpt all ding umbs gelt.
  Und ist bedort die gantze weltt.
  Hie gibt man ablaß und genad,
  Doch keynem der nitt pfenning hat,
  Hie wirt gelogen, hie gedicht,
 Eyn sündt vorgeben ee sy geschicht.
  Darum der schanndt tregt nyemandt scham.

---

[1] Mornay, Ph., Mysterium iniquitatis seu Historia Papatus. sec. edit. Salmurii 1612. p. 1329.

[2] Woker, a. a. O. p. 110. — Ein Mönch Palz schrieb 1510 ein Andachtsbuch „Die Himmelsgrube", worin er ausführlich die Frage beantwortet: „Warum dürfen die Päpste Ablässe auf künftige Zeiten für noch nicht begangene Sünden ertheilen?" — Palz, Supplementum Celi fodinae. s. l. 1510. c. III sq. —

Hie wirt verschworn deyn heylger nam,
Und doch gehalten nitt eyn wortt,
   Das recht gebraucht an keynem orth,
Hie wirt verkaufft der hymel deyn,
   Geurteylt zu der helle peyn,
Ein yeder der hynwyder sagt,
   Hier ist wer warheyt pflegt vorjagt,
Hie wird teutsche Nation beraubt,
   Umbs geldt vil böser dynng erlaubt,
Hie bbennckt man nit der selen heyl,
   Hie bistu hergot selber feyl,
Und ist eyn Leo worden hirt,
   Der selb deyn schäffleyn schabt und schirt
Und würgt sy nach dem willen seyn,
   Gibt ablaß auß, nympt pfenning eyn,
Mit seyner gesellschafft, die er hat,
   Die geben dißen dinngen rat,
Vil schreyber, und copisten vil
   Die machen was eyn yeder will,
Und schreybents dann der kirchen zu,
   Als hettest das vorwilligt du,
Und sey zu Rom die kirch allein,
   Ach Gott nun mach dich wyder gemeyn.
Sih wie man deynen schäffer[1] tregt
   Mit seyden, purpur außgelegt
Wie er so weyplich ist geziert,
   Wie man ym schmeychelt und hofiert.
Sieh wie er wolluft treybt und pracht,
   Daburch du werden magst veracht
Beym Heyden und ins Türken lanndt —
Got wirt es aber rechen baldt,
   Vorwar du mir das glauben falt,
Dann er den grechten nie vorließ,
   Da laß dich auff, es ist gewiß.
        Ich hab's gewagt.
        Ulrich von Hutten."[2]

301) „O Rom Du bist das gemein schawhauß der gantzen

---

[1] Schäfer, der Papst.

[2] Hutten, Eyn Klag über den Brandt der Luterischen Bücher zu Mentz (Mainz). Ulrich's von Hutten Schriften. Herausgegeben von Böcking. Leipzig 1862. Bd. III. p. 456.

Chriſtenheit, darinnen was geſehen würt, meynet man ſey recht und billig. Du biſt die weyt rüchtig ſcheüer der welt, darein man fürt und zuſamen tregt, was man von yedermann geraubt und genommen hat, darinen mitten ſitzt der unerſättlich geytzworm, der vil verſchlindt und ſtets einen großen hauffen gutter frucht verzeret. Umgeben von ſeinen mitfreſſern, die uns erſtlich unſer blut außgeſogen, darnach vom fleiſch gefreſſen, biß ſie uns jetzo an das marck kommen, zer= brechen uns die innerlichſten beyn, und was noch übrig iſt, wollen ſie auch verzeren. Suchen hie Teütſchen nitt waffen herfür? Gehen ſie die nit mit eyſen und flammen an?"[1]

302) Es war nach Alle dem, nach all den rieſigen Trans= aktionen in Sünden und Geld=Einheimſungen, nicht zu verwundern, wenn eines Tags einer dieſer Legaten den Kopf verlor und in einem plötzlichen Raptus das Papſttum zum Verkauf ausbot: „Durch denſelbigen Ablaß hat der Barfußer Mönch von Meylandt, Samſon genannt, ſo viel tauſend Gulden in allerley Landen geſammelt, daß ſich die Welt darüber verwundert. Dann es trug über zwölffmal hundert tauſend Ducaten; daß er auff einen Tag das Bapſttumm zu kauffen außbotte."[2] — Der Mönch hatte nicht ſo arg fehlge= griffen, als man auf den erſten Moment glauben ſollte. Er hatte nur auf der unrechten Seite angefangen: Er konnte das Papſttum nicht verkaufen. Aber gekauft konnte das Papſttum werden; und iſt wiederholt, ſogar gegen bar, wie der Fall Alexanders VI. und anderer Päpſte beweiſt, gekauft worden; und geſchieht bis zum heutigen Tag in irgend einer Kaufform. — Aber das war nicht der Gedankengang des Mönchs. Der Mönch lebte noch in jener Zeit, in der die Sündenvergebung, nicht wie heute wie ein Pfund Wachs oder Wacholder, welches der Katolik kauft, angeſehen wird, ſondern wie eine transſzendentale Leiſtung, die mehr oder weniger den Himmel paſſiren müſſe. Nachdem nun dieſer brave Mönch, der täglich, autoriſirt von ſeinem Herrn, Tauſende ſolcher Himmels= Transaktionen wie mit ſpielender Hand vorgenommen, juckte es ihn

---

[1] Vadiscus dialogus Hutteni. Hutten's Schriften. Bd. IV. p. 256.
[2] Spiegel des Weltlichen Römiſchen Bapſts durch Nicolaus Hönigern, Königshofenſem, Oſtrofrancum. 1586. p. 218—219.

sozusagen, und er überlegte, und kam auf den nicht unebenen Gedanken, daß im Verhältnis zu dem, was ihm täglich an überirdischen Leistungen gegen bar durch die Hand gehe, das Papsttum als eine relativ geringe und irdische Sache nicht allzu teuer zu stehen kommen könne; ähnlich wie Andere unter den Katoliken, die wußten, man könne sich den Himmel kaufen, auf die Meinung kamen, man könne sich die Maria, sich die Unbefleckte Empfängnis u. ä. kaufen.

303) Ähnliche Gedanken müssen damals überhaupt im Umlauf gewesen sein. Wenigstens läßt Hutten den „Pascuillus" in einem Dialog sagen: „Das hab ich lang wol gewißt, wo ich eine große macht der pfening het, daß ich nit allain die pfründ, sunder got, die Sacrament, das himelreich, und den Bapst felbs kauffen möcht, dann dise ding seynd alle fail zu Rom, und so frey, daß hie zu Rom nichts freyeres gehandelt wirt[1]."

304) In seinem »Modus contribuendi in cistam« — „die Art die Kasse zu füllen" — gibt der Erzbischof Albrecht von Mainz im Auftrag des Papstes den Ablaßpredigern folgende Instruktion mit: „Vor allem müssen die Pönitenziare und Beichtväter, nachdem sie den Beichtenden die Größe eines solchen vollkommenen Nachlasses der Sünden auseinander gesetzt haben, diese fragen, welche Beisteuer oder Geldsumme, oder welche andere irdische Güter sie nach ihrem Gewissen lieber hätten, als den ganzen vollkommenen Nachlaß ihrer Sünden, damit sie dieselben nachher leichter zum Zahlen bewegen können. — Da nun die Verhältnisse der Menschen allzu verschieden sind, so schien es uns, die Taxen möchten also vertheilt werden[2]): Könige, Königinnen und ihre Söhne, Erzbischöfe und Bischöfe und andere große Herren, welche zu den Orten strömen, wo

---

[1]) Pascuillus, ain warhafftiges büchlein erklerend was list die Römer brauchen mit Creiren viler Cardinäl auff das sie alle Bistumb Teütscher land under sich bringen. 1518. Hutten's Schriften von Böcking. Band IV. p. 471. —

[2]) Der Ablaß mit seinen für den vollkommenen Sünden=Nachlaß verschiedenen Taxen, je nach Stand und Vermögen der betr. Personen, erinnert in mehrfacher Beziehung an unsere heutigen Bäder; auch dort giebt es verschiedene Classen für die Taxen, obwohl Alle die gleichen reinigenden Bäder gebrauchen, Alle das gleiche laxirende Wasser trinken.

das Kreuz aufgerichtet ist, mögen 25 Goldgulden zahlen (nach heutiger
Münze und heutigem Wert des Geldes etwa 2450 Mark); Äbte,
Grafen und Barone, reiche Vornehme und deren Frauen 10 Gold=
gulden; Prälaten, Rektoren und Andere mit hohen Einkünften 6
Goldgulden; Bürger, Händler 3, Handwerker 1 Goldgulden; Ärmere
½ Goldgulden. In gewissen Fällen soll auf das Geheiß der Pöni=
tenziare und Beichtväter den Königen und reichen Vornehmen die
Zahlung als Muß auferlegt werden (imponi curare). Im Übrigen
wird den Pönitenziaren überlassen, daß sie auf einen immer besseren
Stand der Einnahmen hinarbeiten; auch müssen sie die Beichtenden
bewegen, mehr zu geben, als verlangt wird. Und die kein Geld
haben, mögen ihren Beitrag durch Beten und Fasten ersetzen. Wenn
aber solche Armen sich die Taxen von Anderen erbetteln, so müssen
sie dieselben in den Kasten werfen[1])."

305) Luther hatte in der 19 ten seiner berühmten Thesen er=
klärt „daß mit dem Ablaß der göttlichen Gerechtigkeit, welche die
Sünde bestrafe, nicht Genüge gethan sei[2])." — Leo X. verdammte
in seiner Bulle ‚Exsurge‘ vom Jahr 1520 diese These ausdrücklich
als ‚ketzerisch, verderbenbringend, schädlich und skandalös‘ — ‚heretica,
pestifera, perniciosa, scandalosa‘[3]). — Wo war hier das Verderben
und der Skandal?

306) Eine andere Ablaß = Verkündigung des Erzbischofs
Albrecht von Mainz aus dem berühmten Jahr 1517 „meldet und
thut kund zu wissen, daß der allerheiligste Herr (Gott? — Gott be=
wahre!) Leo X., Papst, allen und jeden Christgläubigen, die nach
unserer Verordnung zur Wiederaufbauung des Münsters S. Peters[4])
zu Rom hülfreiche Hand leisten, außer dem vollkommenen Ablaß,
auch andere Gnaden und Vollmachten, nachgelassen, und vergönnet
habe, daß sie einen bequemen und tüchtigen Beichtvater erwählen

---

[1]) Woker, Ph., Das Finanzwesen der Päpste. p. 111—13.

[2]) »Indulgentiae his, qui veraciter eas conseqnuntur, non valent ad
remissionem poenae pro peccatis actualibus debitae apud divinam jus-
titiam.«

[3]) Woker, a. a. O. p. 110.

[4]) Wohin die Gelder wirklich flossen, siehe oben bei Guicciardini Nr. 285.

mögen, welcher von den von der erwählenden Person begangenen Verbrechen und Exzessen, wie auch allerhand andere Sünden, ob sie gleich schwer und groß seien, auch in Fällen, die besagtem Stuhl vorbehalten sind, auch in Ansehung eines Interdicts, so sie sich auf den Hals geladen — ausgenommen heimliche Empörung wider die Person des allerheiligsten Papsts[1]) einmal im Leben und in der Todesnot, wie oft dieselbe anstoßen wird, obschon der Tod alsdann nicht erfolget, vollkommen absolviren[2]), wie auch einmal im Leben und in besagter Todesnot ihnen vollkommenen Ablaß und Vergebung aller ihrer Sünden (Strafen) widerfahren lassen[3]), wie auch alle ihre Gelübde, die nach Gelegenheit und Zeit von ihnen gethan worden, in andere Werke der Gottseligkeit aus Apostolischer Macht verändern könne und vermöge. So hat auch dieser unser allerheiligster Herr (merke: der Papst) nachgelassen und erlaubt, daß vorbenannte Bezahlende (d. i. Inhaber des Ablaßbriefes) und ihre verstorbenen Eltern der Bitten, Fürbitten, Almosen, Fasten, Gebete, Vigilien, Züchtigungen, Wallfahrten, und aller anderen dergleichen geistlichen Werke, die in der ganzen, allgemeinen, allerheiligsten, streitenden Kirche und in allen ihren Gliedern geschehen, oder noch geschehen können, teilhaftig werden sollen. Gegeben den 1. Juli 1517[4])." — Teutscher

[1]) Also alle Verbrechen, wie schwer und groß sie seien, auch gegen Gott, Gotteslästerung, sogar Ateïsmus, wird vergeben, aber nicht Auflehnung gegen den Papst; das ist die Sünde wider den heiligen Geist, die nie mehr vergeben wird. — Merkst Du was, teutscher Leser?

[2]) Der Käufer dieses Ablasses war also vollständig gefeit; wann immer ihn der Tod oder Todesgefahr ereilte, oder auch nur die Todesangst, er war absolvirt, und die Sünden bis dahin im Voraus vergeben; dieser Ablaßbrief war also das garantirte Seligkeitsbillet für die Ewigkeit, und mußte im Himmel wie in der Hölle respectirt werden, — es sei denn er habe sich inzwischen gegen den Papst aufgelehnt.

[3]) Man muß hier, wie in der ganzen Ablaß-Lehre, Vergebung der Sünden und Nachlaß der (zeitlichen oder ewigen) Sünden-Strafen unterscheiden. Ursprünglich, und in der ältesten Kirche, vergab nur Gott die Sünden (siehe Harnack, Dogmengeschichte I. p. 367), die Kirche legte aber die Buße, die Sünden-Strafe, auf. Jetzt vergibt der Papst die Sünden, und läßt auch die Sündenstrafen nach. Gott ist verschwunden.

[4]) Kappen, Schauplatz des Tetzelischen Ablaß-Krams. Leipzig 1720. p. 19—22.

Katolik, was willst du mehr? Aller guten Handlungen in der Welt
kannst du für wenige Kreuzer teilhaftig werden, und du selbst darfst
ein Schurke sein.

307)   „Sie sollen uns woll leren
         Den alten pfenningk dantz,
         Eß sein gar feine heren,
         Ja liebe meine ich gantz."

sangen die Stralsunder[1]).

308) In einer Ablaß=Predigt Tetzel's heißt es: „Man kann
in einer jeden begangenen Irregularität, ausgenommen Todschlag
und Bigamie[2]), Absolution und Dispensation erlangen. Ingleichen
diejenigen, die durch Bluts=, Freundschaft= oder Schwägerschaft ge=
hindert, sich doch verehlicht haben, können in der Ehe verbleiben,
oder, wo es nötig, von Neuem vollziehen, indem man die bereits
gebornen Kinder vor rechtmäßig erklärt. Ingleichen kann Absolution
und Dispensation ertheilet werden bei allen unrechtmäßiger Weise
an sich gebrachten und durch Wucher erlangten Dingen. Daher so
überlege denn das Volk, daß hier Rom ist. Hier ist jetzt die heilige
Peterskirche. Gott und der heilige Petrus rufen Euch. Schicket Euch,
wie Ihr eine so hohe Gnade, nicht nur vor Eurer, sondern auch
vor der Eurigen Seelen Seligkeit erlangen möget. Verziehet doch ja
nicht. Denn des Menschen Sohn wird zu der Stunde kommen, da
Ihr es Euch nicht einbilden werdet. — Warum beichtest Du jetzo
nicht vor den Vicariis des allerheiligsten Herrn Papstes? Jetzt hast
Du ein Exempel an Laurentio, der die übergebenen Schätze, die er
hatte, aus Liebe zu Gott ausgetheilet, und seinen Leib zu braten dar=
gegeben hat. Und Du bringst die geringen Almosen nicht? Lauffet
doch alle nach Eurer Seligkeit! Höret Ihr nicht Eure Eltern und
Andere Verstorbene rufen und schreien: Ach erbarmet Euch doch!
Wir müssen die allerhärtesten Strafen und Qualen ausstehen, davon
Ihr uns doch durch ein kleines Almosen erlösen könnt. Und Ihr

---

[1]) Spottlieder der Stralsunder aus den Jahren 1524—27. Stralsund
1855. p. 4.

[2]) In diesem Fall hatte Tetzel nicht General=Vollmacht wie der Erz=
bischof Albrecht von Mainz.

wollt doch nicht. Ach! — Ihr könnt ja jetzt Ablaß-Briefe haben, durch deren Kraft Ihr im Leben und in der Todesstunde, auch in vorbehaltenen Fällen, so oft Ihr nur solches verlangen werdet, vollkommene Vergebung aller Strafen erhaltet. O Ihr Menschen, die Ihr Gelübde gethan, o Ihr Wucherer, o Ihr Räuber, o Ihr Todtschläger (er nimmt sie doch hinzu), jetzt ist es Zeit der Stimme des Herrn[1]) zu gehorchen. — Die Murmler und Verläumder aber, die auf was Art und Weise es nur geschehen kann, heimlich oder öffentlich dieses Werk verhindern, sind ipso facto von unserem Allerheiligsten Herrn (hier steht „Allerheiligst!" — dem obgesagten Papst Leo in Bann gethan, und stehen in Ungnade bei dem allmächtigen Gott, und werden auch von diesem Bann nicht befreit werden können, als nur vom Papst. Dahero hütet Euch, daß Ihr wider Gott im Himmel nicht murmelt[2])!

309) In vielen Ablaß-Instructionen findet sich die Wendung, daß, wenn Arme nichts geben könnten, sollte man ihnen gegen Beten und Fasten die Indulgenz ablassen. Dies geschah aber in praxi nicht, wie die bekannte Weigerung Tetzel's gegen Friedrich Myconius in Annaberg, in Sachsen, beweist, einen jungen Studenten, der seine Bitte um Sünden-Ablaß, an den auch er streng glaubte, sogar Lateinisch vortrug, zugleich auf seine Armut verweisend, die ihm nichts zu geben gestattete. Tetzel, der allmählich durch die Commissare auf den Handel aufmerksam gemacht worden war, erklärte, nach der ausdrücklichen Bestimmung des Papstes dürfe er den Ablaß nur gegen Geld hergeben. Der Student weigerte sich, und zwar auch dann, als Tetzel ihm, um den für ihn ärgerlichen Fall aus der Welt zu schaffen, die Taxe auf einen Kupfer-Groschen erniedrigte. Myconius vertheidigte mit Nachdruck die später in der Reformazion festgehaltene Überzeugung, daß Sünden-Vergebung von Gott ausgehe und nichts mit irdischer Bezahlung zu thun habe, in dem Falle also, wo letztere nicht geleistet werden können, erstere umsonst abzulassen sei. Schließlich offerirte ihm einer der Commissare im Einverständ-

---

[1]) Hier scheint Gott gemeint zu sein, weil nicht ‚allerheiligst' dabei steht.
[2]) Kappen, Schauplatz des Tetzelischen Ablaß-Krams. Leipzig 1720. p. 51—60.

nis mit Tetzel, ihm den nötigen Groschen zu schenken, nur damit
kein Präzedenzfall geschaffen werde, und Sünden=Ablaß nicht ohne
Bezahlung erfolgt sei. Jetzt ergrimmte Myconius auf's Äußerste,
gieng weg, ohne die offerirte Sünden=Vergebung angenommen zu
haben, aber auch mit heftigen Gewissensbissen über die rechte Art,
Gnade von Gott zu erlangen. Dieser junge Mann machte schon
damals, vor Luther, den ganzen schweren inneren Kampf durch, der
stets nötig ist, um einen neuen, von dem großen Haufen abweichen=
den, Standpunkt zu gewinnen. Er ist ein Spiegelbild jener Krise,
die damals weite Kreise in Teutschland erfaßt hatte, um gegen eine
unerhört niedrige Religions=Auffassung, wie die der Päpste, Front zu
machen, und, da keine Aussicht war, die an der Goldkrankheit leiden=
den römischen Kirchenfürsten zum Anstand zurückbringen, sich von
ihnen zu trennen. — Myconius gieng in ein Kloster, wo er
mehrere Jahre in tiefem Seelenschmerz verbrachte; er schloß sich
später der protestantischen Sache an, und starb 1546 als Superin=
tendent in Gotha[1]).

310) Übrigens hatte Tetzel selbst Gelegenheit, die Kehrseite
des Sünden=Ablasses kennen zu lernen! In Freiberg in Sachsen, wo
er im Jahre 1507 innerhalb zwei Tage schon für 2000 Goldgulden
Ablaß verkauft hatte, mußte er plötzlich flüchten unter Gefahr, von
den armen Bergleuten, die kein Geld für dergleichen Dinge hatten,
aber doch gläubig waren, erschlagen zu werden[2]). — Der Sohn
eines solchen sächsischen Bergmanns war Luther. — Und auf dem
Weg von Leipzig nach Jüterbock soll Tetzel von einem Edelmann
überfallen, durchgeprügelt und seiner ganzen Ablaß=Kasse beraubt
worden sein. Als er sich den Thäter näher ansah, erkannte er in
ihm einen Mann, den er Tags zuvor in Leipzig für 30 Goldgulden
Absoluzion für eben dieses Vergehen im Voraus erteilt hatte[3]). —
Die Erzählung bewegt sich durchaus im Namen der damaligen Vor=

---

[1]) Manutius, Die Einführung der Reformation in Annaberg. Annaberg
1840. p. 37—40. Siehe auch Freytag, G., Doktor Luther, eine Schilderung.
Leipzig 1883. p. 21. ff.

[2]) Manutius, a. a. O. p. 41.

[3]) Manutius, a. a. O. p. 42.

kommnisse. Denn die päpstliche Kurie schickte, wie wir bald sehen werden, eigene Legaten nach Teutschland, um solche im Besitz von gestohlenem oder geraubtem Gut Befindliche gegen Bezahlung zu ab=solviren.

311) Tetzel bezog — gegen Luther, der noch nicht 200 Gulden bekam, — einen Jahresgehalt von 960 Goldgulden, bei freier Verköstigung, mit einem besoldeten Diener und drei Pferden „ohne was er gestohlen und namentlich in den Trinkhäusern und am Spieltische unnütz verthan[1]).“

312) Er war so frech und übermütig, daß er, wie Sleidanus erzählt, sich rühmte, „so große Gewalt vom Papste zu besitzen, daß er selbst denjenigen absolviren könne, der die Jungfrau Maria ge=schändet und geschwängert habe“! »quis virginem matrem vitiasset et gravidam fecisset«[2]).

313) Doch das Stärkste, was die goldtrunkenen Belsazare in Rom dem Abendland zugemutet haben, sind die **Taxae cancellariae**

---

[1] Manutius, a. a. O. p. 44.

[2] Sleidani, Joh., Commentariorum de statu religionis et reipublicae Carolo quinto Caesare lib. **XXVI**. Argentorati 1555. Folio. p. 209. a. — Diese Stelle hat eine kleine Geschichte. Ursprünglich steht sie bei Luther („Wider Hans Wurst“ 1541. Sämmtliche Werke. Erlangen 1830. Bd. 26. p. 51) von dem sie Sleidanus übernommen. Daß dies aber der als un=parteiisch bei Allen angesehene Sleidanus gethan, gab der Stelle, auch in den Augen der Katoliken, ein großes Wahrheitsgewicht. Die Stelle wird auch in den folgenden Auflagen des Sleidanus während des 16. Jahrhunderts ruhig weiter gedruckt. Aber mit Beginn des 17. Jahrhunderts und während der Hochflut der Gegenreformazion erscheint die Stelle gefälscht — quem juvat? — von den Katoliken. Und statt quis virginem matrem vitiasset . . . . heißt es jetzt: quis virginem, aut matrem vitiasset: ,wer (eine) Jungfrau oder die Mutter geschändet habe ; eine ganz sinnlose Zusammenstellung zweier himmelweit verschiedener Reate. — Die späteren Auflagen haben dann den ursprünglichen Text wieder hergestellt. (Siehe J. G. Schelhorn’s Ergötz=lichkeiten aus der Kirchenhistorie. Ulm 1763. II. p. 449.) — Übrigens schrieb Tetzel in einem Brief an den päpstlichen Nunzius Miltiz vom 31. Dezember 1518, „er habe sich wegen dieser blasfemischen Äußerung über die heilige Jungfrau mündlich und schriftlich entschuldigt.“ (Siehe Kirchen=lexiton der katolischen Theologie von Wetzer und Welte. Freiburg 1853. Bd. X. p. 769).

apostolicae. Hier wurde jede Hülle fallen gelassen, und wie in einem
Preiskurant links das Verbrechen, rechts der Preis, um den es be=
gangen und absolvirt werden könne, angesetzt. Diese taxae wurden
1470 in Rom in der päpstlichen Druckerei erstmalig für die Beamten
der Kurie gedruckt, inzwischen wiederholt von päpstlicher Seite auf=
gelegt, aber auch von Freunden des Lichts als historisches Dokument
päpstlicher Verdorbenheit und Gewissensfäule nachgedruckt. Die Praxis
selbst der Taxen bestand schon viel früher; schon Johann XXII.
(1316—1334) hatte ein Tax=Verzeichnis im Manuscript zusammen=
gestellt; Einzelnes geht bis ins 11. Jahrhundert zurück; und nur
der enorm wachsende Geschäftsbetrieb in Indulgenzen im 15 ten
Jahrhundert in Zusammenhang mit dem großen Heer von päpstlichen
Schreibern und Kanzlei=Beamten machte, behufs gleichmäßiger Be=
handlung der Sünden, den Druck dieses ‚Instrumentes‘ notwendig.
Allein dieses Buch hat noch in unserem Jahrhundert ernsthafte
Katoliken in der ersten Entrüstung zu dem vorschnellen Versprechen
veranlaßt, wenn es echt sei, aus ihrer Kirche auszutreten. Und sie
verloren. Das Buch wird auch von katolischen Theologen ‚als ein
nicht zurückzuweisender Zeuge römischer Verdorbenheit‘ angesehen[1]).
Ein ganzes Jahrhundert wurde es unter den Augen der Päpste
gedruckt. Aber die Welt war damals abgestumpft. Und sie ist es
zum Teil noch heute. Lieber das Ärgste ertragen, sich beschimpfen
und beschmutzen lassen, als den liebgewonnenen italienischen Vorbeter
in der römischen Prozession und Beschwichtiger der Gewissen auf=
geben. Jede Änderung ist so schwer! Das Verhältnis der Völker
des Abendlandes zum Papst ist das einer unglückseligen Ehe. Beide
Teile hassen sich und sind unzufrieden; aber die Gemeinsamkeit ge=
wisser Handlungen und der Schmutz der Vergangenheit, der bei einer
Auseinandersetzung vor dem Staats=Anwalt der öffentlichen Meinung
an's Tageslicht käme, läßt äußerlich sie zusammenhalten.

314) „Solange Du kein Hirn hast Teutschland — ruft einer
der Humanisten des 15. Jahrhunderts in bitterem Zorn aus bei

---

[1]) Woker, Ph., Das Finanzwesen der Päpste. Nördlingen 1878.
p. 67—70.

Gelegenheit des Hintritts eines Bischofs, nach dessen Tod die betreffende Diözese wieder ein neues Pallium, das Schulterband des Kirchenfürsten, um ungeheuren Preis, oft bis zu 90,000 Dukaten, in Rom kaufen mußte — so lange Du kein Hirn hast Teutschland, und so lange Du keine Augen hast, kaufe Du Pallien, und kaufe immer wieder Pallien, — und Du Verschacherer des Christentums, Papst in Rom, verkaufe Du Pallien, und verkaufe immer wieder Pallien, — solange Teutschland kein Hirn hat und keine Augen!" [1]

---

[1]   »Occidit antistes, petite altera pallia cives,
          Quae dabit accepto Romulus aere Simon.
        At tu, donec habet cerebrum Germania nullum,
          Et nullos oculos, pallia vende Simon.«

Pasquillorum tomi tuo. Eleutheropoli [Basil.] 1544. p. 89. — Das Pallium war ein aus Schafwolle gewobener Streifen — fürchtet diese römischen Schaafe wie Wölfe! — ohne den jede pontifikale Handlung des neugewählten Erz-Bischofs ungültig war — und heute noch ist. Von diesem Fetzchen Schafwolle hängt also die Möglichkeit christlicher Religionsübung für den Katoliken in Teutschland ab. Und — merke Leser! — dieses Schaf war nicht etwa jenes symbolische „Lamm Gottes, welches der Welt Sünde trägt", sondern ein Schaf aus der Campagna. Nachdem sich erst seit dem 13. Jahrhundert die Gepflogenheit dieses Binde-Holens in Rom von Seite der Bischöfe und Erzbischöfe festgesetzt hatte, benutzte die Kurie die Gelegenheit dieser Bestätigungsform, um die schwersten Lasten und unerfüllbarsten Bedingungen an dieses Band zu knüpfen. Und ungezählte Millionen hat an diesem leichten Wollstreifen der jeweilige Pontifex aus fremden Ländern nach Rom gezogen. Mainz zahlte im 15. Jahrhundert bei jedem Bischofswechsel 27,000 Goldgulden; Salzburg im 18. Jahrhundert 31,000 Goldgulden; Dalberg im Jahr 1787 für die Bestätigung als Coadjutor von Mainz und Worms 80,000 Gulden. Mainz zahlte diese Summe im 15. Jahrhundert innerhalb dreißig Jahre siebenmal; Salzburg innerhalb neun Jahren dreimal. Ließ sich ein geistlicher Würdenträger einfallen die Annahme des Palliums zu verweigern, so wurde er, wie der Erzbischof von Trier im 12. Jahrhundert, exkommunizirt: „Die runde Summe von Bestätigungsgeldern war aber nicht die einzige Geldgebühr, welche nach Rom entrichtet werden mußte. Langten die Bischöfe in Rom an, so hielt man sie unter allerlei Vorwänden daselbst hin, bis sie die ausreichende Zahl von Ehrengeschenken an den Papst und dessen Bediente gemacht hatten. Die Regel war, daß man einen Bischof nicht eher von Rom abreisen ließ, bis er die Bestätigungs-Gelder bezahlt hatte. Gestattete man ihm abzureisen, ehe er bezahlte, so gab man ihm einen Exe-

315) Der Inhalt des Tax=Buches scheidet sich in: ‚Fakultäten‘ (z. B. das einem Bischof gewährte Recht, mehr wie ein Benefizium zu verwalten); in ‚Privilegien‘ (z. B. für eine Stadt, das in einer andern Stadt geltende Recht nicht beachten zu dürfen); in ‚Lizenzen‘ (z. B. für einen geistlichen Würdenträger, kirchliches Gut zu ver= äußern; für einen einfachen Bürger, am Fasttag Fleisch zu essen); in ‚Dispensen‘ (z. B. eine Blutsverwandte, oder auch nur die Schwägerin zu heiraten; hier speziell wurden die ausgedehntesten Hindernisse kon= struirt, um möglichst zahlreiche und hohe Taxen herauszuschlagen; denn geheiratet, das mußte die Kirche, mußte in der Welt werden);

---

tutor mit auf den Weg, der den Auftrag hatte, ihn zu exkommuniziren, wenn er die Zahlungsfrist verstreichen ließ. In jedem Fall kam ein in Rom be= stätigter Bischof tief verschuldet zur Regierung, und um ihre römischen Schulden zu decken, brachten sie häufig das Geld auf durch Verkauf von bischöflichem Tafelgute, durch Verpfändung kostbarer heiliger Gefäße (oft, wie in Regensburg 1283, an Juden), ja sogar durch Einziehung der für die Armen bestimmten Fonds. Das am häufigsten angewandte Mittel aber waren Steuern, die dem Volk aufgelegt wurden und deren Ertrag dann nach Rom wanderte. Erzbischof Jakob von Mainz weinte daher auf seinem Toten= bett, nicht weil er aus dem Leben scheiden mußte, sondern weil nach seinem Tode das arme Volk wieder die von der Kurie geforderten Summen zu be= zahlen habe. — Solange mit den Bistümern Mainz, Köln, Trier die Kur= würde, und somit die Wahlberechtigung für den deutschen Kaiser, verbunden war, gewann das Pallium eine große, politische Bedeutung: kein geistlicher Kurfürst konnte bei der Kaiserkrönung fungiren, der das Pallium nicht besaß; und das Pallium erhielt nur der, welcher der Kurie genehm war. So ent= schied oft das kleine Stück Wollenzeug die Kaiserwahlen und bestimmte die Geschicke unseres Volkes. — Von den heute knapp gewordenen Einkünften der Bischöfe nimmt die Kurie noch immer, was sie bekommen kann; sie erhält jetzt bei jeder Besetzung von den preußischen Bistümern 1000 Scudi (à Mark 4,33), von den Erzbistümern 1500 Scudi. — Noch heute legt die römische Kurie bei der Erteilung des Palliums auf die finanzielle Seite der Sache das Hauptgewicht; so sehr, daß selbst an den Orten, wo ein Nunzius wohnt, der heilige Gegenstand, mit welchem die erzbischöflichen Rechte verliehen werden, nicht durch den geistlichen Geschäftsträger übergeben, sondern auf kaufmännischem Wege übermittelt wird. Dem jüngst verstorbenen Erzbischofe von München=Freising z. B. wurde das Pallium zugleich mit der Rechnung von dem israelitischen Bankier Hirsch überreicht.“ — Woker, Ph., Das Finanz= wesen der Päpste. Nördlingen 1878. p. 12—26 und p. 49.

‚Commutationen' (z. B. eines Gelübdes in irgend eine andere dem Gelobt-Habenden leichtere Sache); ‚Remissionen' (z. B. einer kontrahirten Schuld; sie kostete bis 1000 Goldgulden 30 grossi, für jedes weitere Hundert 2 grossi; für jedes weitere Tausend 10 grossi; mit dieser päpstlichen ‚Remission' in Händen braucht kein Schuldner zu zahlen. — Wenigstens einige dieser Taxen beruhen auf Einrichtungen und Gebräuchen der damaligen Zeit, und lassen sich diskutiren.

316) Aber was sich nicht mehr diskutiren läßt, ist z. B. die Nachlassung des Eids »Relaxatio juramenti« für 16 grossi[1]). Das

---

[1]) Taxae cancellariae apostolicae et taxae s. poenitentiariae apostolicae juxta Exempla rLeonis X. Pont. Romae 1514 impressum. Sylvae-Ducis 1706. p. 40. — Der grossus, in dessen Münze die taxae ausgefertigt sind, ist nicht die kleinere, spätere, so genannte päpstliche Münze im Werte von 20 Pf., sondern eine ältere, ungangbare, höhere Geldsorte, nach der blos gerechnet wurde, ähnlich wie auf unseren Märkten oft noch nach ‚Karlin'. Dieser ältere, größere grossus war ungefähr 70 Pf.; zehn machten ½ Goldgulden oder Dukaten im Wert von 7 Mark. — Diese Aussetzung der Gnaden und Dispensen in grossi bezeichnete aber nur den Satz für eine der fünf päpstlichen Beamtenklassen oder Diätäre, die mit ihrem Gehalt oder Leibgedinge auf die Einnahmen dieser Tax-Gelder angewiesen waren, und sich diese Anwartschaft vom Papst gekauft hatten. Bezahlt aber mußten von dem Petenten alle fünf werden. Also mußte jede Summe in grossi mit 5 multiplizirt werden, um die wirklich bezahlte Summe zu erfahren. Auf diese Weise erklären sich die oft geringen Tax-Forderungen in diesem Buch. — Nun kommt aber noch der enorme Unterschied im Geldwert zwischen heute und damals hinzu. Man schätzt ihn im Allgemeinen auf das Zehnfache; d. h. für einen Goldgulden im Nennwerte von heute 7 Mark — bekam man damals wohl das Zehnfache an Waare, d. h. für 70 Mark. Denn es gab Pfründen, deren Jahresertrag sich nur auf 20 Goldgulden berechnete. Und die waren steuerfrei. Nach dem Nennwerte des Goldgulden wären das 140 Mark; dies gäbe einen falschen Begriff von diesem Einkommen. Nehmen wir aber das Zehnfache, also 1400 Mark, so ist das eine Summe, mit der ein Pfründen-Inhaber nach heutigem Begriff genügend auskommen konnte, und die andrerseits klein genug war, um steuerfrei zu bleiben. — Also muß man die grossi im päpstlichen Tax-Buche, um zu einer annähernd richtigen Vorstellung ihres heutigen Geldwerts zu kommen, einmal verfünffachen, für die 5 Beamten-Classen, dann verzehnfachen (dem heutigen Geldwert entsprechend) und schließlich je 20 derselben gleich 1 Goldgulden oder 7 Mark — rechnen. Oder, kürzer gesprochen,

find also 230 Mark. — Man starrt für den Moment. Ist das möglich? Aber man bleibe nur kühl! Was war die Folge? Man ließ, wenn Jemand einen Eid zu schwören hatte, ihn sogleich einen zweiten schwören, sich von dem ersten durch den Papst nicht entbinden zu lassen!! Der Eid im Namen Gottes vor dem angeblichen Stellvertreter Gottes durch bürgerliche Jurisdikzion geschützt, das ist eine Situazion, die die furchtbare Verwirrung der Köpfe zu Rom, die auf der Basis der Goldkrankheit entstandene moralische Insanität, und die Niederträchtigkeit dieser Statthalter Christi in ihrer ganzen Erbärmlichkeit offenbart. — Und doch, Leser, ist das noch nicht Alles. Du mußt noch tiefer in der Gemeinheit gehen, um Deinen Mann zu treffen: Der Papst löste auch diesen zweiten Eid, wie er früher den ersten gelöst hatte; er bekam ja doppelte Taxe. Und der Schurke, der sich auf die Gewalt des Papstes verlassen hatte, sah sich nicht getäuscht; und der sich auf Gott verlassen hatte, war betrogen[1].

317) Die Absoluzion für Meineid — »absolutio pro perjuro« — betrug 6 grossi; für den, der in einer Kriminal-Sache falsche Aussagen gemacht, — »absolutio pro illo, qui in causa criminali false deposuit« — 6 grossi; Absoluzion für Urkundenfälschung — »qui litteras testimoniales falsas scripsit« — 7 grossi; für diejenigen, die zur Beurkundung der falschen Thatsachen Zeugen abgaben — »qui fuerunt testes in talibus litteris falsis« — 7 grossi[2]. — Es fehlt noch die Arbeit eines Juristen, die den demoralisirenden Einfluß dieser Verordnungen auf das bürgerliche Rechtsleben, auf die ganze Gesellschaft schilderte. Gänzliche Unsicherheit, absolutes Mißtrauen gegen Alles und Jeden mußte Platz gegriffen haben. Denn die Absoluzionen waren geheim. Keiner wußte, ob er vom Andern betrogen war.

---

der grossus ist unter Berücksichtigung aller Umstände soviel wie Mk. 17,50. Wer also z. B. seine Schwägerin heiraten wollte, zahlte, wenn es ein einfacher Mann war, 20 grossi oder nach unserer Rechnung 350 Mark. —

[1] Woker, Ph., a. a. O. p. 101.
[2] Taxae, a. a. O. p. 54.

318)   „So wer ouch valsche eyde gert
Der vyndet gott pennynge wert
So wat da zo Rome veyles ist
Dar an syt man manche valsche lyst
Zo Rome ist allis reichtes krafft
Ind alles valschis meisterschafft
So wanne alles krump wirdet slecht
So vyndet man zo Rome reicht[1]).“

sagt das niederrheinische Fragment auf den päpstlichen Hof aus dem
15. Jahrhundert; demnach dürfen wir eine Vertrautheit mit den
römischen Tax=Büchern und ihren Gepflogenheiten so hoch im Norden
lange vor dem ersten Druck derselben voraussetzen, und damit ein
allgemeines Publik=Sein derselben durch Manuscript, Weitermeldung
und durch — Praxis[2]).

319) Um dreierlei Dinge — sagt Hutten — soll man

---

[1]) Ein Hundert Deutsche Historische Volkslieder, gef. v. Soltau. 2. Auf=
gabe. Leipzig 1845. p. LVIII.

[2]) Schon **Freidank** singt zu Beginn des 13. Jahrhunderts:

»Alles schatzes vlüzze gant
ze Rome, daz die da bestant,
unt doch niemer wirdet vol:
deist ein unsaeligez hol.
so kumt ouch elliu sünde dar,
die nimt man da den liuten gar;
swa sie die behalten,
des muoz gelücke walten.
Swer Romaeer site reht ersiht,
der bezzert sinen glouben niht.
Roemesch sent und sin gebot
deist pfaffen unde leien spot;
aehte, ban, gehorsame
brichet man ane schame;
got gebz uns ze heile,
benne sint wol veile;
swer ouch valscher eide gert,
der vindet ir guot pfennewert.«

Vridankes bescheidenheit. Herausgegeben von Wilhelm Grimm.
Göttingen 1834. p. 148.

Rom fliehen: „ein gut gewiſſen, andacht zu gott, und den eyb[1]).“

320) Eine der häufigſten Abſoluzionen war die für geſtohlenes Gut; ſie war theuer; ein Armer, — der ja jetzt, nachdem er geſtohlen, nicht mehr arm war, zahlte 20 grossi; ein reicher Mann 50 grossi; eine ganze Stadt zahlte 100 grossi. Um aber, wenn die Diebſtähle größeren Umfang annahmen, — nicht etwa, das Verderben einzuſchränken, ſondern dem heiligen Stuhl ſeinen Anteil zu ſichern, — mußte ſich der Betreffende in jedem Fall außer Bezahlung der Taxe noch mit der Kurie „vergleichen“ (componere), d. h. einen Theil des Geldes oder Gutes abgeben, um den Reſt ſicher behalten zu dürfen. Man wartete aber nicht, bis die Übelthäter kamen, ſondern ſuchte ſie durch Legaten auf, und ließ ihnen, auch wenn man ſie gar nicht kannte, öffentlich verkündigen, der apoſtoliſche Legat ſei jetzt da, und für geſtohlenes Gut könne gegen Vergleich päpſtliche Abſoluzion und ewige Garantie des Beſitzes erlangt werden. So gab Sixtus IV. 1480 ſeinem Legaten Angelus de Clavaſio folgende Bulle mit, die mit den Worten „Im Namen unſeres Herrn und Erlöſers“, »Domini et salvatoris nostri« beginnt: „Wir haben dem Angelus de Clavaſio die Ermächtigung ertheilt, über geſtohlenes, zweifelhaftes oder durch Wucher erworbenes Gut in der Art zu vergleichen (componendi), daß die Schuldigen, nachdem ſie einen Teil abgegeben haben, von der Zurückgabe des übrigen geſtohlenen und erwucherten Guts abſolvirt und auch weiterhin durchaus nicht zur Rückgabe verpflichtet ſind.“[2])

321) Und der Erzbiſchof Albrecht von Mainz, der im päpſtlichen Auftrag derartige Legaten ebenfalls im Land herumſchickte, fügte ſeiner Spezial-Inſtrukzion ausdrücklich hinzu: „Um

---

[1]) Geſprächbüchlein her Ulrichs von Hutten, Schriften, Bd. IV. p. 171.

[2]) »Concessimus Angelo de Clavasio facultatem componendi super male ablatis, in certis vel per usurariam pravitatem quaesitis bonis, ita ut soluta aliqua quantitate a reliquorum male ablatorum et per usurariam pravitatem extortorum restitutione absoluti existant et ultra restituere minime teneantur.« Bibliotheca Cyprianica. Lipsiae 1733. p. 110. — Woker, Ph., a. a. O. p. 105—106.

derartiger Gnade teilhaftig zu werden, bedarf es der Reue und Beichte nicht": »Ad consequendam participationem hujusmodi non requiruntur contritio et confessio.«[1] — Das war auch besser so.[2]

322) Unter diesen Umständen durften sich die Päpste nicht wundern, wenn sie Geschäfte, wie das folgende, machen mußten: Gregor XIII. (1572—1585) war seinem Sohn Giacomo, den er zum Gonfaloniere der Kirche machte, besonders zugetan; dieser eßtere war aber von einem vornehmen Spießgesellen, Alfonso Piccolomini, der mit seiner Mordbande die ganze Campagna plündernd und raubend durchzog, bedroht; und dieser erklärte, er werde nur dann von der Ermordung Giacomo's abstehen, wenn ihm alle seine früheren Mordthaten, mehrere hundert, vom Papst im Namen Jesu vergeben würden. Der Papst, aus Angst für seinen Sohn, ließ alle Sünden und Missethaten des Piccolomini durch einen Kurialbeamten als ‚vergeben' registriren; und es wurde ein Breve darüber ausgefertigt, welches der Papst dem abligen Räuber in der Audienz überreichte.[3] — Diese Sünden waren nicht etwa nur im Himmel vergeben — was dem Piccolomini ganz gleichgültig — sondern auch auf Erden, was viel wichtiger war; denn Niemand konnte den Piccolomini nun belangen. — Das Sündenvergeben war eben damals nicht nur ein Kassen= sondern auch ein politisches Geschäft.

323) Nicht so gut gieng die Sache mit einem andern ebenfalls gefürchteten und vornehmen Räuberhauptmann, Marianazzo, unter dem gleichen Papst. Man leitete Verhandlungen mit ihm ein, ob er die Sünden ebenfalls vergeben haben wolle; man hätte sie ihm gern vergeben, und wahrscheinlich noch Geld herausgegeben, wenn er nur sein Mordhandwerk aufgegeben hätte; so große Furcht hatte

---

[1] Bibliotheca Cyprianica. p. 215. — Woker, a. a. O. p. 108.

[2] Nach der Lehre der Kirche gehörten zur Buße drei Teile: contritio (Reue), confessio (Bekenntniß) und satisfactio (Genugthung durch ein gutes Werk); Reue und Bekenntniß fielen nach dem Erzbischof Albrecht fort; und — das Werk, nun, das hatten ja schon die Diebe getan. —

[3] Ranke, Die römischen Päpste in den letzten vier Jahrhunderten. Leipzig 1874. Bd. I. p. 284.

man vor ihm. Die Verhandlungen zerschlugen sich aber, und Marianazzo erklärte, es sei ihm so lieber: er fühle sich im nicht vergebenen Zustande sicherer.[1] — So tief sank das Lastergeschäft der päpstlichen Sünden=Vergebung. Ich muß sagen, dieser Räuber Maria= nazzo, und der teutsche Student Myconius, die beide sich weigern, aus solchen Händen Sünden=Vergebung zu empfangen, erscheinen mir noch als die propersten Menschen in dieser ganzen Gesellschaft.

324) Nichts war dem Papst zu heilig, wenn es galt einen hierarchischen oder politischen Zweck zu erreichen: Als der jüngere Sohn Kaiser Heinrich's IV., Heinrich, auf des Papstes, Pascha= lis' II., Anraten sich gegen seinen eigenen Vater empört hatte, und der junge Empörer, um sein Seelenheil besorgt, an den Papst schrieb, schickte ihm dieser durch den Bischof Gebhard von Konstanz seinen päpstlichen Segen, und versprach ihm „Vergebung wegen seiner Empörung beim jüngsten Gericht." [2]

325) Doch die stärksten Leistungen des päpstlichen Pönitenz= Buches finden sich erst unter der Rubrik ‚De absolutionibus‘: ‚abso= lutio pro illo, qui revelavit confessionem alterius‘ — wer das Beichtgeheimniß bricht — 7 grossi; ‚absolutio pro eo, qui in Ecclesia cognovit mulierem‘ — wer mit einem Weib in der Kirche cohibi= tirt — 6 grossi; ‚absolutio pro illo, qui usuras occulte exercuit‘ — wer im Geheimen Wucher treibt — 7 grossi; dabei war der Wucher selbst als Etwas so Schmähliches angesehen, daß die ‚abso= lutio pro eo, qui cadaver usurarii publici tradidit Ecclesiasticae sepulturae‘ — wer den Leichnam eines Wucherers kirchlich bestattete — sogar mehr, nämlich 8 grossi, betrug.[3] ‚Absolutio pro concu-

---

[1] Ranke, a. a. O. Bd. I. p. 284.

[2] Eccard, J. G., Corpus historic. medii aevi. Francof. 1743. t. I. pag. 602.

[3] Man muß versuchen hier etwas tiefer zu gehen: Wahrscheinlich ver= suchten die reichen Nachkommen eines Wucherers Alles, um, statt die Leiche des Verstorbenen auf den Schindanger geworfen zu sehen, ein kirchliches Be= gräbniß zu erwirken. Sie bestachen also den Priester. Dies wußte die Kirche; sie wollte es auch nicht hindern; sie wollte nur Anteil an der hohen von Wucherers=Nachkommen zahlbaren Bestechungssumme haben, deßhalb acht grossi. —

binario' — wer sich eine Konkubine hielt — 7 grossi; ‚absolutio
pro eo, qui matrem, sororem, aut aliam consanguineam vel affinem
suam aut commatrem carnaliter cognovit' — wer mit Mutter,
Schwester, Blutsverwanten, Verwanten oder Hausgenossin sich fleisch=
lich vermischt — nur 5 grossi. Hier sieht man deutlich, daß die
Sühne für Verbrechen nur nach finanziellen Gesichtspunkten geregelt
war: das Halten einer Konkubine war etwas Alltägliches, fast Selbst=
verständliches, und noch immer der anständigste und gern gesehenste
Ausweg für einen Kleriker in der Zwangslage des Zölibats; es
war im gewissen Sinn ein Vorteil für ihn; hier mußte er also
zahlen, und schon wegen der Häufigkeit dieser Taxe, nicht zu wenig,
7 grossi; die Kirche betrachtete dies als eine Art Luxussteuer; der
unzüchtige Verkehr hingegen mit der Schwester und dergl. war doch
etwas Seltenes, geschah wohl meist nur aus Not und Verzweiflung
— hier genügten 5 grossi. Jede moralische Unterscheidung mensch=
licher Handlungen war diesen goldbürstigen Vampyren unmöglich
geworden. ‚Absolutio pro eo qui virginem defloravit' — wer
eine Jungfrau schwächte — stand natürlich höher, weil es häufiger
vorkam: 6 grossi; noch höher, wer Simonie trieb, ‚pro vitio Simoniae',
— wer Ämter verkaufte — weil ja hier der Übeltäter schon eine
Bestechungssumme erhielt: 8 grossi.[1]

326) Ein eigenes Kapitel bildet der Mord »Super homi-
cidio«: Ein Laie, der einen Laien tötete — absolutio super homi-
cidio laicali pro laico — zahlte 5 grossi; war der Täter ein
Kleriker: 6 grossi; wenn er alle höheren Weihen schon hatte, 8 grossi;
ein Bischof und Dekan 20 grossi. Die hohen Geistlichen, ganz in
der Gewalt der Papstes, und reich, wurden tüchtig herangezogen.
— Absolution in absentia — wenn das Gesuch mit der Bemerkung
versehen war: ‚fiat sive sit praesens vel absens' — 18 grossi
(er sparte ja die Reise). Wer Vater, Mutter, Bruder, Schwester,
Frau oder Blutsverwanten tötet, zahlt, wenn der Getötete kein
Kleriker ist, 5 grossi; ist es ein Kleriker, so werden 7 grossi ge=
zahlt, und der Täter muß sich in Rom stellen: »Absolutio pro eo,
qui interfecit patrem, matrem, fratrem, sororem, uxorem aut alium

---

[1] Taxae, a. a. O. p. 52—55.

consanguineum, si laicum, gross. V; si esset aliquis eorum cleri-
cus, teneretur interfector visitare Sedem Apostolicam, gross. VII.«
— Absoluzion für einen Mann und Frau, die ihr Kind neben sich
,erdrückt' aufgefunden haben: ,pro viro et uxore, qui invenerunt
juxta se puerum oppressum' (wie vieldeutig!): jedes von ihnen
6 grossi; Absoluzion für Kindsabtreibung: ,pro muliere, quae bibit
aliquem potum, vel alium actum fecit, per quem destruxit foetum
in utero vivificatum', 5 grossi; ist der Täter ein Kleriker, so wird
die Sache behandelt, als wenn er einen ,Laien' getötet hätte. [1]

327) „Wir sahen, daß umb eines Hellers oder guten Trunks
willen, so die guten Gesellen, die Ablaßkrämer, lustig und wohl ge-
zecht waren, allerlei Sünd vergeben wurden, und ob Jemand Ehbruch,
Mord, Raub begangen, Land und Leut verrathen, Vater und Mutter
erwürget, Schwester geschändet, ja, ob er Christum selbs siebenmal
hätt gekreuziget, und sein Mutter darzu, das ward also gar ein
leicht täglich Sünd, so leichtfertig vergeben, verkauft, verschenkt, und
wie man es haben wollt, wann nur das geschlagen silber einen
fröhlichen Blick gab, und ihre Taschen freundlich anglänzet." [2]

328) Die höchsten Geldstrafen verlangte die Kurie nicht wegen
Übertretung göttlicher Gebote, sondern wegen Auflehnung gegen päpstliche Verordnungen. So ließ sie sich für Aufhebung des gegen eine
Stadt ausgesprochenen Interdicts 100—150 grossi bezahlen; [3]
also 2—3000 Mark. Und bei Lösung eines Banns, ,besonders
gegen einen Fürsten, fanden nicht Gewissens= sondern diplomatische
Verhandlungen statt, um so viel Geld, wie möglich, zu erpressen.

329) Die Kirche leistete überhaupt gegen Geld Alles; sogar
das Unmögliche; selbst Verschnittene, die als solche nicht Priester

---

[1] Taxae, a. a. O. p. 58—59. Siehe auch Woker, a. a. O. p. 101
bis 109, 194. Einzig und allein fehlt in dem päpstlichen Pönitenz-Verzeichniß
die Taxe für den Mord des — Papstes. Von ihm konnte man also nicht
absolvirt werden, d. h. es war ungefähr so viel, wie die Sünde wider den
heiligen Geist.

[2] Luther, Bulla coenae domini, d. i. Die Bulle vom Abendfressen
des allerheiligsten Herrn des Papstes. 1522. Sämmtl. Schriften. Erlangen
1830. Bd. 24. p. 166.

[3] Woker, a. a. O. p. 101.

werden konnten, machte die Kurie gegen Geld wieder mannbar, oder wenigstens priesterbar, indem sie gegen Bezahlung der Taxe ihnen ‚das Abgeschnittene‘ auf den Nabel band und sie damit für restituirt erklärte. [1]) Die Taxe betrug ungefähr Mark 280; 16 grossi: »Dispensatio pro Presbytero qui abscindit suos testiculos gross. XVI.« [2]) — Selbst das schwerste Vergehen, Auflehnung gegen den Papst, und ‚Ketzerei‘, welche ursprünglich von jeder Remission ausgeschlossen sein sollten, konnten gegen Geld gutgemacht werden. ‚Es giebt Nichts, was die römische Kurie ohne Geld verleihe‘, sagt Pius II. mit eigenem Munde. [3])

330) Nur für die Armen war Nichts zu hoffen. Deßhalb sagt auch das Taxbuch an einer Stelle: „Merke, daß derartige Gnaden und Dispensazionen an Arme nicht verliehen werden; da sie nicht zahlen können, können sie nicht getröstet werden": »Et nota diligenter, quod hujus modi gratiae et dispensationes non concedantur pauperibus, quia non sunt, ideo non possunt consolari.« [4])

331) Einen Auszug dieser Taxae hatten die Teutschen Stände ihren »Centum gravamina nationis Germanicae contra sedem Romanam«, ihrem großen Beschwerdebuch gegen die Habsucht, Geldgier, Krämerei und Sittenlosigkeit der römischen Kirche, welches sie auf dem Reichstag zu Worms 1521 Carl V. überreichten, stillschweigend angeheftet. Jeder Zusatz war in der Tat überflüssig; denn diese taxae schrien laut für sich selbst. Aber unter Nr. 86 und 92 ihrer hundert Beschwerden hatten sie erklärt: „Teutschland ist durch solchen (Ablaß-)Handel zugleich des Gebets und der Christlichen Frömmigkeit beraubt. Hurerei, Blutschande, Ehebruch, Meineid, Mord, Diebstahl, Raub, Wucher und der ganze Pfuhl der übrigen Laster sind die Folge. Denn vor welchen Übeltaten werden

---

[1]) Weber, J. C., Das Papsttum. Stuttgart 1834. II. p. 187.

[2]) Taxae, a. a. O. p. 61.

[3]) »Nihil est, quod absque argento Romana Curia dedat«. Opera Aen. Sylvii Basileae 1551. Epist. 66. — Deswegen ist auch jene Sage vom Tannhäuser, der in Rom nicht absolvirt werden konnte, weil er im Venusberg geweilt habe, eben nur eine Sage. Tannhäuser hatte kein Geld. Begreiflich bei Jemandem, der aus der Frau Venus Haus kam.

[4]) Taxae, a. a. O. p. 64.

die Menschen noch zurückschrecken, wenn sie einmal überzeugt sind, daß sie sich von den Ablaßpredigern die Erlaubniß und Straflosigkeit nicht blos in diesem sondern auch in jenem Leben mit Geld verschaffen können?"[1] — Wenn man erwägt, es ist ein Papst, der sich so etwas sagen lassen muß! — Aber schon 1524 gab der päpstliche Legat Campigio als Antwort auf diese Schrift die Erklärung ab: „daß sich der Papst zu einer Abhülfe hinsichtlich der darin berührten Punkte unmöglich verstehen könne, da dieselben dem päpstlichen Interesse ganz entgegengesetzt seien."[2]

332) Nachdem jedoch Luther mit seinen Brandschriften den entsetzlichen Augias=Stall der Ablaß=Einrichtungen beleuchtet, so daß der Widerschein durch alle Länder leuchtete; nachdem er den stillen Herzens=Prozeß jenes sächsischen Studenten in Annaberg mit seiner Stentor=Stimme durch das ganze Abendland geschrieen — Hutten's schneidende Dialoge und Erasmus' witzige Colloquien nicht zu vergessen — und damit das ausgesprochen hatte, was Tausende ehrliche Katoliken innerlich bewegte, sah man sich in Rom zum Einlenken genötigt. Es begann, um in der heutigen Morfium=Sprache zu reden, die Gold=Entziehungs=Kur.

333) „Da liegt das Ablaß, und sind Briefe und Siegel zurstoben und zuflogen, und ist nichts Verächters in der Welt, denn das Ablaß, also, daß sie auch selbs zu Augsburg den Kaiser baten, er sollte den Papst vermögen, daß er kein Ablaß mehr in Deutschland schicken wollte, angesehen, daß es in Abfall und Verachtung kommen wäre."[3]

334) „Ja die grundveste alles ablaß, nämlich das warm selfegend fegfeur, der probirtiegel der verschidenen verdienstlosen selchen fieg an zu erkalten, und on die schürung der meßgabel und feurblas der meßstiftung abzugehn. Der bapst selber war für ain Eulenspiegel, gaukler, medusischen zauberkopf, nachtraben und hanfbuz an-

---

[1] Georgi, Gravamina adversus sedem Romanam. Francfurti 1725. Centum gravamina n. 86, 92. p. 486.

[2] Pallavicini, Hist. Concil. Trident. l. II. c. 10. n. 12. Faenza 1792.

[3] Luther, von der Winkelmesse und Pfaffenweihe 1533. Sämmtliche Schriften, Erlangen 1830. Bd. 31. p. 309.

gesehen; seine bannstral wollten nicht mehr haften; die decreten und
decretalen, die gloſſen der ſophiſten, die ſententien, die quodlibeten
und andere grillen der kleriken begonnte man hinder die bank nach
den mäuſen zu werfen, oder wurzbrief und buchbinderpapp darauß
zu machen; die ſatisfactionen oder genugtuungen und übrige verdienſt
hatten iren glauben verloren; die orenbeicht hatte ſchier ire beßten
tag erlitten; die meß, die meß, ſag ich, ja die hailige liebe meß lag
ſo krank, daß man ſchon anfieng ir das requiem zu ſingen; die fraw
Faſnacht und der grabe von Halbfaſten und Fronfaſten hatten beinah
den hals gebrochen; alle die hailigen anſehnliche proceſſionen, auß=
farten, ſelgerät und ſtatliche kreuzgäng wurden für ain kinderpeſt ge=
achtet; das hailig monſtranzen=ſacrament ward nicht mer mit pfeifen
und trommen andächtiglich umgefüret; in ſumma alles hailigtum der
römiſchen katholiſchen kirchen fieng an in die äſchen zu fallen.“ [1]

335) „Wie? Wenn's mit der Zeit einmal eins ihnen auch
mit ihrer Kirchengewalt und Weihe alſo gehen würde, daß, gleichwie
die Ablaßbriefe zuſtoben und zuflogen ſind, alſo auch beide Chreſem
(Chriſma, das heilige Öl zum Salben) und Platten (Tonſuren) zu=
ſtreuet würden, daß man nicht wüßte, wo Biſchoff und Pfaffe bliebe.“ [2]

336) „Gott iſt wunderbarlich, er hat das Ablaß gelegt, das
Fegfeuer gelöſcht, die Wallfahrten gedämpft, und viel ander des
Mammonsgottesdienſt und Abgötterei der Papiſten niedergeſchlagen
durch ſein Wort; ob er auch ſoviel Mark in ſeinen Händen noch
hätte, daß er einen garſtigen Chreſem [3] hinter ſeinem Willen durch
lauter Menſchengedicht eingeführt, könnte ausſtäubern? Wohlan, kompts
dazu, lieben Papſt und Biſchöffe . . . . !“ [4]

337) Beſonders für Leo X., den großen Ablaß=Löwen, war

[1] J. Fiſchart, Bienenkorb des hailigen römiſchen immenſchwarms. 1582.
Hrsg. von J. Eiſelein. Sanct Gallen 1847. p. VII.
[2] Luther, a. a. O. p. 310.
[3] Luther hat hier vor Allem die Salbung der Prieſter im Auge,
die er verwirft, da ſie den Geiſtlichen in den Augen der Menſchen zu etwas
Heiligem, Gottähnlichem mache, was ſie nicht ſeien; weil nach der Auffaſſung
der Evangelien Alle Prieſter ſeien, und die eigentlichen Prieſter nur aus
ökonomiſchem Rückſichten die Geſchäfte der Kirche leiteten.
[4] Luther, a. a. O. p. 310.

es schmerzlich, auf die gewohnten Gold=Eingänge verzichten zu müssen. Hunderte von neu=kreïrten Beamten[1]), die ihr Amt vom Papst ge= kauft hatten, warteten auf den Eingang der Taxgelder, auf die sie mit ihren Zinsen angewiesen waren, auf die Fuhren Sünden der Teutschen, die über die Alpen kommen sollten, und sie kamen nicht. — Er starb; Vergiftet; nicht an einer allegorischen Gold=Vergiftung; diese zerstört nur den moralischen Leib; sondern regelrecht, römisch, toxisch vergiftet nach Aussage der Ärzte und seines Zeremonien= meisters Paris de Grassis.[2]) So schnell, daß er, der Tausende von Absoluzionen „in Gefahr des Todes, auch wenn er nicht ein= tritt" verkauft hatte, selbst ohne die Sakramente von hinnen fahren mußte, und die Römer, — nicht die Protestanten — auf ihn den bissigen Vers machten: „Wenn Ihr wissen wollt, warum Leo in der Sterbestunde nicht mehr die heiligen Sakramente nehmen konnte: Er hatte sie verkauft!"[3])

338) Aber die Gesundung war nur von kurzer Dauer. Die nun bald beginnende, und staatlichen Schutz findende, definitive Trennung von Protestanten und Katoliken ließ die letzteren in ihren fortgesetzten Ablaß=Leistungen gegen den Papst von dem Spott und der Kritik der ersteren fortan unberührt. Und die Gegenreformazion, der erwachende Jesuitismus, und für Teutschland besonders die glückliche Kriegführung der verbündeten katolischen Mächte Bayern und Östreich zu Beginn des 17. Jahrhunderts befestigten das ganze katolische System fester als jemals in unseren Landen. Speziell der Ablaß kam zwar nicht mehr auf die marktschreierische Höhe wie unter Leo X., aber das System, und das war doch das Entschei= dende, blieb, und ist geblieben bis zum heutigen Tag. Das kato= lische, auch das katolisch=teutsche Gewissen ist heute noch dasselbe

---

[1]) Allein Leo X. schuf 1200 neue Beamtenstellen, die er für 900,000 Scudi verkaufte; der Scudi so viel wie 4 1/3 Mark. — Ranke, Die Päpste. Bd. I. p. 264.

[2]) Roscoe, W., The life and Pontificate of Leo the tenth. 2. édit. Heidelberg 1828. vol. III. p. 308—309.

[3])   Sacra sub extrema, si forte requiritis, hora
     Cur Leo non potuit sumere? vendiderat!
Weber, C. J., Das Papstthum. Stuttgart 1834. Bd. II. p. 358.

wie unter Tetzel und Bonifaz VIII.: Die Sünde ist etwas Äußer=
liches, nichts dem Herzen Inhärirendes, ein zufälliges Ereigniß; um
sie zu tilgen, muß wieder etwas Äußerliches geschehen: ein mechanisch
ausgeübtes Werk, ein Auszahlen von Geld, ein Ausfüllen eines
Beichtzettels, die Arbeit eines päpstlichen Kurial=Beamten in Rom.
Die Transaktionen zwischen dem Sünder hier und dem Pontifex
dort gehen hinüber und herüber wie Geschäfts=Korrespondenzen; sie
sind das eigentliche Geschehniß, auf das die Aufmerksamkeit gerichtet
ist; die Gewissen — wenn dieser Ausdruck an dieser Stelle nicht
zu hoch ist — schlafen. Und so wie diese irdische Beziehung zwischen
dem Sünder und Papst, resp. Priester; so ist jene zwischen Papst
und Fegfeuer konstruirt. — Es ist hier gar nichts zu lachen! —
Es handelt sich u. a. um den Glauben von 15 Millionen Teutschen!
— Die Sünder im Fegfeuer leiden. Etwas rein Äußerliches. Um
ihnen zu helfen, muß hier auf Erden wieder etwas Äußerliches ge=
schehen. Der Papst kann ihnen helfen; nicht direct; aber über Gott.
Interessirt sind zunächst die Angehörigen. Sie kaufen sich Messen,
Gebete, oder stellen am Aller=Seelentag betende, lebende Weiber
neben ihre Gräber auf. Die Angehörigen thun Nichts. Sie be=
zahlen. Sie leisten. Das genügt. Das Weitere besorgt der Papst.

339) Hören wir noch einen katolischen Gelehrten über diese
beachtenswerte Materie sich äußern. Es ist ganz gleich, wen man
in katolischen Seelen=Fragen reden hört: einen Spanier, einen Fran=
zosen; sie sind alle ganz gleich mit der teutschen katolischen Seele:
Sehr deutlich erklärt uns der Jesuit Mendo in seinem Werk über
die „Kreuz=Bulle" den Unterschied zwischen Nachlaß der Sünden=
strafen durch den Papst — Absoluzion — und „Erlösung aus dem
Fegfeuer" durch den Papst auf dem Weg der „Fürbitte". Hin=
sichtlich der letzteren sagt Mendo: „Der Papst kann aus dem Schatz
der Kirche (in dem die überschüssigen Verdienste der Gläubigen auf=
bewahrt werden), deren Verwalter er ist, Gott soviel zukommen
lassen, als für jene Seelen im Fegfeuer (zur Tilgung ihren Sünden=
strafen) notwendig ist. Auf diese Weise verschafft er, und zwar auf
dem Wege der ‚Fürbitte', nicht der ‚Absoluzion', den Seelen im Feg=
feuer den von den Lebenden (Verwanten) aufgewandten Sünden=

(Strafen=)Nachlaß. Es ist kein Unterschied zwischen dem Nachlaß
der Sündenstrafen auf dem Weg der Fürbitte, und dem auf dem
Wege der Absoluzion, weder hinsichtlich der Größe noch der Unfehl=
barkeit der Wirkung. Denn in letzterem Fall läßt der Papst die
Strafe nach als Richter, in ersterem Fall, indem er Gott einen der
Strafe äquivalenten Preis zahlt.": »Papa potest tantumdem ex
ecclesiae thesauro, cujus dispensator est, Deo exhibere, quantum
illae (animae purgatorii) debent. Sic ergo Pontifex per modum
suffragii, non absolutionis, animabus purgatorii indulgentias, a
vivis applicatas, elargitur. Non differunt indulgentia per modum
absolutionis et indulgentia per modum suffragii, nec in quantitate
effectus nec in infallibilitate; nam in prima remittit poenam
pontifex tamquam judex, in secunda offert pretium aequivalens
poenae.«[1] — Solche Stellen sind äußerst instruktiv. Der Papst
offerirt hier Gott einen „Preis", ähnlich wie er, der Papst, unter
Sixtus IV., gewöhnt war, von Leuten, die unrechtes Gut an sich
genommen, eine Abfindungssumme anzunehmen, um ihnen ihren Raub
zu sichern; d. h. der Papst construirt sein Verhältniß zu Gott nach
seinem eigenen Verhältniß zu den Sündern und Verbrechern. —
Diese ‚Kreuz=Bulle‘, über die der Jesuit Mendo hier eine Auf=
klärung giebt, ist eine Art General=Ablaß=Brief für Spanien, die
von Pius IX. noch 1866 auf's Neue bestätigt wurde, und die bis
zum heutigen Tage in Spanien fleißig gekauft wird. Sie gewährt
außer vollkommenem Sünden=Nachlaß und Befreiung der Seelen
Verstorbener aus dem Fegfeuer eine Menge Vorteile: das Recht der
Übertretung der Abstinenz=Gebote, Nachlaß vom Eid, das Recht für
Richter und Advokaten, die durch Bestechung wissentlich falsches Urteil
gesprochen, sich hinsichtlich des errungenen Profits mit dem geist=
lichen Kommissar zu ‚vergleichen‘, ebenso für Solche, die falsches
Maaß und Gewicht anwenden, für Ehebrecher, Ehebrecherinnen,
Diebe, Wucherer, gegen eine Abfindungssumme sich absolviren zu
lassen.[2] — Was meint Ihr, teutsche Katoliken, zu dieser ‚Kreuz=

---

[1] Mendo, A., — S. J. — Bullae s. Cruciatae Elucidatio. Lugdun.
1668. p. 89. sq.

[2] Woker, Ph. Das kirchliche Finanzwesen der Päpste. Nördlingen 1878.
p. 212—25.

Bulle', mit der die stolzen Spanier ihre stolzen Gewissen einschläfern?
— Ihr habt den Staatsanwalt, meint Ihr! — Gewiß, gewiß, der
sorgt für Euch. Aber es giebt ein Reich, wo der Staatsanwalt
nicht herrscht. Wißt Ihr, wo das liegt?

340) Der Jesuitismus ist immer als potenzirter Katolizismus
definirt worden. Auch der jesuitische Ablaß ist potenzirter Ablaß.
Der ehemalige Jesuiten-Zögling Bode schreibt, und dies gilt für
das gegenwärtige Jahrhundert: „Vermöge der vorgeschriebenen Gebete erwirbt ein Mitglied (des Jesuiten-Ordens) jeden Monat sieben
vollständige Ablässe, außerdem täglich 60 Jahre und 40 Tage, und
nochmals extra täglich 100 Tage; außerdem ist es ihm teils möglich,
teils vorschriftsmäßig notwendig, gegen zwanzig vollständige Ablässe
im Jahr zu gewinnen, die vielen einzelnen ‚60 Jahre', ‚hundert
Tage', gar nicht gerechnet. Überhaupt gehört nur der Vorsatz beim
Aufstehen dazu, an allen unbekannten Ablässen, die irgendwo erworben werden können, teil zu nehmen, um eine Unzahl zu gewinnen; denn die Gesellschaft Jesu hat das Vorrecht, alle immer
verliehenen Gnaden mitzugenießen. Hierbei ist das Abbeten des
Rosenkranzes, wozu aber nur eine Viertelstunde gebraucht
werden darf, noch nicht gerechnet; an jede Perle knüpfen sich
100 Tage Ablaß; also ingesamt 6000 Tage, die man täglich verdient."[1] — Ich frage, wo ist das Denken dieser Leute? — Sind
wir hier in China — nein, in einem chinesischen Irrenhaus?

341) Und über ihre Spiele in den Ferien und Erholungs-
stunden erzählt uns derselbe Autor, daß „die Novizen Billard und
Domino um Ave=Maria's spielen. Wer verliert, ist verpflichtet, sogleich nach entschiedener Partie niederzuknieen, und ein Ave=Maria
zu sprechen, welches dem Gewinner gehört."[2]

342) Und Ziele und System dieser Gesellschaft bekräftigte und
erneuerte vor wenigen Jahren Leo XIII. in seinem bekannten Breve
vom 13. Juli 1886 mit diesen Worten: „. . . . . damit Unser
Wohlwollen gegen die Gesellschaft noch mehr erkennbar werde, bestätigen wir und bekräftigen durch das apostolische Ansehen alle

---

[1] Huber, J., Der Jesuitenorden. Berlin 1873. p. 65.
[2] Huber, a. a. O. p. 64.

Apostolischen Schreiben, welche sich auf die Errichtung und Aner=
kennnng der Gesellschaft Jesu beziehen, und erneuern alle Vorrechte,
Freiheiten und Ausnahmen, welche durch diese Schreiben verliehen
waren, oder aus ihnen gefolgert wurden. — Deshalb be=
stimmen Wir, daß dies Unser Schreiben unverletzlich, giltig und
wirksam sein, und denen, welche es angeht, in jeder Hinsicht zu
statten kommen soll. — Es sei dies Unser Schreiben ein Zeugniß
für die Liebe, mit welcher Wir beständig die hochberühmte Gesell=
schaft umfassen, jene Gesellschaft, welche Uns und Unseren Vorgängern
so ergeben, welche der Hort ist für gründliche und gesunde Lehre,
und niemals aufgehört hat, freudigen Mutes den Weinberg des
Herrn zu bauen. So möge denn diese verdienstliche Gesellschaft
Jesu fortfahren zu arbeiten für das Heil der Seelen, fortfahren in
ihren heiligen Bemühungen, Ungläubige zum Licht der Wahrheit
zu führen, die Jugend in den christlichen Tugenden und
edlen Künsten zu unterrichten. — Indem Wir die uns so theure
Gesellschaft Jesu liebend umfassen 2c. . . . Gegeben zu Rom."[1]

343) Inzwischen hat das Ablaß=Wesen durch Verquickung mit
modernen Instituzionen die wunderlichsten Formen angenommen:
Während des ganzen 18. Jahrhunderts waren in Frankreich die
großen Bankiers die Verkündiger des Ablaß. Sie nannten sich:
»banquiers expéditionnaires en cour de Rome«; sie gaben gedruckte
Preis=Kurants heraus, in denen Jeder die Dispense für Verwant=
schaftsheiraten, Bigamie und sonstige Sünden und Verbrechen nach=
lesen konnte. Aufhebung des Keuschheitsgelübdes (für die französischen
Geistlichen eine wichtige Sparte, um den Zölibats=Zwang ruhig über
sich ergehen lassen zu können) ließ sich der Papst damals mit
15 livres, nominell heute Mark 12 — dem Wert nach etwa
Mark 36 — bezahlen. Das Recht, verbotene Bücher zu lesen, mit
28 livres. Mord stand damals hoch: 88 livres.[2]

344) Die Kurie hält bis zum heutigen Tage, nicht nur dog=

---

[1] Hönsbröch, P. von, S. J. Warum sollen die Jesuiten nicht
nach Deutschland zurück? Freiburg 1891. p. 11—13. — Hönsbröch ist
inzwischen aus dem Jesuiten=Orden ausgetreten.

[2] Woker, Ph., a. a. O. p. 139—144.

matisch, sondern auch rein geschäftsmäßig, ihre Pönitenz=Taxen auf=
recht. Freilich, um Diebstahl zu sichern, wird sich heute Niemand
mehr einen Dispens von Rom kaufen; nicht, weil ihn der Papst
nicht hergäbe, sondern weil er vor der weltlichen Gerichtsbarkeit
nichts mehr hilft. Das gleiche gilt für Ehebruch, Bigamie, Mord,
Totschlag, Wucher, Deflorazion, Inzest. Die päpstlichen Dispense
halfen außerhalb des Kirchenstaates nichts mehr. An Stelle der
päpstlichen Sündenvergebung um Geld trat die weltliche Sünden=
Bestrafung auf Staatskosten.

345) Wenn noch ein Geschäft gieng, gieng es geheim: Im
Jahr 1857 versante ein französischer Advokat S g a m b a t y eine
Dispens=Liste im Namen des Papstes an alle französischen Geist=
lichen, in der Nachlaß des Eids, Ehedispense, diverse Sünden=Ab=
lässe, Absoluzion vom Ehebruch und Gattenmord und ähnliche lieb=
liche Dinge gegen Geld angeboten waren. In der Einleitung zu
dem Zirkulare findet sich der Satz: „Unser Zweck ist ein wesentlich
sittlicher." — Ein französischer Geistlicher hatte den Mut, das Schrift=
stück zu veröffentlichen, mit der Aufforderung an den päpstlichen Nunzius
in Paris, den Advokaten zu desawuiren. — Der Nunzius schwieg.[1]
— Dann haben wir auch nichts zu sagen.

346) An Ehe=Dispensen nimmt heute noch der Papst Un=
summen aus allen Ländern ein. Allein aus dem kleinen Bayern
zog die Kurie innerhalb 6 Jahre rund 35,000 Gulden für Ehe=
dispense. Und die Geistlichkeit selbst wird geschröpft nach Noten;
ist aber zu anständig und vorsichtig, um Lärm zu machen. Für
jedes Käppchen, das der Bischof während der Messe statt der Mitra
trägt, für jeden Privat=Altar, der in der Haus=Kapelle eines Adligen
errichtet wird, muß baar in Rom bezahlt werden.[2]

347) Auch die mönchische Form des Ablasses, des Ab=Betens,
des Ab=Kasteiens, des Ab=Geißelns für Andere, für fremde Sün=

---

[1] Bei Woker, Ph., a. a. O. ist die ganze Dispensliste pag. 148—153
abgedruckt. — Das ist eine, die zufällig an die Öffentlichkeit kam. — Viele
Katoliken betrachten heute noch den Staat und sein Straf=Gesetz=Buch für
etwas Anti=Päpstliches, Usurpirtes. Ihr Gott und Richter ist der P~pst.

[2] Woker, a. a. O. p. 146.

ben, — das Miserabelste für ein ehrliches Gewissen, das Prinzip der Arbeitsteilung aus der merkantil=ökonomischen Welt in die Ethik übertragen — blüht heute noch in Teutschland: Vergangenen Sommer las ich an der Damenstifts=Kirche in München folgenden An= schlag der „Erzbruderschaft zur Sühnung der Gottesläſterungen": „Gelobt sei Jesus Christus! In der St. Peters=Stadt=Pfarrkirche ist am künftigen Sonntag den 30. Juli um zwei Uhr Convent für die Mitglieder der Erzbruderschaft zur Sühnung der Gottesläſte= rungen. Zur Theilnahme sind die Mitglieder der Erzbruderschaft eingeladen." — Ihr Herr=Gott=Sakramenter, was braucht Ihr für fremde Flüche zu sühnen?! Da lassen sich diese Erz — — Brüder die Gottesläſterungen ihres Bezirks per Brief und Paket zusammen= schicken, und gehen dann an die Arbeit, und sühnen, und leiern unendliche Rosenkränze prestissimo durch ihre wackelnden Kiefer. — Ihr Gottesläſterer! — Wenn Ihr in Amerika am Panama=Kanal nur eine Stunde in der Sonnenhitze arbeitet, und stürbet dann am Fieber, hättet Ihr Verdienstvolleres vollbracht, als mit Eurer Jahrzehnte langen, fauligen Zahnarbeit. Eure Gottesläſterungs= Tilgungs=Arbeit ist wahrhaftig auch ein solcher Panama=Kanal, der nie fertig wird: die Ihr Euer Verhältniß zu Gott so roh=physisch, Wagenladungenweis auffaßt. — Fluchet nicht, betet und arbeitet, dann kommen Euch keine so verrückten Anwandlungen. — Aber die römische Kirche hat durch Jahrhundertlange Vergiftung und Um= wertung aller religiösen Werte dafür gesorgt, daß jeder Katolik für den andern die Sünden der Welt tragen will, Jeder ein Bischen ‚Christus' spielen will, eine Jede ein Bischen ‚Jungfrau Maria' und ‚Unbefleckte Empfängniß' spielen will. Und Er selbst, der römische Pontifex, spielt bekanntlich schon seit Jahrhunderten — Gott.

348) Und wie geht es erst in Italien zu! Jede Spur der ursprünglichen christlichen Lehre ist dort fast verwischt. Und eine Schilderung der dortigen Gebräuche liest sich fast wie die Erzählung eines exotischen, fremden Gottesdienstes.[1] Über den meisten Kirchen empfängt den Besucher die Inschrift: »Indulgentia plenaria, sempi-

---

[1] Trede, Th., Das Heidentum in der römischen Kirche, Bilder aus dem religiösen und sittlichen Leben Süditaliens. Vier Theile Gotha 1889.

terna, quotidiana pro vivis et mortuis« — ‚vollständigen, immer=
während und täglichen Sünden=Ablaß für Lebende und Tote‘; man
meint wirklich die Sünden seien das erste und letzte im Christen=
tum; in den gesammten überlieferten Aussprüchen Jesu, also in den
vier Evangelien, kommt das Wort, glaube ich, noch nicht ein Dutzend
mal vor. In den sämmtlichen Beschlüssen des Tridentiner Konzils,
der letzten großen Fixirung der katolischen Lehre, findet sich das
Wort ‚Ablaß‘, indulgentia, vier mal; und für das Volk Italiens ist
es das erste und letzte, das Mittagessen und Abendessen. Neben der
Verehrung der Maria kennen sie nur noch den Ablaß. Und was
ist das? „Der Ablaß besteht darin — lautete in einem Fall die
Auskunft — daß Jemand, der 100 Jahre im Fegfeuer sein müßte,
nur zehn Jahre drin bleibt. Der Priester besorgt dies. Wir zahlen
und der prete macht dann Alles.“ [1] — Der Unterschied zwischen
‚Sünden=Vergebung‘ — absolutio, venia peccatorum — und ‚Nach=
laß der Sünden=Strafen‘ — indulgentia, dispensatio — wie ihn
die Kirche selbst dogmatisch festhält, ist ebenfalls vollständig verwischt,
und wird selbst von dem Haupt der katolischen Christenheit in seinen
Erlassen nicht mehr auseinandergehalten. In einem Breve Leo’s XIII.
heißt es »Plenariam omnium peccatorum concedimus indulgentiam
et remissionem.« [2] Das Volk würde es sowieso nicht auseinander=
halten. Das Volk weiß nur, daß es gegen Geld von seiner
Fegfeuer=Angst befreit wird. Auf Erden besorgt dies der Priester
durch Messe=Lesen; im Himmel besorgt es die Maria durch Fürbitte.
Das ist die Gesammtsumme der Religion der Italiener.

349) Und mit diesem Ablaß stopft sich das Volk voll bis zum
Platzen. Wer ein Salve Regina betet, erhält vierzig Tage Ablaß;
für die Maria=Litanei 200 Tage; für eine Kniebeugung beim Sakra=
ment ebenfalls 200 Tage; wer immer den Rosenkranz trägt, hundert

---

[1] Trede, a. a. O. II. p. 295.
[2] Trede, a. a. O. p. 291. Schon Bonifaz VIII. sprach in seiner
Bulle vom Jahr 1300, in der er das Jubeljahr zur Ablaß=Gewinnung nach
Rom ausschrieb, von einer ‚plenissimam omnium veniam peccatorum‘,
von einer ‚vollständigsten Sünden=Vergebung‘; und er meinte die Sünden=
Strafen. Katholisches Kirchenlexikon von Wetzer und Welte. Freiburg 1850.
Bd. V. p. 876.

Jahre;[1]) wer 5 Pater noster und Ave Maria bei der Passion Christi und den Schmerzen der Maria sagt, erhält 10,000 Jahre;[2]) „wenn man 6 Vater=Unser, Ave Maria und ‚Ehre sei dem Vater‘ zu Ehren der heiligsten Dreifaltigkeit und der unbefleckten Jungfrau Maria betet, so gewinnt man jedesmal alle Ablässe von Rom, von Portiuncula, Jerusalem und Gallizien.“[3]) Und die Kirche giebt Ablässe „bis zu 200,000 Jahren.“[4])

350) Die Kirchen der verschiedenen Betbrüderschaften in Neapel — sagt Santo=Domingo — besitzen die verschiedensten Privilegien: „Da ist eine gesegnete Stiege, zu der man auf einem Bein hinauf= hüpfen muß; jede Stufe bringt Ablaß; dort rutscht man auf den Knieen hinauf; und wieder wo anders auf allen Vieren.“[5])

351) In drei Kirchen Süd=Italiens, in ‚St. Anastasia‘ am Vesuv, in Corpo die Cava bei Salerno, und in ‚St. Gaudioso‘ in Neapel, befindet sich unter Glas und Rahmen der Umriß einer Schuhsohle und darunter die Inschrift: „Umriß vom Schuh der allerheiligsten Madonna, der in einem Kloster Spaniens verwahrt wird. Papst Johann XII. bewilligte 300 Tage Ablaß dem, welcher dies Bild küßt und drei Ave sowie drei Gloria patri sagt. Kle= mens VIII. hat dies bestätigt. Dieser Ablaß ist übertragbar — applicabile — auf die Seelen im Fegfeuer. Man kann von

---

[1]) Liguori, Die Herrlichkeiten Mariens. 4. Aufl., Regensburg 1860. II. p. 17—18.

[2]) Trede, a. a. O. p. 291.

[3]) Liguori, a. a. O. p. 24.

[4]) Woker, Ph., a. a. O. p. 110. — Man findet in den Irren=An= stalten Leute, welche in Folge eines eigentümlichen Exaltazions=Zustandes nur in der Häufung der ungeheuersten Raum= und Zeit=Angaben einen äußeren Ausdruck für ihren inneren Zustand finden; sie reden über irgend Etwas in der Höhe von Hundert; während sie aber die Zahl noch aus= sprechen, bereuen sie, knüpfen gleich Tausend daran, und schließen, da ihnen dies auch nicht behagt, mit Millionen. So reden sie in einem Athem von Hundert=Tausend=Millionen. Man nennt sie Paralytiker und sie leiden an Gehirn=Erweichung.

[5]) Santo-Domingo, Tablettes Napolitaines. 2. édit. Bruxelles 1819. pag. 134.

diesem Bild Kopieen nehmen, welche dieselbe Wirkung haben."[1])

352) Im Jahre 1886 entstand in Scafati, bei Pompeji eine Aktien=Gesellschaft, welche in den Zeitungen folgendermaßen annonßirte: „Diese Gesellschaft bietet für eine einmalige Zahlung von 30 centesimi allen Teilnehmern für immer ca. 570 jährliche stille und gesungene Messen — messe annue piane e cantate — sowie zahlreiche Privilegien und vollständige Indulgenzen, da diese Gesellschaft der Primärkirche von St. Maria di Monterone in Rom zugesellt worden ist. Die genannte Gesellschaft kann in Wahrheit den im Purgatorio befindlichen Seelen einen reichen Schatz von Verdiensten bieten und stellt sich unter das Protektorat der allerheiligsten Jungfrau. Der Erzbischof von Tarent, Monf. P. Jorio, hat bereits 300 Aktien — azioni — gezeichnet."[2])

353) So Etwas kommt wohl in Teutschland nicht vor? — Am 23. Mai 1893 versanten die Kapuziner=Mönche in München per Post unter dem Segen des Münchener Erzbischofs Einladungen an gänzlich Unbekannte zum Kirchenbau=Beitrag mit dem Versprechen für die Zahlenden, ein ganzes Jahr hindurch wöchentlich drei heilige Messen zu lesen; außerdem war ein gedrucktes vierstrofiges Gedicht an den heiligen Antonius von Padua beigelegt mit dem Zusatz: „100 Tage Ablaß jedesmal; wer dieses Responsorium einen ganzen Monat hindurch täglich betet, kann an einem beliebigen Tage des Monats einen vollkommenen Ablaß gewinnen. Mit Oberhirtlicher Bewilligung."[3]) — Es ist wie zu Zeiten Leo's X. Man braucht eine Kirche; man sammelt Geld bei den Gläubigen, und verkauft an sie im Voraus Sünden=Vergebung für beliebige Tage und beliebige Vergehen; und diese Sünden=Berechtigungs=Scheine gehen wie Bankbillets von Hand zu Hand, und werden sogar im Jenseits als Zahlung angenommen. Und Die können nun bauen, und Jene können sündigen. Ich weiß es, teutsche Katoliken, daß Tausende von Euch dieses Verfahren für selbstverständlich halten, und nicht

---

[1]) Trede, a. a. O. p. 288.
[2]) Trede, a. a. O. p. 296.
[3]) Verfasser ist im Besitz einer solchen Post=Zustellung.

einmal merken, wo hier die Niedertracht liegt, das Chinesische, woran
wir die tiefe Kulturstufe erkennen. So ist Euer Gewissen ruinirt,
und Eure geistige Nase von dem römischen Weihrauch verstopft!

354) Diejenigen aber, denen beim Lesen der letzten Kapitel
doch einige Bedenken aufgestiegen sind, frage ich; da ich eine ‚War=
nung an meine lieben Teutschen‘ im Stile Luther's nicht schreiben
kann, nur soviel: Gefällt es Euch in Eurem italienischen Religions=
Gebäude? — Wenn Nein! dann verlaßt es, und werdet teutsche,
von Italien unabhängige, Katoliken.

————

Fegfeuer.

"Ich bin des trocknen Tons nun satt."
Goethe, Faust I.

355) Das Fegfeuer ist eine Konstrukzions-Anlage der römischen Kirche, deren Existenz Dem gegenüber zu läugnen, der dran glaubt, eine gefährliche Sache sein dürfte. Unter den sechs „Örtern des Jenseits" jedenfalls der Bedeutendste. Die ‚Hölle' hat längst ihre Schrecken verloren. Jeder, der einmal im Leben oder im Tod ‚Absoluzion' oder ‚Vergebung seiner Sünden' erhalten hat — und jeder Katolik kann sie erhalten, sobald er sich nur die Mühe nimmt, zu beichten, mag er getan haben, was er wolle — ist damit vor der Hölle bewahrt. Selbst der Delinquent, der zum Tode geführt wird, wird vor seinem letzten Gang absolvirt, kommt also nicht in die Hölle. Ist er einmal im Fegfeuer, so ist keine Gefahr mehr. Sein Selig-Werden ist dann nur noch eine Frage der Zeit. Und höchstens diejenigen, die während einer grausigen That, oder während sie die Sünde wider den heiligen Geist begehen, vom Tod überrascht werden, gelangen direkt in die Hölle. Dies sind aber nur Wenige; nnd auch hier haben die römischen Banditen — ich meine die Räuber in den Abruzzen — vorgebaut, in dem sie sich „vollkommenen Ablaß an einem beliebigen Tag" erkaufen, und diesen für alle Fälle mit dem Tag ihres Mord-Anschlags zusammenfallen lassen. Also die „Hölle" existirt eigentlich nicht mehr, weil Niemand mehr hineinkommt.

356) „An die Hölle glauben sie im Grunde nicht, weil ihnen die Schwere der Sünde nicht aufgegangen ist, und weil sie demgemäß zu einem Leben in Gott nicht zu bewegen sind. Daher schließt die Kirche durch das Bußsakrament die Hölle. Aber daß es ihnen einst eine lange Zeit hindurch sehr schlecht gehen werde, und daß sie ihre Sünden sämmtlich einmal abbüßen müssen, das glauben sie. Darum eröffnet die Kirche das Fegfeuer[1]."

357) Der nächste ‚Ort‘ des Jenseits, der ‚Himmel‘, erregt das Interesse der Gläubigen weniger, als man erwarten sollte. Doch ist es bei näherem Zusehen ganz folgerichtig. Denn da, wie gezeigt, Niemand, der sich zur rechten Zeit absolviren läßt, in die ‚Hölle‘ kommt, und dann als definitiver Aufenthaltsort für die Ewigkeit nur der ‚Himmel‘ übrig bleibt — da das ‚Fegfeuer‘ nur Durchgangs= stazion — so kommen so zu sagen alle Katoliken, oder nahezu alle, in den ‚Himmel‘. Wie der aussehen wird, werden sie ja sehen; da sie gewiß hineinkommen; worüber sich da den Kopf zerbrechen? gewiß ist, daß sie da bei mehrstimmigen Chören und Harfen= und Posaunen= Klängen alle Füllhörner der Seligkeiten erschöpfen werden; das Nähere wird sich dann finden; eine ganz gewisse Sache erregt nie so sehr das Interesse, wie eine zweifelhafte; deswegen sind alle An= gaben über den Zustand im Himmel in den theologischen Lehrbüchern sehr knapp; genug, daß es ‚der Himmel‘ ist, und daß man dort ‚selig‘ sein wird.

358) Der ‚dritte Ort‘, der ‚limbus infantium‘, die ‚Vorhölle der Kinder‘, woselbst die ungetauft sterbenden Neugebornen bis zum Eintritt des Weltgerichts verweilen, hat durch den Umstand, daß Kinder, besonders wenn sie so jung sterben, noch keine dogmatischen Spekulazionen anstellen oder sich um ihr Seelenheil kümmern, wenig Beachtung gefunden; und die erwachsenen Katoliken geht er nichts an; aber dogmatisch existirt er. — Ähnlich, oder noch ungünstiger, verhält es sich mit dem ‚vierten Ort‘, dem ‚limbus patrum‘, der ‚Vorhölle der Väter‘, d. h. jener Frommen aus dem alten Testament, welche, vor Christus gestorben, der durch den letzteren inaugurirten Instituzionen nicht teilhaftig werden konnten, und ebenfalls, an ge= sondertem Ort, des Weltgerichts warten. Es sind, dem Charakter des alten Testaments entsprechend, meist Juden. Und da es

---

[1]) Harnack, A., Lehrbuch der Dogmengeschichte. 2. Aufl. Freiburg 1890. Bd. III. p. 512.

Juden, und sie alle gestorben, so ist natürlich das Interesse der heutigen Generazion für diesen ‚limbus patrum‘ sehr gering.

359) Ein ‚fünfter Ort‘, der, wie ich zu meiner Verwunderung sehe, selbst katolischen Theologen unbekannt ist, ‚der Löwensee‘, ‚lacus leoninus‘, der auch ‚lacus profundus‘ oder ‚os leonis‘ in dem Kanon der Toten-Messen genannt wird[1]), liegt in dichtester Nähe des ‚Fegfeuers‘ selbst. Ich halte ihn seines liquiden Gehalts wegen an diesem Ort für wichtig, für spekulativ wie sanitär wertvoll, und komme auf ihn zurück.

360) Der ‚sechste‘, und weitaus wichtigste ‚Ort des Jenseits‘ ist aber das Fegfeuer selbst. Seine Existenz wird meist auf Papst Gregor den Großen zurückgeführt (590—604); wohl deshalb, weil er zuerst Seelen in größerer Menge dahin geschickt, und mit Einigen von da Zurückkehrenden sogar gesprochen hat. Doch reicht es viel weiter zurück; schon der heilige Augustin im 4. Jahrhundert spricht von ihm, wie von einer unvermeidlichen dogmatischen Schöpfung; und Tertullian im 2. Jahrhundert hat es wenigstens schon angedeutet. Ob Gänge desselben bis zu dem griechischen Tartaros, oder noch weiter, auf der einen Seite bis nach Persien, auf der andern Seite bis zu den Gräberhöhlen der Ägypter führen, wie Viele meinen, soll uns hier nicht weiter aufhalten.

361) Als Protestant kann ich hier nicht in die Lage kommen, Persönliches über das Fegfeuer auszusagen, da ich nicht, wie viele Katoliken, weder dort war, noch eine Seele daraus erlöst habe, noch selbst daraus erlöst worden bin. Ich kann mich deshalb im Folgenden, wo ich eine getreue Schilderung dieser merkwürdigen Instituzion zu geben beabsichtige, nur an die objektiven Berichte der katolischen Kirchenlehrer halten; und habe zu diesem Zweck den Tertullian, den heiligen Ambrosius, Cyprian, Hieronymus, Augustinus, Origines, Gregorius den Großen, Basilius, Theodoret, Alcuin, Anselmus, Haymo, Innocenz III, Thomas von

---

[1]) ». . . . libera animas omnium fidelium defunctorum de poenis inferni — betet der römische Priester — et de profundo lacu, libera eas de ore leonis, ne absorbat eas tartarus . . . . etc.« Missale Romanum, Missae pro Defunctis. —

Aquin, Bonaventura u. a. mit vielem Fleiß studirt; nicht minder auch das wertvolle Büchlein der Gebrüder Benziger in Einsiedeln „Trost der armen Seelen, Belehrungen und Beispiele über den Zustand der Seelen im Fegfeuer, sammt einem vollständigen Gebetbuche zum Trost derselben; herausgegeben von Pfarrer Joseph Ackermann"; leider steht mir nur die 14. Auflage vom Jahr 1857 zur Verfügung; ich kann also die Neuerungen der letzten 40 Jahre nicht mehr berücksichtigen.

362) Das ‚Fegfeuer'-Reich, welches im Gegensatz zur ‚Hölle', oder ‚infernus inferior', auch ‚infernus superior' genannt wird, befindet sich ‚mit Rücksicht auf das Feuer' ‚ratione ignis' in nächster Nähe der Hölle und ist mit dieser durch eine Thüre verbunden[1]); es scheint demnach, wenigstens nach der Ansicht meines Landsmanns, des Würzburger Augustiner-Mönchs Bartholomäus, sein Feuer aus der Hölle zu beziehen; Oswald dagegen (den ich nicht mit dem Marien-Oswald zu verwechseln bitte), will das Feuer-Reich „nicht zu nahe an die Hölle rücken und geradezu zu einer Vorhölle machen; in der That ist es weit eher als ein Vorhimmel anzusehen"[2]); die Qualität des Feuers will er aber auch mit dem in der Hölle zusammenfallen sehen[3]). Schwierige Dinge! Die ältere, tröstliche Aussicht, daß es sich bei dem Brennen nur um eine Allegorie, um eine geistige Pein, um „die Pein des Verlurstes (sic!) des Himmels", wie der Pfarrer in Einsiedeln will, handle, scheint sich leider neuerdings nicht zu bestätigen; es ist ein veritables ‚Brennen', und Oswald hält „wissenschaftlich die Ansicht von einem körperlichen Feuer in der fünften Auflage für die bei weitem wahrscheinlichere[4])." — Die Schmerzen ‚überbieten verhältnismäßig weit alle

---

[1]) »Quia autem purgatorium ratione ignis tam propinquum et simile est inferno inferiori, ideo ecclesia illud vocat portam inferni.« Purgatorium, libellus fratris Bartholomaei de Usingen, Augustiniani. De Inquisitione Purgatorii, et de liberatione animarum ex eo per suffragia vivorum. Contra Lutheranos Hussopycardos, Herbipoli 1527. cap. VII.

[2]) Oswald, J. H., Eschatologie, das ist die letzten Dinge. 5. verbesserte Aufl. Paderborn 1893. p. 118.

[3]) Oswald, a. a. O. p. 117.

[4]) Oswald, a. a. O. p. 115.

Leiden dieser Welt' (Oswald p. 117) und sind ‚grausig und furcht=
bar' (p. 518); und auch die rein ‚geistigen Schmerzen' des Ein=
siedler Pfarrers, oder ‚die Qual des Verlustes' (mit ‚r'), sind nach ihm
schlimmer ‚als tausendfaches Feuer'. Kompliziert wird dieses ‚Fegfeuer'
dadurch, daß darin vollständige Finsternis herrscht: „Es giebt im
Fegefeuer nebst der Feuerpein noch andere Peinen der Sinne oder
der Empfindlichkeit, vorerst die Finsternis"[1]; auch kommen eine
Menge ‚scharfer', säureähnliche Stoffe dort vor, ‚gegen die in diesem
Leben nichts Schärferes und nichts Heftigeres erdacht werden kann'
(Ackermann p. 23); eine weitere Komplikazion des ‚Fegfeuers' ist
eine wahnsinnige ‚Kälte': „Diejenigen, welche sich im Reinigungs=
Ort befinden, erwarten die Erlösung, müssen aber zuerst durch die
Hitze des Feuers, oder die Schärfe der Kälte gepeinigt werden"
(Ackermann p. 21); kein Wunder, daß diese Leute ‚ohne Unterlaß
schreien' (ebenda p. 27); und als letzten Kontrast meldet uns
Oswald, daß bei allen Feuer=Schmerzen daselbst ‚viele himmlische
Freude' bestehe ‚wegen der völligen Übereinstimmung ihres Willens'
mit den verhängten Leiden. (Oswald, p. 119).

363) Ich kann hier nicht mit einer Ansicht zurückhalten: Dieses
Fegfeuer mit seinen lohenden Flammen, mit seiner entsetzlichen Hitze,
Dunst und Qualm, mit seinem Fettgeruch und Schmalzpfannen, den
vielen sauren und gebeizten, scharfen Sachen, die da gegessen werden,
dem großen Durstgefühl daselbst, der entsetzlichen Kälte in der Nähe
der Thüre (trotz großer Hitze im Innern), dem fürchterlichen Geschrei,
und dabei doch himmlischen Fidelität, „wegen der Übereinstimmung
ihres Willens mit ihrem Aufenthaltsort", erinnert mich lebhaft an
das teutsche Wirtshaus mit Garküche; schrecklicher kann dort der
Qualm nicht sein; nicht schrecklicher das Geschrei; und schlimmer
können nicht die Unholdinnen sein, die dort die ‚armen Seelen' be=
dienen. Ich halte deshalb „wissenschaftlich die Ansicht für die
wahrscheinlichere", daß s. Z. ein päpstlicher Legat Papst Gregor
dem Großen die merkwürdige Beschreibung eines teutschen Wirts=
hauses aus Germanien mitgebracht, und Gregor, betroffen, hiernach

---

[1] Ackermann, J., Trost der Seelen. 14. Auflage. Einsiedeln 1857.
p. 20. —

die Konstrukzion des Fegfeuers in seinen heiligen Büchern gemacht hat[1]). —

364) Denn mit der Begründung der Existenz des Fegfeuers aus der Bibel steht es sehr schlimm. Ich bitte Dich, lieber Leser, bei der folgenden Stelle genau Obacht zu geben, ob Du etwas von einem ‚Feuer‘ entdeckst, ob da etwas ‚brennt‘; es ist die einzige, auf die sich die katolische Kirche ernsthaft beruft; sie steht nicht einmal in einer der Offenbarungs = Schriften; sondern in der erzählenden Litteratur à la Susanna; in den Makkabäern II, 12. 43—46, und berichtet von einem jüdischen Feldherrn Judas und seinem Toten= opfer für die Gefallenen: „Er ließ eine Sammlung veranstalten, und schickte den Betrag, 12,000 Drachmen, nach Jerusalem, um sie als Opfer für die Missethaten der Gefallenen darzubringen; denn er glaubte seiner Religion gemäß an die Auferstehung; sonst hätte er das Beten für die Verstorbenen für überflüssig erachtet; und er meinte, daß diejenigen, die fromm gestorben seien, am sichersten die ewige Ruhe gewännen.“ (»optimam haberent-repositam gratiam«). — Bei den Spielen der Kinder, wenn etwas versteckt wird, und der Suchende kommt in die Nähe, ruft man ‚Es brennt, es brennt!‘ Hier brennt nichts. Aus dieser Stelle ergiebt sich nur, daß die Juden an die Auferstehung glaubten, daß sie bei der Bestattung der Toten für sie beteten, und ihren Körper zur ewigen Ruhe im Grab liegend dachten; denn reponere heißt bekanntlich bestatten, und die gratia reposita kann nur ‚die Grabesruhe‘ bedeuten. — Ihr staunt? — Ja von den modernen katolischen Dogmen, der ‚Unbefleckten Em= pfängnis der Maria‘, der ‚Infallibilität des Papstes‘, ist keine fester genagelt; im Gegenteil, sie sind noch libschäftiger.

365) „Das Fegfeuer ist ein lauter, erdichtet Ding, Treudel=

---

[1]) Ich weiß, daß ich mir mit dieser Ansicht wenig Verdienste erwerbe: nicht bei den Teutschen, denn diese werden, vom teutschen Wirtshaus rück= wärts auf das Fegfeuer schließend, diese billige katolische Doktrin fest und un= verbrüchlich glauben; nicht bei der katolischen Kirche, denn unsere Landsleute werden, einmal in dem Feuer=Wirtshaus des Jenseits angekommen, sich jede Fürbitte um Erlösung aus demselben ernstlich verbitten; und der irdische, katolische Ablaß geht in Trümmer.

markt und Geldkram, davon in der heiligen Schrift nicht ein Wort
stehet, darauf doch das ganze Papsttum mit seinen Opfermessen,
Vigilien und andere Abgötterei gestiftet und gegründet ist; und ist
Dir unverschämpten Buben, Epicurer und Böswicht nur umbs Geld
zu thun, Deine Tyrannei zu erhalten, nicht umb die Seelen[1]."

366) „Die reden von der hellen pein
als ob die je bekannt möcht sein.
und was uns geb vor freüden gott,
die messen sye auß mit dem lot[2])."

367) Weit eher finde ich einen Beweis für das Dasein eines
intermediären ‚Orts der Abgeschiedenen' in jener ägyptischen Stelle,
die Maspero aus einer Toten-Kammer beschreibt, wo der derselben
eingegrabene Text den Besucher um ‚Hersagung einer Formel bittet,
die ihm, dem Verstorbenen, die Reise in die Ewigkeit erleichtere'.
Dort finden wir auch schon die mechanische Aufzählung ‚guter Werke'
des Verstorbenen, die damals in der ‚Lieferung von Ochsen, Gänsen,
Wein, Bier, Kuchen und Parfümen bestanden', auf die sich der Tote
mit katolischer Sicherheit hinsichtlich Erringung der ewigen Seligkeit
beruft, und die später der römischen Kirche die ungezählten Ablaß-
Gelder teutschen Ochsen und Gänse eingebracht haben[3]).

368) Oder auch in der berühmten Stelle bei Vergil,
Aeneidos lib. VI. 739—744.

»Ergo exercentur poenis, veterumque malorum
Supplicia expendunt. Aliae panduntur inanes
Snspensae ad ventos: aliis sub gurgite vasto
Infectum eluitur scelus, aut exuritur igni;
Quisque suos patimur manes; exinde per amplum
Mittimur Elysium et pauci laeta arva tenemus.«

„Dort werden sie nun in Qualen herumgetrieben und sühnen
so die Strafen vergangener Verbrechen. Die Einen hängen, blutleere

---

[1]) Luther, Papst Clemens' VII. zwei Bullen. 1525. Sämmtl. Werke.
Erlangen 1841. Bd. 29. p. 307.

[2]) Hutten, Clag und Vormanung gegen den übermäßigen unchristlichen
gewalt des Bapsts zu Rom. 1520. Sämmtl. Schriften, hrsg. von Böcking.
Leipzig 1862. Bd. III.

[3]) Maspéro, G., Etudes de Mythologie et d'Archéologie egyptiennes.
Paris 1893. tome I.

Schemen, ausgestreckt, den flatternden Winden preisgegeben; Andern stürzt ein gräulicher Gießbach über die befleckten Glieder; wieder Andere brennen. Jedes büßt die unvermeidliche Schuld. Und Wenige nur gelangen in die freundlichen Gefilde." — Hier brennt wenigstens Etwas! Die katolische Kirche kennt diese Stelle nicht. Um so besser kannte sie Dante. —

369) Doch bleiben wir beim katolischen Fegfeuer — da wir ins ägyptische oder lateinische keinesfalls kommen — und sehen zu, was hier für ‚gute Werke‘ nötig sind, um den armen Seelen, die auf Erden nicht eine genügende Menge derselben vollbracht haben, zu helfen. Eigentümlicherweise haben sich hier die Parfüme aus Ägypten in ihrer sünden=tilgenden Kraft gerade in der ältesten Zeit erhalten. Der heilige Hieronymus schreibt über den Tod einer Frau: „Man streut über den Leichenhügel Veilchen, Rosen, Lilien und purpurfarbene Blumen, und benetzt die heilige Asche, und die verehrungswerten Gebeine mit dem Balsam des Almosens; mit diesen Salben und Wohlgerüchen erquickt man die ruhende Asche[1]. — Doch weit wird man heute mit diesen Opoponax= und Ylang=Ylang= Spendungen nicht kommen. Sonst wären unsere Parfümerie=Hand= lungen längst zu kirchlichen Ablaß=Läden geworden. Wichtiger ist, daß man sich an die ‚Vermittler‘ wendet, denn ohne Vermittler kann ja der Katolik in himmlischen Sachen nichts thun; man wendet sich also an die Jungfrau Maria, die bekanntlich ‚mit einigen Tropfen ihrer Milch das Fegfeuer auslöschen kann‘[2]. Demnächst an den Priester, der für 1 Mark — den Preis einer Messe — gewaltige Dinge im Jenseits vermag; auch Engel und Heilige können inter= veniren, und erwarten, angerufen zu werden. Daß Christus, oder Gott=Vater, oder gar der heilige Geist das Geringste im Fegfeuer vermögen, habe ich in keinem einzigen Lehr= oder Andachts=Buch gelesen. Der Fegfeuer=Oswald — wie ich ihn im Gegensatz zum

---

[1] Hieronymus in einem Brief an Pammachius; siehe Kirchenlexikon von Wetzer und Welte. Freiburg 1849. Bd. III. p. 933.

[2] Oswald, H., [Marien=Oswald] Dogmatische Mariologie. Paderborn, 1850. p. 183. Oswald verwahrt sich dagegen, daß es sich hier blos um ein ‚leeres Bild‘ handeln könne.

Marien=Oswald nennen will — beschreibt allein auf 117 Seiten den mächtigen Einfluß der Heiligen, Reliquien, Bilder, Kreuze und ihrer Anrufung und Verehrung auf die Flammen des Purgatoriums und die Qualen der armen Seelen[1]).

370) Überrascht hat mich die Wirkung des Wachses, wegen seiner leichten Schmelzbarkeit und Brennbarkeit, als geeignet den Seelen im Fegfeuer zu helfen; noch mehr die des Öles, was doch in diesem Fall direkt „Öl ins Feuer gießen" heißt; sowie die Empfehlung des Weihrauchs, der doch den Dampf nur vermehren würde, als ich die Stelle bei Bartholomäus de Usingen las: „Die erste Art, den Seelen im Fegfeuer zu helfen, ist durch das Sakrament des Altars . . . Hierher gehören auch Wachs, Weihrauch, Öl und ähnliche Brennstoffe, obwohl die Lutheraner es verurteilen und darüber lachen[2])."

371) Unter den Bibelstellen zweiter Ordnung, auf die sich die katolische Kirche bei der Lehre des Vorhandenseins eines Fegfeuers beruft, befindet sich auch die: Psalm 65, 12: „Wir giengen durch Feuer und Wasser, und Du hast uns herausgeführt an den Ort der Erquickung." — Da sich hieraus ein Fege=Wasser mit der=selben Sicherheit, wie ein Fegfeuer, beweisen läßt, so ist vielleicht doch in älterer Zeit, vielleicht unter Tertullian oder Gregor dem Großen, eine dogmatische Verwechslung vorgekommen, und es besteht als dieser ominöse ‚Ort' im Jenseits ein Fege=Wasser. Mir per=sönlich, als Protestant, ist es gleich, in welchem Element sich die Katoliken martern lassen; da der, der an diesen Ort nicht glaubt, auch nicht hinkommt; ich meine aber, daß die obengenannten feuer=fördernden, öligen Stoffe, die ‚helfend wirken sollen, zu Wasser — e contrario — besser passen.

---

[1]) Oswald, J. H., [Fegfeuer=Oswald] Eschatologie, das ist die letzten Dinge. 5. Aufl. Paderborn 1893. p. 126—243.

[2]) »Primus modus juvandi animas in purgatorio est per sacrificium altaris . . . Etiam ad hoc cerei, thus oleum et id genus alia pertinere dinoscuntur, non obstante quod coenopycardi [die Dreckstürer oder Unrat=schnüffler?], qui sunt Hussolutherani haec contemnant et rideant.« — Purgatorium, libellus fratris Bartholomaei de Usingen Augustiniani. Herbi-poli 1527. cap. VIII.

372) Überrascht hat mich auch, daß den Seelen im Fegfeuer das ‚Lichterbrennen‘ helfen soll: Der Einsiedler Pfarrer schreibt: „Es sind die Mittel ihnen beizuspringen viele: Anrufung der Mutter Gottes, der Engel und Heiligen, Bußwerke, Aufopferung der eigenen Verdienste, Lichtbrennen.“[1]) War Ackermann vielleicht Homöopath und handelte nach dem Grundsatz similia similibus?

373) Merkwürdig war mir auch, daß mein schon wiederholt zitirter Landsmann Bartholomäus von Würzburg den armen Seelen mit ‚Büchern‘ und ‚Kleidern‘ helfen will: „Auch ist es unter den Gläubigen eine ausgemachte Sache, daß es den armen Seelen im Fegfeuer eine Hülfe ist, wenn bei der feierlichen Hand= lung (Totenmesse) mit Rücksicht auf sie dargebracht werden Bücher, Kerzen, Kleider und sonstige Schmuckgegenstände.“[2]) Sind denn die Seelen im Fegfeuer nicht nackt? Und, wenn sie Kleider tragen, verbrennen denn die, und sind nicht imprägnirt? Und wozu Bücher? Wollen Sie denn studiren? Hören denn die Examina auch im Jenseits nicht auf?

374) Unter den Bußübungen zur Hülfe der armen Seelen hebt Bartholomäus besonders das ‚Umherlaufen mit nackten Füßen‘ hervor: „Die vierte Art, den Seelen im Fegfeuer zu helfen, ist durch Fasten der Angehörigen; und hierher gehört jede Form von Züchtigungen und Körperstrafen, die man zur Sühnung der Sünden auf sich nimmt, wie das Tragen von härenen Gewändern, das Umhergehen mit nackten Füßen, das Enthalten von einigen Speisen und Getränken, und ähnliches derart.“[3])

---

[1]) Ackermann, Trost der armen Seelen, p. 36.

[2]) »Nec est dubium apud fideles, quin commodet animabus in purgatorio, quod datur vel offertur ad cultum divinum intuitu earum, sive sint libri, lucibuli, vestes et quaecunque ornamenta.« Purgatorium libellus, cap. VIII.

[3]) »Quartus modus juvandi animas in purgatorio est per jejunia cognatorum. Et huc pertinet quaevis castigationes et penalitates corporis assumptae in satisfactionem peccatorum, ut portare camisias pilosas, peregrinari nudis pedibus, abstinere ab aliquibus escis et potu, et id genus alia.« Purgatorium libellus, cap. VIII. — Im schwäbischen Bayern lebt ein gewisser Pfarrer Kneipp, bei der Kirche gut angeschrieben,

375) Ein, wie mir scheint, nicht ganz ungefährliches, und in die diesseitigen Verhältnisse doch empfindlich eingreifendes Mittel zur Befreiung der armen Seelen giebt der Einsiedler Pfarrer an: ihre Schulden zu bezahlen, und führt Benedikt XIII. als Autorität an: „Große Hülfe bringt es den armen Seelen, wenn ihre Schulden bezahlt werden." — Es ist uns eine große Beruhigung, wenn der genannte Papst seine diesbezügliche Auseinandersetzung selbst mit den Worten schließt: „Doch darf nicht gefolgert werden, daß die Seelen, wenn ihre hinterlassenen Schulden gar nicht bezahlt würden, deßwegen fortwährend im Fegfeuer bleiben müßten, sondern nur, daß sie durch solche Erstattungen viel geschwinder, oft ganz geschwind, erlöst werden."[1]

376) Mag dem sein, wie ihm wolle; mag man Eine-Mark-Messen lesen lassen, oder des Verstorbenen Schulden bezahlen: Geld ist jedenfalls das sicherste Mittel, eine Seele aus dem Fegfeuer zu erlösen, und zwar hiesiges Geld. Dies wußte schon Papst Innocenz III. zu Beginn des 13. Jahrhunderts, der sich 500 Mark in Gold vom englischen König Johann ohne Land auszahlen ließ, um eine, sogar exkommunizirte, Seele eines Verwanten dieses Königs glatt aus dem jenseitigen Feuer-Schlund zu befreien.[2]

377) Über die Dauer des Fegfeuer-Aufenthaltes begegnen wir den verschiedensten Ansichten. (Die Lehre ist zweifellos noch nicht ausgebaut). Maldonatus, „einer der größten katolischen

der nun seit bald fünf Jahren Tausende und Abertausende von Menschen, besonders Nordteutsche und Protestanten, aber auch Juden, stundenlang täglich barfuß gehen läßt. Sollte dies — angeblich zu deren Gesundheit vorgeschrieben — nur eine pfiffige Veranstaltung sein, um ungezählte katolische Seelen aus dem Fegfeuer zu befreien? Dies wäre entsetzlich; und einer dogmatischen wie staatsanwaltschaftlichen Untersuchung dringend bedürftig.

[1] Ackermann, Trost der armen Seelen. Einsiedeln 1857. p. 64—65. — Wir erlauben uns die Aufmerksamkeit der in Berlin tagenden Kommission zur richterlichen Behandlung der Differenz-Geschäfte auf diesen Punkt zu lenken. —

[2] Santo Domingo, Tablettes Napolitaines. 2. édit. Bruxelles 1889. p. 48. — Ein Glück, daß unsere bedeutendsten Strategen heute Preußen sind: Strategen werden schwer aus dem Fegfeuer befreit: Wallenstein bedurfte 3000 Seelenmessen. [Schlosser, Weltgeschichte, Bd. XII, p. 37.]

Exegeten", Spanier, 1534—1583, gab als längſte Zeit des Ver=
weilens einer Seele im Fegfeuer 10 Jahre an; wurde aber ‚heftig
gerügt', und ſogar der Häreſie beſchuldigt; waren doch Fälle von
‚100 Jahren' damals aus Viſionen und Mitteilungen von Erlöſten
vielfach bekannt; (der Spanier berechnete wohl die Zeit nach ſeinem
eigenen heißen Klima;) auch giebt ja die Kirche ſchon bis zu
200,000 Jahre Ablaß; und wenn dies auch zunächſt rein ‚irdiſche'
Berechnung iſt, ſo muß doch, da der Ablaß jederzeit auf die Seelen
im Fegfeuer ‚applicabel' iſt, eine Berückſichtigung jenſeitiger Verhält=
niſſe angenommen werden. Was zweifellos iſt die von Oswald
aufgeſtellte Lehre, daß „die mögliche Zeitdauer der Fegfeuer=Strafen
für den Einzelnen mit jedem Tag kürzer wird." [1] — Das Feg=
feuer überhaupt dauert nur ‚bis zum Weltende', alſo nicht ‚ewig'.
Trotzdem werden Vermächtniſſe und fromme Stiftungen für die
Seelenruhe nach dem Tode ‚auf ewige Zeiten' gemacht und von der
Kirche angenommen. Dadurch iſt nicht nur jedem Katoliken reich=
liche Gelegenheit gegeben, aus dem Fegfeuer befreit zu werden,
ſondern jeder Katolik, der in's Fegfeuer kommt, — und man
nimmt das jetzt abſichtlich bei Jedem an, weil es das Sicherſte iſt,
wieder hinauszukommen — muß auch daraus erlöſt werden,
denn da die Stiftungen auf ‚ewig' gemacht ſind, hier alſo ‚baar
Geld', der ſtärkſte Faktor für die jenſeitigen Gewalten, vorliegt, und
nach Befreiung des Stifters und Erblaſſers ſelbſt, „die Frucht der
frommen Stiftung den ſonſtigen Bedürftigen im Fegfeuer zukommt"
(Oswald, p. 124), ſo kann das ‚Welt=Ende' nicht eher beginnen,
als bis ſämmtliche Seelen aus dem Fegfeuer, für die Stiftungen
‚auf ewig' da ſind, erlöſt ſind. Alſo muß jeder Katolik ſelig werden.

378) Ich komme hier noch einmal auf den ‚lacus leoninus',
den ‚Löwenſee', zu ſprechen, der ſtets den Gegenſtand meiner
tiefſten und freudigſten Betrachtung gebildet hat. Er iſt doch da.
Die Kirche betet doch ausdrücklich in der Totenmeſſe: „ . . . König
der Glorie, befreie die Seelen aller geſtorbenen Gläubigen aus dem
Fegfeuer und aus dem tiefen See, befreie ſie aus dem Rachen

---

[1] Oswald, J. H., Eſchatologie, das iſt die letzten Dinge. Pader=
born 1893. p. 124.

des Löwen, daß sie der Tartarus nicht verschlinge, und sie nicht in Finsterniß fallen!"[1]) — Der See ist also da. Will man etwa, nachdem man das Fegfeuer in der Bibel nicht gefunden und hineininterpretirt hat, den See, der klar dasteht, wegdisputiren? „Errette sie aus dem See, aus dem Rachen des Löwen!" heißt es ausdrücklich. Der Name des Sees ist nicht genannt. Sein Name ist auch nicht wesentlich. Ich nenne ihn Löwen=See — ohne damit einen dogmatischen Druck ausüben zu wollen — weil die Bezeichnung ‚Rachen des Löwen‘ gleich daneben steht; welcher ich nur allegorische Bedeutung zumessen kann, da sonst in der entscheidenden Stelle von einem Löwen nicht mehr die Rede ist, und der Ausdruck sich auf das wie ein Löwenmaul zerrissene Ufer des Sees beziehen mag, oder bei tieferer Ergründung des bildlichen Ausdrucks, auf die verschlingende Kraft und verderbenbringende Tiefe des ‚lacus profundus‘. Auch in anderer Beziehung müssen wir die Anwesenheit eines abkühlenden Sees in nächster Nähe des Fegfeuers, wenn der Ausdruck gestattet ist, für glücklich erachten. Wer je in einem russischen Dampfbad war, kennt die Wohltat eines daneben befindlichen mit kühlem Wasser gefüllten Bassins. Auch ist dies kein obenhin geführter Vergleich. Schon 'der Volksmund spricht von ‚im Fegfeuer schwitzen‘; der Vorgang muß wohl in Etwas Ähnlichem bestehen, als wenn man sich mit entkleidetem Körper in einem heißen, mit Dunst erfülltem Raum befindet; analoge Vorgänge verlangen analoge Folgen; und schon eine einfache auf die physiologischen Bedingungen des menschlichen Körpers eingehende Erwägung lehrt, daß das Schwitzen schließlich ein Ende haben muß, wenn nicht Abkühlung und Wasser=Ersatz erfolgt. Der See ist also vom dogmatischen wie pastoral=medizinischen Standpunkte aus eine Notwendigkeit; und ich halte „wissenschaftlich" daran fest; wenn auch zugegeben werden soll, daß damit dem sinnlichen Ausschmückungs=Bedürfniß der Menge entgegenkommen wird, wovor die 25 Sitzung des Tridentinums ausdrücklich warnt.[2]) Aber welch' neue Beweis=

---

[1]) Siehe Missale Romanum, Missae pro Defunctis.

[2]) »Apud rudem vero plebem difficiliores, ac subtiliores quaestiones, quaeque ad aedificationem non faciunt, et ex quibus plerumque nulla fit pietatis accessio, a popularibus concionibus secludantur.« Sessio XXV, Decretum de Purgatorio. Libri symbolici Ecclesiae catholicae. Ed. Streitwolf et Klener. Gottingae 1846. tom. I. p. 92.

kraft erhielte nun die Stelle Psalm 65, 12: „Wir giengen durch Feuer und Wasser, und du hast uns herausgeführt an den Ort der Erquickung", die, wie bisher, nur auf das Feuer allein bezogen, die ihr anhaftenden Schwächen nicht verbergen konnte. — Möge DER, der „die verborgenen Ratschlüsse und Mysterien der Gottheit schaut, der mit Christus selbst freundschaftlich umgeht", wie der Bischof von Asti vom Papst so schön sagt, diese kurze Erörterung als eine fromme Meditation, die seinem Richterspruch unterworfen ist, ansehen. Mehr sollte es nicht sein. —

379) Neu war mir die Tatsache, daß viele Seelen das Fegfeuer verlassen und wieder auf die Erde zurückkommen, sogar in ihr Dorf, in ihr Städtchen, um hier, am Ort ihres früheren Aufenthalts, zu ‚büßen'. Dies gilt nicht als Milderung, sondern als Verschärfung der Strafe. — Es erinnert mich dies an das Gegenstück, wo Menschen, die noch nicht gestorben sind, die Erde verlassen, und als Geister sich z. B. an einem nächtlichen Kirchgang beteiligen, der jedes Jahr in der Nacht vom 1. auf den 2. November stattfindet. Die an einem solchen Kirchgang sich Beteiligenden sterben aber während des folgenden Jahrs. Raupach hat diese Anschauung in seinem bekannten Allerseelen-Drama ‚Der Müller und sein Kind' verwertet. Dogmatisch festgelegt ist diese letztere Anschauung noch nicht; wohl aber die erstere, vom Verlassen des Fegfeuers, welche, wie uns der Pfarrer von Einsiedeln berichtet, ‚Wandeln' heißt, und zu deren Stütze er den Thomas von Aquin in den 69. quaestio des Supplements zu seiner ‚Summa' anführt, einen Kirchenlehrer, dem zur Zeit bekanntlich Leo XIII. den Vorrang vor allen andern einräumt. [1]

380)
 „Mit fabeln die sie hand erdicht
 Von selen [das dan nimer gschicht],
 Daß sie erschinen hie und do
 In feuers flam, bald anders wo,
 Muß so viel jar im fegfeur sein
 Und leiden unaußsprechlich pein,
 Man thu in dan vil meß nach lesen

---

[1] Ackermann, Trost der armen Seelen. Einsiedeln 1857. p. 21.

Und ander der gleich gaukelwesen,
Hants gthon vigilg, meß, jarzeit stiften
Und das als ußerthalb der gschriften.
Da her ist jetzt all welt voll messen . . .[1]

381) Von einem andern Fall des Spazieren=Gehens der armen Seelen berichtet uns der Lausitzer Bürgermeister Matthäus Göbel unter dem Titel: „Wann das Fegfeuer angezündet worden": „Um diese Zeit (Papst Johannes' XIX. 1024—37) hat man die Lehre vom Fegfeuer heftig getrieben, indem man vorgegeben, es hätten die Seelen der Abgestorbenen in dem Sicilianischen brennenden Berge Aethna[2] gar ängstlich geseufszet; man hat auch durch Krebse, so man mit brennenden Wachs=lichtern auf die Gräber der Verstorbenen gesetzet[3] und andere Betrügereyen, die Leute beredet, als wenn es derselben im Fegfeuer brennende Seelen wären." [4]

382) Trotz dieser Künste und der großen Empfänglichkeit des Volkes für das Grausige und Schauerliche erhob sich in den folgenden Jahrhunderten merklicher Widerstand gegen die neue Lehre. Die Armen mit ihrer feinen Nase für das, was ihrem schundigen Leib noch mehr Kräfte entzog, rochen wohl heraus, daß es die neue Feg=feuer=Instituzion im Jenseits auf ihren diesseitigen Geldbeutel abgesehen hatte. Und da auch sie selig werden wollten, so glaubten sie nicht an das theure Fegfeuer. So widersetzten sich die ‚Lombardischen' und ‚Lyoneser Armen' der Lehre des Purgatoriums, wie sie auch „allen Prunk, Reichtum, Lichter, Weihrauch, Weihwasser, Prozessionen, Wallfahrten, Gewänder, Zeremonien" verwarfen, und „alle Veranstaltungen, die in's Jenseits hinüberwirken sollten." Die Empfindung für das Unchristliche, für das Rein=Menschliche im

---

[1] Triumphus Veritatis, Sieg der Wahrheit, mit dem Schwert des Geists durch die Wittenbergische Nachtigall erobert. Von einem Nürnberger. [1525.] Siehe Oskar Schade, Satiren und Pasquille aus der Reformationszeit. Hannover 1863. Bd. II. p. 236.

[2] Odilo, der Abt von Clugny, hörte im Ätna die verstorbenen Seelen so erbärmlich winseln, daß er das Fest aller Seelen [2. November] stiftete.

[3] Siehe Erasmus, Epistol. lib. XXII.

[4] Caesareo-Papia Romana, die politischen Geheimnisse des päpstlichen Stuhls. 3. Aufl. Leipzig 1720. p. 78.

Chriſtentum, für die Eſſenz dieſer Lehre, die primär im Gemüt
liegt, nicht durch vorgeſchriebene äußere Handlungen ſich ausdrückt,
war damals und unter dieſen Sekten, die ſich auch in Teutſchland
ausbreiteten, eine unendlich viel verfeinerte, als ſelbſt ſpäter im
Proteſtantismus, wo ein heftiges, dreinſchlagendes Element ſo zarte
Regungen nicht aufkommen ließ. Eine geſchärfte Empfindung für
das durch die chriſtliche Lehre im Menſchen geweckte Edelſte, Tüch-
tigſte, Mitleidfähige, Sich-Entäußernde des hieſigen Menſchen —
nicht des abſtrakten Fegfeuer- oder Himmels-Menſchen — erfüllte
dieſe Gemeinden der ‚Armen‘, die ſich gegenſeitig ‚Brüder‘ und
‚Freunde‘ nannten. Sie ſahen in den prunkenden Zeremonien und
rohem Schellengeläute der damaligen Kirche ſchon einen ‚Abfall‘, verwarfen Papſt und Meſſe, und nannten die Kirche ‚Hure‘. Natürlich
wurden ſie, ſchon von Lucius III., 1184, in den Bann getan.[1]

383) In andern Ländern dagegen, wie England, fand die
feurige Lehre bald großen Anhang. Und Burnet ſchließt ſeinen
Bericht über das Fegfeuer und die Seelenmeſſe in damaliger Zeit
mit den Worten: „Die neue Lehre nahm bald ſo überhand, daß,
ohne eigens deshalb erlaſſene Geſetze gegen Verſchwendung, der
größte Teil des Volksvermögens für Seelenmeſſen in die Klöſter
gefloſſen wäre.“[2]

384) Dabei glaubten die Römer ſelbſt nicht an’s Fegfeuer
„Die Römiſche Geiſtlichkeit, was Leute von Verſtand, wiſſen auch
gar wohl, daß das von der Römiſchen Kirche erdichtete Fegfeuer
nichts anderes ſey, als eine pia fraus, dadurch der Papſt die einfältigen und abergläubiſchen Layen, als die Kinder mit dem Popanz,
im Zwange und Gehorſam erhält, und ihnen dadurch zu ſeiner ſo
vielen Geiſtlichen reichlichen Unterhaltung, und der Päbſtlichen Cam-
mer Bereicherung, ihr Vermögen aus den Händen künſtelt. So
berichtet Magiſter Hauſen in ſeiner ‚Hirtentaſche‘, daß, als er zu
Rom mit ſeinem Ordensbruder P. Bonaventura Piſano zuſammen-
traf, und ſeine Furcht vor dem Fegfeuer zu erkennen gegeben, dieſer

---

[1] Harnack, A. Lehrbuch der Dogmengeſchichte. 2. Aufl. 1890. Bd. III.
p. 367—370.

[2] Burnet, G., Hist. reform. Eccl. Anglicae. I. 107.

ihm geantwortet: ‚Crede purgatorium nihil aliud esse, quam figmen-
tum pium matris nostrae Ecclesiae ad coërcendos peccatores et
alendos suos clericos‘ (Glaube, daß das Fegfeuer nichts Anderes
ist, als eine fromme Erdichtung unserer Mutter Kirche, bestimmt zur
Züchtigung der Sünder und Ernährung ihrer Priester).“ [1]

385) „Damit man aber diejenigen, so ihre Sünde weder
selbst noch durch die Ordens-Leute genugsam gebüßet, desto besser
schrecken, und zu reichen Steuerungen bereden möcht, erdachte man
das Fegfeuer, darinnen die Verstorbenen Seelen von ihren übrigen
Sünden-Makeln gereiniget, und hernach erst von St. Petro ins
ewige Leben eingelassen werden solten.“ [2]

386) „Das Purgatorium schmauchte den Ablaß hervor. Denn
weil die guten Layen des Feg-Feuers Hitze fürchteten, erdachte man
zu Rom den Ablaß, als ein Mittel, dadurch man dieselben von
solcher Peyn befreien, und sie stattlich um's Geld schneutzen könnte.
Dahero die Vermögende by Zeiten, und damit sie der Todt nicht
übereilen möchte, sich um Ablaß-Bullen bey dem Papst bemühet,
welche sie auch auff etliche Tausend Jahr um großes Geld erkauffen
kunten.“ [3]

387) „Aber peyn der hellen, oder des fegfewers, wer da
von ein wörtlin sagt, unter den dapferen Römern, des red halten
sie für ein alt weyber gespräch.“ [4]

388) „Der Herr (Christus) will, daß wer im rechten Glauben
stirbt, soll gewis selig sein. — Nein, spricht der Papst, man muß
zuvor in's Fegfeuer; da kann niemand, denn ich, mit Schlüsseln und
Messen helfen; Christus und Glaube kann hie nichts.“ [5]

389) „Hie kam nu der heilige Stuel zu Rom der armen
Kirchen zu Hülfe, und erfand den Ablaß; damit vergab und hub er
auf die Genugthuung, erstlich einzelnen, sieben Jahr, hundert Jahr ꝛc.,

---

[1] Caesareo-Papia Romana, a. a. O. p. 392.
[2] A. a. O. p. 390.
[3] A. a. O. p. 212.
[4] Vadiscus, dialogus Hutteni. Hutten's Schriften, herausgeg. von
Böcking. Leipzig 1862. Bd. IV. p. 246.
[5] Luther, Wider das Bapsttum zu Rom vom Teuffel gestifft. Wittenberg 1545. Sämmtliche Werke, Erlangen 1830. Bd. 26. p. 185.

unb theilet es aus unter bie Carbinal unb Bifchoff, baß einer funnt
hundert Jahr, einer hundert Tag Ablaß geben. Aber bie ganze
Genugthuung aufzuheben, behielt er ihm alleine zubor. — Da nun
folchs begunnte Gelb zu tragen, unb der Bullenmarkt gut warb,
erbacht er bas gülben Jahr, unb legts gen Rom. Da liefen bie
Leut zu; benn es wäre Jebermann gern ber fchweren unträglichen
Laſt los geweſt. Das hieß bie Schätze ber Erben finden unb er=
heben. Flugs eilet ber Papſt weiter, unb machet biel gülben Jahr
aufeinanber. Aber je mehr er Gelb berfchlang, je weiter ihm ber
Schlunb warb. Darumb ſchicket ers barnach durch Legaten heraus
in bie Länber, bis alle Kirchen unb Häuſer boll gülben Jahr wur=
ben. Zuletzt rumpelt er auch ins Fegfeuer unter bie Tobten, erſt=
lich mit Meſſen unb Bigilienſtiften, barnach mit dem Ablaß unb
dem gülben Jahr, unb wurden endlich bie Seelen ſo wohlfeil, baß
er eine umb ein Schwertgroſchen losgab."[1]

390) „Dieſes iſt des Papſtthums reicheſte Fund= unb Golb=
grube geweſen, aus welcher ſie mehr Gold unb Geldes geſchmelzet,
als alle Könige unb Potentaten ber gantzen Welt aus ihren Berg=
Wercken unb fünbigen Klüfften bielleicht nicht überkommen. Sinte=
mahl kein Menſch, ſo etwas im Bermögen hatte, leichtlich ſterben
konnte, bem nicht in ber Beichte bas Gewiſſen, zu Bekennung aller
begangenen Tobt=Sünden zum heftigſten gerühret, unb weil er nicht
Zeit hatte, dieſelbe durch zeitliche Straffe zu büßen, bas Fegfeuer
ſo heiß gemachet warb, daß er biel lieber ſein Bermögen benen
Seinigen entzogen, als bie Pein des Fegfeuers lange auszuſtehen
erwehlet. Unb alſo iſt, durch Stifftung bieler Millionen Seel=Meſſen
ben geitzigen Pfaffen faſt alles Bermögen der Layen, ſo ſie die Zeit
ihres Lebens ſorgſam zuſamen gebracht, in ihren geitzigen Rachen
geflogen."[2]

391) In unſerer Zeit des faden Leiſetretens unb ber Angſt
bor jebem berkrümpelten Pfaffengeſicht mag eine Stelle aus einem

---

[1] Luther, Schmalkaldiſche Artikel, ſo ba hätten ſollen auf's Konzilium
zu Mantua überantwortet werden. 1538. Sämmtliche Schriften, Erlangen
1830. Bb. 25. p. 132.

[2] Caesaro-Papia Romana, a. a. O. p. 212.

Dialog über diese Seelenmessen aus dem Beginn des 16. Jahr=
hunderts erquicken, um welche Zeit unsere teutschen Vorfahren noch
den Mut hatten, auch in religiösen Dingen ein kräftig Wörtlein zu
sagen:

„Der cardinal redt zum bapst: Aller heiligister vater, mir
ist auß deutschen landen ein epistel zu geschriben worden: sommer
box marter! erschrecklicher grausamer ding hab ich nie gehort, ist
meiner vernunft auch nie für komen. besser wers, daß das ganz
Jerusalem zu trümmern gink und auf einen haufen verstöret würde.

Bapst: Box angst, her cardinal, fart schon! (geht langsam!)
erschreckt mich nicht so ser! ich bin zu dem bade gewest: laßt mirs
wohl bekomen!

Cardinal: Es sei gebadt oder geschadt, somer box erdrich!
so bin ich erschrocken, daß mir die bösen zene im kopf wackeln und
leiden (leider) ser schwindelt.

Bapst: Mein lieber herr, was ist es dann? betriffts das
ganz erdreich oder sonderlihe leute, oder gehet es über einen ge=
meinen stand?

Cardinal: Ja freilich betriffts den besten sterksten stein im
fundament, darauf unser ganze pfaffheit erbauet ist.

Bapst: Das walt alle die teufel die zwischen himel und erden
sein, daß es nur nicht die messe sei! wo das armbrost ab ginge,
so sind wir alle erschossen.

Cardinal: Warlich, aller heiligister vater, euer bepstliche
heiligkeit habens erraten. nicht alein die weisgelarten, ja die groben
bauern speien die messe an und ist inen ein affenspil und ein erger=
licher greuel darauß worden.

Bapst: Box schweiß, wie stehet es dann umb die messe? ist
nicht rat und hoffnung zu finden? entgehet uns der schemel, so
ligen wir gar im dreck und wird unser prangen und hoffart auß sein.

Cardinal: Ich bin ganz verstumpft. radt ir zu! ich hab
weder vernunft noch othem. mich scheißert, hofier ich anders nicht
gar in die hosen.

Bapst: Was ist doch der unfal oder welcher gestalt erhebt sich
das? leidt denn die messe solche große not? ei das got erbarm!

Cardinal: Sie ist angeklagt und berichtigt, sie sei ein men=
schen tant, ein falscher gottes dienst, ein greuel und gots lesterung
und betrüglich geltnetz, bauchgot, ja ein große abgötterei, so under
der sonnen ist nie erwachsen.

Bapst: Box hirn! ist es aber gewis war oder ist es nur ein
abschrecken?

Cardinal: O ho! es ist gewis war als der tot allem irdischen
leben: allhie ist kein lüge." u. s. w.[1]

392) Später, nach Luther, scheint dann den Teutschen doch
manches Bedenken hinsichtlich der Realität dieses Feuer=Reichs ge=
kommen zu sein. Wenigstens berichtet der sonst zuverlässige Coch=
leus in der Vorrede zu seiner Schrift über diesen Gegenstand:
„Dann da ist deß häffigen, vilfältigen Außschreyens und Lästerns
kein Endt. Etliche dichten ihnen das Fegfewr in die Lüfft, andere
in's Meer, etliche habens im Beuttel, etliche daheimbs im Hauß,
wann bißwehlen die Weiber im Maul zu Resch sein: Andere haben
ihr Fegfewr mit ihren bösen unbefügten Rechtshändlen. Etliche
schreibens dem Virgilio und Ovidio zu, als daß die Papisten ihr
Fegfewr darauß gezogen und gefundiert, oder daß solches der Bapst
eignes Genieß und Gewins halben selbst erdacht hab, und was der
Schnacken mehr seyn." [2]

393) Sehr schön aber sagt der sonst nur humoristisch auf=
gelegte Verfasser der „Geschichte des Papstthums", J. E. Weber,
„Mit dem Fegfeuer scheint es zu stehen, wie mit dem Teufel, er
ist in uns, nicht außer uns — es giebt ein Fegfeuer, aus dem
weder Messen, noch Fürbitten der Heiligen noch Päpste erlösen
können — das böse Gewissen." [3]

394) Kardinal Bellarmin lehrte: der Papst könnte schon

---

[1] Ein kegliche botschaft an den bapst die selmeß betreffend welche krank
ligt und wil sterben sampt einem gespräch etslicher personen. ca. 1525.
Siehe Oskar Schade, Satiren und Pasquille aus der Reformationszeit.
Hannover 1863. Bd. II. p. 252 ff.

[2] Vom Fegfewr der Seelen wider die newen Secten durch Joannem
Cochleum. Ingolstadt 1583. Vorrede, p. 2.

[3] Weber, J. E., Das Papstthum. Stuttgart 1834. I. p. 139.

jetzt das Fegfeuer abschaffen, wenn er es für gut hielte.[1] — Die
Kritik, die in diesen wenigen Worten über Fegfeuer, Papsttum und
katolische Kirche heute liegt, hat der große Päpstler vor 300 Jahren
wohl kaum geahnt.

395) Am leichtesten wird es in Italien gemacht. Nachdem
wir gehört haben, daß es für den Ablaß=Handel daselbst Akzien=
Gesellschaften giebt, dürfen wir uns nicht wundern, wenn es für die
Fegfeuer=Erlösung General=Pächter giebt. Santo=Domingo er=
zählt: „Die Geistlichkeit vergiebt die Seelen im Fegfeuer in Reschie;
sie nimmt einen Generalpächter; dieser hat wieder Unterpächter; und
diese ein Heer von Subalternen, Mönchen, Nonnen, Handwerker,
Lazzaroni u. dergl. Diese gehen zu jeder Tageszeit durch die Straßen
Neapels und sammeln offiziell für die armen Seelen. Jeder hat
eine lange Stange, an derem Ende sich eine Ledertasche befindet,
die Jedem durch die Straße Gehenden oder an den Fenstern Liegen=
den oft aus weiter Entfernung und mit dem Ruf präsentirt wird:
,per le anime del **purgatorio**‘ — ,für die armen Seelen im Feg=
feuer‘. Niemand entgeht ihnen. Der Ruf wird mit klagendem
Ton ausgestoßen. Auf der Ledertasche sind die Seelen im Feuer
gemalt. Niemand entzieht sich der Gabe; da bei Arm wie bei
Reich der Glaube festgewurzelt ist, daß ein Versäumniß bei dieser
Gelegenheit die schwersten Folgen nach sich ziehen könnte: eine
frühzeitige Entbindung, ein verlorener Prozeß, ein Beinbruch, Un=
treue des Geliebten, wurde mit Sicherheit auf ein solches Versäumniß
zurückgeführt. Man kann oft bis zu 30mal im Tage in dieser
Weise attrapirt werden. Aber man giebt, wenn auch die kleinste
Münze, und küßt dann gleich die auf der Tasche abgemalten Seelen
und Flammen.“ [2]

396) „Daß dieses Fegfeuer abgemildert und verkürzt werden
kann, das glauben diese homines attriti (bußbequemen Menschen)
sehr gern; denn sie leben sämmtlich in der Vorstellung, daß gute

---

[1] Weber, a. a. O.
[2] Santo-Domingo, Tablettes Napolitaines. 2. édit. Bruxelles 1829.
p. 49—51. — Er schätzt den Ertrag dieser Sammlung in Neapel auf eine
Million Lire im Jahr.

Leistungen Verfehlungen einfach compensiren, und die ‚Galgenreue‘ ist auch nicht so nachhaltig, daß sie die Menschen bestimmen könnte, ernsthafte Buße — auch nur im Sinn anhaltender Enthaltungen und heroischer Werke — zu thun. Daher eröffnet die Kirche die Abläſſe. In ihnen zeigt sie dem gemeinen Mann ihre eigentlichen Kräfte; denn die Magie des Bußsacraments (der Absoluzion) beruhigt ihn doch nicht ganz. Er hat den Rest moralischer Empfindung, daß etwas von seiner Seite geschehen muß, damit die Vergebung glaub= lich und sicher werde. Fides (Glauben) und contritio (Reue) kann und will er nicht leisten; aber irgend etwas will er gerne thun. Hier tritt nun die Kirche ein und sagt ihm, daß seine erbärmliche Leistung durch die Macht der Kirche in eine sehr hohe umgesetzt und verwandelt wird, in eine so hohe, daß damit die Sündenstrafen im Fegfeuer getilgt werden. Mehr will der Mensch nicht wissen. Was dann noch kommt, das kann ihn wenig kümmern, und die Kirche selbst sagt ihm, daß ihn das Folgende, wenn er mit dem Bußsacrament wohl versehen ist, nicht treffen werde. Attritio (Buß= geneigtheit), sacramentum poenitentiae (Absoluzion in der Beichte), indulgentia (Ablaß): das ist die katolische Trias. Das, was für den Ablaß zu leisten ist, ist hierbei das einzig Bedrückende; aber eben dies wurde sehr leicht gemacht. So wurde der Ablaß eine Persiflage des Christenthums als der Religion der Erlösung durch Christus.“ [1]

397) Auf dem Tridentinischen Konzil wurde die Lehre vom Fegfeuer im Jahr 1563 als eine heilsame Doktrin — ‚sana doctrina‘ — und im bewußten Gegensatz gegen die Protestanten, die vom Konzil ferngeblieben waren, festgelegt. Wenn man heute einen ge= bildeten Katoliken, einen katolischen Geistlichen, ja einen katolischen Theologen über das Fegfeuer fragt, im Hinblick auf dessen Echtheit, so schaut er Einen groß an, und sagt dann im ahnungslosesten Ton: ja, das hat ja das letzte große Konzil definitiv bestätigt. — Das ist die letzte Wand, die er greift: „Wir müssen der Kirche glauben, auch ohne ausdrückliches Zeugniß der Schrift, wenn wir selig wer=

---

[1] Harnack, A., Lehrbuch der Dogmengeschichte. Freiburg 1890. Bd. III.

ben wollen, ba nicht Alles in der Schrift stehen kann — sagt mit
kostbarer Ruhe der Augustiner-Pater Bartholomaeus — möglicher
Weise, ja wahrscheinlich, hat Christus viel mit seinen Jüngern über
das Fegfeuer und die Reinigung daselbst gesprochen; (!!) aber es
deßhalb nicht glauben wollen, weil es nicht im Evangelium steht,
ist kindisch." [1] — Und das ist das dritte Wort bei Oswald: die
Kirche lehrt; das Konzil hat bestimmt; Ich glaube, wenn die Tatsache, daß die Kirchenlehrer Menschen, und die Besucher des Konzils
von Trient Spanier und Italiener, gewesen, diesen Leuten mit der
ganzen Wucht der Erkenntniß plötzlich in's Gewissen fiele, es brächte
sie um.

398) Ihr betet für die armen Seelen im Fegfeuer, und bezahlt Messen und Gebete für sie, und sorgt und kümmert Euch ab?
— mein Gott, laßt die armen Seelen arme Seelen sein; Ihr macht
sie nicht reich noch glücklich, nicht kalt noch warm; wo die sind,
gelangen unsere Gebete, gelangt unser Schluchzen nicht hin. Hier
ist das Fegfeuer! Hier ist Geschrei und Kampf, Elend und Not,
Kälte des Herzens und Wahnsinnsglut! Hier soll Euch das Feuer
auf die Fingernägel brennen! Hier werft Eure Brände in die
Masse und laßt Eure Flammen leuchten! Hier mitgekämpft und
geglüht zu haben, ist höheres Verdienst, höheres Glück, und giebt
Euch einmal höheres Recht auf ewige Ruhe, als quietistische, bezahl-
bare Gebete für Andere zu lallen, — fern vom Schuß, fern von
den Flammen! —

---

[1] »Ecclesiae credere tenemur etiam sine expressa scriptura, si
voluerimus salvari, quoniam non omnia scripta sunt . . . . Possibile est
et verisimile, Christum multa locutum esse discipulis de purgatorio et
purgatione in illo; at illud non credere, quia non est scriptum in evan-
gelio, puerile est.« Purgatorium, libellus fratris Bartholomaei, cap. VIII.

Teutsche.[1]

Ich frag, wo ist der Teütschen nuut?
Wo ist das alt gemut, und sin?
Ist gfaren nun all mannheit hin?

       Hutten.

399) Ein Fluß nimmt bei seinem Gang durch ein neues Land von seiner Ursprungsstätte — bei aller befruchtenden Wirkung — Schmutz und Schlamm mit. Das Christentum kam zu uns aus dem Orient, anfänglich direkt, später fast nur mehr über Rom. Was auf diesem Wege für römisch=orientalischer Dreck bei uns abgelagert worden ist, ist unermeßlich.

400) Es war eine der unglücklichsten Verbindungen, die je in der Geschichte eingegangen wurden, als die fränkischen Könige sich im 8. Jahrhundert für Italien und den römischen Bischofsstuhl interessirten. Erst glaubten die römischen Bischöfe nicht ohne den Schutz der fränkischen Könige bestehen zu können. Dann glaubten die teutschen Könige nicht ohne die Salbung der römischen Bischöfe bestehen zu können. Unermeßliches Blut von Teutschen ist dieser Fiktion wegen in Teutschland und Italien geflossen. Die politische Frage ist heute gelöst: Der römische Bischof braucht heute nicht mehr die Hülfe des teutschen Fürsten; und der teutsche Kaiser braucht heute nicht mehr den Segen des römischen Bischofs. Aber wann

---

[1] Wir haben versuchsweise in diesem ganzen Buch bei dem Worte ‚teutsch‘ die alte Schreibweise hergestellt, und es stets mit einem harten ‚t‘ geschrieben: Das Eisen, welches wir seit nun bald 25 Jahren geschluckt haben, sei es im Krieg, sei es in Kriegsmaterial, und von dem hoffentlich auch etwas in unsern Charakter übergegangen, erlaubt uns heute nicht mehr, uns weich zu schreiben, oder weich zu benehmen.

werden die teutschen Katoliken ohne die Hülfe des römischen Bischofs zu Gott zu beten im Stande sein?

401) Das erste Jahrtausend christlicher Zeitrechnung war auf religiösem Gebiet fast ausschließlich der christlichen Spekulazion im höchsten Sinne, der Vertiefung und Ausgestaltung der christlichen Lehre, geweiht; fast Niemand dachte daran, die Religion als Handhabe zu weltlichen Zwecken zu benutzen. Das ganze zweite Jahrtausend bis zum heutigen Tag ist auf religiösem Gebiet nichts Anderes als die Ausschlachtung der christlichen Lehre von Seite des zu großer Machtbefugniß gelangten römischen Bischofs zu hierarchischen Zwecken, nicht, um direct und zuletzt die Gemüter zu beherrschen, sondern um durch Beherrschung der Gemüter weltliche Zwecke, und nicht zuletzt, die Steigerung persönlicher Machthoheit bis zur Vergöttlichung, zu erreichen.

402) Im Jahre 753 kam Papst Stefan II. zum Frankenkönig Pipin und bat mit einem Fußfall um Hilfe gegen die Longobarden, die ihm gewährt ward. Noch 1024 feierte die Geistlichkeit Kaiser Heinrich II. als ‚Leiter der Kirche Gottes‘, und noch 1054, nach dem Tode des Papstes Leo IX., kam die römische Geistlichkeit nach Teutschland und bat Kaiser Heinrich III. um einen neuen Papst mit der Erklärung, daß künftighin kein Papst mehr ohne den Willen des Kaisers gewählt und geweiht werden solle.

403) Und 22 Jahre später, 1076, erklärte Gregor VII. betreffs des Sohnes des zuletzt genannten Heinrich, Kaiser Heinrich's IV.: „von Seiten des Allmächtigen Gottes spreche ich ab dem König Heinrich die Zügel des ganzen Reiches der Teutschen, und löse alle Christen von dem Bande des Eids, den sie ihm geleistet haben oder leisten werden, und verbiete, daß irgend Jemand ihm als König diene, weil er sich gegen die Kirche erhob, mit Exkommunizirten verkehrte, und meine Mahnungen verachtete; ich binde ihn mit den Banden des Fluches im Namen Gottes des Vaters, des Sohnes und des heiligen Geistes." [1]

404) Das war die Wendung zum Hierarchischen, zur irdischen

---

[1] Schulte, J. F., Die Macht der römischen Päpste über Fürsten, Länder u. s. w. 2. Aufl. Prag 1871. p. 31.

Theokratie über Kaiser und Könige, über Völker und Länder im Namen Gottes des Vaters, des Sohnes und des heiligen Geistes. — Es handelt sich gar nicht darum, ob das heute zum Totlachen ist, ob und auf wie weit die päpstliche Prätension heute ermäßigt ist, sondern einfach darum, ob ein italienischer Karbinal, der sich selbst bis zur Wahnwitzigkeit göttlicher Dimension hinaufgeschraubt hat, der von den romanischen Völkern „Sohn Gottes“ genannt wird, der nur von wälschen Karbinälen gewählt wird, auf eine Nazion, wie die teutsche, in religiöser wie politischer Hinsicht unberechenbaren Einfluß ausüben, und den Stumpfsinn und Fetischismus wälscher Religionsübung auf Millionen von Teutschen Gemütern ferner ausbreiten darf.

405) Es muß entschieden werden, ob die orientalische Gottes-Verehrung, wie sie in Rom betrieben und von dort verschrieben wird, mit Bückungen, blauem Rauch, Firlefanz, Gebetsmaschinen und kastrirtem Knabenchor, — ob das teutsch ist. — Die Vorstellungen des innerlich gearteten Teutschen über Gottes-Verehrung sind andere. — Die Nazion hat sich jetzt gesammelt, politisch und bürgerlich. Sie will sich jetzt von allem ihr Fremdartigen scheiden. — Daß 1000 Vaterunser in der ethischen Wert=Schätzung der Herzens=Inbrunst mehr wert seien, als Eines, wird der Teutsche niemals, auch der Katolik, der durch unendliche Tradizion vergessen hat, darüber nachzusinnen, einsehen. — Behaltet Ihr Wälsche Euren asiatischen Gottesdienst mit Straußenfedern und Edelsteinen, Parfümen und Gebetsgetrommel, Kniegerutsche und Fuß=Abküssen! Wir bedürfen keines Gottes, der eine Krone auf dem Haupt hat, größer, als sein Kopf, der wie ein Türke umhergetragen wird, auf den in der Kirche von St. Peter ein dreifaches, donnerndes Hoch ausgebracht wird. Einen solchen sichtbaren, vergoldeten Gott brauchen die Teutschen nicht! —

406) Was ist der Gott der Katoliken? — Ein rasirter, hodentragender, mit Gold umhängter Italiener. — Und der Gott der Teutschen? — der Inbegriff allumfassender Liebe, mitleidigen ebenso, wie Euer heiliger Geist![1] — Dann können wir Euch nicht brauchen. Unser Herr-Gott muß Teutsch können.

408) Solange eine Nazion sich ihren Glauben in einem fremden Idiom vorsagen lassen muß, ist sie feig und charakterlos, und verdient ebenso, ihr Kredo chinesisch auswendig lernen zu müssen, wenn sie es nicht teutsch fordern kann. — „So ich der beschuldigung in keiner sprach so viel erhört hab, ist die lateinisch sprach so trügenlich, sol man das heilig Evangelium und geschrifft nit darin verwandlet han, und ir pfaffen, so yr so lang dar zu geschwigen haben, unß arm einfeltig leyen in sollicher unwissenheit da durch lassen kommen!"[2]

409) Die nazionale Einheit haben wir; können wir die religiöse nicht gewinnen? Nicht die dogmatische, nicht die zeremonielle; Gott bewahre! Keine Proselytenmacherei! Aber die Einheit religiöser Unabhängigkeit! — Sprechen denn die teutschen Bischöfe nicht teutsch? — Und wenn dies, sollen wir dann die goldene Tiara eines Italieners, die bubenschändenden Gebräuche der Päpste, das Kauderwelsch der Römlinge akzeptiren, die ihren Herr-Gott lateinisch anreden?!

410) Ehedem hatte Teutschland auch ausländische Kaiser und Könige, die nicht etwa Teutschland vorher erobert, sondern, die sich Teutschland wie eine fremde Drogue kommen ließ, und die sich, wie z. B. der verrückte Spanier Karl V., herausnahmen, dem teutschen Gewissen Gesetze zu geben. — Wenn man heute Teutschland einen Spanier zum Kaiser anböte, erhöben sich, glaube ich, Millionen von Fäuste, — — aber einen italienischen Gott, einen Italiener, der allein sich von Gott inspirirt ausgiebt, den lassen sich Millionen von Teutsche gefallen; als sei es selbstverständlich, da man keinen teutschen Gott haben kann, sich einen italienischen zu kaufen. Wer sagt Euch, daß dieser Italiener ein Gott sei? —

411) Betet, Teutsche, singt Litaneien, bewegt Euch in seriösen

---

[1] Die Römer sagen als witzige Entschuldigung dafür, daß seit 1524 nur mehr Italiener zu Päpsten erwählt werden: ‚lo spirito santo non intende altro ch'Italiano': der heilige Geist versteht nur Italienisch.

[2] Karsthans, ain Gesprech mit vier Personen. 1521. Hutten's Schriften, herausgegeben von Böcking. Leipzig 1860. Bd. IV. p. 642.

Tänzen, grimassirt, flagellirt Euch, — wenn Ihr meint, Ihr habt
es nöthig — thut Sack=Laufen, tragt Prozessionsfahnen, zittert und
bebt, wenn Euch Euer Gemüt es vorschreibt, aber thut es teutsch;
und erwägt endlich, ob Ihr Euch den Zustand Eures Gemüts von
einem feilen, jesuitisch geschulten, geriebenen, in allen Verstellungs=
und diplomatischen Künsten geschulten Italiener vorschreiben zu lassen
fortfahren wollt!

412) Das teutsche Gewissen, welches von jeher, und wie wir
schon von Tazitus wissen, als ein ehrlicheres und sauberes Ding
angesehen wurde, als das ähnliche seelische Vermögen irgend welcher
andrer Völkerschaften, besonders der Romanen, wird in der Ohren=
Beichte einem italienisch=gedrillten, jesuitisch erzogenen Päpstler aus=
gekramt, ausgekramt unter Berufung auf Gott, mit dem das teutsche
Gewissen von jeher, insonderheit seit den teutschen Mystikern, eigenen
Verkehr haben zu können sich herausgenommen hat. — Pfui! —
Pfui! — Deine Sünden, Teutscher, müssen nach Rom, um dort
Gott vorgetragen zu werden; Deine feinsten und keuschesten Empfin=
dungen müssen durch den römischen Priester nach Rom vor den
Thron eines italienischen Kardinals, abgefeimten Diplomaten und —
wie oft! — lasterhaften Menschen, um dort analysirt, durchstöbert,
auf ihre Wertigkeit geprüft, italienisch umgemünzt zu werden. Und
wehe Dir, wenn Du Dein Gewissen nicht italienisch eingerichtet hast!
— Pfui der Schande! —

413) Ulfilas übersetzte die Bibel in's Teutsche, und Ihr über=
setzt Euer Christentum wieder in's Italienische.

414) Nicht einmal teutsch beten dürft Ihr am Altar! Nicht
einmal das Alt=Gothische ‚Atta unsar, thu in himinam!‘ (Vater Unser,
Du in dem Himmel) sprechen. — Als ob der Herr=Gott droben
nur lateinisch oder höchstens noch italienisch verstünde! — Weil der
Papst nur lateinisch kann, und er, der Italiener, der Vermittler
zwischen Gott und Eurem Gemüt ist, müßt Ihr lateinisch zu Gott
beten. Schämt Euch, Teutsche, nicht einmal mit dem Herr=Gott
teutsch zu reden wagen! Ist der Himmel in Teutschland weiter, als
in Rom? —

415) Und Quantität und Qualität, und Ritmus und Tonfall,

und Perioden und Gesatz, und Affekt und Kopfhaltung ist Euch von
Rom aus vorgeschrieben. Das Gebet, die transzendentalste Leistung,
die der einfache Mann vollführt, der direkteste Ausdruck der Gemüts=
stimmung, ist Euch gemütsreichen Teutschen Katoliken von Rom aus
nach Maß und Umfang von einem Italiener vorgeschrieben. Eure
Gebetsbücher sind, soweit sie teutsch sind, aus dem Lateinischen oder
Italienischen übersetzt und Eure Gebete sind abgewogene Leistungen,
die Euch emballirt und verschnürt, in egalen Gebets=Paketen, wie
Preßhefe, von Rom aus zugeschickt werden.

416) Auf einer meiner Reisen kam ich eines Tags in einer
wundersamen Gegend, in Tyrol, in eine Dorfkirche. Sie war edel
und freundlich gebaut; im Innern luftige Hallen; an den Säulen
und Wänden auf den Postamenten standen Apostel und Heilige in
verzückten Stellungen, ihre Marterwerkzeuge ostentativ in der Hand
haltend; und unten in den Stühlen lagerten schwarze, gebeugte
Massen: lebendige Menschen. Gleich beim Eintritt empfieng mich
ein eigentümliches Plätschern, Klirren, Schnurren und Rasseln, wie
von englischen Webstühlen. Ich glaubte wirklich anfangs, es seien
irgendwo im Keller versteckt Heckselmaschinen, die arbeiten, oder
hinterm Chor eine Lokomobile, die Getreide drischt. — Aber bald
fiel mir auf, daß in den schnurrenden Geräuschen regelmäßig wieder=
kehrende Perioden von bestimmter Länge zu unterscheiden waren, und
daß, vergleichbar dem auf jenen Webstühlen Gewobenen, bestimmte
Dessins und Farben=Einschüsse in maschinensicherer Abwechslung immer
wieder kamen und giengen. Und hier waren diese Dessins zu meiner
nicht geringen Verwunderung Sprach=Perioden und Satz=Komplexe.
‚Maria, Gebenedeite‘, und ‚jetzt und in der Stunde des Absterbens‘,
waren die stets wie auf Stramin gewobenen, vorüberrauschenden
Figuren und Laut=Nüanzen. Und nun merkte ich wohl, daß es die
im Kirchenschiff kauernde Menge war — lebende Menschen — von
deren Lippen und Zähnen dieses Schnurren und Brausen kam. Vorn,
ganz weit vorn, stand in einem weißen Kittel der Vorarbeiter, und
was er lallend und gurgelnd — und wie ich wohl sah, in seiner
Arbeit eminent geschickt — angab, woben und schnurrten die Andern
nach; zuerst die Alten in den vorderen Kirchstühlen; und dann hinten

die Fabrikmädchen; und was diese mit den fleißigen Zähnchen lieferten, klang, als wenn man Erbsen in irdene Töpfe prasselnd fallen läßt; so hellen Diskant woben die kleinen Finger. Lang, lang blieb ich stehen, wohl eine halbe Stunde, stumm und erstarrt, und konnte es nicht fassen. Fast so lang, wie vor dem Rheinfall bei Schaffhausen; eingelullt von dem ewig gleichen Rauschen und Brausen; und ganz versunken in Gedanken, und in Gedanken fortgetragen in eine kleine, ferne protestantische Kirche im Norden, wo ich als Knabe mein stummes Gebet still zu Gott sprach — bis endlich der Wasserfall aufhörte, und das Brausen ein Ende nahm; und ich erwachte; und nun wohl erkannte: das, was ich gehört hatte, waren die Gebets=geräusche der katolischen Kirche; und das Webestück, die Arbeit, die sie vollbracht hatten, nannten sie — Gebet. —

417) War Eure Niedertracht noch weiter zu treiben, als eine internazionale, papstgefällige Gebets=Sprache Euch aufoktroïren zu lassen? Welches Volk hätte je seine Götter in einer fremden Sprache angesprochen?[1] Den lebendigen Gott in einer toten Sprache? Konntet Ihr noch tiefer sinken? — Ja! Ihr konntet Euren Gebets=Lieferanten, den Papst, selbst anbeten! Und das habt Ihr gethan![2] — Ihr habt in Rom konstruirte Gebete an den Papst gesprochen. — Ein Hundsfott jeder Teutsche, der das weiß, und sein Maul nicht aufmacht! —

418) Und wie sorgfältig wird seit Jahrhunderten in Rom darauf geachtet, daß keine Landessprache sich mit der Religion ver=mische; daß kein Dogma sich in der vulgären Sprache präsentire; daß keine Meß=Litanei dem nazionalen Tonfall anheimfalle. Und gar die Bibel, das Buch der Bücher, von dessen einfacher Christuslehre man sich schon seit einem Jahrtausend behufs Vergöttlichung der

---

[1] Die Hymnen und Gebete der alten Völker sind meist die, oder eine der Blüten der betreffenden Landessprache, wie die Lieder des Rig=Veda für das Sanskrit, die religiösen Stücke der Homerischen Gedichte für das Griechische.

[2] Harnack, A., Lehrbuch der Dogmengeschichte. 2. Aufl. 1890. Bd III. p. 652. — Die ‚Voce della Verità‘ sagte hinsichtlich Pius IX.: „Heiligster Papst, wir werden nicht für Dich beten, sondern Dich anrufen.“ — Deutscher Merkur 1878. p. 68.

Kardinäle in Rom entfernt hat — daß dieses Buch nicht übersetzt, und wenn übersetzt, nicht autorisirt, und wenn autorisirt, dem Laien verboten werde! Und daher die Wut auf Luther, den ‚wahnsinnigen‘ Mönch, der die Bibel in volksmäßiges Teutsch übersetzt, und den Gottesdienst in teutscher Sprache zu halten gelehrt. Und daher die Wut auf die Bibelgesellschaften, die die Bibel in aller Länder Sprachen vulgarisiren, und deshalb in Rom als ‚freimaurerische Teufels=Verbindung‘ sich charakterisiren lassen müssen!

419) „Daß auch die Päbstische Religion nicht auf der Selig= keit der Menschen — sagt der Lausitzer Bürgermeister, Mathäus Göbel — sondern vielmehr auf weltliche Dinge ihr Absehen habe, ist auch daraus abzunehmen, daß solche nur einzig und allein in Lateinischer Sprache ausgeübt werden muß. Denn, wenn es ihnen um der Menschen ewiges Heyl zu thun, würden sie den Gottes= dienst zu Jedermanns Verständnis und Erbauung in allen Sprachen verrichten lassen. Aber es ist dieses Geheimnis darunter verborgen, daß sie dadurch die Einigkeit ihrer Kirchen und der Päbste Respect erhalten. Sintemahl widrigen Falls eine jede Nation vor sich selbst, in ihrer Sprache, den Gottesdienst anstellen, und denselben, ohne einiges Absehen auff den Pabst, ver= richten, auch zu ein und anderer Veränderung bald ab= schreiten würde. Die Geistlichkeit würde auch dem Pabste nicht so beständig verbunden verbleiben, sondern sich in jeder Nation ein Haupt erwehlen, so lieber die Inn= ländische Priester beherrschen, als sich von einem Aus= länder beherrschen lassen möchte. Und wenn dem Pabste dieses feste Band der Vereinigung zerrissen werden sollte, bin ich versichert, daß er bald allein gelassen würde[1].“

420) Und weiter: „Dahero auch zu unserer Zeit Pabst Alexander VII. nicht vertragen konnte, daß man in Frankreich das Missale Romanum aus der Lateinischen in die Französische Sprache übersetzet und public gemachet, auch sich in einem am 12. Juni 1661

---

[1] Matthäus Göbel, Caesareo-Papia Romana, die politischen Geheim= nisse des päpstlichen Stuhls. 3. Aufl. Leipzig 1720. p. 218.

publicirten Decret hefftig beklaget, daß man hiedurch des aller=
heiligsten Gottes=Dienstes in der Lateinischen Sprache
enthaltene Majestät (!) zu Boden werffen und mit Füßen tretten,
auch der heiligen Geheimnisse Würdigkeit gemein zu machen sich
unterstanden. — Wie er dann, über obangeführte Erheblichkeiten,
sich nicht unbillig zu befürchten hatte, es möchten die vorwitzigen und
neugierigen Frantzosen den Gottesdienst in ihrer Mutter=
sprache zu halten, auch wohl gar die der Lateinischen Sprache
erfahrne Priester zu übergehen sich nach und nach unter=
fangen[1]."

421) Und nochmals: „Damit man aber auch diesen verdäch=
tigen Gottes=Dienst in Lateinischer Sprache bey denen Christlichen
Nationen in etwas entschuldigen möge, giebet man vor, daß der
Gottes=Dienst selbst verächtlich werden möchte, wann er in bekannter
Mutter=Sprache gehalten, (!!) und dessen Verstand vom gemeinen
Mann begriffen werden sollte. Ja, man beredet gar die Einfältigen,
daß der gemeine Mann die großen Geheimnisse des Gottesdienstes
unmöglich verstehen könne, (!!) und es dahero unnötig sey, hierbey
die gemeine Muttersprache, als welche der Lateinischen bey weitem
nicht zu vergleichen[2], (!!) zu gebrauchen, und daß sich die Geistlichen
um diese Geheimnüsse allein zu bekümmern, vor die Gemeinen aber
genug sey, wenn sie nur dem Lateinischen Gottes=Dienste beiwohnten,
und sich an dem Berichte, was die darbey vorgehende Handlungen
und Ceremonien bedeuteten, vergnügen ließen[3]." — Hört es
Teutsche! —

422) Über den gleichen Gegenstand schreibt Sarpi in seiner
‚Geschichte des tridentinischen Konzils‘: „Mit der Zunahme der Zahl
der Reformirten in Frankreich wuchs auch, zumal Lebensgefahr
für die Anhänger der neuen Religion nicht mehr vorhanden, bei
ihnen der Mut persönlicher Meinungsäußerung. Und während sie

---

[1] A. a. O. p. 219.

[2] Wer englische Kinder die Psalmen in englischer Sprache in der Kirche
hat rezitiren hören, wie z. B. in der Kirche des Foundling-Hospital in
London, der weiß, was es heißt, Gebete in der Mutter=Sprache sprechen.

[3] Caesaria-Papia Romana. p. 119.

Panizza, Teutscher Michel. 14

nun häufig in Paris zusammenkamen, wo ein großer Teil der Be=
wohner zur Sommers=Zeit gegen Abend, wie es gebräuchlich war,
aus der Vorstadt San German (St. Germain) auf die benachbarte
freie Wiese hinauszogen, um hier frische Luft zu schöpfen und es sich
wohl sein zu lassen, fiengen einige der Reformirten, während Andere
sich auf verschiedene Weise ergötzten, an, die Psalmen Davids
auf Französisch zu singen. Anfangs machte sich die Menge, bei
der Neuheit der Sache, darüber lustig. Dann ließen sie die Späße
bei Seite, und schlossen sich den Sängern an. Als die folgenden
Tage die Zahl der Teilnehmer immer mehr zunahm, gieng das Ge=
rede darüber in der ganzen Stadt. Der päpstliche Nunzius hatte
nämlich dem König über die Sache berichtet, und selbe als eine ver=
derbliche und gefahrbringende bezeichnet. (!) Denn die Geheim=
nisse der Religion, die allein den Priestern in lateinischer Sprache
in der Kirche vorzuführen zuständе, würden durch die Landes=
sprache entweiht (!!), und gelangten zur Kenntnis des gemeinen
Volkes. Bei der Zunahme dieses durch die Lutherischen aufge=
kommenen Übels müßte in geeigneter Weise Vorsorge getroffen
werden, damit nicht ganz Paris Lutherisch zu Grunde gehe[1].“ —
Ja, das haben die Päpstlichen Luther nie verziehen, daß er es
gewagt, die Christliche Religion teutsch zu empfinden, teutsch
auszudrücken, und teutsch zu lehren. Welches Verbrechen, Teutsche!

423) „Der geyst in den Teütschen schmeckt den Romanisten nit
fast wohl“ schreibt Hessus in einem Dialog aus der Reformazions=Zeit[2].

424) „Denn weil sich die römischen Spitzbuben dahin begeben,
und wie sie allezeit sich beflissen haben, die Sprachen zu verwirren,
daß der Spitzbube zu Rom Rothwelsch antwortet, wo der Kaiser und
des Reichs Stände schlecht Teutsch reden, so werden sie der Sprachen
nimmermehr eins, schweige, daß ein Concilium werden könne[3].“

---

[1] Sarpi, P., Geschichte des Konziliums von Trient. Übers. v. Winterer.
Mergentheim 1840. Bd. III. p. 54.

[2] Frag und Antwort Symonis Heßi und Martini Lutheri. 1521.
Hutten's Schriften, hrsg. v. Böcking. Leipzig 1860. Bd. IV. p. 605.

[3] Luther, Wider das Papsttum zu Rom vom Teuffel gestifft. Witten=
berg 1545. Sämmtliche Schriften, Erlangen 1830. Bd. 26. p. 123.

425) „Aber wollt Gott, daß wir Teutschen Meß zu Teutsch lesen, und die heimlichsten Wort auf's allerhohist sungen. Warumb sollten wir Deutschen nit Meß lesen auf unser Sprach, so die Lateinischen, Griechen und viel andere, auf ihre Sprach Meß halten[1]."

426) Warum sollen die Teutschen lateinisch beten? — Nachdem sie teutsch exerziren, dreinschlagen, fluchen, lieben und trinken! — Ist die Sprache Meister Eckhart's, des Schöpfers der teutschen Mystik, zu gering für das teutsch=katolische Christentum?

427)
    „Latein ich vor geschriben hab,
    das was eim yeben nit bekandt.
    Yetzt schrey ich an das vatterlandt
    Teütsch nation in irer sprach
    zu bringen dißen Dingen Nach[2])."

428) Aber teutsche Sprache war den Päpsten beim katolischen Priester ebenso verhaßt, wie teutsche Ehe, weil Beides die mächtigsten Hülfsmittel sind, eine Religion zu nazionalisiren, und sie von Rom freizumachen.

429) „Diese drei Wort, frei, christlich, teutsch, sind dem Papst und römischen Hofe nichts denn eitel Gift, Tod, Teufel und Hölle. Er kann sie nicht leiden, weder sehen noch hören; da wird kein Anderes aus, das ist gewiß. Er ließe sich ehe zureißen, und würde ehe Türkisch oder Teuflisch, oder wer ihm sunst helfen künnte[3])."

430) Alexander VII. hatte solche Furcht vor der französischen Ausgabe des Missale Romanum, daß er bei Strafe der Exkommunikazion dasselbe nur zu besitzen, geschweige zu brauchen, verbot; und

---

[1]) Luther, Sermon von dem neuen Testament, d. i. von der heiligen Messe. 1520. Sämmtliche Schriften, Erlangen 1833. Bd 27. p. 153.

[2]) Clag und Vormanung gegen dem übermäßigen, unchristlichen gewalt des Bapsts zu Rom. 1520. Hutten's Schriften hrsg. v. Böcking. Leipzig, 1862. Bd. III. p. 484.

[3]) Luther, Wider das Bapstum zu Rom vom Teuffel gestifft. Wittenberg 1545. Sämmtl. Schriften. Erlangen 1830. Bd. 26. p. 112.

14*

alle gegenwärtigen wie zukünftigen Exemplare ben Flammen zu über=
geben befahl[1]).

431) Schon König Sigismund von Polen forderte 1556
unter 5 Punkten, die er dem Papst Paul IV. vorlegte, das Recht
der Verehlichung der Priester, und den Gebrauch der Muttersprache
bei der Messe. Aber der Papst erklärte dies als ‚beleidigende Ein=
griffe der Laien‘ in seine Rechte[2]) (!)

432) Zum Konzil von Trient hatte der Kaiser Ferdinand
noch den Mut, die Einführung der Muttersprache beim Gottesdienst
zu verlangen. Der Papst winkte ab, und der Kaiser verstummte[3]).
— Heute fehlte, glaube ich, sogar der Mut zu einem solchen
Antrag.

433) Paul V. verlangte vom Kaiser Ferdinand, es seien
in Teutschland nur päpstliche Druckereien zu dulden. — Im Lande
der Erfindung der Buchdruckerkunst ein solches Verlangen ernsthaft
gestellt haben zu können beweist allein den unglaublichsten Servilis=
mus der Teutschen. Wenigstens hier antwortete der Kaiser, Seine
Heiligkeit sei wohl — krank.[4])

434) Zu Hutten's Zeiten, 1514, verbot Papst Leo X. durch
eine Bulle, daß der Tacitus in Teutschland gedruckt werde „auß
keiner anderen ursach, uff das der Römisch trucker besto mer gwinn."[5])
— Hutten frägt den ängstlichen Drucker zu Mainz, der meinte,
wenn er gegen des Papstes Verbot handle, „des teüfels zu sein",
ob er sich auch vom Papst verbieten lasse „weyngarten zu arbeiten,
wasser zu drinken 2c." — — Ihr lacht?! — Laßt Ihr Euch denn
nicht heutigen Tags noch viel mehr vom Papst ge= resp. ver= bieten?:
die Art Eures Denkens, die Art Eures Handelns, Eure Entscheidung
im Reichstag, Eure Gebete, die Lehre über den Kaiser, ob Ihr dem

[1]) Heideggerl, J. H., Historia Papatus. Amster. 1698. sect. 290.
[2]) Theiner, J. und A., Einführung der erzwungenen Ehelosigkeit.
Altenburg 1845. Bd. III. p. 888.
[3]) Theiner, a. a. O. III. p. 910.
[4]) Theiner, a. a. O. III. p. 898—899.
[5]) Gesprächbüchlein her Ulrichs von Hutten. Schriften. Bd. IV.
p. 153.

Lande gehorsam sein, ob Ihr in den Krieg ziehen sollt, den Umfang Eures Glaubens, die Lehre über den Papst, das Dogma seines welt=lichen Territoriums, das Urteil über die Jesuiten, die Einrichtung Eures Gewissens. — Sind das nicht tausendmal schlimmere Sachen als ‚den Tacitus drucken‘? —

435) Euer Leib, Teutsche, der ist in Teutschland, in der Schänke, oder sonstwo; aber Euer Geist der geht immer noch nach Canossa. —

436) Die russische wie die griechische Kirche gebrauchen die Landessprache bei ihrem Gottesdienst; und selbst das kleine Montenegro hat in den jüngsten Tagen die slavische Liturgie durchgesetzt. — Aber der teutsche Katolik, sobald er von seinem Drehpunkt in Rom loszu=kommen meint, — das Resultat tausendjähriger Unfreiheit — glaubt in das bodenlose Nichts geschleudert zu werden.

437) Sogar die katolischen Vlamen haben sich gerührt, und zunächst wenigstens in ihren geistlichen Unterrichts = Anstalten die vlämische Sprache durchgesetzt[1]. — Und die Böhmen haben unter ihrem Führer Dr. Rieger und in Erinnerung an ihren großen Helden und Denker Huß schon vor Jahren Losreißung von Rom, slavischen Gottesdienst und Aufhebung des Zölibats bei der tschechischen Geistlichkeit proklamirt[2]. — Arme teutsche Katoliken, hättet Ihr wenigstens einen halben Huß, einen viertels Luther produzirt! — So habt Ihr nur einen Melanchthon — Döllinger — hervor=gebracht, einen Professor, der über Bücherstudium nicht hinauskam; und den ließt Ihr Euch vor der Nase exkommuniziren. — Selbst italienische Geistliche haben jetzt laut und eindringlich für Einführung der italienischen Sprache in der Liturgie ihres Landes plädirt[3]. Und nach neuesten Berichten hätten sogar die katolischen Bistümer Russisch=Polens die Verwendung der Landessprache in ihrem Gottesdienst

---

[1] Siehe Bericht über den katolischen Kongreß in Brugge im Herbst 1893. Münchener Allgem. Ztg. 1893. Nr. 236.

[2] Siehe Paul Dehn, Nach fünfhundert Jahren. Beilage z. Allg. Ztg. München 1893. Nr. 128.

[3] Curci, C. M., Il Vaticano Regio. Roma 1883. p. 307 f.

beim Papst durchgesetzt[1]). — Und wenn alle Völker ihre Sprache, ihre Kirche, ihre Nazion, ihre Geistlichen haben werden, werdet Ihr, Teutsche, noch mit dem Papst lateinisch plappern, und nicht wissen, was in Eurer Messe vorgeht.

438) Spurlos sind an Euch die Tage von 1870/71 vorüber= gegangen. Ja, Einige behaupten, Ihr hättet Euch damals besiegt empfunden, weil Frankreich katolisch war. Und als bald darauf Preußen den Versuch auf Euer Teutschtum, auf Euren Patriotismus machte, stemmtet Ihr Euch mit Händen und Füßen entgegen, erklärtet, Euer König sei der Papst, und wenig fehlte, Ihr wäret, wie zur Zeit Gregor's VII., über Euren Landesherrn hergefallen. Nicht an Euch lags, nur an Pius IX., der nicht wie Gregor in großer Politik, sondern in sanfter Mariologie machte. — Ich weiß, daß es unter Euch ehrliche Teutsche, brave Patrioten gibt; aber warum schweigt Ihr? —

439) Und doch war Eure Geistlichkeit noch 50 Jahre früher teutscher und mutiger gesinnt: Im Jahr 1826 erschien eine Denk= schrift der katolischen Geistlichkeit Schlesiens, in der außer Abstellung anderer Mißbräuche für den Gottesdienst die teutsche Sprache gefordert wird[2]). Die Oberhirtliche Behörde nahm diese Eingabe sogar mit Wohlwollen auf, und druckte sie im Diözesen=Blatt ab[3]). — Was geschah? — Der Papst unterdrückte Alles. Der Papst will nicht haben, daß in der katolischen Kirche Teutschlands Teutsch ge= sprochen wird. Also kuscht Euch Teutsche, wie Ihr es seit 1000 Jahren gewohnt seid.

440)   „All freye Teütschen ich verman,
       zu sein in dißem schimpff bereit.
       Das gholffen werd dem gantzen land,
       und ußgetriben schad und schand.

---

[1]) Allgem. Zeitung. München 1893. 3. Dezember.

[2]) „Erster Sieg des Lichtes über die Finsternis in der katolischen Kirche Schlesiens." Hannover 1826.

[3]) „Merkwürdiges Umlaufsschreiben des Fürstbischofs von Breslau." Hannover 1827.

Und hör nit auff, ich schrey und gilff,
biß man der warheit kompt zu hilff,
und schicket sich zu dißem kryg.
Wer weiß ob ich noch unden lyg [1])."

441) Dreierlei Dinge, — sagt Hutten — seien in Rom er=
schrecklich zu hören: „ein allgemein Conzil, eine reformation des
geistlichen standts, und, daß den Teutschen die Augen aufgehn [2])."

442) Wollen die Teutschen zusammentreten und ein Gesetz
unter sich machen, gehe es nun über Holz oder Schmalz, über
Bücher oder Waffen, über Gefängnisse oder Gedanken, so ist eine
große Partei da, die teutschen Namen trägt, die erklärt, sie müsse
erst anderweitig Kunde erholen, da ihr eigenes Gewissen für sie nicht
ausreiche. — Darauf rennen sie keuchend nach Rom, schellen an
der Glocke des Vatikan und stellen sich in die Positur der Gottes=
Verehrung. Dort tritt dann ein Greis heraus beladen mit dem
Fluch 1000 jähriger Hurerei, Menschenverstümmlung, Lug und Trug,
Mord und seelischer Vergiftung, und behaftet mit dem untilgbaren
Geruch lüsterner, orientalischer Perversität; und auf die Frage dieser
blondsträhnigen, biderben Teutschen, von denen vielleicht jeder noch
eine Porzion Ehrlichkeit abgeben könnte, ohne entfernt an den seelischen
Schmuz des Obenstehenden hinzureichen, auf ihre Frage an ihren
Gewissensgebieter: Wie denkst Du über Holz oder Schmalz? Wie
denkst Du über Bücher oder Waffen; und wie über Gefängnisse oder
Gedanken? — antwortet der ehrwürdige Greis mit dem Jesuiten=
Gift zwischen den Zähnen: Wartet freundliche Teutsche! Wir wollen
uns erst drinnen mit unseren Freunden benehmen, und über das,
was Euren Gewissen am besten frommen möchte, uns berathen. —
Und den teutschen Köpfen fallen die blonden Strähnen auf die Erde,
und sie warten, was drinnen die Wälschen ihrem, dem teutschen Ge=
wissen, welches eine ihrer kostbarsten, ursprünglichsten Eigenschaften
gewesen sein soll, vorschreiben werden.

---

[1]) Hutten, Clag und Vormanung dem übermäßigen, unchristlichen gewalt
des Bapsts zu Rom. 1520. Schriften hrsg. v. Böcking. Leipzig 1862.
Bd. III. p. 504.

[2]) Gesprächbüchlein her Ulrichs von Hutten von dem verkärten stand
der Stat Rom. Schriften, Bd. IV. p. 178.

443) Auch im teutschen Reichstag sitzt so eine päpstliche Kohorte, eine Art vatikanischer Schweizer, die mit der Hellebarte im Maul herausfahren und sagen: Wir wollen nichts wissen von Kaiser und Reich. Auch der Erbfeind der Teutschen, die Franzosen gehen uns Nichts an. Wir sind nur aus Zufall in Teutschland geboren. Wir sind Päpstlich. Mag das Reich in Trümmer gehn, wenn nur der Papst gerettet wird. Dieser Wälsche ist uns wichtiger wie der teutsche Kaiser. Sein weltliches Territorium wichtiger als Brandenburg oder Bayern. Und die römische Campagna wichtiger als Kurhessen oder Sachsen. Mag der Rhein von den Franzosen genommen werden, wenn nur die Tieber dem Papst bleibt. Dieser Italiener verfügt gänzlich über unser Gewissen. Er ist unser Be= fehlshaber und unser Gott. Ihm empfehlen wir unsere Seele beim Zu=Bett=Gehen, und beim Aufstehen; und des Tagsüber. Wir sind nur Teutsche, um für den italienischen Mann in Rom, der Gott ist, in Teutschland zu agitiren. Und nur soweit sind wir Teutsche. Die lateinische Sprache des italienischen Gottes, wenn er offiziell spricht, und das italiano volgare wenn er familiarmente spricht, ist uns wichtiger als Euer Göthe und Schiller, die Heiden waren und in Heidnischer Sprache schrieben. — Wir ruhen nicht eher, als bis der Papst über alle teutsche Gewissen gebietet und auch in irdischen Dingen ein Wort mitzureden hat; bis der teutsche Kaiser, wie einst Friedrich Barbarossa, vor IHM zu Boden fällt und IHM den Fuß küßt. Dies zu erreichen ist Pflicht eines jeden ehrlichen, braven, wahren Teutschen! — Jetzt zu Eurem Gesetz=Ent= wurf. —

444)   „Sie wollen bei Bapst hailigkait sten,
        Und sollte Theutisch lanth gantz undergeen,
        Das haben sie beschlossen[1].“

445) Von Zweien Eins: Entweder seid Ihr Katoliken und dem Papst in allen Fragen „des Glaubens und der Sitten“ gehorsam, dann müßt Ihr befolgen und mitwirken zu Dem, was z. B. Paul IV. in seiner Bulle »Cum ex apostolatus officio«

---

[1] Spottlieder der Stralsunder 1524—1527. Hrsg. von C. Zober. Stralsund 1855. p. 6.

vom Jahr 1559 vorschreibt: „Alle weltlichen Fürsten und Monarchen so gut wie alle Bischöfe, sind, sobald sie der Häresie (Protestantismus) oder des Skisma schuldig geworden, ohne daß es irgend einer rechtlichen Formalität oder eines Richterspruchs bedürfte, sofort ihrer Würde und Länder ohne Möglichkeit einer Wiedererlangung verlustig; bereuen oder widerrufen sie, so wird der Papst diese Kaiser, Könige oder Bischöfe aus Barmherzigkeit zu lebenslänglicher Buße begnadigen. Einem häretisch oder skismatisch gewordenen Fürsten darf kein Dienst der Menschlichkeit mehr geleistet werden." [1] Dann seid Ihr in Eurem Gewissen stete, hinsichtlich der Tat bedingte Landesverräter. — Oder Ihr seid Teutsche; dann könnt Ihr dem Papst nicht mehr gehorsam sein. Und da es Euch, wie ich schätze, auf die Religion, also, wie ich vermute, auf das Christentum, ankommt, und dieses doch, wie das halbe Abendland zeigt, unabhängig vom Papst existirt, und vor ihm existirte, so kann Eure Wahl nicht zweifelhaft sein. Katolisch und Teutsch kann man zu gleicher Zeit sein. Aber papstgehorsam und teutsch unmöglich.

446) Die teutschen Katoliken hätten ja wahrhaftig nicht nötig, für ihre Priester, ihre Messe, ihren Kanon besorgt zu sein. Der Leib Christi wird ja in Köln und München genau so gut verwandelt, wie in Rom, und hat, anscheinend, auch dieselbe Wirkung auf Geist und Gemüt. Wenn sie sich nur entschließen könnten, teutsch zu denken und teutsch zu empfinden.

447) Schon Huß sagte, die christliche Kirche könne in den verschiedenen Ländern durchaus ohne die »monstruosa capita« die gräulichen Oberhäupter der Päpste bestehen. [2] — Nun erst, wenn die Einheit des Vaterlandes auf dem Spiele steht!

448) Um einen tausendjährigen Bann des Aberglaubens zu

---

[1] Magnum Bullarium Romanum. Luxemb. 1727. tom. I. p. 840. — Dies ist von einem Papst ex cathedra gesprochen, und also unfehlbar. — Auch Pius IX. spricht sich in num. 54 seines Syllabus nicht anders aus: „Könige und Fürsten sind weder von der Jurisdiction der Kirche ausgenommen, noch stehen sie bei Jurisdictionsfragen höher als die Kirche." Encyclica und Syllabus Seiner Heiligkeit Pius IX. Köln 1865. p. 94.

[2] Weber, J. C., Das Papstthum und die Päpste. Stuttgart 1834. Bd. II. p. 240.

brechen, gehört eine Porzion Übermut und Narrheit auf Seite des
die abergläubische Verehrung in Anspruch=Nehmenden, und eine
Porzion Kurasche auf Seite dessen hinzu, der diesen Bann brechen
will: Erst als Bonifaz VIII. erklärte, er sei Papst und Kaiser,
Niemand untertan, und wenn er die Seelen der Gläubigen zur
Hölle führte, Niemand Rechenschaft schuldig, sich, als erster, eine
doppelte Krone aufsetzte, und neben dem päpstlichen auch im kaiser=
lichen Ornat mit Krone, Szepter und Küraß sich öffentlich zeigte,
zwei Schwerter mit dem Ruf ‚ecce duo gladii‘ sich vorantragen
ließ, das weltliche und das geistliche, — erst jetzt konnte der mutige
Philipp IV. von Frankreich, der, weil er nicht die geforderten
Gelder nach Rom abführen ließ, exkommunizirt und seines Landes
für verlustig erklärt worden war, dem verrückten Bonifaz ant=
worten: „Wisse Deine allerheiligste Albernheit, daß Wir in welt=
lichen Fragen Niemandem unterworfen sind; daß die Besetzung
vakanter Kirchenämter und Präbenden Uns nach königlichem Recht
zusteht, sowie während der Dauer der Vakanz, deren Nutznießung;
daß die von Uns bisher gemachten und in Zukunft zu machenden
Belehnungen rechtskräftig sind, und daß wir deren Inhaber gegen
Jedermann schützen und verteidigen werden. Wer anders darüber
denkt, den erklären Wir für albern und begriffsstützig.“ [1]

449) Freilich Eines gehört zu solchem Auftreten: daß die
eigenen Landsleute nicht über den Landesherrn auf Befehl des
Papstes herfallen, wie es die Teutschen bei Heinrich IV., Philipp
von Schwaben, Friedrich II., Ludwig dem Bayern und in
andern Fällen gemacht haben.

450) „Drey ding — sagt Hutten — seind Rom leid: der
Teütschen Fürsten Einigkeit, des Volkes rechter verstandt und, daß
ihr buberey wirdt erkannt.“ [2]

---

[1] »Sciat Tua maxima fatuitas, in temporalibus nos alicui non
subesse, aliquarum Ecclesiarum et Praebendarum vacantem collationem
ad nos pertinere jure Regio et fructus earum vacante duratione nostros
facere; Collationes a nobis hactenus factas et in posterum faciendas
fore validas, et earum vigore possessores contra omnes viriliter nos tueri.
Secus autem credentes fatuos et dementes reputamus.« — Heideggeri,
J. H., Historia Papatus. Amstel. 1698. p. 149.

[2] Trias Romana. Hutten's Schriften. Herausgegeben von Böcking.
Bd. IV. p. 267.

451) Als Innocenz IV. (1243—1254) seine Präbicanten- und Minoriten-Mönche durch ganz Frankreich sante, um in seinem Namen von jedem Geistlichen Geld auf Borg zu nehmen, erließ der fromme König Ludwig der Heilige, ‚suspectum habens Romanae curiae avaritiam‘ an alle Inhaber von geistlichen Pfründen, bei Androhung des Verlustes derselben, ein Verbot, dem päpstlichen Legaten etwas zu geben.[1] — Klugheit und Frömmigkeit schließen sich nicht aus. Nur die dummen Teutschen ließen sich immer bis zum Äußersten von der lateranensischen Kreuzspinne aussaugen, und gaben für ihre Sünden ihr letztes Hemb hin.

452) Und dem Verlangen des gleichen Papstes, den päpstlichen Decretalen, welchen die römische Kurie gleiche Autorität wie der Bibel zuerkannten, in Frankreich Gesetzeskraft zu verleihen, widersetzten sich die französischen Bischöfe, indem sie zusammentraten, und ein einstimmiges veto dagegen einlegten.[2]

453) Diesem festen Zusammenhalten der französischen Würdenträger gegenüber den päpstlichen Anmaßungen und dem entschiedenen Betonen der Interessen des eigenen Landes verdankt auch Frankreich die unter dem Namen der ‚gallikanischen Freiheiten‘ bekannten Vorrechte der französischen Kirche, mit deren Abfassung der Name ihres bedeutendsten Geistlichen, Bossuet's, verknüpft ist, und die auf der Bischofs-Konferenz vom Jahr 1682 in die vier Hauptsätze zusammengefaßt wurden: Petrus und seine Nachfolger haben von Gott nur Macht im Geistlichen, nicht im Weltlichen. — Diese Macht ist beschränkt durch die Beschlüsse des Konstanzer Konzils, welche die Autorität der Konzilien über die des Papstes setzt. — Sie wird ferner eingeschränkt durch die Vorschriften und Gebräuche in der gallikanischen Kirche. — Die Aussprüche der Päpste sind je nach dem Verhalten der Konzilien corrigirbar.

454) Und als Gregor XIII. gegen König Heinrich IV. von Frankreich den Bann schleuderte und ihn des Reiches für verlustig erklärte, trat das französische Parlament zusammen, und ließ

---

[1] Mornay, Ph., Mysterium iniquitatis seu historia papatus. 2. edit. Salmurii 1612. p. 842.

[2] Mornay, a. a. O. p. 891.

die päpstliche Bannbulle öffentlich in Paris durch den Henker ver=
brennen.

455) Als Innocenz IV. auch nach England seinen Legaten
Martinus sante mit carte-blanche-Bullen ,schedulas non scriptas
sed bullatas', die der beutegierige Legat zur Eintreibung des Zehnten
nur auszufüllen brauchte, und den verzweifelnden Prioren und Äbten
die Pferde aus dem Stall zog, vereinigten sich alle Stände des
Königreichs zum Widerstand. Der aufgebrachte und gehorsam=ge=
wöhnte Legat rannte mit Beschwerden von den Geistlichen zu den
Baronen und von den Baronen zu den Geistlichen. Endlich gieng
er zum König, und frug, ob dieses Spiel gegen den Abgesanten des
Papstes abgekartete Sache sei. Und der König (Heinrich III.), dem
endlich die Geduld riß, herrschte den Legaten an, er solle sich zum
Teufel scheeren: »Diabolus te ad inferos inducat et perducat.«
Hier wurde der Pfaffe plötzlich sanft, und bat nur um sicheres Ge=
leite durch das erregte Land. Er wurde an die Küste gebracht.
Kam nicht wieder. [1])

456) Aber auch die Teutschen, Stände wie Bischöfe, Fürsten
wie Bürger, wußten sich gelegentlich dem tollen Beginnen der Päpste
kräftig entgegenzusetzen: Kaiser Friedrich Barbarossa jagte 1187
die Gesantschaft Hadrian's IV., die ein Schreiben überbrachte, in
dem das Wort ,beneficium', ,Lehen', im Hinblick auf das teutsche
Reich gebraucht war, mit Schimpf und Schande zum Land hinaus
— sie wäre beinahe von den teutschen Rittern erschlagen worden
— und erließ ein Manifest an seine Großen und an die Geistlich=
keit, worin er den Versuch des Papstes, das teutsche Reich als päpst=
liches Lehen zu betrachten, als lügenhafte Anmaßung kennzeichnet. [2])
Und als auch die teutschen Bischöfe dem Klage führenden Papst ant=

---

[1]) Matthaeus Parisienis, Historia major. Londin. 1684. Edition
W. Wats.

[2]) »Cumque per electionem principum a solo Deo Regnum et
Imperium nostrum sit — quicunque nos Imperialem Coronam pro bene-
ficio a D. Papa suscepisse dixerit, divinae institutioni, et doctrinae Petri
contrarius est, et mendacii reus erit.« Gregorius, Geschichte der Stadt
Rom. Stuttgart 1890. Bd. IV. p. 524.

worteten: ‚Wir betrachten die teutsche Kaiserkrone nur als göttliches
Lehen‘ — ‚liberam Imperii nostri coronam divino tantum bene-
ficio adscribimus‘ — kam im folgenden Jahr eine neue Gesantschaft
mit der feigen, italienischen Ausrede: der Papst habe das Wort
beneficium nicht nach dem landläufigen, juristischen Sinn, sondern,
im Hinblick auf die Kaiserkrönung, im Sinn von benefactum, Wohl=
tat, gebraucht, wie es auch im Lexikon stünde.[1]

457) Bei anderer Gelegenheit schreibt ihm Barbarossa:
„Desgleichen Euren Kardinälen sind die Kirchen Unseres Reiches
zugeschlossen, und die Städte stehen ihnen auch nicht offen, weil wir
sehen, daß sie nicht praedicatores (Prediger), sondern praedatores
(Räuber) sind; nicht pacis et orbis reparatores (Friedensstifter und
Weltbesserer), sondern auri insatiabiles corrosores (unersättliche Gold=
Zusammenscharrer).[2]

458) Als Barbarossa zu Venedig 1177, nach erbittertem
Kampf mit den mit dem Papst verbündeten italienischen Städten,
mit Alexander III., dem Nachfolger Hadrian’s, Frieden schloß,
und bei der Begegnung vor ihm niederfiel und nach damaliger Sitte
ihm den Fuß küßte, nicht ohne mit Vorsicht hinzuzusetzen: non tibi,
sed Petro! — nicht Dir, sondern Petrus — antwortete der Papst:
et mihi et Petro, setzte dem dortliegenden Kaiser den Fuß auf den
Nacken und zitirte den Bibel=Spruch: Auf Schlangen und Ottern
wirst Du gehen, und treten auf junge Löwen und Drachen. —
Weber hält das Ganze für ein „anmaßendes Pfaffenmärchen; ein
Mann, wie Barbarossa hätte dem Kirchen=Alexander mit dem Szepter
über die Ohren geschlagen.“[3]

459) Luther rast über den Schimpf: „Und solche böse That
dieses schändlichen, verdampten Papsts Alexandri sollten die Kaiser,
Könige, Fürsten und weltliche Herrn den Päpsten, ja Bestien, nimmer=
mehr vergeben; sondern ewiglich gedenken und aufrucken zu ewiger
Schande dem römischen, teufelischen Stuhl. Denn es reuet sie nicht,

---

[1] Gregorovius, a. a. O. p. 525.

[2] Weber, J. C., Das Papstthum und die Päpste. Stuttgart 1834.
Bd. I. p. 413.

[3] Weber, J. C., a. a. O. I. p. 422.

sie büßens nicht, die lästerlichen verzweifelten Buben, sondern lachens noch dazu, und haben Wohlgefallen daran; wollten wohl gern an allen Kaisern, Königen, Fürsten solch greulich Exempel üben, wenn sie dazu kommen kunnten; und wer ein fromm Christen ist und sein will, der sollt auch allein umb dieser einigen That willen den Namen Papst anspeien, so oft er ihn hört nennen, oder läse, oder dran gedächte." [1]

460) Als Gregor IX. Kaiser Friedrich II. wegen einer hohlen Nuß bannte, und seine Emissäre durch ganz Teutschland zogen, um das Volk aufzuhetzen, traten die teutschen Bischöfe zusammen und erklärten: „Der römische Oberpriester habe ohne Zustimmung der teutschen Bischöfe keine Rechte in Teutschland; möge der römische Pontifex seine italienischen Schaafe weiden; sie (die Teutschen) würden von ihren Schafsställen die Wölfe im Schafspelz abhalten." [2] — Wann haben teutsche Bischöfe wieder so mit Rom gesprochen? — Und wenn heute ein Leo oder ein Fuchs im Schafspelz mit einem goldsaugenden Dogma nach Teutschland schleicht, welches ihn zum ‚Sohn Gottes‘ oder die Jungfrau Maria zu seiner ‚Mutter‘ macht, oder dgl., werden teutsche Bischöfe wie im Jahr 1229 sprechen, oder den Schwanz einziehen wie 1870?

461) Als Gregor IX. am Palmsonntag 1239 den Kaiser zum zweitenmal bannte, weil er ihm nicht die gewünschte weltliche Politik trieb, und ‚seinen Leib dem Teufel übergab‘, sowie seine Untertanen des Eides der Treue entband, richtete Friedrich II. ein Manifest an seine Kollegen auf den Thronen Europas, worin er schrieb: „Das Haupt der Kirche ist ein brüllender Löwe, ein besudelter Priester, ein wahnsinniger Profet; Unsere Schmach ist auch die Eurige; Uns liegt ob, daß Christi Herde nicht länger von solchem Hirten irregeführt werde. Wir müssen mit allen unseren Pfeilen diesen Feind angreifen, bis er verwundet niederstürzt." [3] — Der

---

[1] Luther, Papsttreue Hadrian's IV. und Alexander's III. gegen Kaiser Friedrich Barbarossa geübt. 1545. Sämmtliche Werke, Erlangen 1830. Bd. 32. pag. 360.

[2] Aventini, J., Annales Boiorum. Lips. 1710. lib. VII.

[3] Weber, J. C., Das Papsttum und die Päpste. Stuttgart 1834. pag. 78.

heutige Leo brüllt nicht so wie der 9te Gregor; er ist ein dünner
Fuchs, der sich noch geschickter in den teutschen Weinberg einzu=
schleichen weiß; aber ob Fuchs, ob Leo, ob Gregor, jeder Papst ist
ein geborner Feind des Teutschtums; schon der teutsche Charakter ist
ein immerwährender Protest gegen die doppelzüngige Viper, die sich
‚Sohn Gottes‘ nennt, und ein Mensch nach dem Ideale der Jesuiten
ist. Und eine kaiserliche Sprache à la Friedrich II. sähen wir
heute lieber als ein freundliches tête-à-tête zwischen Kaiser und Papst
zu Rom.

462) Als der gichtbrüchige Papst Honorius IV., der eine
Maschine brauchte, um die Messe zu lesen und die Hostie aufheben
zu können, seine lahmen Glieder bis nach Teutschland ausstrecken
wollte, und durch seine Emissäre den Vierten aller geistlichen Ein=
künfte auf fünf Jahre im Voraus einzutreiben befahl, versammelten
sich die teutschen Bischöfe in Würzburg 1289 und der Bischof
Probus von Toul (welches damals zu Teutschland gehörte), der
seinen Cicero nicht vergessen hatte, begann seine catilinarische Rede
mit den Worten: „Wie lange, theure Mitbrüder, werden diese
römischen Geier noch unsere Nachsicht, um nicht zu sagen Thorheit,
mißbrauchen? Wie lange noch werden wir ihre Schandtaten, ihren
Geiz, ihren Stolz, ihren Luxus ertragen? Dieses pharisäische Ge=
schlecht schlimmster Art wird nicht eher ruhen, bis es uns alle in
die tiefste Armut und niedrigste Knechtschaft gebracht hat. . . .[1]“

463) Und als Leo X., der große Goldschlund, zum so und
so vielten mal Legaten nach Teutschland schickte, um Geld zu einem
angeblichen Türkenkrieg, mit dem man die Teutschen seit 100 Jahren
äffte, zu erpressen, ließ sich ein Teutscher, dessen Namen nicht über=
liefert, folgendermaßen an die Fürsten vernehmen: „Die Türken
wollt Ihr überwältigen? Löbliches Unternehmen. Ich fürchte nur,

---

[1] »Quousque, collegae charissimi, Romani illi vultures patientia
nostra, ne dicam stultitia, abutentur; quousque eorum flagitia, avaritiam,
superbiam, luxum tolerabimus? Non cessabit hoc genus archisynagon
pessimum, nisi omnes ad egestatem et servitutem durissimam redegerit ...«
Mornay, Ph., Mysterium iniquitatis seu historia Papatus. Salmurii 1612.
pag. 921.

Ihr irrt im Namen. In Italien sucht, nicht in Asien. Gegen die
Türkengefahr ist jeder unserer Fürsten zum Schutz seiner Grenzen
selbst genug. Aber um jenes anderen Türken Begehren zu erfüllen,
genügt nicht der ganze Erdkreis. Jener, der mit seinen Grenzvölkern
immer im Haber liegt, hat uns noch nicht geschadet. Dieser mästet
sich bei uns und saugt das Blut der Armen. Diesen Cerberus
könnt Ihr nicht anders befriedigen, als mit einem Goldstrom. Es
sind keine Waffen nötig; kein Türkenheer ist es, was der Papst will.
Geld, Ertrag der Zehnten, das ist ihm lieber wie Reiterschwadronen
und Heerhaufen . . . ." [1]

464) »Semblablement pape Martin recouvra des Eveschees
de France, tant seullement, quil havait conferees 600,000 mille
escuz. Si ne faut pas doutter quil en receust moins de la Ger-
manie. Je me tais de l'Angleterre, Espaigne, Hongrie et autres.
Je me tais aussy du revenu quil tire anuellement de la cour Ro-
maine et ce quil lieue sus le patrimoine de l'Eglise; cecy se peut
appeler un revenu. — Je me tays aussy de largent des pardonz
et du purgatoire, par labuz desquelz les papes ont recrouvrez tant
de denierz, si que tout home qui extimera cela, sesmerveillera ou
est alle tant dargent, ni come lon en ha peu tant acquerre; mais
advisons combien de pecune ilz hont attrapee par le moien de la
croisade assignee pour marcher contre le Thurc, sans quilz haient
pour ce amassez II. soldatz ensemble.« [2]

465) Teutschland war überhaupt immer der offene Markt für
die Geldbedürfnisse der Päpste: „In Italien — schreibt Hutten —
hab ich nymants gesehen, sollicher bing etwas thun, die unsere
Teütschen so mit großem gemeinem, und auch eygenen Schaden zulassen. Dann sie kauffen kein aplaß. Ja kaum nemen sie den umb-
sonst. So geben sie auch nit gelt zum Türcken krieg, und wissen,
daß facultates sein erfunden, die barbarischen Teütschen damit zu

[1] Exhortatio viri cujusdam doctissimi ad Principes, ne in decimae
praestationem consentiant. Siehe Mornay, Ph., Mysterium iniquitatis.
pag. 1390.

[2] Bonivard, Francois, Advis et devis de la source de Lidolatrie
et tyrannie papale. (ca. 1560). Geneve 1856. p. 26.

plonbern, halten die auch darumb für frembd, und sie nit betref=
fend. Noch geben sie gelt zu vollbringung sanct Peters münster
wie wir, nit ein pfenning. Allein Teütschen bedünken sie jn (ihnen)
eben (brauchbar) sein, die sie so lang, und in so mancherley gestalt
äffen. Derhalben auch, wenn sie sehen uns Teütschen sollichs über=
redt sein, verlachen sie uns bis zum keychen." [1]

466) Unter den ‚dreißig artickel‘, die ums Jahr 1522 einige
teutsche Jungherrn und Ritter ‚mitsampt irem anhang hart und vest
zu halten geschworen haben‘ sind: „zum fünfften: den Bapst zu Rhom
für einen Endchrist (Antichrist) zu halten und im in allen dingen
entgegen zu sein. — Zum sybenten: das sie den hoff zu Rhom und
des Bapsts gesind die vorhellen nennen wöllen. — Zum zehenden:
das sie ein yeden Bäpstischen legaten für ein verräter Teütscher nation
und gemeynen feynd unseres vatterlands halten wöllen. — Zum
dreytzehenden: schwören sie ein ewige feyndtschaft allen Bäpstischen
bullen und brieffen, und allen den die sie ußgeben oder sie be=
schirmen. — Zum fünfftzehenden: das sie hinfür uff Freytagen und
andern fast tagen unterschiblich fleisch, visch, und was in fürkompt,
wie an andern tagen essen wöllen. — Zum einundtzweintzigsten: das
sie keinen pfarrer bey in leyden wöllen, er sey dann genugsam das
evangelium und Christlich gesatz zu predigen, und darneben eines
erbern frummen lebens. — Zum dreyundzweintzigsten: kein bildtniß
fürt an mer, sie seyen von stein, holtz, gold, sylber, oder wie sie ge=
macht, sunder allein Gott im geist an zu betten und im zu dienen.
— Zum vierundzweintzigsten: keinen tag mer dann den einigen Son=
tag zu feyren, und sich in dem nichtes an der pfaffen gebott zu
keren. — Zum fünffundtzweintzigsten: kein brot, wein, saltz, wasser,
kraut, wachs, oder anders hinfür zu weyhen lassen, sunder alles das
sie mit dancksagung nießen, für geweycht und gesegnet zu halten. —
Zum neunundzweintzigsten: der heymlichen beycht halber doctor Luthern
und andere der sach verstendigen und unpartheyschen an zu suchen,
und ires rats darinn zu pflegen, unangesehen, wie es die getzigen
pfaffen bißhär gehalten. — Zum dreyßigsten: das sie in allen ob=

---

[1] Vadiscus, dialogus Hutteni, Hutten’s Schriften. Hrsgegeb. von
Böcking. Bd. IV. p. 233.

geschribenen articteln ire leyb und gut zusammensetzen wöllen. Und ruffen gott zu gezeügen, daß sie nit ir eygene sach hierinn, sunder die götliche warheit, christen glaub, und des gemeynen vatterlands wolfarn bewegt. Und was sie thun, geschieht in einer christlichen erbern guten meynung." [1] — Es tut Einem wahrhaftig wohl, diese Sprache zu hören.

467) „Drey ding sind es die Rom freventlich hasset: rechte Lehnsherrn, freye wal der bischöff und der Teütschen Nüchternheit; doch ist es diesem dritten am allergeferlichsten gram und wider. Würt es auch lenger nit leyden, sondern ehe ein gebot lassen auß gehen, darinn truncfenheit gelobt und villeicht mit ablas begabt werde, uff das nit wo Teütschen nüchter wären, der Römischen bösen stück und trügerey desto ehe erkenneten." [2]

468) Und als sie endlich wirflich nüchtern wurden, und die Ablaßkrämer zum Land hinausjagten, nannte man sie ‚Bestien‘ und ‚Barbaren‘: „Dir römischen legaten haißen die Engelender und Deütschen tholl unverfunnen leüt, beklagen sich, daß sie kein Gelt mehr hergeben, dieweil zuletzt die Teütschen auch weyß worden seynd, wiewol vil spat, so bedunkt sie doch ihnen viel zu fru, sie sehen ain ander welt, ander zeyt, und nimmer die, die sich vor hab umb= fürn lassen." [3]

469) „Man fürcht die trunken Teütschen fallen von dem Römischen hoff. Die Cardinäl seind ketten, darmit man die unge= zempten helß der Teütschen bei Römischer gehorsam behalt" — sagt Hessus in einem Dialog vom Jahr 1521. [4]

470) „Und nicht mehr wollen noch können die Päpste in Teutschland bei den Bestien (wie sie die Teutschen nennen) ein Con= cilium leiden; sie sorgen, es möchte das Exempel Costnitzer (Konstanzer) Concilii wider sie gebraucht werden, und möchte einer als Papst

---

[1] Hutten, Schriften. Bd. IV. p. 680.

[2] Vadiscus, a. a. O. p. 241.

[3] Pascuillus, ain warhafftiges büchlein erklerend was list die Römer brauchen mit Creiren viler Cardinäl auff daß sie alle Bistumb Teütscher land unber sich bringen. 1518. Hutten’s Schriften. Bd. IV. p. 479.

[4] Frag und Antwort Symonis Hessi und Martini Lutheri. 1521. Hutten’s Schriften. Bd. IV. p. 606.

einreiten, aber als ein armer Tropf ausreiten: darumb ist ihnen hieran gelegen, und haben sich bedacht, sie wollen zu Rom bleiben, ohne Concilia und uber Concilia, und sollte die Welt untergehen." [1]

471) „Das ist die Sprache des Stuels zu Rom, wenn er ein frei Concilium giebt, daß du ihn furt auch römisch verstehen könnest: wenn sie frei sagen, daß es gefangen heiße bei uns Teutschen; wenn sie weiß sagen, daß du schwarz verstehen müssest; wenn sie christliche Kirche sagen, daß du die Grundsuppe aller Buben zu Rom verstehest; wenn sie den Kaiser einen Sohn der Kirchen nennen, daß es also viel sei, als der verfluchtest Mann auf Erden, welchen sie wollten, daß er in der Hölle wäre, und sie hätten das Reich; wenn sie Teutschland die löbliche Nation nennen, daß es heiße, die Bestien und Barbari, die nicht werth sind, des Papsts Mist zu fressen." [2]

472) »Touz les predecesseurz de Leon (Leo X.) havoient tousjours tenuz les Allemans pour bestes, si que le pape Julle (Julius II.) les appelloit »Pecora campi«, et a bon droict, car ilz se laissoint a eux baster (battre) et chevaucher come beaux asnes, en facon ou les menacantz des coupz de baston dexcommuniement, ou les allechissantz pour leur presenter des chardonz de pardonz, ilz les foisoient trotter au moulin et de la leur apporter tant de farine quilz vouloient; mais ce pape Leon pour trop presser lasne et le charger, il le fit ruer et verser le sac duquel il lhavoit trop charge; ce asne sappelle Martin come lon appelle touz les asnes, de son sournom Luther.« [3]

473) Noch im Jahr 1724 glaubte Benedict XIII. die Bulle Unigenitus, welche den der verlotterten Religions=Auffassung feindlichen Jansenismus in Frankreich verdammte, auch in Teutschland einführen zu können, und sagte: „Die Teutschen sind dumme Bestien!" — Aber einer seiner Kardinäle, der früher Legat in

---

[1] Luther, Wider das Bapsttum zu Rom vom Teuffel gestifft. Wittenberg 1545. Schriften. Bd. 26. p. 114.

[2] Luther, a. a. O. p. 117.

[3] Bonivard, Francois, Advis et devis de la source de Lidolatrie et tyrannie papale. (1560.) Geneve 1856. p. 80.

Teutschland gewesen war, warnte ihn, und sagte: „Die Teutschen halten den Papst schon lange nicht mehr für untrüglich!"[1]

474) Am tiefsten aber mußte den Übermut und den Hohn des verwälschten Papstes kosten, und „der größte Märtyrer der Päpste und ihrer Legaten" war, wie ihn J. C. Weber nennt, **Ludwig der Baier.** — Bei seinem Regierungsantritt 1314 er= klärte **Johann XXII.**, ein Papst aus der Schule Gregor's, sofort auf's Entschiedenste, daß die kaiserliche Würde in Teutschland, wie die Rechte des Kaisertums nur ‚Lehen vom Papst' seien, und Ludwig nach Rom als Vasall bittend kommen müsse.[2] — Um diesen Satz hat Kaiser Ludwig wie ein angeschossener Eber sein ganzes Leben gekämpft, und brach zuletzt, von Ausländern und seinen eigenen Landsleuten gehetzt, wie ein Wild tot zusammen. — Es handelt sich heute gar nicht darum, ob der römische Stuhl diese Prätensionen nur noch als Lehre, nicht mehr als Praxis, aufrecht erhält. Der päpstliche Stuhl prätendirt in petto stets Alles. Er zeigt in jedem Fall immer nur die Seite seiner Forderungen, die zum Zeitgeist paßt. Der Papst kann sogar modern sein. Aber aufgegeben hat er nicht ein Titelchen seiner Prärogative. So gut, wie er heute noch die alten fiktiven Blei= und Kanzlei=Taxen rechnet, und, wenn sich, wie in der Regel, die Bischöfe und Diplomaten weigern, sie zu bezahlen, sie in jedem einzelnen Fall ‚nachläßt', aber sie nie annullirt, so betrachtet er heute noch, wie es Pius IX. im ‚Syllabus' lehrt, seine Macht als über der weltlichen stehend, ohne von ihr Gebrauch zu machen. Es handelt sich gar nicht darum, was der päpstliche Stuhl heute noch prätendirt; es handelt sich um Ausrottung einer Macht vom teutschen Boden, die sich in der Geschichte stets als dessen ingrimmigster Feind gezeigt hat; es handelt sich um Ver= treibung des Fremden aus unserem Vaterland, da wir diesen Frem= den nicht mehr brauchen: denn die christliche Religion ist fertig, festgefügt, und braucht keine Gebärhaus=Dogmen oder Dogmen der

[1] Weber, J. C., Das Papstthum und die Päpste. Stuttgart 1834. Bd. II. p. 229.
[2] Riezler, S., Die literarischen Widersacher der Päpste z. Z. Ludwig des Baiers. Leipzig 1874. p. 8.

persönlichen Glorificirung dieses Fremden, gegen die sich s. Z. die teutschen Bischöfe bekanntlich mit Händen und Füßen wehrten. Die christliche Religion wird von den teutschen Bischöfen sicherer, teutscher, und den Forderungen des germanischen Gemüts entsprechender gehand=habt als von einem Italiener. — Es handelt sich darum, dem jähr=lichen Ausgang enormer Summen teutschen Geldes aus dem sowieso nicht reichen Teutschland an einen italienischen Cardinal — für was? für Ehedispensen? Die können wir selbst geben — einen Riegel vorzuschieben. — Mit einem Wort, es handelt sich darum, auch in der Religion, nicht mehr italienisch, sondern teutsch zu sein. —

475) Am 8. Oktober 1323 veröffentlichte Johann **XXII.** die erste Drohung gegen Kaiser Ludwig: Die Prüfung, Billigung und Zulassung oder Zurückweisung des zum Kaiser Gewählten — heißt es hier — stehe beim Papst. Ludwig hat aber darum nicht nach=gesucht, sondern sich den Königstitel angemaßt, sogar die Reichs=regierung ausgeübt: „Kraft Unserer päpstlichen Machtvollkommenheit fordern wir nun Ludwig unter Androhung des Bannes auf, die Regierung niederzulegen und nicht eher aufzunehmen, bis er von uns bestätigt ist. Die Untertanen werden bei Strafe der Ex=kommunikazion, des Interdikts, des Privilegien= und Lehns=Verlustes aufgefordert, Ludwig nicht mehr als König und Kaiser zu gehorchen; die Eide, die sie ihm geschworen, werden durch apostolische Autorität für ungültig erklärt." — Dies Reskript wird an die Thüren des Domes zu Avignon, wo die Päpste residirten, angeschlagen[1].

476) Ludwig verwahrt sich dagegen zu Nürnberg am 18. Dezember 1323, erklärt sich als getreuer Anhänger und Schirm=vogt des christlichen Glaubens, aber auch als teutscher Kaiser, da der von den teutschen Kurfürsten Gewählte und Gekrönte ein Recht habe, sich Kaiser zu nennen[2].

477) Am 23. März 1324 sprach der Papst über Ludwig und seine Anhänger den Kirchenbann, über Teutschland das Interdikt

---

[1] Riezler, a. a. O. p. 17—18.

[2] Riezler, a. a. O. p. 20.

aus[1]). — Am 2. Juli erklärte er ihn der königlichen und kaiserlichen Würde für verlustig, und verbot allen Christgläubigen, ihm Gehorsam zu leisten[2]).

478) Doch waren Städte und Bürger, aber auch Geistliche, Bischöfe und Klöster da und dort gesunddenkend genug, sich an diese Anordnungen nicht zu kehren. So weigerten sich die Franziskaner, deren Gelehrte dem Kaiser an seinem Hof in München ihre juristischen und theologischen Kenntnisse in seinem Kampf zur Verfügung stellten, dem Interdikt Folge zu leisten. Von den etwa 50 teutschen Bischöfen blieb die Mehrzahl dem Kaiser treu; ebenso die meisten Klöster in Baiern und Mitteldeutschlands; die Freisinger Domherrn verjagten ihren Bischof, weil er zum Papst hielt; und die Straßburger erklärten den Dominikanern, als diese den Gottesdienst einstellen wollten: „Sider sie hätten vorgesungen, so sollten sie auch fürbaß singen, oder aus der Stadt springen[3])."

479) Und der Bischof Lupold von Bamberg erklärte in seinem Schreiben vom Jahr 1325, mit dem ganzen Bistum des Königs gewärtig zu sein, ihn zu verteidigen gegen Jedermann, der von Papstes wegen ihn angreifen könnte. Kein Brief, Prozeß und Urteil des Papstes wider den König soll angenommen oder vollführt werden „und geschähe, daß wir wider dies unser Gelübbe (Eid) von dem Papst erledigt (entbunden) würden, daß sie uns es abnehmen, oder

---

[1]) Das Interdikt war der Bannfluch über ein ganzes Land, und bei der abergläubischen Richtung eines im Innern religiös angelegten Volkes, wie der Teutschen, die noch an Papststrafen glaubten, ein frivoler Eingriff in die Rechte der Bürger, die weder an dem persönlichen Streit zwischen Kaiser und Papst schuld waren, noch ihn ändern konnten. Meist war es daher indirekte Aufforderung zur Empörung. Die Kirchen waren geschlossen, die Altäre entleidet, die Gnadenbilder umgeworfen oder verdeckt; keine Glocke wurde geläutet, nicht getauft, nicht das Sakrament gespendet, die Toten ohne Gebet in ungeweihter Erde eingescharrt, die Ehen auf dem Kirchhof eingesegnet; Niemand durfte den andern auf der Straße grüßen u. dergl.

[2]) Riezler, a. a. O. p. 28.

[3]) Preger, W., Der kirchenpolitische Kampf unter Ludwig dem Baier und sein Einfluß auf die öffentliche Meinung in Deutschland. Abhandlung d. k. bayr. Akad. d. Wiss. III. Cl. XIV. Bd. I. Abth. München 1877. p. 39—57.

uns zwingen wollten, es nicht zu halten, das soll uns wider unsere
Treue nicht helfen! wir halten sie stet und ganz[1])." — Das war
ein teutscher Bischof!

480) Aber das waren leider nur die Ausnahmen. Und in
weltlichen Kreisen sah es ganz anders aus. Bei einem Vergleich
zwischen Ludwig dem Baier und Philipp dem Schönen von
Frankreich, die beide gegen anmaßende, übermütige Päpste ihre
Landesrechte verteidigen mußten, der Franzose mit Glück, der Teutsche
mit Unglück, sagt Riezler: „Wie sehr waren aber bei jenem Streit
in Frankreich alle Verhältnisse der weltlichen Gewalt günstiger gelegen! Der französische Herrscher hatte in der That königliche Macht
besessen; dem Baier kostete es Mühe seine Autorität zu behaupten.
Jenem war fester Rückhalt gewährt in einer Nation, die voll
stolzen Selbstgefühls gegenüber äußeren Feinden ein-
trächtig zusammenhielt. Im teutschen Volk fand Ludwig nur
schwächliches Gemeingefühl und schwankende Parteien, die der augen-
blickliche Vorteil beherrschte[2])."

481) Ende des Jahres 1327 zog Kaiser Ludwig nach
Italien, unterwarf sich die Lombardei, Mailand, Pisa, und ließ sich
Anfang 1328 in Rom, deren Bevölkerung ihm jubelnd entgegen-
gekommen war, von dem inzwischen aufgestellten Gegenpapst Nikolaus V.
krönen. Der gegnerische Papst in Avignon bannte Alles, Geistliche,
Bischöfe, Gelehrte, die dem Baier halfen[3])."

482) Aber Ludwig versäumte es, in Rom das Eisen zu
schmieden, so lang es heiß war; politische Velleitäten bedrängten ihn,
und so mußte er, bei dem wetterwendischen Charakter der Römer
selbst, ein viertel Jahr später Rom wieder verlassen; ein Jahr später
gab er auch Italien auf und residirte 1330 wieder in München,
umgeben von einer auserlesenen Schaar ausländischer Gelehrter, besonders Minoriten, die der gleiche Widerstand wider den Papst an
den Münchener Hof gefesselt hielt. — 1334, als der Papst in
Avignon starb, war die Streitsache auf dem alten Standpunkt.

---

[1]) Preger, a. a. O. p. 49.
[2]) Riezler, a. a. O. p. 46.
[3]) Riezler, a. a. O. p. 47 ff.

483) Mit dem neuen Papst, Benedikt XII., wurden sofort Verhandlungen angeknüpft. Ludwig, nur um die schrecklichen Konsequenzen des Interdikts für Teutschland abzuwehren, erbot sich zu den demütigendsten Bedingungen; Bedingungen, die man allgemein noch demütigender ansah, als die Heinrich IV. in Canossa auferlegten. Der gesammte teutsche Klerus schloß sich in einer Bischofs=Versammlung zu Speyer den Bitten des Kaisers um Versöhnung an. — Umsonst. Der Papst in Avignon war in den Händen Frankreichs. Der französische König Philipp VI. hatte dem Papst geschrieben, er werde ihn schlimmer behandeln, als sein Vorgänger s. Z. Bonifaz VIII., wenn er den Kaiser vom Bann löse. Der französische König hoffte von der Eides=Entbindung der teutschen Fürsten für seine politischen Zwecke. Die französischen Kardinäle, die die Majorität im Kollegium hatten, waren mit ihren Einkünften wiederum auf den französischen König angewiesen. So kam die Versöhnung nicht zu Stande[1].

484) Nun war klar, daß der Papst, ohne jede persönliche Macht, rein ein politisches Werkzeug in fremden Händen war. Benedict hielt den Fluch = Apparat, und der französische König zündete die Blitze an. Und das teutsche Volk schmachtete noch immer unter dem Interdikt. Das arme, abergläubische Volk! — Aber, wie es geht, der Teutsche, nachdem er sich wie ein Packesel gebeugt und sich den Nacken mit dem Unerträglichsten hat beladen lassen, springt, kommt dann noch die Demütigung, kommt noch der Fußtritt hinzu, plötzlich auf, wirft die Last ab, und stürzt mit geschwellten Adern seinem Gegner, heiße er Papst oder König, an den Leib. In der höchsten Not sprangen die teutschen Fürsten ihrem gedemütigten Kaiser bei, und an den denkwürdigen 15. und 16. Juli 1338 zu Lahnstein und Rense an den Ufern des Rheins erklärten die versammelten Kurfürsten, darunter die Erzbischöfe von Köln, Mainz und Trier: der durch die Wahlfürsten zum Kaiser Gewählte bedürfe keiner Bestätigung durch den päpstlichen Stuhl; die kaiserliche Gewalt stamme unmittelbar von Gott. Eine diesbezügliche, an die gesammte Christenheit des Abendlandes gerichtete, Erklärung wurde an das Portal des

---

[1] Riezler, a. a. O. p. 90—94. Preger, a. a. O. p. 27—28.

Doms zu Frankfurt angeschlagen. Es ist eine der bedeutsamsten Kundgebungen in teutschen Landen für alle Zeiten [1]).

485) Die nächste Folge war nun, daß man allerorts, ohne sich um das Interdikt zu kümmern, die geistlichen Handlungen wieder aufnahm. Freilich hatte die lange Zeit der Sperre nur bewirkt, daß man die geistlichen Gnadenmittel wie Zensuren geringer schätzte.

486) Die teutsche Einigkeit machte, wie immer, in der Fremde, am Avignonensischen Hofe, Eindruck. Der Papst schickte jetzt, wo die Unterhandlungsbasis eine ganz neue geworden war, und das teutsche Kaisertum von Papstes Gnaden aufgehört hatte zu existiren, seinen Hofkaplan zu Ludwig. Doch kam nichts zu Stande. Und 1342 starb Benedict XII.

487) Gleich der neue Papst Clemens VI. stellte an den noch immer gebannten Kaiser die Forderung, „der Kaiserwürde für immer zu entsagen", und als er dies nicht that, ergieng an ihn der Befehl, „vor dem päpstlichen Richterstuhl zu erscheinen." — Es dauert nur kurz, und Ludwig, der jetzt auch zu Hause politisch nicht mehr so sicher steht, muß sich auf's Neue den demütigendsten Bedingungen unterwerfen. Der Papst hatte im Einvernehmen mit den Kardinälen, die fast alle Franzosen waren, 28 der erniedrigendsten Artikel aufgesetzt, die der Kaiser beschwören sollte, in der Erwartung, er werde die Schmach zurückweisen, und es werde eine Lösung des im Namen des Allmächtigen Gottes ausgesprochenen Bannes, die man nicht wünschte, und die der König von Frankreich verbot, unnötig sein. Der Kaiser, nur um Frieden im Lande zu gewinnen, beschwor die Artikel, worunter sich die Verpflichtung befand, den Kaisertitel abzulegen, eine Pilgerfahrt über's Meer zu machen, Kirchen und Klöster zu bauen, wie es der Papst befehle, Almosen zu geben, Wallfahrten zu veranstalten ꝛc. Ja, die Gesanten, die das beschworene Schriftstück überbrachten, hatten Vollmacht, die Artikel noch umzuändern, wenn sie nicht genügten. Und Einer von ihnen schrieb treuherzig an den Schluß der teutschen Übersetzung „Got geb, das es wol gang [2])!"

---

[1]) Riezler, a. a. O. p. 95—96.
[2]) Riezler, a. a. O. p. 115—117.

488) Es gieng nicht! Am päpstlichen Hofe war man in der größten Verlegenheit. Kein Mensch hatte erwartet, daß der Kaiser nach den Kurfürsten-Tagen von Lahnstein, Rense und Frankfurt solche Demütigungen unterschreiben werde. Der Papst und das heilige Kollegium — berichtet Mathias von Neuenberg — wunderten sich sehr und sprachen unter einander: „Der ist vor Angst verrückt geworden!": »iste diffidencia est perplexus«. — Da man den im Namen des Allmächtigen Gottes geschleuderten Bann aus politischen Gründen nicht lösen, und keine Aussöhnung wollte, der Papst auch schon aus der ihm befreundeten Luxemburgischen Familie einen Gegen-Kaiser in petto hatte, so blieb nichts anderes übrig, als noch härtere Bedingungen zu stellen! Jetzt sollte Ludwig auch der Königlichen Würde entsagen, alle seine Regierungshandlungen für ungültig erklären, seine Fürsten selbst vom Eid entbinden, und die authentische Auslegung aller abzuschließenden Verträge dem Papst und seinen Nachfolgern überlassen. — Jetzt merkte Ludwig, daß man Friede und Versöhnung dort, am päpstlichen Hof, um keinen Preis wolle. Und der zum so und so vielten Mal in den Staub getretene Mann erhob sich auf's Neue[1].

489) So gieng man mit einem teutschen Kaiser um. Ludwig der Baier war persönlich ein höchst aufgeklärter, freimütiger Fürst, einer der gebildetsten Männer seiner Zeit. Und „der geistig bedeutendste Teil des deutschen Volkes war und blieb in diesem Kampf — wie Preger schreibt — auf des Kaisers Seite[2]." Aber was half das? Der übrige und größte Teil des Volkes schaute mit den glanzvollen Blicken eines Schafs hinüber auf den Stuhl von Avignon, wo für es Gott saß, während in seiner Nähe nur ein Kaiser lebte; und von jenes, des Gottes Seite, genügte für das Volk ein Wink, um diesen, ihren Fürsten, wie einen Verbrecher anzustarren. — Man staunt heute. — Aber ist es denn heute anders? Ist denn das glückselig-anstarrende Verhältnis der

---

[1] Riezler, a. a. O. p. 117—120.
[2] Preger, a. a. O. p. 61.

teutschen Katoliken zum heutigen Papst nicht genau dasselbe, wie
damals? —

490) Und nun, nachdem sich Ludwig gegen die drückendste
Schmach gewehrt hatte, weil er wußte, sie helfe nichts, konnte der
Papst, wie er es wünschte, sein griechisches Feuerwerk losbrennen;
er sprach jetzt den großen Kirchenbann über den Kaiser aus, und da
lesen wir: „Wir bitten die göttliche Macht, daß sie die Raserei
Ludwigs zerschmettere, seinen Hochmut (!!) niederdrücke und aus-
lösche, ihn selbst mit der Stärke ihrer Rechten darniederstrecke und
in die Hände seiner Feinde gebe. Möge er einer Fallgrube begegnen, die er nicht sieht, und hineinstürzen! Verflucht sei sein Eintritt,
verflucht sein Austritt! Der Herr schlage ihn mit Wahnsinn, Blind-
heit und Raserei. Der Himmel entlade seine Blitze über ihn! Der
Zorn des Allmächtigen Gottes entbrenne gegen ihn in diesem und
dem kommenden Leben. Der Erdkreis kämpfe gegen ihn. Die Erde
öffne sich und verschlinge ihn lebendig. In einer Generation
werde sein Name verwischt und verschwinde sein Gedächtnis von der
Erde. Alle Elemente seien ihm entgegen! Seine Wohnung werde
öde. Die Verdienste aller Heiligen sollen ihn zu Boden drücken,
und ihm schon in diesem Leben die Rache zeigen, die sich über ihm
öffnet! Seine Söhne sollen von ihren Wohnungen vertrieben werden
und vor seinen Augen in die Hände ihrer Feinde geraten, die sie
verderben[1].“

491) Das war April 1346. Im gleichen Monat fand sich
ein teutscher Fürst, der alle päpstlichen Artikel, auch die später von
Ludwig geforderten, und die das teutsche Königtum zu einem päpstlichen Lehen herabdrückten, beschwor, und damit auf des Papstes
Befehl in Teutschland als Karl IV. zum Gegen-Kaiser gewählt
wurde. Er konnte aber nicht aufkommen. Das sentimentale Volk
hielt — jetzt! — zu Ludwig. 1347 starb der halb zu tot gehetzte
Kaiser, wie man glaubte, vergiftet. Sein Grab war lange Zeit
unbekannt. Sein prächtiges Grabmal steht in der Frauenkirche zu
München.

---

[1] Riezler, a. a. O. p. 120—121.

492) Nach Ludwigs Tode zog der neue, jetzt Anerkennung findende, teutsche Kaiser, Karl IV., mit einer päpstlichen Absoluzions-Kommission im Land herum, um diejenigen zu absolviren, die Ludwig Treue bewahrt hatten. Hier hatten wenigstens Geistliche wie Weltliche den Mut zu erklären, wegen der Treue, die sie ihrem Kaiser gehalten hätten, bedürften sie keiner Absoluzion[1]). — So sind auch die bedeutendsten Anhänger und Gelehrten Kaiser Ludwigs, Johann von Jandun, Marsilius, Caesena, Occam im Bann gestorben. Auch der große Prediger Johann Tauler in Straßburg stand auf des Kaisers Seite, und hatte das päpstliche Interdikt nicht beachtet[2]).

493) Wer die Geschichte Kaiser Ludwigs des Bayern gelesen hat, muß auch für die heutigen Tage wissen, ob er in seinem Herzen Teutscher oder päpstlicher Schlüssel-Soldat ist. —

494) „Wer will hinfürt unter dem ganzen Himmel sich für uns Teutschen fürchten, oder etwas Redlichs von uns halten, wenn sie hören, daß wir uns den verfluchten Pabst mit seinen Larven also lassen äffen, närren, zu Kinder, ja zu Klötzen und Blöcken machen? Es sollte billig einen jeglichen Teutschen gereuen, daß er deutsch geboren wäre, und ein Teutscher heißen soll[3])!" —

495)
  „Laßt nit so gar erlöschen
  die teutsch manliche thot,
  allzeit nach ehren getröschen,
  bestanden in vil großer not;
  was niemand mocht überwinden,
  hand die Teutschen gethon.
  An's joch laßt euch nit binden,
  uns wirt sonst des ochsen lon."

---

[1]) Weber, J. C., Das Papsttum und die Päpste. Stuttgart 1834. Bd. II. p. 229.

[2]) Preger, W., a. a. O. p. 34—37 u. 43.

[3]) Luthers Warnung an seine lieben Teutschen. 1531. Sämmtliche Schriften. Erlangen 1830. Bd. 25. p. 16.

Ir teutschen hund, wolt ir beißen
euwer aigen vaterland?
euwer nest selbs bescheißen?
aim volk euch unbekant —
wolt im darzu verhelfen,
wider gott, eer und recht?
merkt auf ir jungen welfen,
darzu ir teutschen knecht!"[1]

---

[1] Liliencron, R. v., Die historischen Volkslieder der Deutschen. Leipzig 1869. Bd. IV. p. 336.

Schande und Wollust.

„Lege Rome in dutzschen landen
Die Cristenheit wurde zo schanden."

Niederrhein. Fragment auf den
päpstlichen Hof.

496) Es ist eine der tragischsten Verknüpfungen, daß ein so
südlich gelegenes Land wie Italien, dessen Bewohner, wenigstens im
südlichen Teil, uns ebenso ferne stehen, wie die Araber, dessen ganze
Rassenmischung aus vorwiegend orientalischen Elementen eine sinnlich
sensuelle, freudige und optimistische Denkungsart als notwendigen
Charakterzug zur Folge hatte, für uns seriöse und tiefsinnige Nord=
länder der Durchgangs= und Ausbreitungs=Bezirk für eine Religion
ward, die in uns statt Heiterkeit die tiefste Schwermut, statt sinn=
licher Gelüste starres Ergriffensein, statt diesseitiger Bachanalien
jenseitige Sehnsucht erzeugte. Die sinnliche Beladung und üppige
Ausstaffierung des christlichen Gottesdienstes, besonders in der Messe,
im ersten, und die merkantile Ausschlachtung und pfiffig=dogmatische
Konstruktion der christlichen Lehre durch Italien im zweiten Jahr=
tausend unserer Zeitrechnung hat es zuwege gebracht, daß, wenn ein
Unbefangener heute bei uns in eine große Kirche tritt, er einem
römischen Bachanal, einer persischen Orgie gegenüberzustehen glaubt.

497) Die erste große Säuberung, die Reformazion des im
Papsttum konzentrirten, verbuhlten und verschacherten Christentums,
auf die die nordländische Christenheit seit Jahrhunderten hin gedrängt
hatte, die aber von Italien nicht ausgehen konnte, ging schließlich
von Teutschland aus. — Die nackte und simple Frage, die wir uns
heute stellen, ist nun einfach die: Ist die Machtstellung und die
Selbstbewußtheit Teutschlands groß genug, ist das teutsche und

nordische Empfinden der zur Zeit von der italienischen Religion noch abhängigen Kreise Teutschlands mächtig genug, und ist das christliche Empfinden bei uns heute noch an und für sich tief genug, um sich von historisch gewordenen Religions=Pächtern, wie die italienischen Kardinäle und ihr italienisches Oberhaupt, der Papst, von ihren schwülen Sumpf=Dogmas Malaria=vergifteter Sensualität, und lächer= lichen Selbst=Vergöttlichungs=Versuchen loszumachen, die Weiterent= wicklung der christlichen Religion auch in katolischer Richtung den teutschen Bischöfen und Theologen zu überlassen, und sich solcherart politisch wie ethisch auf eigene, nazionale Füße zu stellen?

498) Wir begreifen, daß man zur Zeit der italienischen Rennaissanse, der höchsten Blüte, die dieses Land hervorgebracht, Klassiker und Philologen aus Italien bezog, daß die ganze Archi= tektur dieses Landes, diese Bewegung in sinnlichen Formen für uns mustergültig, daß das ganze Abendland der italienischen Malerei zu Dank verpflichtet, daß die teutsche Oper in Italien ihre Wiege hatte; ebenso wie wir begreifen, daß wir heute noch Oranschen, Feigen und Vanille aus Italien beziehen; nur Eines will mir nicht zu Kopf: daß man ethische Forderungen, moralische Grundsätze und Formulirungen der christlichen Religion heute noch aus diesem Land des Sensualismus beziehen soll. — Daß das Land der Kunst die Bereitungsstätte für unsere moralischen Anschauungen in christlicher Form war, darin liegt es, daß man heute unter den meisten Ge= bildeten christliche Übung, wenigstens im Bereich der katolischen Kirche, für etwas Niedriges und Verächtliches ansieht.

499) Der Jesuitismus ist ein spanisches Produkt. Und wenn wir spanische Geschichte und Kultur uns vor Augen halten, so finden wir, daß Pflanzen und Boden zu einander stimmen. Aber, daß nach Kant und seinem kategorischen Imperativ noch Jesuitische Denk= Mechanik bei uns Eingang finden soll, das begreifen wir nicht.

500) Mit jener Sicherheit, wie sie Blut, Abstammung, Temperament, Rassenangehörigkeit und Umgebung verleihen, haben Päpste und Kardinäle, nicht nur z. B. der Rennaissanse, sondern auch in Avignon, in der byzantinischen Periode, unter den teutschen Kaisern, z. B. der Reformazion und bis auf den heutigen Tag das

Christentum wie sinnlich=südländische Menschen gehandhabt, es heid=
nisch=schlüpfrig ausgestaltet, mit dem rohesten Aberglauben vollgepfropft;
oder es merkantil ausgebeutet, zu hierarchisch=politischen Zwecken be=
nutzt; die eigene Familie damit fundirt; in allen dogmatischen oder
äußerlich=kirchlichen Fragen eine rein persönliche Note ‚das Interesse
des päpstlichen Stuhls‘ beigemischt, und für die mechanisch sich ge=
staltende Moral der romanischen Völker ein bequemes Ruhebett
daraus gezimmert; allen Korrektur=Versuchen, sei es eines Savo=
narola oder Wicliff, eines Huß oder Luther, die höhnischste
Verachtung, ‚sittliche‘ Entrüstung oder brutale Gewalt entgegengesetzt,
und, wie echte Feiglinge, immer abgewartet, was kommt, nie selbst=
ständig eingegriffen, und schließlich jenen Typus des romanischen
Priesters erzeugt, wie er in Italien, Spanien und Frankreich als
verächtliche, unehrliche Menschen=Sorte vom Volk angesehen wird.

501) Man muß sich die Laufbahn eines Mannes, wie
Alexander's VI., gegenwärtig halten, der durchaus keine Ausnahme,
sondern nur der Typus, und zwar der selbstverständliche Typus, des
italienischen geistlichen Würdenträgers seiner Zeit ist. Die Borgias
kommen aus Spanien, und einer der ihren, Alonza de Borgia, war
schon als Kallixtus III. auf dem päpstlichen Thron. Dadurch
wird es Alexander, dem späteren Papst, als Rodrigo Borgia leicht
in's Kardinals=Kollegium zu kommen. Der genossene Bildungsgang
spielt gar keine Rolle. Die höchsten Würden sind Familienbesitz.
Eine schöne Schwester ist wichtiger, als vieljähriges Universitäts=
Studium. Er wird mit 25 Jahren Kardinal; im folgenden Jahr
schon Vize=Kanzler der Kirche; von einer unbekannten Mutter hat
er zwei uneheliche Kinder, die in seiner Nähe erzogen werden; er
selbst lebt mit einer schönen Römerin, Vanozza, von der er fünf
Kinder hat, darunter die in der politischen Geschichte jener Zeit be=
kannten Lukrezia und Cäsar Borgia: moralische Scheußale, sonst
hübsch, gefällig, gebildet, sogar „fromm“, im Ganzen selbstverständ=
liche Erscheinungen in diesem Umkreis italienischer Religion. Als
Kardinal in Siena wird Alexander besonders dadurch bekannt, daß
er im Verein mit anderen Prälaten und geistlichen Würdenträgern
nächtliche laszive Bälle und Soireen mit den vornehmen Frauen

und Mädchen der Stadt abhält unter ausdrücklichem Ausschluß von
deren Gatten, Vätern, oder männlichen Verwanten. Und Pius II.,
der derzeitige Papst, der selbst Sienese ist, hat davon Kenntniß.[1]

502) Mit 7 Jahren erhält der inzwischen legitimirte Kardinals=
sohn Cäsar von Sixtus IV. die Revenüen des Kanonikus von
Valenzia, ein Jahr darauf das Benefiziat von Xativa, und mit
9 Jahren wird er kirchlicher Schatzmeister von Cartagena. Mit
12 Jahren ist er Protonotar des apostolischen Stuhls. Als 15=jäh=
riger Student in Pisa wird Cäsar von Innocenz VIII. (das ist
schon der 3te Papst in diesen Beförderungen) zum Bischof von
Pampeluna ernannt, und ein Jahr später 1492 kauft sein Vater
Rodrigo Borgia, Vizekanzler der Kirche, gegen baar, gegen Ver=
sprechungen, Ernennungen, einige Paläste, einige große Einkünfte
sich selbst die Papst=Würde und wird Alexander VI.

503) „Jeder Sieg, jeder Raub, jede Ketzer=Exkommunikazion,
jede Privatrache, jede Erwerbung im Namen der Kirche war für
ihn die Gelegenheit besonderer Gunstbezeugungen an seine Kinder
in Form von Würden, Belehnungen, Zuwendungen, Schenkungen."[2]

504) Einmal Papst richtet sich Alexander VI. im Vatikan
mit seiner großen Familie gemächlich ein; seinen Sohn Cäsar macht
er im folgenden Jahr, mit 17 Jahren, zum Kardinal; seine Tochter
Lukrezia wandert aus den Händen eines fürstlichen Gatten in die
des andern, je nachdem die politische Konstellazion dies verlangt,
wobei der je vorhergehende mit Gewalt weichen muß, oder, wie der
Fürst von Bisceglie, vom eigenen Schwager ermordet wird.
Vanozza, die Maitresse Alexander's, die jetzt alt geworden, erhält
ein eigenes Wittwen=Palais. Die noch jüngeren Kinder werden bei
einer Kusine des Papstes, Adriana Mila, erzogen. In deren
Hause kommt der Papst auch mit seiner zweiten Maitresse, der sehr
jugendlichen Julia Farnese, regelmäßig zusammen. Deren Bruder,
Alexander Farnese, der sie überwachte, hatte man zum Kardinal

---

[1] Gregorovius, F.. Lukrezia Borgia, nach Urkunden und Correspon=
denzen. Stuttgart 1875. 3. Aufl. pag. 6—9. — Yriarte Les Borgia.
2 vols. Paris 1889. I. p. 25. ff.

[2] Yriarte, a. a. O. p. 45.

gemacht, weßhalb ihm das Volk den Beinamen ,Cardinale della Gonella', „Unterrocks-Kardinal" gab (was aber nicht hindert, daß er 1534 als Paul III. den päpstlichen Stuhl besteigt); sie selbst hatte man pro forma mit dem Sohn ihrer Pflegerin, jener Adriana Mila, in deren Haus sie wohnte, mit Orsini, verheirathet, der aber außerhalbs Roms auf dem Lande lebte; und ihr, der Julia Farnese selbst, hatten die Römer, wegen ihrer Beziehungen zum Stellvertreter Christi, den Namen ,Sposa del Cristo', „Braut Christi", beigelegt. Von dieser Julia bekam Alexander VI. noch zwei Kinder, für die er sich als Vater eintragen läßt, und deren eines, Laura, ein späterer Papst, Julius II., glücklich sein muß, für die Hand seines Neffen, Nikolas von Rovero, zu gewinnen.[1])

505) Und während dieser Zeit hatte der fanatisch-visionäre Asket Savonarola in Florenz einen förmlichen Sittlichkeits-Staat eingerichtet, und auch das Laster-Leben Alexander VI. offen getadelt. Alexander VI. bot ihm, ihn einschätzend wie einen andern geistlichen Würdenträger, 1495, die Kardinalswürde. Savonarola schlug aus und griff den Papst noch heftiger an. Zwei Jahre später traf ihn der Bannfluch. Und 1498 wurde er auf Befehl des Papstes als Ketzer, Skismatiker, Ruhestörer und Volksverführer gehenkt.

506) Indeß hatte Alexander VI. seine besondere Art, sich zu amüsiren, aus Siena mit in den Vatikan verpflanzt. Ein Teutscher Burkhardt war sein Zeremonienmeister und aus seinem ,Diarium'[2]) erfuhr die ahnungslose Nachwelt die Details der merkwürdigen Beschäftigungen dieses ,Sohnes Gottes'. Die kirchlichen Zeremonien waren durchaus Nebensache, und wenn sich der Pontifex beteiligte, dann saßen die Damen und seine Kinder scherzend und lachend vorne im Priesterchor, so daß selbst das Publikum oft laut

---

[1]) Das war also einer von den Leuten, die in Teutschland über die Religion und Gewissen zu verfügen hatten, und die bei Petizionen oder diplomatischen Unterhandlungen über die Aufhebung des Priester-Zölibats antworteten: „es sei gegen das Interesse des päpstlichen Stuls."

[2]) Diarium de Burckhardt, nouvelle édition par Thuasne. 3 vols. Paris 1885.

zu murren anfing. Abends amüsirte sich dann der Papst im Kreis seiner Familie mit den öffentlichen Dirnen der Stadt. „Jeden Tag — berichtet das ‚Diarium‘ — läßt der Papst Mädchen bei sich tanzen, oder giebt andere Feste, an denen diese Mädchen sich beteiligen. Cäsar und Lukrezia wohnten einem dieser Feste am 27. Oktober 1501 bei, obwohl letztere sich am 15. September mit dem Herzog Alfons von Este verheiratet hatte. Nach dem Abendessen, an dem der Pontifex teil nahm, ließ man etwa 50 Kurtisanen herein, die mit der Dienerschaft oder den Eingeladenen tanzten; anfangs bekleidet, ziehen sie sich später vollständig aus; man plazirt auf dem Boden große Kandelaber, welche die Festivität beleuchten; der Papst, sein Sohn, der Herzog, und seine Tochter Lukrezia werfen Kastanien unter sie, und belustigen sich, wie diese Armen hin und her fahren, haschen und sich raufen. Endlich hat der Pontifex ein anderes Spiel als Krone dieser Belustigungen ersonnen: Liebeskämpfe, bei denen der Kräftigste als Sieger — abgesehen vom Besitz des betreffenden Mädchens — noch mit hübschen Preisen bedacht wird.“ [1]

507) Am 4. November 1501 berichtet der florentinische Gesante Franzesko Pepi seiner Republik: „An diesem Tag Aller Heiligen und Aller Seelen kam der Papst weder in St. Peter, noch in die Kapelle, weil er den Schnupfen hatte, was ihn aber nicht hinderte, die Nacht vom Sonntag, die Nacht von Aller Heiligen, bis um 12 Uhr beim Herzog (seinen Sohn Cäsar) zuzubringen, der Kurtisanen und öffentliche Mädchen hatte kommen lassen, mit denen sie sich in Tanz und Scherz die ganze Nacht vertrieben.“ [2] — Und Augustinus Vespucci schreibt am 16. Juli des gleichen Jahres an

---

[1] Yriarte, a. a. O. I. p. 40—41.

[2] »In questi dì et de Sancti et de Morti, il Papa non e venuto o in S. Piero, o in Cappella par la Scesa hebbi a questi dì, quale benche lo impedisce da questo, non pero lo impedi domenica nocte per la veglia d'ogni sancti vegliare in fino a XII. hore con il Duca, quale havea facto venire in Palazo la nocte ancora cantoniere, cortigiane, e tucta nocte stierono in vegghia et balli et riso.« Roma, 4. novembris MDL. — Die gesperrt gedruckte Stelle ist in dem Schreiben schiffrirt. Siehe Yriarte, a. a. O. II. p. 42.

Machiavelli: „Ich muß noch einer Nachricht gedenken, die hier im Umlauf ist, daß sich nämlich der Papst auf seinem Landsitz, wo er gewöhnlich seine Mädchen=Orgien abhält, jeden Abend 25 und mehr Frauenzimmer zwischen Ave Maria und Eins in der Früh gruppenweise von einem Unbekannten in den Palast bringen läßt; es sollen sich sehr schöne darunter finden."[1]

508) Eines seiner Haupt=Vergnügen war auch — wie Burckhart's ‚Diarium' berichtet — mit seiner Tochter Lukrezia von den Fenstern des Vatikans aus in einen der Höfe hinabzu=schauen, wo Reitknechte Hengste und roßige Stuten aufeinander hetzen mußten.[2]

509) Wir haben hier nicht nötig, die weiteren politischen Unternehmungen dieses Papstes, die meist das Glück und die Zu=kunft seiner Kinder betreffen, noch die Mord= und Greuelthaten seines Sohnes, die sich in der eigenen Familie und mit Wissen des Papstes abspielen, zu schildern. Sein frivoles Wort über die ‚Sünden der Teutschen', die sein Sohn in einer Nacht verspielt hatte, steht an anderer Stelle. Im August 1503, wenige Tage, nachdem der Papst mit seinem Sohn bei dem reichen Kardinal Adriano de Corneto auf dessen Weinberg gespeist hatte, erkrankten beide, Vater und Sohn, und der Papst starb wenige Tage darauf. Es ist bezeichnend für die Borgia, daß sofort das Gerücht entstand, — nicht der Kardinal Adriano habe den Papst — sondern der Papst den Kardinal Adriano vergiften wollen, um dessen Güter ein=zuziehen; — was der damaligen Kirchenpraxis entsprach — und der Kardinal, von seinem Koch unterrichtet, sei nur zuvorgekommen, und habe dem Papst, wie dessen Sohne, nach den Einen vergifteten Wein, nach den Andern vergiftetes Konfekt gereicht. An dieser Mei=nung hielten dann die Historiker bis zum heutigen Tage fest. Noch

---

[1] »Restamavi dire che si nota per qualcheduno, che, dal Papa in fuori, che vi ha del continuo il suo greggie illicito, ogni sera XXV. femine e piu, de l'Ave Maria ad una hora, seno portate in Palazo, in groppa di qualcheduno ... si mi rispondete vene daro delle piu belle.« — Yriarte, a. a. O. II. p. 42.

[2] Yriarte, a. a. O. II. p. 41.

Ranke glaubt daran, und stützt sich auf einen Bericht aus der
Chronik Sanuto's, der voller Unwahrscheinlichkeiten ist.[1] Grego=
rovius läßt die Frage unentschieden. — Bezeichnend aber für den
Charakter des Papsttums ist die Äußerung Cäsar Borgia's, der,
— sein Vorleben in Betracht gezogen — im Hinblick auf die Ansich=
reißung der päpstlichen Würde, später die Äußerung zu Machia=
velli machte: „Ich hatte alle Fälle beim Ableben meines Vaters
vorgesehen, nur den nicht, daß ich selbst zu der Zeit totkrank dar=
niederliegen würde."[2] — Totkrank hatte er doch noch die Geistes=
gegenwart, den Kirchenschatz im Betrag von 300,000 Goldgulden,
wie Burckhart erzählt, an sich zu reißen, und damit durch einen
unterirdischen Gang den Vatikan in der Richtung zur Engelsburg
zu verlassen.

510) Gehen die Ansichten über die Vergiftung des Papstes
auseinander, so sind diejenigen über den Charakter Alexander's VI.
ziemlich einstimmig. Guicciardini, der berühmte Staatsmann und
Geschichtschreiber des 16. Jahrhunderts, schreibt: „Der Hauptgrund
seiner Erhebung auf den päpstlichen Stuhl verdankte er einem um
jene Zeit gerade aufgekommenen Verfahren, indem er nämlich
teils durch baares Geld, teils gegen Versprechen von Ämtern und
geistlichen Pfründen, die er in ungeheurer Menge zu vergeben hatte,
die Stimmen der meisten Kardinäle öffentlich kaufte."[3]

511) Die Römer machten auf ihn den Vers:

»Vendit Alexander cruces, Altaria, Christum;
Emerat ille prius; vendere jure potest«.[4]

„Alexander verkaufte (im Ablaß) Kreuze, Altäre und Christus; mit
Recht kann er sie verkaufen; er hat sie ja vorher gekauft."

---

[1] Ranke, Die römischen Päpste. Leipzig 1874. I. p. 34—35 und
Anhang p. 6—7.

[2] Yriarte, a. a. O. II. p. 157.

[3] »... ad Pontificatum assumptus, quod novo ejus aetatis exemplo,
partim pecunia, partim officiis ac sacerdotiis, quae habebat amplissima
repromissis, complurium Cardinalium suffragia palam coëmit.« Guicciardini, Fr., Histor. ital. L. 1. p. 3. Basil. 1566.

[4] Mornay, Ph., Mysterium iniquitatis seu Historia papatus. 2. édit.
Salmurii 1612. p. 1328.

512) Über seinem Tod schreibt Guicciardini: „Er starb den 18. August (1503). Seine Leiche, die schwarz, aufgebläht, und gänzlich entstellt die offenkundigsten Zeichen der Vergiftung an sich trug, wurde nach päpstlichem Ritus begraben. Daß Gift die Ursache seines Todes gewesen, war die allgemeine Meinung. Man wußte nämlich, daß der Papst selbst sammt seinem Sohn die Gewohnheit hatten, mit Gift nicht nur seine Feinde aus Gründen der Rache oder aus Furcht aus dem Wege zu räumen, sondern auch Kardinäle und Höflinge, die sich in Nichts vergangen hatten, deren Reichtum aber in der Seele des Papstes die Gier nach dessen Besitz entfacht hatten. Dies war auch bei dem Kardinal von St. Angelo der Fall, der bei einer Einladung auf seinem eigenen Weinberg aus dem Weg geräumt werden sollte. Der Papst, der bei großer Hitze zuerst erschien, trank nichtsahnend von jenem bereitgestellten vergifteten Wein, der für den Kardinal bestimmt war, und so starb an eigenem Gift jenes Untier, das durch maßlosen Ehrgeiz, schändliche Untreue, entsetzliche Grausamkeit, ungeheuerliche Wollust, nie erhöhrten Geiz und durch rücksichtslosen Handel mit geweihten und profanen Dingen den gesammten Erdkreis vergiftet hatte."[1]

513) Und an anderer Stelle: „Seine Laster überwogen um ein Ungeheuerliches seine Tugenden; seine Sitten, die denkbar obszönsten; keine Ehrlichkeit, keine Scham, keine Wahrheit, keine Treue, keine Religion, unersättliche Habsucht, unbändiger Ehrgeiz, eine mehr denn barbarische Grausamkeit, und ein rastloses Streben, seine Kinder, deren er einen Haufen hatte, in glänzende Verhältnisse zu bringen."[2]

514) Dabei war aber Alexander VI. durchaus keine monströse Erscheinung in damaliger Zeit. Er war nur der Typus in seltener Vollendung. Wie schon oben Guicciardini sagt: die Käuflichkeit der päpstlichen Würde war die Regel; das Hinwegräumen unliebsamer Personen durch Gift die Regel; und was die Kinderzahl anbetrift, so hatte der Vorgänger Alexander's VI., Innocenz VIII. sieben Kinder, die er ebenso, wie Alexander, ‚en

---

[1] Guicciardini, Fr., Histor. ital. lib. 2. p. 58.
[2] Guicciardini, a. a. O.

plein Vatican' unter großen Festlichkeiten vermählte. Der Nachfolger Alexander's, der 80jährige Pius III., hatte zwölf Söhne und Töchter, und nur sein rascher Tod hinderte ihn, sie am päpstlichen Hof gut zu versorgen. „Alle Päpste — sagt Yriarte — seit 1400 bis in die Mitte des 16. Jahrhunderts waren im Besitz einer zahlreichen Familie, die Frucht ihrer Zerstreuungen mit Kurtisanen und den vornehmen Damen der römischen Gesellschaft; es gilt als außerordentliche Ehre, sich mit ihren Töchtern zu verheiraten; und ihre Söhne knüpfen königliche Verbindungen." [1])

515) Es klingt fast zum Totlachen, wenn man das Folgende liest: „Am gleichen Tage, da Alexander VI. seiner Tochter Lukrezia 1501 einen neuen Gatten gab, berief er das heilige Kollegium, um über die Verbesserung der Sitten in den Klöstern zu beratschlagen." Kurz vorher unter Pius II. muß der Geistlichkeit in Rom verboten werden „Spiel- und Hurenhäuser zu unterhalten, und daraus ihren Profit zu ziehen." [2]) Und das ‚Diarium' Burckhardt's berichtet aus damaliger Zeit: „Die gesamte Geistlichkeit läßt sich Nichts angelegener sein, als sich eine Familie zu gründen. Und vom Höchsten bis zum Niedersten haben denn auch Alle unter der äußeren Form der Ehe Konkubinen und zwar öffentlich. Diese Verderbniß erstreckt sich bis auf die Mönche und Ordensbrüder, so daß faktisch fast alle Klöster der Stadt Hurenhäuser sind. [3])

516) Burckhardt, nicht der Zeremonienmeister Alexanders VI., sondern der heutige klassische Verfasser der „Cultur der Renaissance" sagt einmal: die Leute dieser Zeitperiode müßten mit anderen Augen betrachtet werden, als unsere heutige Zeit, eine gewaltige Menschenrasse, die in der unbändigen Austobung ihrer Lebenskräfte und Befriedigung einer schrankenlosen Genußsucht das irdische Glück erfaßten.

---

[1]) Yriarte, a. a. O. II. p. 48.

[2]) Yriarte, a. a. O. II. p. 44.

[3]) »Incumbit igitur clerus omnis, et quidem cum diligentia, circa sobolem procreandam. Itaque a majore usque ad minimum concubinas in figara matrimonii, et quidem publice, attinent. Quod nisi a Deo provideatur, transibit haec corruptio usque ad monachos et religiosos, quamvis monasteria urbis quasi omnia jam facta sint Lupanaria«. Diarium, ed. Thouasne. t. II. p. 79.

— Einverstanden! Ein Volk von so orientalisch=hamitischem Gepräge, wie die Italiener, sollen ihre Kräfte üben. Wer sinnlich sein will, sei sinnlich; wer grausam, grausam; wem Gift ein probates Mittel erscheint, mit unbequemen Nebenmenschen tabula rasa zu machen, brauche Gift. Wir begreifen, daß Macchiavelli den Cäsar Borgia zum Helden seines »Principe« nehmen konnte. Wer den romanischen Typus kennt, weiß, daß tierisch=rohe, rachsüchtige Instinkte vor=herrschen; ihre unausrottbaren Maffia-Gesellschaften beweisen es; und wer den romanischen Priester kennt, weiß, daß Gaunerei und Sinn=lichkeit Hauptcharakterzüge bei ihm sind. — ‚Wer stinken will, der stinke!‘ sagt Luther. — Nur Eines! moralische Grundsätze und religiöse Dogmen sind es nicht, die man aus solchem Lande bezieht. Davon reden wir aber. Und die Gründe für Aufhebung der Religions=Trafik mit Italien sind heute noch dieselben, zwingendere, als vor 300 Jahren. Aber die blöden Teutschen lassen sich von den weibisch=seidnen Kleidern eines pfiffigen Kardinals berauschen und blenden, stumme Anbeter der fremden Gottheit, Bewunderer einer lakirten Laszivität, heute wie vor 300 Jahren.

517) Und Guicciardini, ein glühender Patriot, der nach Alexander VI. noch zwei Päpsten diente, und sie doch kennen mußte, sagt in seinen Geständnissen: „Ich habe aus Natur der Dinge den Untergang des Kirchenstaates gewünscht, und das Schicksal zwang mich, für die Größe zweier Päpste mich zu bemühen; ohne diese Rücksicht würde ich Luther mehr lieben, als mich selbst, denn ich würde hoffen, daß seine Sekte diese gottlose Priestertyrannei stürzen, oder ihr doch die Flügel lähmen könnte[1].“

518) Von welcher anderen Seite aber man auch das Sitten=leben jener Rasse, oder jener Kardinäle untersuchen möge, die durch eine unglückliche geographische oder historische Anordnung dazu be=rufen sein sollen, uns Teutschen die Lehren des Christentums zu

---

[1] »Amerei più Martino Lutero che me medesimo, perchè spererei che la sua setta potessi ruinare o almeno torpare le ale a questa scele-rata tyrannide de' preti.« Siehe Gregorovius, Geschichte der Stadt Rom. Stuttgart 1881. Bd. VIII. p. 258.

interpretiren, überall stoßen wir auf die Merkmale jener Degeneres=
cenz, die Romanen= und Germanentum in ihren transzendentalen
Anschauungen grundsätzlich von einander scheidet, überall auf jene
rohe, sinnfällige Verweltlichung des Göttlichen, der bis zum Fetischis=
mus reicht.

519) Schon die Messe mit ihrem orientalischen Putz und die
von Innocenz III. 1215 dogmatisirte Transsubstanziazions=Lehre ist
eine post=evangelische sinnfällige Zubereitung der rein übersinnlichen
Christuslehre für eine mit rohen Anschauungen operirende Masse
unter orientalischem Einfluß.

520) „Die Meß mit singen, orgeln, klingen, Kleiden, Zierden,
Geberden, Allis, was deß ist, ist ein Zusatz, von Menschen erdacht.
Denn do Christus selb und am ersten dieß Sacrament einsetzt,
da war kein singen, kein prangen; sondern allein Danksagung
Gottis[1].“ — „Dann wo der vorständig Unterscheid nit ist, sein die
Augen und das Herz mit solchem gleißen leichtlich in ein falschen
Sinn und Wahn vorführet, daß man das Meß achtet, das Menschen
erdichtet haben, und nimmer erfähret, was Meß sei[2].“ — „Also
hab ich Sorg, daß viel Menschen aus der Meß ein gut Werk
gemacht haben, damit sie vormeinent, ein großen Dienst thun dem
allmächtigen Gott[3].“

521) „Die meß, was ist sie doch anders, dann ain eitels be=
schwören und verzaubern, da brot und wein, so doch leblose, stumme
creaturen sind, durch kraft der pfaffen atem und der fünf wort in
flaisch und blut verändert werden? Also daß es offentlich erscheinet,
daß all ir gottesdienst und ceremonien voll beschwörung, abgötterei,
aufrichtung und anbetung der bilder, und voll allerlei menschengebot
und aigen gutdunken sein[4].“

522) „Etwas, was zur Zeit der Reformazion in untrüglicher
Klarheit hervortrat — schreibt der englische Kirchenhistoriker Burnet

---

[1] Luther, Sermon von dem neuen Testament, d. i. von der heiligen
Messe 1520. Sämmtliche Schriften. Erlangen 1833. Bd. 27. p. 143.
[2] Luther, a. a. O. p. 143.
[3] Luther, a. a. O. p. 155.
[4] Fischart, Bienenkorb des hailigen, römischen Bienenschwarms. 1582.
Hrsg. v. J. Eiselein. St. Gallen 1847. p. 45.

— ist, daß es in der ganzen Religion nichts so Verzerrtes und Korrumpirtes gebe, als die Art, wie die Messe gehandhabt wird. Die heidnischen Priester hatten Mysterien, die sie mit dunklen Worten und zeremoniösen Pomp umgaben, und sich durch diese Schlauheit die blinde Verehrung von Seite des Volkes sicherten. Im Gegensatz hierzu beobachtete die christliche Kirche der ersten Jahrhunderte in Allem die größte Einfachheit. Später jedoch mit der Ausbreitung des Christentums wurde Zeremonien Eingang gestattet, die von denen der Heiden nur wenig abwichen, wenn sie auch zur Bekehrung dieser selbst Einiges beitrugen. Den höchsten Grad des Aberglaubens und zeremoniellen Prunks erreichte aber die Kirche, als sie sich auf die damals wenig kultivirten Völkerschaften der Gothen, Vandalen u. a. ausdehnte, Völker, deren Neigung und Sinn nur am Äußerlichen, Materiellen und Sinnfälligen klebte, und die in krassester Ignoranz versunken waren. So konnte der wahnwitzige Aberglaube entstehen, Christus erscheine lebendig in der Kirche[1]). Und die stumpfsinnige Geistes=Verfassung der Priester war nur geeignet, dem sinnlichen Bedürfnis der Menge neue Nahrung zu geben. Um jene Zeit kam auch der Gebrauch auf, Gefäße und Zieraten, deren man sich in der Messe bediente, als solche für ‚heilig‘ zu erklären, und sie mit Öl zu salben; aus jener Zeit stammt die Meinung, die Sprache für die gottesdienstlichen Handlungen müsse eine fremde, unverständliche, die lateinische sein. Und die amtirenden Priester gewöhnten sich, ähnlich ihren heidnischen Kollegen, die Zauberformeln murmelten, einen Teil ihrer Worte nur in halblauter und unverständlicher Weise vorzutragen. Um jene Zeit kam die Sitte auf, die mysteriösen Worte der Konsekrazion dem Empfänger zuzuflüstern, welche neue Gewohnheit damit motivirt wurde, in dem Moment, in dem jene bedeutungsvollen Worte auf sein ihm gehöriges Brod hinauf wiederholt worden seien, vollziehe sich die Umwandlung in Fleisch. Auch die unzähligen Kniebeugungen und Bückungen, Kreuzes=Zeichen und Begrüßungen,

---

[1]) Die Wunder=Verwandlung in der Transsubstanziazionslehre geht weiter, bis auf den Gnostiker und ‚Schwindler‘ (wie ihn Harnack nennt) Marcus im 2. Jahrhundert, und auf den Orient zurück.

deren der Priester sich vor dem Altar bedient, stammt aus jener
Zeit. Auch die Erhebung des Sakraments nach der Konsekrazion,
und die Nötigung, dasselbe anzubeten, als ob Christus in den
Wolken sichtbarlich erscheinen werde, gehört in jene Epoche. Und
der Gottesdienst, an dem das Volk sich beteiligen konnte, redu=
zirte sich auf die Worte ‚Dominus vobiscum!‘ und die waren
lateinisch[1].“

523) Blödsinniges, teutsches Volk, zu Tausenden liegt Ihr
vor einer glitzernden, allein dortstehenden Monstranz, und betet dort
auf des Papstes Befehl das Produkt eines schmutzigen, krätzmilbigen
Bäckerjungens an. Denn, Hand aufs Herz! wieviele von Euch
glauben, daß eine hinter einem Glas steckende runde, milchige Scheibe
aus Mehl und Wasser ein Stück Fleisch jenes um's Jahr 30 von
den Römern hingerichteten Christus enthalte?

524) Es handelt sich hier gar nicht um die Abendmahls=Lehre
oder das Sakrament der Eucharistie. Es handelt sich darum, daß
eine Oblate hinter einem Glas aufgestellt wird und dem Volk gesagt
wird: das ist Euer Gott. Betet ihn an! — Mehr thaten die
Feuer= und Stein=Anbeter auch nicht. — Es handelt sich darum,
daß eine Holz=Statue, die die Madonna darstellt, und vor der täg=
lich Hunderte betend dort knieen, deren hölzerne Arme und Hände
mit Votiv=Geschenken vollgepfropft sind, in Italien vom Papst, in
Teutschland, wie im Jahr 1892 im Kevelaer, auf Befehl des
Papstes, gekrönt wird, womit dem Volk gesagt wird: dieses Holz=
bild ist Euer Gott. Die alten Teutschen, die eine blühende Eiche
anbeteten, standen da höher. — Oder wenn in einer Kapelle des
Bamberger Doms neben einem Nagel vom Kreuz Christi die
Worte stehen: „Heiliger Nagel, bitt' für uns!“ — — „Jede wahre
Religion, sagt Leibniz, ist Verehrung des unsichtbaren Gottes.“
Dies aber ist Fetischismus.

525) Bände werden von den römischen Kasuisten verschmiert,
was zu geschehen habe, wenn eine Mücke in den Abendmahls=Kelch

---

[1] Gilberti Burneti, Histor. Reform. Eccl. Angl. Lond. 1715. t. I.
p. 41 sq.

fällt; ob selbe konsekrirt zum Fleisch und Blut Christi geworden, und, für alle Fälle, am besten zu verzehren sei[1]).

526) Im Jahr 1548 fraß eine Maus in der Marienkirche zu Paris eine konsekrirte Hostie. Die Geistlichkeit, voller Schrecken, ließ den Altar abbrechen und den ganzen Fußboden ausheben, um das hungrige Tierlein, resp. ihren verzehrten Gott, zu ergreifen; fanden es aber nicht. „Zur Versöhnung des Gottes — geht der Bericht weiter (man glaubt im Livius zu lesen) — wurden Prozessionen veranstaltet, und ein wunderthätiges Marienbild an den Ort der That gebracht.[2])." — So geht es, wenn man sich einen Gott aus Holz oder Pappe macht, kann er Einem gestohlen oder gefressen werden.

527) »In Cerere aut Baccho tu non es, Christe, petendus,
Qui Patris ad dextram regna superna tenes[3])."

„In einem Stük Kuchen oder einem Schluk Wein wollt Ihr, Herzensrohe, Jenen erfassen, der hoch über uns unsichtbar in Wolken schwebt?"

528) Anfang der 70 er Jahre wurde in München ein junger Gymnasiast relegirt, also von der Möglichkeit des Weiterstudirens in seinem Land für immer ausgeschlossen, weil er beim Kommuniziren die Hostie statt in den Mund in die Westentasche gesteckt hatte. Ist

---

[1]) Supp, F., Kasuistik in und außer dem Beichtstuhl. Mainz 1847. Bd. II. p. 60. — Johannes de Lapide, Resolutorium dubiorum circa celebrationem missarum occurrentium. Argentin. 1494. cap. VII. art. V. dub V.

[2]) »Vera scribo — fügt der Erzähler bei — Vidi ipse meis oculis processiones et locum etiam seu sacellum ejus templi remque ex sacerdotibus et aliis quam pluribus diligentissime perquisivi.« — Voigt, J., Über Pasquille, Spottlieder und Schmähschriften aus der ersten Hälfte des 16. Jahrhunderts. Historisches Taschenbuch. Bd. IX. 1838. p. 390. — Siehe auch: Wilhelmus de Stutgardia [Wilh. Holderus], Mus exentratus h. e. tractus super quaestione si mus, aut aliud quodcunque brutum, hostiam consecratam corrodat vel comedat, anne corpus Christi corrodat aut comedat, aut quid de corpore Christi fiat. — Tub. 1593. 4°.

[3]) Antithesis Christi et Antichristi videlicet Papae. apud Eustathium Vignon o. O. 1578. p. 55.

dieser junge Mensch, der vielleicht einen guten Kopf hatte, nicht mehr wert, als eine Millonstel Partikel Eures Gottes aus Pappe?

529)   »Laissez moy ce vain dieu de paste
Qui voz biens, corps et ames gaste;
Ne vueillez donc plus adorer
Ce dieu que voyez devorer.
      Paovres papistes!«

sangen die französischen Hugenotten[1]).

530) Ich kenne einen Fall, wo ein Priester das von einem Geisteskranken, der die Sterbsakramente erhalten hatte, Erbrochene aufaß, weil nach seiner Meinung die Hostie noch nicht verdaut sein konnte. — Ist das Verehrung des unsichtbaren Gottes?

531) Zur Statuenliebe in der römischen Kirche schreibt Victor Hehn in seinen bekannten ‚Reisebildern‘ aus Genzano in der römischen Kampagna vom 18. Oktober 1839: „Abends wohnte ich noch einer Litanei in der Kirche bei. Das hohe und weite Gebäude war von einzelnen sparsamen Lampen geisterhaft beleuchtet, die das dichte Dunkel mehr streiften, als durchdrangen. Dazu plärrten die Priester, und immer dieselbe fürchterliche Formel. Eine Schaar Kinder, deren Unterricht darin besteht, sangen ihnen nach. Arme junge Seelen! Schon so früh entstellt! Ein hölzerner Christus am Kreuz ward über einen Stuhl gelegt und jeder Knabe mußte ihn von Kopf bis zu Füßen mit Küssen bedecken. Selbst die Erwachsenen, die Männer im Weibergewand, knieten am Ende nieder und thaten dasselbe. Wahrlich, wären wir selbst nicht auch vom zarten Alter daran gewöhnt, sodaß wir Nichts mehr fühlen, wir würden glauben, Narren des Irrenhauses zu sehen[2]).“

532) Aber denselben hölzernen Götzendienst können wir heute noch jedes Jahr am Charfreitag in Teutschland beobachten, wo eben die italienische Religion Geltung hat, in München, Mainz, am Rhein,

---

[1]) Le Chansonnier Huguenot du XVIe siècle. édit. de H. L. Bordier. Paris 1870. Vol. I. p. 98. — Sie nannten die Hostie dieu de pâte: Teig-Gott; dieu de farine: Mehl-Gott; dieu à la merci des rats: Gott von der Ratten Gnaden.

[2]) Viktor Hehn, Reisebilder aus Italien. Hrsg. von Th. Schiemann. Stuttgart 1894.

in Würzburg. Auch dort küssen Hunderte und Tausende die am Boden dortliegenden hölzernen Kruzifixe. Die Leute thun es mit der stumpfsinnigen Gewohnheit, die dem Römischen Katoliken eigen ist; sie sind brav und ehrlich dabei; glauben wirklich ein gutes Werk zu verrichten, und nur wenige werden sifilitisch.

533) „Ihr habt nu oft von mir gehört, daß ich geprebigt habe wider die närrischen Gesetz des Papsts. Unter andern hat er geboten, daß kein Weib soll das Tuch waschen, darauf der Leichnam Christi sei gehandelt worden (Altartuch), und wenns gleich auch eine reine geweihete Nonne wäre, es sei denn, daß es ein Pfaff oder Mönch zubor gewaschen habe. Auch wenn ein Laie den Leib Christi oder den Kelch mit bloßen Händen anrührete, den müßte man die Finger beschneiden, oder mit einem Ziegelstein die Haut abreiben; und was der närrischen Gesetze mehr sind unter dem Papsttum: darüber ihnen (sich) die Papisten mehr Gewissen gemacht haben, denn über ihre Hurerei und Gotteslästerung, die so offentlich wider Gott und so hell am Tage sind gewesen, daß auch die Kinder auf der Gassen davon gesungen haben[1].“

534) „Wollt ihr damit gute Christen sein, daß ihr das Sakrament, den Leib Christi, mit den Händen angreift? Nein, lieben Freunde, nein! Also gehets nicht an. Das Reich Gottes stehet nicht in äußerlichem Dinge, das man greifen und fühlen kann; sondern im Glauben und in der Kraft[2].“

„Dann ye nit ist des geistes sach,
Gepräng und wolluft stellen nach[3].“

535) Das ganze Religionswesen zieht aus dem Innern des Menschen hinaus in die Periferie. Was im Evangelium, in den Worten Jesu, Gesinnung, Innerlichkeit, Beziehung des Herzens war, wird hier Berührung, äußerliche Wäscherei, eine taktile Funkzion. Nicht Deine innere Heiligkeit ist es, sondern die Heiligkeit des Metall=

---

[1] Luther, Wider den falsch genannten geistigen Stand des Papstes und der Bischöfe 1522. Sämmtliche Werke. Erlangen 1833. Bd. 28. p. 235.

[2] Luther, a. a. O. p. 236.

[3] Hutten, Clag und Vormanung. 1520. Schriften, hrsg. v. Böcking. Bd. III. p. 498.

Gefäßes; nicht Sauberkeit Deines Herzens, sondern heilige Sauberkeit des Altartuchs; nicht was Christus gesprochen und in Dir etwa noch erklingt, sondern die runde Scheibe der Hostie. Diese komplette Versinnbildlichung und Veräußerlichung des ursprünglich Transszendentalen, die Hinausprojizirung der Herzens=Vorgänge in weißen und gelben Altar=Zierrat, und das Verrücken der Seele in die Epidermis, ist rein orientalisch, der absolute Gegensatz zum nordischen Empfinden, das schnurgerade Gegenteil der Quintessenz der Lehre Christi, und nunmehr das Kennzeichen des Römisch=Katolischen. Unnötig zu sagen: unteutscher, als unteutsch.

536) Und noch Etwas: Der Priester, was ursprünglich Jeder in der Gemeinde sein sollte, wird hier immer mehr abgesondert, verheiligt, mit besonderem Blut und Fleisch begabt, denn er kann nicht beflecken. Die Entwicklung, die der Papst vom römischen Pfarrer zum Provinzial=Bischof, zum Stellvertreter Christi, zum „unfehlbaren Mitwisser der göttlichen Geheimnisse", zum „Sohn Gottes" durchgemacht hat, macht jeder Priester für sich durch: er wird zum Herrgöttchen. Er spricht am Altar in einer fremden Sprache; er ist exlex; nur suadente diabolo, mit Hülfe des Teufels, kann er beleidigt werden; er allein kann die heiligen Gegenstände, in denen für ihn das ganze Christentum steckt, unbeschadet berühren. Kommt ein Laie daran, so kann er, obwohl von Haus aus schmutzig, die Gegenstände zwar nicht beflecken; dazu sind sie zu heilig; aber er selbst würde heilig; das darf nicht sein; wegen des Abstands zum Priester. Und nun kommt das kostbare Charakteristikum: die Fingerspitzen werden ihm abgeschnitten, oder doch mit Ziegelsteinen abgerieben. Es wird nicht etwa untersucht, ob er wenigstens bei lauterer Gesinnung Kelch oder Altartuch berührt. Nein, er darf nicht heilig werden, und die geheiligte Schicht muß schleunigst abgerieben werden. In diesem Ziegelstaub steckt der gesammte Katoliszismus.

537) Ist aber der Priester so heilig, so entfernt vom Laien in die Nähe von Gott gerückt, so kann ihn auch nichts beflecken, und menschliche Handlungen können ihm Nichts anhaben. Schon bei Gerson, bei Gelegenheit der Zölibatsfrage, lernten wir die dogmatische Konstrukzion der Priester=Konkubine kennen, die wohl

lässige, leicht tilgbare Sünden mit sich bringt, aber weder Priester=
Weihe noch Keuschheits=Gelübde zerstört. Nun steht der Priester
überhaupt erhaben über den Menschen da, und für den jungen Altar=
Gott ist nun freie Bahn für allerlei Hantierung geschaffen.[1]

538) Und nun begreifen wir, daß Geistliche unter Alexan=
der VI. die Revenüen von Spielhäusern und Bordellen bezogen,
daß die Klöster lupanaria genannt werden; daß Sixtus IV. in
Rom öffentliche Huren=Häuser errichtet und daraus ein jährliches
Einkommen von 40,000 Goldgulden bezieht; daß Päpste und Kar=
dinäle mit den Frauen und Mädchen ihrer Residenz unter Ausschluß
sonstiger Männer laszive Festivitäten feiern, oder sich Gruppen von
Prostituirten in den Palast bringen lassen, daß sie den blöden abend=
ländischen Völkern ihre Sünden gegen Geld abnehmen, und dieses
Sünden=Geld ihrer Schwester schenken, oder im Spiel verthun; daß
man schöne Schwestern gegen Kardinalsstellen eintauscht, für die
dummen Teutschen, die ‚Bestien‘, neue Sünden konstruirt, und Fasten=
gebote und Ehehindernisse stipulirt, die Einen selbst nichts angehen;
und daß man als Papst im Purpurkleide und mit der dreifachen
Krone auf dem Haupt, wie sein Gesetzbuch sagt, »supra Jus, contra
Jus, extra Jus, Deus in terris«, über dem Gesetz, gegen das
Gesetz, außerhalb des Gesetzes, als ein Gott über der Menschheit
schwebt.

---

[1] Schon das Jus canonicum beruft sich hinsichtlich der Immunität
der Priester auf eine angebliche Äußerung Kaiser Konstantin's auf dem
Konzil von Nizäa, der ihnen gesagt haben soll: »Dii vocati estis et idcirco
non potestis ab hominibus judicari«: „Ihr seid Gottheiten, und könnt des=
halb nicht von Menschen gerichtet werden.“ — Suarez beantwortet die
Frage: ‚Kann ein Geistlicher, der ohne geistliches Gewand und Tonsur die
schwersten Verbrechen begeht, vom weltlichen Richter bestraft werden?‘ mit:
‚Nein! Wer auch zuweilen Habit und Tonsur ablegt, verläßt deswegen nicht
das privilegium fori, und kann vom weltlichen Richter nicht bestraft werden.‘
— Die Imago primi Saeculi vom Jahr 1640 behauptet, daß es eine Un=
möglichkeit sei, daß ein Jesuit innerhalb der nächsten 300 Jahre verdammt
werde. — Und in unseren Tagen erklärte ein katolischer Priester in seiner
Primiz=Predigt: „der Priester ist gleich der Gottesmutter auserwählt
von den Menschen, erhoben über den Menschen und aufgestellt für die
Menschen“ (Regensburger Morgenblatt 1893. Nr. 112).

539) „Gleißt schön von Pracht und Reverenz,
　　Der Welt Verderb und Pestilenz,
Schwatzt viel von Fasten, auch Andacht,
　　Ihm säuberst fette Tage schafft.
Verkauft Fuchsschwänz, kurz, lang und breit,
　　Das Volk um's Geb und Hab geseit.
Derhalb Er Judas=Beutel schlecht
　　An seinem Halse führet recht,
Dazu ein'n langen Rosenkranz,
　　Hat fleißig Acht auf seine Schanz,
Nachdem die Welt thörigt und blind
　　Ihm folget sammt der Menschen Kind.
So führt er sie auf losen Sand,
　　Gibt ihn'n für's Geld ein'n großen Quant,
Schafft Platten, Kappen, holzen Schuh[1])
　　Nächtlich Geschrei im Chor ohn Ruh',
Reich Opfer bei der Toten Pein,
　　Geweihte Rosen, Öl und Wein,
Annaten und Vigilien,
　　Groß Ablaß sammt dem Requiem,
Geschmückt' Altär', auch wächsene Licht,
　　Monstranzen, heimlich Ohren=Bicht,
Kirchen, Kapell, groß' Klöster reich,
　　Weihwasser, Salz, das Kraut zugleich,
Palmen und Kelch, das Osterfeuer,
　　Geschmierte Kreuz an hoher Mäuer,
Bringt alles Geld und ist fast theuer,
　　Die Hölle sammt dem Fegefeuer;
Hat auch dabei seine Creaturen,
　　Tragen rothe Hüte mit langen Schnuren,
Ein Theil lang Haar, ein Theil beschoren,
　　Han Kleider als gemeine Thoren,
Von Schwarz, Grün, Weiß, auch Himmelblau,
　　Schäckigt und bunt, roth, gelb und grau,
Werden wie Dieb' gebunden auch,[2])
　　Han dicke Hälse und fetten Bauch,
Müssen nicht reden, sind ganz stumm,
　　Beugen den Schalk grad und krumm.
Dazu hat er auch Jägerhund[3])

---

[1]) Der Ausputz der Mönche.
[2]) Die Umschnürung der Kutten.
[3]) Die Ablaßprediger.

Mit Krämerei zu aller Stund,
Verkaufen Messen, Eigenwerk[1])
Auf daß sich mehr' sein Reich und stärk',
Ein Theil schlemmen und gehen in Saus,
Halten glatt Pferd und Huren aus.
Er hat auch eigene Henkersknecht',
Das Krumm bewegen sie gerad und schlecht, [2])
Als Cortisan, diebisch Fiskal,
Procurator, Official,
Fürwahr ein seltsam Hofgesind,
Desgleichen man bei Pluto nicht find't,
Zu locken hieher auf dieser Erd
Die Menschen auf seinen Vogelheerd."[3])

540) Mit Recht haben die Satiriker und Pasktillen=Schreiber der Renaissanse den in sein Gegenteil verkehrten Charakter Christi beim Nachfolger Christi, beim Papst, hervorgehoben: Christus floh die Reiche dieser Welt; der Papst erobert eine Stadt nach der andern. Christus trug eine Dornenkrone; der Papst eine dreifache goldene. Christus wäscht seinen Jüngern die Füße; der Papst läßt die seinen von den Königen dieser Erde küssen. Christus wollte, daß der weltlichen Obrigkeit die Abgaben entrichtet werden; dieser befreit die pfründen=gesegnete Geistlichkeit davon. Christus weidet die Schafe; der Papst ergiebt sich dem Luxus und der Üppigkeit. Jener war arm; dieser verlangt die Königreiche der Welt als sein Eigentum. Christus trug sein Kreuz; dieser läßt sich auf den Schul=tern beutesüchtiger Knechte herumtragen. Christus verschenkte, was er hatte; der Papst verzehrt sich vor Gier nach Golde. Jener trieb die Krämer aus dem Tempel; dieser nimmt die Ablaßkrämer bei sich auf. Christus brachte Frieden; der Papst Mord und Totschlag. Jener war sanftmütig; dieser bläht sich vor Stolz. Die Gesetze,

---

[1]) Die opera supererogationis, die überflüssigen Gebetsleistungen der Mönche.

[2]) Die Tax=Beamten und Bullenverkäufer.

[3]) Fliegendes Blatt vom Jahr 1549. Siehe Voigt, J., Pasquille, Spottlieder aus dem 16. Jahrhundert. Historisches Taschenbuch. Bd. IX. 1838. p. 470 ff.

die Christus gab, hob der Papst wieder auf. Und so fährt Jener gen Himmel, dieser zur Hölle.[1]

541) Zu dem Charakter sündlosen Erhabenseins der Päpste und italienischen Priester über menschliche Sitte und Satzungen gehörten auch ihre voluptuösen Beziehungen zum gleichen Geschlecht, Sodomiterei, wie man es damals nannte, Päderastie, wie man es heute nennt, eine Sache, so selbstverständlich im Bereich italienischer Religionsübung, daß das Volk nurmehr schlechte Witze darüber macht. In Teutschland nannte man es „Wälsche Hochzeit.“ Schon Damiani im 11. Jahrhundert war der Sache so kundig, daß er die verschiedenen Metoden dieser unsauberen Übung in seinem ‚liber gomorrhianus‘ in ein förmliches System bringen konnte, worüber Alexander II. aber nur lachte. —

542)   „Sollt ich, die Sodomitisch sind,
            Der Wälschen Hochzeit grausam Schand
            Erzählen, ihr würdet alle sammt
            Ein'n Gräuel han, erschrecken drob;“[2]

543) „Nit allein hat man zu Rom unkeuschheit vor ein regirerin menschlichs lebens, sonder auch legen die Romanisten ire synn daruff, wie sie in mancherley gestalt, und uff seltzame art,

[1]   Christus regna fugit: sed vi Papa subjugat urbes.
      Spinosam Christus: triplicem gerit ille coronam.
      Abluit ille pedes: Reges his oscula praebent.
      Vectigal solvit: sed clerum hic eximit omnem.
      Pascit oves Christus: luxum hic sectatur inertem.
      Pauper erat Christus: regna hic petit omnia mundi.
      Baiulat ille crucem: hic servis portatur avaris.
      Spernit opes Christus: auri hic ardore tabescit.
      Vendentes pepulit templo: quos suscipit iste.
      Pace venit Christus: venit hic radiantibus armis.
      Christus mansuetus venit: venit ille superbus.
      Quas leges dedit hic, Praesul dissolvit iniquus.
      Ascendit Christus: descendit ad infera Praesul.
Pasquillorum tomi duo. Eleutheropoli [Basil.] 1544. pag. 26—27.
      [2] ‚Lamentation oder Klage des deutschen Landes 1546‘ von dem württembergischen Dichter J. Schradin von Reutlingen. — J. Voigt, Pasquille und Spottlieder aus dem 16. Jahrhundert. Historisches Taschenbuch. Bd. IX. p. 500.

auch wönderlicher weyß, und wie vor nie gehört unkeuschheit pflegen, damit sie auch den keyser Tyberium (und seine künstiger, die er Spintrias[1]) nennet) übertreffen. In der summ davon zu reden, schlechter gestalt und gewöhnlicher weyß unkeuschheit treyben verachten sie, und heißen es bauren werck. Dann zu Rom thut man ding, der wir uns hye zu reden schämen." [2]

544) „Wann man die Buchstaben verkehrt,
Ist Roma Amor, das heißt Lieb,
Die Lieb steht in verkehrtem Trieb:
Denn Rom pflegt allezeit der Knaben —
Ist gnug, man sollts verstanden haben." [3]

545) Julius II. schändete zwei junge, französische, ablige Knaben, die erziehungshalber von der Königin Anna von Frankreich nach Italien geschickt worden waren. [4] — Julius III. machte einen jungen 16jährigen Menschen Innocenz, einen seiner Lieblingsknaben, zum Kardinal, und wurde deßhalb von den Römern als Jupiter, der mit Ganymed spielt' herumgezogen. [5] — Hinter Sixtus V. schrie das Volk drein: »Laudate Pueri Dominum!« [6] — Und der Sohn Paul's III., Ludovico, notzüchtigte sogar den jungen, schönen Bischof von Faenza, worüber dieser aus Scham und Kränkung starb, während der Papst es nur für ,jugendliche Unenthaltsamkeit' erklärte, und seinen Sohn absolvirte. [7]

546) Dieser Paul III. selbst schändet schon als Legat unter

---

[1] Vom griechischen σφιγκτήρ.

[2] Vadiscus, dialogus Hutteni, Hutten's Schriften, herausgegeben von Böcking. Bd. IV. p. 182.

[3] Die fliegenden Blätter des 16. und 17. Jahrhunderts. Herausgegeben von J. Scheible. Stuttgart 1850. p. 129.

[4] Spiegel des Weltlichen Römischen Bapsts durch Nic. Hönigern. Königshofensem, Ostrofrancum. 1586. p. 394. — Auch Bonivard schreibt in seinem Advis et devis de l'idolatrie papale von diesem Papst: »il hauait le bruit de user de Venus masculine.« éd. Genève 1856. p. 42. —

[5] A. a. O. p. 405.

[6] Weber, J. C., Das Papsttum und die Päpste. Stuttgart 1834. Bd. III. p. 12.

[7] Burckhardt, J., Cultur der Renaissance in Italien. 3. Aufl. Leipzig 1877. Bd. II. p. 226.

Julius II. eine ablige junge Dame in Ancona, und muß flüchten, überläßt gegen einen Kardinalshut seine Schwester Julia Farnese Alexander VI., und hat selbst Verkehr mit der eigenen zweiten, jüngeren Schwester, und seiner Base Laura Farnese.[1]

547) »Du temps de pape Innocent ne fus tu pas mis en prison, tres meschant prelat, pour deux homicides, a scavoir pour havoir empoysonne ta niepce et ton nepveu, affin que tout lheritage fust tien? Apres que tu fus hors de prison, tu ne te faignis de demander le chappel roge (den Kardinalshut), mais haiant este rejecte des cardinaux par III. foyz, ta propre soeur Jullia Fernasa finallement le guaigna, car pour ce quelle menaca pape Alexandre que desormais elle ne sabandonneroit plus a luy, sil ne te faisoit cardinal, le pape craignant sa malle grace et cholere te tonna le chappel. Davantaige tu has occise ton autre seur, laquelle sentante le naturel de ta race nestoit pas fort pudique. Du temps que soubz pape Julle tu estoies legat en la marque d'Ancone, tu abusas tres mechamment dune fille dicelle ville, car te desguisant et faignant estre un gentilhome de la famille du legat, tu la despucellas, ce que le cardinal d'Angone oncle de la fille te reprocha bien aygrement devant pape Clement, lors captif en la prise de Rome. Nicolo de Ruere ne te treuva il pas paillardant avec Laura Fernasa ta niepce sa femme et te donna un coup de poignardt don tu portes encores la marque? Que dirai je de Constance ta fille avec laquelle tu has paillarde tant de foiz. Tu empoysonnas Blayse son mari lequel haiant apperceu vostre meschancette ne fut jamais despuys veu joyeux. Il est certain quen paillardise tu sourmontes les empereurz Commodus et Heliogabalus come tesmoigne la multitude de tes bastardtz. Loth paillarda avec ses filles mais estant yure et non scachant quil faisoit. Tu, scachant, has paillarde avec ta seur, ta niepce et ta fille!«[2]

548) In ganz Teutschland wußte man die Schande. In einem im Jahr 1537 erschienenen Pastill heißt es: „Deutscher:

---

[1] Spiegel des Weltlichen Römischen Bapsts. p. 392. 402—403.

[2] Bonivard, Francois, Advis et devis de la source de Lidolatrie et tyrannie papale. [1560.] Geneve 1856. p. 96—97.

Wahrlich, du malest mir in dem heiligen Vater einen wahren Tauge=
nichts. — Pasquill: Das wirst Du erst sagen, wenn Du hörest,
wie er (Paul III.) zuerst zum Cardinalshut gekommen und dann
wie er Papst geworden ist. Man sagt, er habe eine sehr schöne
Schwester gehabt, da Julius der zweite Papst gewesen ist. Diese
hat Alexander heftig lieb gehabt, und da er nicht gewußt, wie er
sie sollte zu sich bringen, um seine Unkeuschheit mit ihr zu treiben,
hat er diesen jetzigen Papst Paul vermocht, seine Schwester ihm zu=
zuführen. Dafür hat er ihn zum Kardinal gemacht. Also sagt man,
und die Italiener sagen es selbst. — Deutscher: So wäre er besser
zum Hurenwirth, als zum Papst! Wer wollte denn einem solchen
verzweifelten Bösewichte glauben, und auf solchem vermeinten Con=
cilium (zu Mantua) erscheinen, der mit solchen schalen Fratzen um=
geht, in dem keine Treue und kein Glaube zu hoffen ist." [1]

549) „Denn also pflegten die Bäpst von gar schändtlichem
Mutwillen und Abschewlicher unkeuschheit zu brennen, daß sie denen
Bischoffs= und Cardinals=Hüt verheißen, die ihnen ihre Schwestern,
oder das noch grewlicher zu sagen ist, ihre junge Brüder zu schänden
zuführen. Mit diesen Künsten pflegen ihrer viel gar feiste Pfründen

---

[1] „Eine Unterredung zwischen dem Pasquillen und dem Deutschen von
dem zukünftigen Concilio zu Mantua. Psalm 124: Gelobet sei der Herr,
das er uns nicht gibt zum raube in ire zeene." — J. Voigt, Über Pas=
quille und Spottlieder aus dem 16. Jahrhundert. Historisches Taschenbuch.
Bd. IX. 1838. p. 421—429. — Die Erinnerung an diesen Papst scheint
lange Zeit mit häßlichen Umrissen in dem Gedächtnis der Völker eingeschrieben
gewesen zu sein. Eine 1578 erschienene Vision läßt ihn von Dämonen auf
seinem Totenbett abholen. In der Hölle begegnet er seinem Sohn Ludo=
vico, eben Jenem, der den Bischof von Faenza geschändet hatte und später
ermordet worden war. Er reitet auf einem kolossalen Bock, der mit unflä=
tigen Emblemen geziert ist; und in seinem Gefolge eine Schaar junger
Knaben, ebenfalls beritten, mit nackten Podizes [»nates tantum nudas simia-
rum in morem ostantes«]. Der Papst selbst wird in Weiberkleider gesteckt
und zur Babylonischen Hure gewandelt; er wird jetzt weiblich benamst:
Meretrix Nostra Sanctitas: „Seine Hurerische Heiligkeit", und muß die ent=
setzlichsten Scheußlichkeiten über sich ergehen lassen. — Siehe Antithesis Christi
et Antichristi, videlice Papae. o. O. apud Eustathium Vignon. 1573.
p. 129—147.

zu erjagen. Und ift, wie Agrippa (von Netteshehm) fagt, kein anderer neher weg dazu." [1]

550) Von Leo X. fchreibt Bonivard: »Touchant a paillardise, luy nesta nt que cardinal nen estoit point accoulpe, ni avec femelles ni avec masles, mais despuis quil fut pape, il sadonna plus a volupte, et par ses actes monstroit quil usoit de paillardise masculine, car il havait tousiours de beaux pages, que Italiens appellent ragazi, quil faisait garder soigneusement a un sien chambrier nome Serapica home idiot et sans letres et qui des son commencement havoit este aquarol a Rome et luy havoit confere le pape plus de V. mille escuz de benefices.« [2]

551) Und von dem Verkehr Paul's III. mit den Huren in Rom, deren amtliche Schätzung unter feinem Nachfolger Julius III. 40,000 ergeben hatte, heißt es, daß er ihnen „Zins forderte; an Gulden, filberne und andere Münz, darnach fie fchön gewefen, haben fie geben müffen. Diefelbigen werden vom Bapft in großen Ehren gehalten, die küffen des Bapfts Füß, die halten mit dem Bapft freundlich gefpräch, die haben mit dem Bapft Tag und Nacht Gemein= fchaft." [3]

552) Unter den zehn Vergehen, deren die 1303 zu Paris verfammelten franzöfifchen Bifchöfe Bonifaz VIII. anklagten, und ihn derfelben wegen des Papfttums für unwürdig erklärten, gehörte als achtes: „daß er zwei Nichten als Mätreffen habe, und mit ihnen Kindern gezeugt": »Octavo, quod habeat duas neptes concubinas et ex utraque filios progenuerit.« [4]

553) Sixtus IV. (1471—1484), der zuerft Staatsborbelle in Rom errichtete, ließ jeden Geiftlichen die jährliche Konkubinen= Taxe von einem Dukaten zahlen, auch wenn er keine Konkubine

[1] Spiegel des Weltlichen Römifchen Bapfts. p. 402. — Agrippae ab Nettesheym, H. C., de incertitudine et vanitate omnium scientiarum. Colon. 1598. cap. 64. de lenonia.

[2] Bonivard, Francois, Advis et devis de la source de Lidolatrie et tyrannie papale [1560] Geneve. 1856. p. 69.

[3] Spiegel . . . . a. a. O. p. 407.

[4] Mornay, Ph., Mysterium Iniquitatis seu historia Papatus. Salmurii 1612. p. 948.

hatte; andrerseits wies er die Einnahmen von einer bestimmten An=
zahl Huren anderen Geistlichen als Pfründe an; so daß Agrippa
von Nettesheym mitteilt, die Einnahmen eines geistlichen Würden=
trägers hätten ungefähr so gelautet: „er hat zwei Benefizien, ein
Curat mit 20 Dukaten, ein Priorat mit 40 Dukaten, und drei Huren
im Bordell."[1]

554) Die Einnahmen aus den Staatsbordellen werden auf
jährlich 80,000 Dukaten geschätzt; dies erscheint begreiflich, wenn
wir lesen, daß allein der eine Sohn Sixtus' IV., Peter, wie
Machiavelli erzählt, für seine Mittagstafel oft 20,000 Florenen aus=
gab, und in den zwei Jahren seines Kardinalats 200,000 Dukaten
durchbrachte.[2]

555) Der folgenden Schilderung Bonivard's, der als Augen=
zeuge spricht, würde man ihre Naivetät und Aufrichtigkeit nehmen,
wollte man sie aus dem Französischen übersetzen. Unter dem Titel:
»Putains triumphantes du temps de Leon« spricht er über die päpst=
liche Prostituzions=Kontrolle zur Zeit Leo's X.: »Je fus a Rome
soubz son pontificat lan 1518 quil me fut dict que le pape havoit
touz les ans de tribut des putains 11,800 ducatz, luy paiant une
chascune que havoit plus de III. amoureux tant seullement 1 ducat
pour teste; celles quen havoint moins estoient franches; mais il en
havoit telle quen havoit plus de XII. ordinaires, sans les allantz
et venantz, et saccordoient. Lun havoit ce jour de la sepmaine
lautre le segondt, lautre le IIIème et ainsy consequemment. Quant
il y havoit plus de sepmaniers que de jourz en la sepmaine, ilz
estoient remiz au tantiesme du moys et failloit que chascun don=
nast salaire, selon le temps quil havoit louee la monteure; pour=
quoy estoient riches a outrance.«[3]

---

[1] »habet duo beneficia, unum Curatum viginti aureorum, Prio-
ratum alterum ducatorum quadraginta, et tres putanas in burdello«.
Agrippa a Nettesheim, de Vanitate scientiarum. Colon. 1598. cap. 64.
de lenonia.

[2] Theiner, Einführung der erzwungenen Ehelosigkeit. Altenburg 1845.
Bd. III. p. 777.

[3] Bonivard, Francois, Advis et devis de la source de Lidolatrie
et tyrannie papale [1560]. Geneve 1856. p. 79.

556) Sixtus IV. erlaubte auch den darum nachsuchenden Kardinälen, wie der bekannte holländische Theolog Johann Weßel († 1489) erzählt, der sich lange in Rom aufhielt und mit dem Papst befreundet war, während der drei heißen Sommermonate Juni, Juli und August gegen Bezahlung einer Taxe den päderastischen Umgang mit Knaben[1]). — Vielleicht wird mir hier ein Mediziner oder Anthropologe entgegenhalten, daß das italienische Klima solche Obszönitäten einigermaßen entschulbige, da man in heißeren Klimaten, wo die Leidenschaften hitziger, die Frauen rascher verblühen, diesem Übel in noch größerem Umfang begegne. — Sehr gut! — Aber eben deswegen, weil Italien ein anderes Klima, welches andere Laster zeitigt, Laster, welche die psychische und moralische Sfäre ergreifen müssen, wollen wir von der italienischen Religion nichts wissen. Weil wir glauben, daß die italienische Religion eine spezifische, von italienischem Klima und Sinnlichkeit abhängige Spezies der christlichen ist, wollen wir unser Klima, unsere Sonne, und unsere Religion für uns haben. Weil wir wissen, daß einzelne Dogmate der spezifischen sexuellen Sfäre der italienischen Päpste angehören, deswegen wollen wir selbe nicht bei uns importiren lassen (wenn sie gleich vom italienischen Gott ‚geoffenbart‘ sind). Oder glaubt der Herr Anthropologe, daß die Abwendung vom Weib und der geschlechtliche Umgang mit Knaben den Menschen, und damit auch seine geistigen Leistungen, nicht sittlich ändert? — Die Griechen waren ein großes Volk und hatten die Knabenliebe! — Klima. — Sehr gut! — Die Italiener sind ein großes Volk und haben die Knabenliebe. — Klima. — Sehr gut! — Und wir wollen ein großes Volk sein, und haben die Knabenliebe nicht. Und deshalb können wir Völkern wie den Griechen und Italienern nur vom Standpunkt der historischen, ästhetischen Beleuchtung näher treten; ihnen aber nicht erlauben, an unserem gegenwärtigen geistigen und ethischen Besitz in autoritativer Weise mitzuarbeiten: Die Italiener essen bei sich keine wälschen Hühner, weil sie wissen, welchem voluptuösen Gebrauch sie dienen. Und wir wollen uns vor den herüberflatternden wälschen

---

[1]) »masculino coitu frui permisit.« Wesseli, J. de Indulgentiis Papalibus. Opera omnia, ed. J. Lydii. Amstel. 1617.

Dogmas in Acht nehmen, weil wir wissen, welcher voluptuösen Psyche sie ihre Geburt verdanken[1]).

557) Die religiösen Gründe für Teutschland, sich von der italienischen Religion und ihren Gebräuchen loszumachen, datiren schon seit 400 Jahren. Heute kommen nazionale und physiologische, ja sanitäre, hinzu.

558) Die Summe italienischer Gräuel und geistlicher Knabenschändung deckt eine parodistische Beschreibung eines „Konklaves römischer Huren" auf, worin selbe beschließen und fordern, daß auf das Halten von Paaschen und jungen Knaben bei den Karbinälen eine hohe Taxe gelegt werde; denn so lange einer dieser Herrn männlichen Geruch in seiner Umgebung spüre, nehme er nichts anderes an; und der wachsende Verkehr der Geistlichen mit Kammerdienern, Aufwärtern, Barbieren, und Ladenschwengels schädige sie, die Huren, in ihrem Gewerbe auf's Schwerste[2]). — Das war das Ende des eigensinnigen Versuchs Gregor's VII. hinsichtlich der Ehelosigkeit der Priester, daß man diese, gar in Italien, in Scheußäligkeiten hineintrieb, die sie zu einer neuen, psychopathischen, homosexualen Rasse machte, so daß man später aus hygienischen Gründen froh gewesen wäre, wenn die Herrn in Lila oder der Gott in Purpur ein Weib angerührt hätten.

559) „Wie gefelt dir aber, daß man zu Rom handelt mit dreyerlei kauff Schatz: Christo, geystlichen lehen und weybern?" — „„Wölt got allein mit weybern, und giengen nit offt aus der natur[3])!" "

---

[1]) Aus der Zeit, da nicht nur italienische Dogmen, sondern auch italienische Geistliche nach Teutschland importirt wurden, erzählt eine Schrift zu Anfang dieses Jahrhunderts: „Im Bißthum Freising wurde kürzlich ein Geistlicher angestellt, der sich einige Zeit in Rom und in Italien aufgehalten hatte; bald begieng er die abscheulichsten Ausschweifungen: er verderbte sogar zwei Knaben total; und als er nun vom Geistlichen Rathe zur Verantwortung gezogen wurde, da äußerte er seine Verwunderung, daß man in Teutschland aus dergleichen Dingen so einen Lärm mache, das sey ja in Italien etwas Gewöhnliches, und da mache keine geistliche Obrigkeit was daraus." — (Salat, J.,) Die Fortschritte des Lichts in Bayern. Deutschland 1805. p. 8.

[2]) Il Puttanismo Romano ò Conclave delle Putane. In Colonia [Roma] 1668. p. 44.

[3]) Vadiscus, dialogus Hutteni. Hutten's Schriften. Bd. IV. p. 178.

560) „Und solche verdampte Bösewichter wollen alle Welt bereden, daß sie der Kirchen Häupt, Mutter aller Kirchen und Meister des Glaubens sein, so man sie doch an ihren Werken in aller Welt erkennet; nämlich, daß sie bei gesunder Vernunft so öffentlich rasend und tolle sind worden, daß sie nicht wissen, ob sie Mann oder Weib sind, oder bleiben wollen; sich nicht schämen doch für dem weiblichen Geschlecht, da ihre Mutter, Schwester, Muhmen unter sind, die solchs von ihnen hören und sehen müssen mit großen Schmerzen. Ei pfui euch Sodomiten-Päpste, Carbinäl' und was ihr seid im römischen Hofe, daß ihr euch nicht fürchtet für dem Pflaster, darauf ihr reitet, daß euch verschlingen möchte[1].“

561) Von Julius III. erzählt Bonivard: »Touchant a linimitie quil portoit a nature, je croy que Neron ni Heliogabalus ne furent famais en bougrerie si execrables. Luy estant legat a Boloigne senamouracha dun certain pauvre garson, demandant laumosne appelle Vincent, non scachant A ni B et davantage asses lait, ne restoit quil neust faict come Neron, quil lhavoit pas espouse publiquement, come Neron havoit faict son bardaze et croy que si ce bardafe fust mort devant que luy, il luy eust basti un temple et le canonise en honeur divin come havoit jadis faict lEmpereur Adrien, son Antinous. Sledan et Baloeus en devisent beaucoup et come des a ce quil fut pape luy remit son chappel de cardinal, maugre touz les autres, lesquelz jacoit [jà soit, obschon] que fussent eux asses execrables, abhorrissoient ceste villennie si publique, car il ni ha home si embeguine de sa femme, qui ne se donnast honte de amadouer sa dicte femme devant les gentz come faisoit ce villain son bardaze[2].«

562) „Die kaiserlichen Rechten sagen viel de Furiosis, von unsinnigen, tollen Leuten, wie man sie halten soll; wie viel größer Not wäre hier, daß man Papst und Cardinal und den ganzen römischen Stuel in Stöcke, Ketten, Kerker legte, die nicht gemeiner

---

[1] Luther, Wider das Bapstum zu Rom vom Teuffel gestifft. Wittenberg 1545. Sämmtliche Schriften. Bd. 26. p. 136.

[2] Bonivard, Francois, Advis et devis de la source de Lidolatrie et tyrannie papale. [1560] Geneve 1856. p. 108—109.

Weise rasend worden sind, sondern so tief gräulich toben, daß sie itzt Männer, itzt Weiber sein wollen, und daß keine gewisse Zeit wissen, wenn sie die Laune ankommen wird; gleichwohl sollen wir Christen gläuben, daß solche rasende und wüthende römische Hermaphroditen den heiligen Geist haben, und der Christenheit öberste Häupter, Meister und Lehrer sein mögen[1]."

563 „After=Religiosität" nannte jüngst ein großes, teutsches Blatt die päpstliche Dogmen=Produkzion der Jahre 1854 und 1870[2]. — Sollte diese Bezeichnung mehr wie nur bildliche Bedeutung haben? —

564) „Weil die Bösewichter nicht wollen büßen, sondern dazu das Evangelion verdammen, Gottes Wort lästern und schänden, und sich putzen, so sollen sie auch ihren Dreck wiederum riechen auf's allerschändlichst. Es ist solches Laster sogar gemein bei ihnen, daß auch neulich ein Papst selbst in solcher Sünde und Laster sich zu todt gesündigt, und in der That auf der Stätt todt ist blieben. Da, da, ihr Päpste, Cardinäl, Papisten, geistliche Herrn, verfolget mehr Gottes Wort, verteidigt nu Euer Lehre und Kirchen[3]."

565) Die Päpstin Johanna, die durch Betrug und List im 9ten Jahrhundert den päpstlichen Thron bestiegen, und, nach mancherlei Schande und Wollust, auf demselben ein Kind geboren hat, so daß der päpstliche Stuhl zum Gebärstuhl wurde, diese Erzählung, die uns überliefert wird, war nur eine Fabel; aber es war charakteristisch, daß so etwas auf Männer erfunden werden konnte; es war vor= wie nach=bedeutend für das eigentümlich wollustige Leben der Päpste, für die Verweibung dieser rasirten Leute in Weiberstoffen und Goldhauben, und bezeichnend für die besondere Art ihres psychischen Gebärens, die dem Weib gegenüber das Gefühl als Mann verloren haben, und über die ‚Menstruazion' und ‚Milch' der Maria Bände und Dogmen fabriziren, als wäre es ihre eigen Sach'. —

---

[1] Luther, a. a. O. p. 136.
[2] Beilage zur „Allgemeinen Zeitung". 1893. Vom 9. Mai.
[3] Luther, a. a. O. p. 33.

566) „Ein weibisch Volk, ein weyche schar,
on hertz, on mut, on tugent gar,
da seind wir überstritten von.
Im Hertzen thut mir wee der hon[1]."

567) „Lasset die Kleinen zu mir kommen, und wehret ihnen
nicht!" Matth. 19, 14. — Das habt Ihr Papisten so verstanden,
daß Ihr bis auf Clemens XIV. jährlich ca. 4000 Knaben
kastrirtet, sie wie Indiane behandeltet und an ihren Qualitäten des
Verschnittenseins Euch erlustirtet[2].

568) Von den Jesuiten stammt der Spruch aus der Zeit der
Gegen=Reformazion: sie wollten um jeden Preis die gesammte Christ=
liche Welt wieder dem Papst unterwerfen: »ac si cadaver esset« —
„und wenn er ein Kadaver wäre"[3]): ,Kadaver' für den Papst und
aus dem Munde der Jesuiten ist kein schlechtes Epiteton: stag=
nirend wie ein Leichnam und stinkend wie ein verfaulendes Aas. —

569) Charakteristisch für den weibischen Charakter des päpst=
lichen Hofes ist — im Bedürfnisfalle — ihre Vorliebe für Gift —
für Andere. Während sonst beim Italiener rasch das Messer blitzt,
und der bravo, der seinen Dolch gegen Bezahlung Jedermann zur
Verfügung stellt, zur typischen Figur bei den Italienern geworden
ist, gebrauchen die Päpste das lautlose, schleichende, von hinten an=
fallende Gift — die feigste Umbringungsart, aktiv wie passiv, und
die regelmäßige bei dem des Muts entbehrenden Weib. Es geht in
der Geschichte nur unter dem Namen: Kirchengift. Die Industrie
war vollständig ausgebildet und in den Händen empirisch=chemisch
geübter Leute; nicht nur das, sondern auch die Praxis der Gegen=
Gifte — man mußte sich doch selbst vorsehen — wurde mit

---

[1] Clag und Vormanung. 1520. Hutten's Schriften. Bd. III.
p. 513. —
[2] Weber, J. C., Das Papsttum und die Päpste. Stuttgart 1834.
Bd. III. p. 239. — Noch in den 70er Jahren konnte man im Vatikanischen
Viertel in Rom die alte, päpstliche Aufschrift auf den Bader = Schildern
finden »per le castrazioni«. Die römischen Geistlichen behaupten zwar, dies
beziehe sich nur auf Katzen und Hunde. Es ist aber auffallend, daß man
immer wieder auf verschnittene Bauernbuben trifft. Fragt man deren Eltern,
so erhält man zur Antwort: die Schweine hätten's ihnen weggefressen; eine
Antwort, womit sie in jedem Falle die Wahrheit sagen.
[3] Johannes Nas und die Jesuiten. Archiv für die Geschichte der deutschen
Sprache. Wien, Februarheft 1872.

großer Sicherheit geübt. Die schwierige Forderung an ein solches ahnungslos wirkendes Toxikon war: geschmacklos, geruchlos und farblos. Meist wird von einem weißen Pulver gesprochen, welches man dem Gebäk oder Wein beimischte. Von diesem erhielt wahrscheinlich jener türkische Prinz Dschem, der Bruder und Nebenbuhler des Sultans, den Alexander VI. im Gewahrsam hatte, und, wie seine Correspondenz mit Bajesib II. ergibt, für 300,000 Goldgulden aus dem Wege zu räumen versprach. Als Karl VIII. von Frankreich Rom besetzte, beeilte sich Alexander, und lieferte Dschem dem französischen König derartig aus, daß er vier Wochen später in des letzteren Lager vor Neapel starb[1]. — Auch Burckhardt spricht von dem „Gift der Borgia", dessen Wirkung auf bestimmte Termine berechnet werden konnte[2]. Und der zuverlässige päpstliche Geschichtsschreiber Onofrio Panvini weiß allein von vier vergifteten Kardinälen zu berichten (Orsini, Ferrari, Michiel und sogar ein Verwandter der Borgia, Giovanni Borgia), die auf Rechnung Alexanders VI. und seines Sohnes Cesare kommen[3]. — Das Volk war in Rom mit den Leichensymptomen nach solcher Vergiftung, auch wenn das Siechtum sich längere Zeit hinzog, vollständig vertraut.

570) Berüchtigter und gefährlicher noch war das aqua tofana, dessen Erfindung dem Ende des 17. Jahrhunderts angehört. Es ist nach Santo Domingo eine wasserhelle, absolut geschmack- und geruchfreie Flüssigkeit, die in Neapel zuerst hergestellt wurde, und nach der Aussage eines Neapolitanischen Arztes Kantharidin und Opium, nach Garelli, der die Kriminal-Akten der 1720 in Neapel hingerichteten Giftmischerin Tofana kannte, als Hauptbestandteil Arsenige Säure enthalten haben soll. Es war kein plötzlich wirkendes Gift, wie unsere modernen toxischen Alkaloide, sondern mußte lange, oft Wochen

---

[1] Schlosser's Weltgeschichte, Leipzig 1874. Bd. IX. p. 110—112. — „Die Giftmischerei ward damals so ausgedehnt und wissenschaftlich in Italien betrieben, daß Niemand, dessen Tod irgend einem schlechten Menschen nützen konnte, seines Lebens recht sicher war." — Burckhardt, J., Cultur der Renaissance. Leipzig 1877. Bd. I. p. 109.

[2] Burckhardt, a. a. O. Bd. II. p. 223.

[3] Panvinius, Epitome Pontificum Romanorum. Venet. 1567. p. 359.

fortgegeben werden, was bei seiner Schmacklosigkeit leicht gewagt werden konnte. Meist wurde es in Früchte instillirt, wie in Feigen, deren intensiver, reichwürziger Geschmack allerdings auch schmeckende Stoffe wie Opium zuzudecken im Stande war[1]. Mit dieser seiner Lieblingsfrucht soll Ganganelli, als Papst Clemens XIV., der durch Aufhebung des Jesuiten=Ordens sich zahlreiche und rücksichts= lose Feinde gemacht hatte, nach übereinstimmenden Berichten, und nach seiner eigenen Aussage auf dem Krankenlager, vergiftet worden sein. Er starb nach 6 monatlichem Dahinsiechen in vollständigem Marasmus. Haare und Nägel fielen bei der Leiche ab; sogar die Glieder sollen sich gelöst haben. Das Gesicht mußte bei der Aus= stellung verdeckt werden[2].

571) In einer so giftgeübten Stadt wie Rom hatte natürlich Jeder in gefährlicher wie exponirter Stellung für sein Leben zu sorgen. Und so vergifteten denn nicht nur Päpste, sondern wurden auch vergiftet; nach der Schätzung Höniger's allein 21[3]. Es kam eben darauf an, wer zuerst kam; wer zuerst von dem Anschlage des Gegners erfuhr, und dann den Spieß umdrehte, wie in dem Fall des Kardinal Hadrian.

572) Es erscheint fraglich, ob Kaiser Heinrich VII., der wegen seines Zuges nach Neapel vom Papst mit dem Bannfluch be= legt war und in Buon=Convento, wo er schon krank von einem Dominikaner=Mönch das Abendmahl erhalten hatte, starb, durch eine Hostie, wie man damals und später glaubte, vergiftet werden konnte, — die Teutschen stürzten nach dem Kloster und stachen die Mönche nieder. — Entweder muß damals das ‚Brod‘, das man beim Kommuniziren reichte, größer gewesen sein, als die heutige Oblate, die knapp im Stande wäre, die nötige toxische Gabe unserer jetzigen stärksten Alkoloïde aufzunehmen. Oder der Kaiser mußte am Geschmack und der sofortigen Wirkung den Vergiftungs=Versuch merken, womit

---

[1] Santo-Domingo, Tablettes Napolitaines. 2. édit. Bruxelles 1829. p. 93—95.

[2] Weber, J. C., Geschichte des Papsttums und der Päpste. Stuttgart 1843. Bd. III. p. 263—267.

[3] Höniger, R., Spiegel des Weltlichen Römischen Bapsts. o. O. 1586. p. 556—559.

allerdings stimmt, daß ihm sein Arzt riet, durch ein Brechmittel sich von der Hostie wieder zu befreien, wozu aber der Kaiser zu from war[1]).

573) „Drei Dinge — sagt Hutten — braucht man nicht nach Rom zu bringen: Altertümer, zerstörte Mauern und — Gift"[2]).

574) Von den Gift-reichenden Päpsten hat sich das französische Sprüchwort erhalten: »Qui mange du Pape mort«: „Wer vom Papst ißt, stirbt." —

575) Eine andere Zerstörung, die sich vom ersten Moment ihrer Erscheinung an an die Ferse der Päpste und Kardinäle heftete, ist die Sifilis. Bartholomäus Montagna, Professor zu Padua, einer der ersten Schriftsteller über die Lustseuche, wurde zuerst durch die Verbreitung dieser Krankheit unter der höchsten Geistlichkeit Italiens zur Abfassung seiner Schrift veranlaßt. Die Krankheit hatte damals einen sehr heftigen, zerstörenden Charakter; und entsetzlich ist die Beschreibung des Leidens, die er von einzelnen Geistlichen giebt.[3])

576) Pinctor, Leibarzt Alexander's VI., beschreibt die langwierige Heilung der Lustseuche bei diesem Papst und kommt dabei auf die Ausschweifungen des ganzen päpstlichen Hofes zu sprechen. Der Kardinalbischof von Segoria, der als Magister domus sacrii Palatii die Aufsicht über die Bordelle in Rom führte, starb an der Krankheit.[4])

577) Kaspar Torella, ein anderer Leibarzt Alexander's VI. und Kardinal, giebt dem Papste und dem gesammten päpstlichen Hof die für die damaligen Sitten und medizinischen Anschauungen bezeichnende Vorschrift: unzüchtige Handlungen nicht Morgens nach der Messe, sondern Nachmittags nach geschehener Verdauung, und

---

[1]) Gregorovius, Geschichte der Stadt Rom. Stuttgart 1893. Bd. VI. p. 87. — Weber, J. C., Das Papsttum. Bd. II. p. 173.

[2]) Gesprächbüchlein her Ulrichs von Hutten. Schriften, Bd. IV. p. 177.

[3]) Bartholomaei Montagnanae de Morbo Gallico Consilium [ca. 1497]. Die Schrift ist für den Kardinalbischof Bacoczy geschrieben, der an dem Leiden erkrankt war: »Molestatur enim Illustrissimus dominus dispositione, quae dicitur morbus Gallicus . . . .« — Der berühmte Arzt muß dem Kirchenfürsten auch Vorschriften über die Zulässigkeit des sexuellen Verkehrs geben: »Coitus vero sit temperatus, et ineundus celebrata jam prima et secunda digestione . . . .« Siehe Aphrodisiacus, sive de Lue Venerea, ab Aloysio Luisino. Lugd. 1728. t. II. p. 958—966.

[4]) Pinctor, P., de morbo foedo et occulto his temporibus affligente. Romae 1500.

ja nicht mit suspekten Weibern vorzunehmen: »uteretur saltem cum muliere non infecta et hoc digestione completa.« [1]

578) Von Julius II. sagt sein Leibarzt: »Nam pudet dicere, nullam corporis partem non conspurcatam notis prodigiosae et abominandae libidinis«; „Eine Schande ist es zu sagen, daß kein Teil seines Körpers nicht mit den Zeichen einer ungeheuerlichen und scheußlichen Wollust bedeckt gewesen wäre." [2]

579) Er konnte am Charfreitag, wie sein Zeremonienmeister Grassis mitteilt, Niemand zum üblichen Fußkuß zulassen, weil sein Fuß durch Sifilis fast zerstört war: „quia totus erat ex morbo gallico ulcerosus.« [3]

580) Und Leo's X. Wahl soll, wie Bayle erzählt, dadurch beschleunigt worden sein, daß seine gangränösen Wunden, „die er sich in den Kämpfen der Venus geholt", einen solchen pestilenzialischen

---

[1] Hensler, Geschichte der Lustseuche, die zu Ende des 15. Jahrhunderts in Europa ausbrach. Altona 1873. p. 35. — Der Spott blieb nicht aus: Die Ärzte fürchteten, der ganze Himmel möchte durch diese Geistlichen vergiftet und verpestet werden; wobei der echt-katolische Gedanke zu Grund lag: die Geistlichen, als „Heilige", als dii, kämen ohnehin und mitsamt ihrer Sifilis in den Himmel; während die Laien, auch ohne Sifilis, nur durch die Prozedur der Absoluzion und Remission der Sündenstrafen hineingelangen. — Ohne Spaß dagegen verlangte der Medikus Wendelin Hock vom Herzog von Würtemberg Prohibitiv-Maßregeln gegen die infizirten Geistlichen. Denn da diese mitsamt ihrem Keuschheitsgelübde vollständige Konkubinats-Freiheit von Seite der Kirche genössen, sei bei dem wenig wählerischen Charakter dieser Herrn Gefahr vorhanden, daß das ganze Land angesteckt werde. [Wendelini Hock, de Morbo Gallico opus [1514]. Siehe Luisini, Aphrodisiacus. Lugd. 1728. p. 310]. Es muß als ein genialer Jnstinkt dieses würtembergischen, wie anderer Ärzte, bezeichnet werden, daß, obwohl man damals nicht entfernt über das Wesen der Krankheit im Klaren war, und sie teils einer Konstellazion von Jupiter, Mars und Merkur — an die Venus dachten sie nicht — teils den schlechten Säften der Leber zuschrieb, sie bei dem vorwiegenden Grassiren des Leidens unter der Geistlichkeit — es hieß auch morbus curialis — sofort an die Hauptbeschäftigung der Geistlichen, an die Befriedigung der libido, dachten, und an die Genitalien langten, und hier den richtigen Griff taten. —

[2] Theiner, Die Einführung der erzwungenen Ehelosigkeit. Altenburg 1845. Bd. III. p. 781.

[3] Weber, J. C., Das Papstthum. Bd. II. p. 338.

Geruch im Konklave verbreiteten, daß die Kardinäle sich beeilten die
Wahl zu vollziehen, um so mehr, als die Ärzte ihnen sagten, Leo
könne nicht mehr lange leben, und es werde also bald wieder Papst=
wahl sein.[1]

581) „Denn jedermann itzt sehen mag,
Ihr gräulich Thun, und ist am Tag
Ihr Gestank und Französischer Leib
Mit welchem sie groß Schalkheit treib,
Weil man ihr' Gräuel noch nicht sehen
Konnt', nun man aber thut's ausspähen,
Daß sie so gräulich ist verwundt
Im Teufelsleben ganz ungesund . . . ."[2]

582) Wo der Schaden ist, da stellt sich auch der Spott ein:
Aus der Zeit der Epistolae virorum obscurorum stammt ein sati=
risches französisches Gedicht, welches einem hohen Geistlichen in den
Mund gelegt ist, dessen Nase durch die Sifilis zerstört und bald
abgenommen werden soll. Er hält eine ergreifende Ansprache an
diese Nase, nennt sie Kardinal, Spiegel aller Gelehrsamkeit, die sich
niemals auf Häresieen eingelassen habe, wahres Fundament der Kirche,
wert, kanonisirt zu werden, und hofft, sie werde im späteren Leben
noch Römischer Papst werden.[3]

---

[1] »Rien ne contribua davantage à l'élever à la Papauté que les
blessures qu'il avait reçues dans les combats vénériens.« Bayle, Diction-
naire hist. et crit. 4 ème édit. à Leide. 1730. t. III. p. 81.

[2] Fliegendes Blatt über das Interim [eine Art Religions=Kompromiß
zwischen Protestanten und Katoliken]. J. Voigt, über Pasquille und Spott=
lieder, a. a. O. p. 460.

[3] »Messire Pierre estonné
De voir son nez boutonné
Prest à tomber par fortune
De la vérole importune,
De grand colère qu'il eut,
Print songrand verrè et y beut,
Puis d'une musique yvrongne,
Contournant sa rouge trongne,
Acoudé dessus sa table,
Rota ce cry lamentable:
Ha pauvre nez tu t'en vas,
Et je demeure icy bas!

583) Viele, die nach Rom zogen, um sich Ablaß und Sünden=
vergebung zu holen, kamen mit der Sifilis zurück:

> „ir habt so lang getragen hin
> vil gelt und gut auß Teütschen land,
> herwider bracht all laster schand,
> die zuerzelen mir nicht zimpt." [1]

584) Die Teutschen nannten das neue, epidemisch um sich
greifende Leiden „französische Krankheit" oder „die Franzosen", und
zweifellos hat die Übertragung auch von französischer Seite aus
stattgefunden; doch früher scheint dieselbe von Italien her durch die
geistlichen Geschäftsreisenden erfolgt zu sein:

> „und haben bracht in unser landt,
> das vor den Teütschen unbekannt,
> do habents uns beflecket mit.

> Nez né seulement pour boire,
> Nez mon honneur, et ma gloire . . . . . .
> Las! te faut-il enterrer,
> Et qu'eau benite te lave
> Prise ailleurs que dans ma cave!
> Nez seul vrai nez beuvatif,
> Nez d'un teins altératif,
> Hélas! au moins j'espérois
> Qu'avec moi tu partirois,
> Et qu'après nostre vivant
> Mourrions ensemble en beuvant.
> Nez, vrai nez de Cardinal,
> Mes Heures, mon Doctrinal,
> Miroir de la Sorbonique,
> Qui ne fus onc hérétique,
> Vray suppost de nostre Eglise,
> Digne qu'on te canonise . . . .
> Au moins j'auray ce confort,
> Que seras après ta mort
> Le nez d'un autant preud' homme,
> Que fust onc Pape de Rome.«

Complainte de Messire Pierre Liset sur le trépas de son feu nez. — Episto-
larum obscurorum virorum volumina omnia. Accesserunt tractatus raris-
simi. Francofurti 1757. tom. II. p. 261.
[1] Hutten, Clag und Vormanung gegen den übermäßigen, unchristlichen
Gewalt des Bapsts zu Rom 1520. Schriften. Bd. III. p. 512.

> Wer war der erst, darzu je rieth,
> das man ein Römisch weyß annäm?
> Ye mer ich sag, je mer ich schäm." [1]

585) Der italienische Dichter und Arzt Fracastoro, der unter Leo X. lebte, widmete sein großes lateinisches Gedicht: »Syphilis, sive de morbo Gallico« [2] dem Sekretär dieses Papstes, Cardinal Bembo. Wir erfahren aus demselben, daß man damals schon den Gebrauch des Quecksilbers kannte, dessen heilende Wirkung Fracastoro bei seinen hohen Würdenträgern nicht genug zu schätzen weiß. Fracastero mußte später sogar die hohen geistlichen Herrn auf das Konzil nach Trient begleiten. [3]

586) Auf diese Konzilien kamen die Päpste und Kardinäle mit ganzen Schaaren von Huren und Knaben. Auf dem Konstanzer Konzil (1414—1418) „warend offen gemein Frauwen durch die ganz statt hinweg, in Frawenhäusern, Ställen und Winkeln ob sieben hundert (on dye heymlichen)." [4] — Ein anderer Chronist zählt im Ganzen fünfzehn Hundert, und meldet, daß eine dieser ‚Frauen' sich 800 Goldgulden auf diesem Konzil verdient habe; [5] (nach heutigem Geldwert ca. Mark 60,060; das Konzil dauerte 5 Jahre). — Und auf das Tridentiner Konzil kam eine römische Kurtisane mit einem Gefolge von 30 Personen. [6]

587) „Nu hat man nuwe mere in dem lande vernommen,
sit das concilium gon Constenz ist komen;
die dirnen sint gemelich
und sint auch worden wacker und rich.

---

[1] Clag und Vormanung. p. 484. Die Stelle läßt sich auch auf das Umsichgreifen der Päderastie beziehen.

[2] Die Bezeichnung Gallico ist durchaus irreführend, denn die Franzosen holten sich bekanntlich selbst erst die Krankheit unter Karl VIII. bei der Belagerung Neapels 1498.

[3] Roscoe, W., The life and Pontificate of Leo the tenth. 2. 6dit. Heidelberg 1828. vol. II. p. 472—478.

[4] Des großen gemeinen Conciliums, zu Constanz gehalten, kurze Beschreybung durch Johann Stumpfen. o. O. 1541.

[5] Von der Haardt, Hist. Concil. t. V. p. 25.

[6] Spiegel des Weltlichen Römischen Babsts durch Nicolaus Hönigern. 1586. p. 407.

Die swebschen megde die sint einfeltig gewesen,
nu hat man also die letzen in wol gelesen,
daß si die kunste tribent recht;
sie kument eben herren und knecht.
Die frömde sproch hat sich zu uns gemischet,
etlich hat den iren do erwischet.
Dukaten, nobeln und krone
wollent die swebschen dirnen von den gesten hon.

*   *   *

Der bobst ist zu tütschen landen komen,
das hant die hubschen frowen wol vernomen,
wie sich die geschicht ergangen hant
das schaffent alles die kurtisant,
wenne die pfenning habent si in der hant. —
Die hubschen frowen sint erber worden,
des hat min herre der bischof umb si geworben.
„sint willkomen, her kurtesan!
wollent ir mir ein guldin geben, mit uch wil ich slofen gan.“
Wenn si des obends uf der gassen loufen,
so schrigent die knaben . . . .
den spot mussent wir armen von in han,
das schaffent alles die kurtesan,
wenne si vil geltes han,
dar umbe mogent wir in nit bigestan!“ [1]

588) Von der Päpstin Johanna haben wir schon gesprochen.
Aber eine andere weibliche symbolische Figur haben die Schriftsteller
aller Länder immer wieder zur Charakterisirung des weiblichen,
wollüstigen Charakters der Päpste herangezogen: die ‚Babylonische Hure‘ aus der Offenbarung Johannis: „Und der Engel
sprach: Komm, ich will Dir zeigen das Urteil der großen Hure,
die da auf vielen Wassern sitzt; mit welcher gehuret haben die Könige
auf Erden, und die da wohnen auf Erden, trunken geworden sind
von dem Wein ihrer Hurerei. — Und er brachte mich im Geist in
die Wüste. Und ich sahe das Weib sitzen auf einem rosinfarbenen

---

[1] „Dis libelin was gemachet zu Costentz, das han ich gemacht und
tun schriben umb junger lüte willen zu merken und baß verston, was man
sich zu den ziten in der geistlichkeit vil böses unschamptes begangen hat.“
Eberhart Windecke. 1415. — Liliencron, R. v., Die historischen Volkslieder
der Deutschen. Leipzig 1865. Bd. I. p. 264.

Tier, das war voll Namen der Lästerung. Und das Weib war
bekleidet mit Scharlach und Rosinfarbe, und übergoldet mit Golde
und Edelgesteinen und Perlen; und hatte einen goldenen Becher in
der Hand voll Greuel und Unsauberkeit ihrer Hurerei. Und an
ihrer Stirn geschrieben den Namen, das Geheimnis, die große Babylon, die Mutter der Hurerei und aller Greuel auf Erden. Und ich
sahe das Weib trunken von dem Blut der Heiligen und von dem
Blut der Zeugen Jesu." — Offenbarung 17, 1—6.

589) Am kühnsten wohl von dem französischen Theologen
Nicolas de Clemangis in seiner zu Anfang des 15. Jahrhunderts
fallenden Schrift »de corrupto ecclesiae statu seu de ruina ecclesiae«.
Nachdem er Rom mit einem Hurenhaus verglichen spricht er den
Papst (Benedict XIII.) selbst an: „Was hältst Du von der Profe-
zeiung in der Offenbarung Johannis? Glaubst Du, daß selbe in
irgend einer Weise sich auf Dich beziehe? Oder hast Du mit der
Vernunft auch die Scham verloren, dies zuzugestehen? Überlege das
Capitel daselbst! Lies, was dort von der großen Hure steht, die
auf den vielen Wassern sitzt, und ihrer Verdammung! Und dann
vergleiche Deine eigenen, sauberen Handlungen! . . . ." [1]

590)   „Das ist nun offenbar am Tag,
Daß man sie auch recht nennen mag
Die arge Babylonische Hure,
Von der zuvor geweissagt wure
Durch Johann's Christi Junger frumm
Und was man mehr in der Summ
Der Schrift find't von dem Widerchrist,
Dasselb im Papstthum geschehen ist;" [2]

591) Am glänzendsten aber von Petrarca in seinen be-

---

[1] »Quid enim de tua prophetia Johannis in Apocalypsi censes?
An illam saltem aliqua ex parte ad te pertinere putas? Non pudorem
ita cum sensu perdidisti, ut hoc neges? Ergo illam intuere! Lege
Meretricis magnae damnationem sedentis super aquas multas: illicquae
tua praeclara facta contemplare.« De corrupto Ecclesiae statu. c. 27.
Opp. ed. Lydii Lugd. 1613.

[2] Fliegendes Blatt über das Interim. — J. Voigt, über Pasquille
und Schmähschriften, a. a. O. p. 460.

rühmten adresselosen Briefen, »Epistolae sine titulo«, aus Avig=
non, wo er das Lasterleben der Päpste aus nächster Nähe beobachten
konnte: „Du bist — spricht er im 20ten Brief den Papst als
Collectiv=Typus an — jene, wie soll ich sagen, berühmte oder be=
rüchtigte Hure, die mit den Königen dieser Erde Unzucht getrieben,
eben jene, die im Geiste der heilige Evangelist sah; eben jene bist
Du, keine Andere, die auf den großen Wassern sitzt. . . . . Erkenne
ihr Habit: ein mit Purpur gegürtetes, von Gold umglänztes, mit
Perlen und Edelsteinen geschmücktes Weib, in ihrer Hand den Gold=
pokal voll der Schande und Verachtung ihrer Unzucht."[1]

592) Die geheime Zahl des durch diese Hure simboli=
sirten Antichrists ist ‚sechshundert und sechsundsechzig': Wir sind
keine Sterndeuter und Symbolisten. Mag der Papst apokalyptisch
oder dogmatisch, politisch oder priapisch zu Grunde gehen, —
wenn er nur für Teutschland zu Grunde geht. Sollte sich aber
der Zornesbecher dieses Buches gerade mit 666 Thesen und Sprüchen
füllen, so wollen wir nicht darwider sein.

593) Wie fürchterlich spricht sich aber Petrarca erst in
anderen Briefen über den Hof in Avignon aus: „Wisse — apo=
strofirt er den Leser — daß auch die Feder eines Cicero den hiesigen
Zuständen nicht gewachsen wäre. Alles, was Du über Assyrien,
Ägypten, Babylon gelesen, was Du von den vier Labyrinten gehört,
von den Schrecken des Hades, von den tartarischen Wäldern und
schwefligen Sümfen ist gegen diesen Tartarus nur eine schwache
Fabel. Hier ist der trotzige und schreckliche Nimrod, hier die
grausige Semiramis, hier der gefürchtete Minos, hier Rhadamantus,
hier der Alles verschlingende Cerberus, hier die mit dem Stier sich
vermischende Pasiphäë, und hier findest Du die zwiegeschlechtige und

---

[1] »Tu es famosa dicam an infamis meretrix, fornicata cum Regi-
bus terrae, illa equidem ipsa es, quam in spiritu sacer vidit Evangelista,
illa eadem inquam es, non alia, sedens super aquas multas . . . Recog-
nosce habitum, mulier circumdata purpura et coccina et inaurata auro
et lapide pretioso et margaritis, habens poculum aureum in manu sua
plenum abominatione et immunditia fornicationis ejus . . . . .« Librorum Francisci Petrarchae Basileae [1495] impressorum Epistolae sine
titulo. Epist. XX.

wie Minotaurus verthierte Menschen=Rasse, die Produkte einer scheuß=
lichen Geschlechtswahl." [1])

594) „Nur eine Rettung ist hier gegen all die Gefahren:
Gold. Durch Gold wird hier der wilde König besänftigt; durch
Gold das unmenschliche Scheußal besiegt; mit Gold flichst Du Dir
die Geißel zur Bändigung dieser wilden Thiere; mit Gold darfst
Du die fürchterliche Schwelle überschreiten; mit Gold sprengst Du
hier Thüren und Felsen; Gold besänftigt die grimmigen Thürhüter;
gegen Gold wird hier der Himmel aufgethan; und gegen Gold —
was willst Du mehr? — erhältst Du auch Christus!" [2])

595) „Raub, Notzucht, Ehebruch, das sind die Beschäftigungen
pontifikaler Laszivität; die Ehemänner, damit sie nicht mucksen können,
außer Landes gebracht, ihre Weiber geschändet, geschwängert, den
Männern dann zurückgegeben, nach der Niederkunft von ihnen wieder
abgeliefert, um auf's Neue den sinnlichen Durst der Stellvertreter
Christi zu löschen." [3])

596) „Ein Strom schmutzigster Lüste, das Hereinbrechen uner=
hörter von Weibern (Anspielung auf die Päpste) in Szene gesetzter
Verbrechen und der stinkende Zusammenbruch aller Schamhaftigkeit,
das ist, kurz gesagt, das wahre Bild des hiesigen Lebens" schreibt
Petrarca im 13ten Brief und schließt ihn mit den tötlichen
Worten: „Ich setze dem Brief weder Ort, Datum noch Unterschrift
bei: Du mußt wissen, wo ich bin." [4])

597) „Käme heute Judas hieher mit seinem Sündenlohn von
dreißig Silberlingen; er würde aufgenommen, und ohne einen
Heller im Sack die Schwelle Christi verlassen." [5])

598) So sang der sanfte Sänger der ‚Sonetten an Laura‘.
— Die katolische Kirche sagt immer, man müsse sie als Ganzes
nehmen; nicht ein Dogma glauben, und das andere zurückweisen. —

---

[1]) »Scito, non modo hunc, sed ne Ciceronianum quidem cala-
mum . . . .« etc. A. a. O. Epistola X.

[2]) »Una salutis spes, in auro . . . .« etc. A. a. O. Epist. XII.

[3]) »stupra, raptus, incestus . . . .« etc. A. a. O. Epist. XX.

[4]) »obscoenissimarum voluptatum fluctus . . . .« etc. Epist. XIII.

[5]) »Si Judas triginta illos suos argenteos . . . .« etc. Epistol. XX.

Einverstanden! Auch wir wollen die römisch=katolische Kirche als Ganzes nehmen. Wenn aber heute die teutschen Katoliken auf ihren Versammlungen singen:

> „Den Gruß laßt erschallen
> Zum ewigen Rom,
> Zum Herzen, das uns allen
> Schlägt in Sanct Peters Dom
> Leo, Leo, ..." u. s. w.[1]

so bezweifeln wir, ob sie die ganze Geschichte der Päpste kennen.

599) „O fürsten, merket mich gar schon,
dahin werd Ihr's nit bringen,
daß Tütscheland werd underthon,
dem babst sin lied zesingen;
das gschicht nit mer,   kein babst noch herr
den tag wirt nit erleben,
daß Tütscheland   kum Euch in b'hand
und umb den babst werd geben." [2]

---

[1] Festlieder zur Feier des Jubiläums unseres heiligen Vaters. Boni=fazius=Druckerei. Paderborn 1888.

[2] Liliencron, R. v., Die historischen Volkslieder der Deutschen. Leipzig 1869. Bd. IV. p. 327.

Papst.

> „Mocht Jemand hie denken, ich büßete
> hiemit die Lust, mit so spöttischen, ver=
> drießlichen, stachlichen Worten an den
> Papst. O, Herr Gott, den Papst zu
> spotten, bin ich unmäßlich zu geringe.
> Er hat nu wohl über sechs hundert
> Jahre die Welt gespottet, und ihrem
> Verderben an Leib und Seel, Gut und
> Ehre, in die Faust gelacht; höret auch
> nicht auf, kann auch nicht aufhören.“
>
> Luther.

600) Wir lachen heute über den Dalai=Lama. Und doch
war und ist er eine der gefürchtetsten Persönlichkeiten; sogar Gott;
und trotzdem lachen wir über ihn; und wenn wir eine in irgend
einem Kreise einflußreiche Persönlichkeit, die, geschwollen und aufge=
blasen von eingebildeter Würde, ihre Funktionen mit gottähnlichen
Allüren ausüben sehen, so sagen wir: er sitzt auf seinem Sessel oder
auf seinem Präsidentenstuhl wie ein Dalai=Lama. — Und warum
lachen wir über den Dalai=Lama? — Weil er uns so unendlich ent=
fernt ist, geographisch wie bildlich, und weil er uns gar nichts mehr
angeht.

601) Wer war Dalai=Lama? — „Die Priester in Tibet,
in Hinter=Asien, heißen Lamas, und sind zugleich gewissermaßen
Götter. Sie sind für das Volk der Grund der Existenz (nicht in
Thyrol, in Tibet), die Quelle des Heils, die Substanz des geistigen
Lebens. Die Mitglieder der Priesterschaft sind sehr zahlreich; fast
aus jeder Familie wird einer der Söhne ein Lama. Haupt=

beschäftigung der Priester ist Betrachtung, Meditation, Gebet, Um=
gang und Assimilation mit dem Göttlichen. Daher leben sie zurück=
gezogen von der Welt, ohne Teilnahme an den weltlich materiellen
Beschäftigungen (in Tibet, nicht in Tyrol), größtenteils in Klöstern,
mäßig, enthaltsam (oder soll es heißen: mäßig enthaltsam), ehelos.
Da aber die ganze Leitung des Volkes, auch die politische, in ihrer
Hand liegt (in Tibet, nicht in Bayern), so haben sie sich auch positiv
geistig zu beschäftigen. (Unerhört!). Ihre Hauptarbeit ist die geistige
Bildung des Volkes, Unterricht und Erziehung, (wir sind in Tibet)
mithin auch (!!) Pflege der Wissenschaft. — Daß sie hierarchisch ge=
ordnet seien, versteht sich von selbst. An der Spitze steht der Groß=
lama, oder Dalai=Lama, der im südlichen Tibet residirt und
herrscht. Einzelne der höchstgestellten Lamas haben sich von diesem
mehr oder weniger unabhängig gemacht. Aber auch noch heutigen
Tags gilt doch im Grunde der Dalai=Lama als der absolut
höchste. Er empfängt selbst durch den (römisch=deutschen? nein, dem
tibetanischen) Kaiser göttliche Verehrung. Der Kaiser kniet vor ihm,
während er sich nicht erhebt, sondern sitzend die Hand auf des
Kaisers Haupt legt, um ihn zu segnen. Mit göttlicher Verehrung
ist es überhaupt, daß dem Dalai=Lama begegnet wird; daher nie
Jemand aus dem Volk ihn zu sehen bekommt. Was hiermit aus=
gesprochen ist, nämlich daß er Gott sei, ist buchstäblich zu nehmen.
(Kein Katolik faßt es anders auf.) Er ist der incarnirte, als Mensch
existente Gott. (Genau so haben Veuillot und der Bischof Mermillod
Pius IX. bezeichnet). Stirbt er, so ist es nur, um alsbald in einem
andern Menschen wieder zu erscheinen. (Genau wie in Tibet). Da=
her bestimmt in der Regel er selbst, kurz vor dem Tode, seinen
Nachfolger. Die Lamas haben dann diesen neuen Dalai=Lama zu
erkennen. Nicht selten ist es ein Kind." (Benedict IX. bestieg
als 10 jähriger, Johann XII. als 18 jähriger Junge, den päpstlichen
Stuhl). —

602) Kann man eine köstlichere Parodie lesen? — Das
ganze, außerhalb der Klammern Mitgeteilte stammt aus dem kato=
lischen Kirchen=Lexikon von Wetzer und Welte, Freiburg 1851, unter
dem Artikel ‚Lamaismus‘. Es fehlt nur noch der Zusatz: daß die

Lamas, die gewissermaßen die Götter sind', und die ‚ehelos sind, mit den Tibetanerinnen reichliche Kinder zeugen, wozu deren Brüder und Väter merkwürdige Augen machen, es aber schließlich einsehen, da jene „gewissermaßen die Götter sind", — und die tibetanische und römisch-katolische Hierarchie könnte ohne Merkens, linker Hand rechter Hand, vertauscht werden. — Ich sagte oben: Wir lachen über Dalai-Lama. Ich sage weiter: Wir dürfen auch über den italienischen Dalai-Lama lachen, „dem mit göttlicher Verehrung begegnet wird", den „incarnirten als Mensch existenten Gott"; und wenn Teutschland nicht Tibetanisch werden will (oder Chinesisch, was dicht daneben liegt) so hat es die sittliche Pflicht, über den römischen Dalai-Lama zu lachen.

603) Und warum dürfen wir über den päpstlichen Dalai-Lama lachen?! Seit Innocenz III. behaupten die Päpste, der Unterschied zwischen Papst und Kaiser sei wie der zwischen Sonne und Mond, und wie dieser von der Sonne sein Licht erhalte, so der Kaiser seine Autorität und Existenz-Recht vom Papst: „Weißt Du nicht, — schreibt Innocenz an den Kaiser — daß, wie Gott zwei große Lichter am Firmament gesetzt hat, ein großes und ein kleines, die Sonne und den Mond, so hat er auch am Firmament der Kirche zwei Lichter geschaffen oder zwei Würden eingesetzt, die päpstliche Autorität und die königliche Macht; die erstere aber, welche die geistige ist (spiritualis) ist die höhere; die andere, die irdische (carnalis), die geringere. So groß nun der Unterschied zwischen Sonne und Mond, so der Abstand zwischen Papst und Kaiser" [1]).

604) Eine Glosse zum Jus canonicum hatte ausgerechnet, daß der Papst 47 mal, eine andere, daß er 7744 mal größer sei,

---

[1]) »Nosse debueras, quod fecit Deus duo magna luminaria in firmamento Coeli, et luminare majus, ut praeesset diei, et luminare minus, ut praeesset nocti: utrumque magnum sed alterum majus. Ad firmamentum igitur coeli, hoc est, universalis Ecclesiae, fecit Deus duo magna luminaria, id est, duas instituit dignitates, quae sunt Pontificalis anctoritas, et Regalis Potestas. Sed illa quae praeest diebus, id est spiritualis, major est; quae vero carnalis, minor: ut quanta est inter Solem et Lunam, tanta inter Pontificem et Reges differentia cognoscatur.« Jus Canonicum, Lib. I. Decr. Tit. 33. cap. 6. de Majoritate et obedientia.

als der Kaiser[1]). Luther fügt hinzu: „das will ein Päpstlein werden, wenn's nu auswächst[2]).“ — Der gute Innocenz wußte nicht, daß die Sonne 70 Millionen mal größer als der Mond ist. — Dürfen wir nicht über den römischen Dalai=Lama lachen?

605) Einige andere Sätze des Jus canonicum lauten: »Romanus Pontifex jura omnia in scrinio pectoris sui censetur habere.«[3]): Der römische Papst hat alle Rechte in seinem Brustkasten verschlossen.“ — »Papa habet supremam potestatem pro bono statu Ecclesiae judicandi et disponendi de bonis temporalibus omnium Christianorum«[4]). — „Der Papst hat die Macht, über die zeitlichen Güter aller Christen zu Gunsten der Kirche zu verfügen.“ — »Omni humanae creaturae est necessarium ad salutem, subesse Papae«[5]). „Aller menschlichen Kreatur ist es zu ihrem Seelenheil notwendig, sich dem Papst unterzuordnen.“ — »Papa habet plenariam dispositionem super Beneficiis totius mundi«[6]). — „Der Papst hat unbeschränktes Verfügungsrecht über die Benefizien der ganzen Erde.“ — »Papa omnem suam potestatem, sive jurisdictionem, recipit ab ibsomet Deo, neque in terris Superiorem recognoscit«[7]). — Der Papst erhält alle seine Macht und Jurisdiktion von Gott selbst, und erkennt auf Erden keinen Höheren über sich.“ — Dürfen wir nicht über den römischen Dalai=Lama lachen?

606) Eine bittere Lache in seiner Art schlug schon vor 300 Jahren ein Teutscher, Agrippa von Nettesheim, über dieses päpstliche Gesetzbuch auf: „Eine saubere Arbeit, die die Formeln der Habsucht und des Raubs mit dem Glorienschein der Frömmigkeit umgibt, von Gottes Wort so gut wie Nichts enthält; ein unentwirrbarer gordischer Knoten von Falschheit und Tücke, der die großen

---

[1]) Weber, J. C., Das Papsttum. Stuttgart 1834. Bd. I. p. 399.

[2]) Luther, Wider das Papsttum zu Rom. Sämmtliche Schriften. Bd. I. p. 152.

[3]) Jus Canonicum universum. Ed. Reiffenstuel Antverp. 1755. t. I. Prooemium n. 213. p. 33.

[4]) Jus Canonicum, a. a. O. t. I. lib. I. Tit. II. n. 57. p. 76.

[5]) A. a. O. t. I. lib. I. tit. II. n. 281. p. 110.

[6]) A. a. O. t. III. lib. III. tit. V. n. 150. p. 88.

[7]) A. a. O. t. I. lib. I. tit. II. n. 55. p. 76.

Diebe laufen läßt, die Kleinen fängt, und aus Christi Lehre eine un=
erträgliche Last gemacht hat[1]."

607) Der römische Papst sagt von sich: »Rex ego sum Re-
gum; lex est mea maxima legum«: „Ich bin der König der Könige;
mein Gesetz ist das höchste auf Erden." — Und der Jurist Baldus
sagte von ihm »Papa est supra Jus, contra Jus et extra Jus« —
„der Papst ist über dem Gesetz, gegen das Gesetz und außerhalb des
Gesetzes"; — »Deus in terris« — „Gott auf Erden"; »causa cau-
sarum et primae causae nulla causa« — „die Ursache aller Dinge,
und der ersten Ursache voraussetzungsloses Dasein"[2]. — Tibetanischer
kann man sich nicht mehr ausdrücken. Mehr hat Dalai=Lama von
sich kaum behauptet.

608) Den Gottesbeweis für den Papst tritt ein anderer Satz
des Jus canonicum in folgendem Sinne an: Gott kann von Menschen
nicht gerichtet werden; auch der Papst kann von Menschen nicht ge=
richtet werden; also ist der Papst Gott.: »Satis evidenter ostenditur,
a saeculari potestate nec solvi prorsus nec ligari Pontificem, cum
nec posse Deum ab hominibus judicari manifestum sit«[3].

609) In England nennt man Jemanden, der sich selbst zu
Etwas gemacht hat: self-made-man; in diesem Sinne können wir
den römischen Dalai=Lama self-made-god nennen.

610) „Ist denn das nit ein übermäßige Hochfart, benamung
der säligkeit annemen, und sich den allerheiligsten grüßen lassen, den,
der noch im Körper lebt?"[4]

---

[1] »Sacrosanctissimum videri posset, tam ingeniose avaritiae ac
raptus formulas pietatis specie adumbrat; paucissima ad religionem
spectantia, nonnulla verbo Dei contraria — hic Proteus, Chamaeleon,
et Gordius nodus, reddidit Christi leve ac suave jugum omnium gravissi-
mum. ‚Dat veniam corvis, vexat censura columbas'.« Agrippae ab
Nettesheym de Incertitudine et Vanitate Scientiarum. Coloniae 1598.
cap. 93. de jure canonico.

[2] Weber, J. C., Das Papsttum. Stuttgart 1834. Bd. I. p. 399.

[3] Corpus juris Canonici. Halae 1747. T. I. Gratiani Decretum
distinct. 96. — Dieser Beweis geht nach dem bekannten lustigen Schema:
Johann ist kein Esel; kein Esel ist auch Fritz; also ist Fritz Johann.

[4] Vadiscus, dialogus Hutteni. Hutten's Schriften. Bd. IV. p. 183.

611) Auf dem 5. Lateran=Konzil 1512—1517 erhielt Leo X. folgende Anreden und Verehrungsformeln: »papa princeps est et rex« „der Papst, Fürst und König" (in der 3. Sitzung); — »princeps totius mundi« „Herr der ganzen Welt" (ebenda); — »respectus vestrae divinae majestatis« „die Hochachtung vor Eurer göttlichen Majestät" (in der 9. Sitzung); — »simillimus Deo, et qui a populis adorari debet« „der Gott=ähnlichste, den alle Völker anbeten müssen" (3 ten und 10. Sitzung)[1].

612) »In summa, il sest usurpe toutte puyssance [quest horrible de dire] au ciel, et la terre, et es enferz, et lauctorite de pouvoir commander a touttes creatures, de terre, du ciel, et des enferz, de pouvoir despouiller le purgatoire de touttes les ames quil tient en sa prison. Il menace les anges de les priver de la grace de Dieu silz nacomplissent ses commandementz, les dyables de multiplier leurz paines, lexemple de quoy nous montrerons en la vie de pape Julle II.; bref il se vente de donner et oster la grace de Dieu a qui luy plaira, et touttes et quantes foys il luy plaira. Et en somme se met en la place de Dieu come Daniel ha escrit et Christ monstré Matth. XXIV. Il ha aussy prefere sa parolle a la parolle de Dieu, et ses commandementz aussy es siens, et sest faict maystre sus la parolle de Dieu, sarroguant la science de lenseigner, exposer, transmuer, et en disposer a son appetit, combien que la pluspart des papes nhaient este que des asnes et pour non aller cercher gueres loin faut mettre en avant ce dernier Pie IV que lon dict que ne scait pas son paternostre«[2].

613) Gregor VII. sprach am 7. März 1080 die Bischöfe des Konzils folgendermaßen an: „Wohlan denn, Ihr Väter und Fürsten der Kirche, es möge die ganze Welt erkennen und einsehen, daß, wenn Ihr im Himmel binden und lösen könnet, Ihr auf der Erde die Kaisertümer, Königreiche, Fürstentümer, Herzogtümer, Markgrafschaften, Grafschaften, und aller Menschen Besitzungen nach Gebühr

---

[1] Mornay, Ph., Mysterium Iniquitatis seu historia Papatus. Salmurii 1652. p. 1363—64.

[2] Bonivard, Francois, Advis et devis de la source de Lidolatrie et tyrannie papale. Geneve ca. 1560. Neudruck 1856. p. 13.

einem Jeglichen nehmen und geben könnt. Denn Ihr habt oft genommen die Patriarchate, Primate, Erzbisthümer, Bisthümer den
Schlechten und Unwürdigen und sie gegeben Frommen. Wenn Ihr
also über die geistlichen Dinge richtet, was muß man dann glauben,
daß Ihr hinsichtlich der weltlichen könnt. Und wenn Ihr über die
Engel, welche allen stolzen Fürsten gebieten, richtet, was könnt Ihr
thun mit deren Sklaven? Mögen nun die Könige und alle Fürsten
der Welt lernen, wie hoch Ihr seid, was Ihr könnet, und mögen
sie sich hüten, gering zu achten das Gebot Euerer Kirche: und so
übet denn rasch an besagtem Heinrich (der teutsche Kaiser Heinrich IV.)
Euer Urtheil, daß alle wissen, daß er nicht zufällig fallen wird,
sondern durch Eure Macht." [1]

614) Und auf der gleichen Synode heißt es: „Deshalb ver-
trauend auf dies Urtheil und die Barmherzigkeit Gottes, und dessen
frömmster Mutter der stäten Jungfrau Maria, unterwerf ich den
oft genannten Heinrich, den sie König nennen, und alle seine Anhänger der Exkommunikation und binde sie mit dem Banne des
Fluchs: und von Neuem ihm untersagend das Reich der Teutschen
von Seiten des allmächtigen Gottes nehme ich ihm alle königliche
Gewalt und Würde, und verbiete, daß irgend ein Christ ihm als
seinem König gehorche, und spreche los vom Versprechen des Eides
alle, die ihm im Reich geschworen haben oder schwören werden.
Heinrich soll mit seinen Anhängern in keinem Kampfe Kraft haben
und in seinem Leben keinen Sieg gewinnen." [2]

615) Über den Bann könnten wir viele Worte verlieren, und
über dieses fünfzackige Feuerwerk, welches aus der geballten Papst-
Faust hervorquirlte, weitere illustrirende Beispiele aus der Geschichte
geben. Unnöthig! Der Bann wurde niemals von Gebildeten geachtet; nur die abergläubische Hefe des Volkes horchte auf dieses
knatternde Geräusch. In den ersten Jahrhunderten bannte Alles:
Papst, Bischof, Prälat, Geistlicher; kein Mensch kümmerte sich darum.

---

[1] Schulte, J. von, Die Macht der Römischen Päpste über Fürsten,
Völker, Länder, Individuen nach ihren Lehren und Handlungen. 2. Aufl.
Prag 1871. p. 30. ff.

[2] Schulte, a. a. O. p. 31—32.

Päpste bannten sich gegenseitig; die Theaterblitze zündeten nicht. Erst als das weltliche Interesse darzukam, gewann der Bannfluch symbolische Bedeutung. So war es in der Fluch-Affaire zwischen Heinrich IV. und Gregor VII. Wäre unser teutscher Kaiser seiner weltlichen Großen und seiner eigenen Kinder sicher gewesen, dann konnte der gute Gregor hinten in Rom Kolofonium verschwenden, so viel er wollte, es war wie sonst wirkungslos. Aber da Heinrich im eignen Reich Aufwiegler hatte, und Gregor dies wußte, und den Zeitpunkt vorbereitete, so war der Bannfluch der auslösende Hebel für die endlosen nun folgenden Streitigkeiten und Verwüstungen im Teutschen Land. — An sich war also der Bann ein kindliches Vergnügen und den Päpsten wohl zu gönnen; frivol war nur, daß sie dabei regelmäßig den Eid der Treue der Untertanen des gebannten Kaisers aufhoben. Denn der Untertanen-Eid wird im Namen Gottes geschworen, und hat heute noch symbolisch-bindende Bedeutung auch für den Atheïsten. Der Bann wird im Namen des Papstes, oder höchstens des italienischen Gottes geschleudert, an den nur der Papst selbst glaubt, und hat für Niemand bindende Kraft, außer wem's gefällt.

616) Aber auch hier traf der Papst oft auf einen Mann, vor dessen Charakterstärke er größeren Respekt empfinden mußte, als vor dem Hohnlachen der gebannten Großen selbst: Dietrich, Bischof von Verdun, schrieb Gregor hinsichtlich des Entbindens der Untertanen des Kaisers vom Eid der Treue: „Es wäre ein Unglück, wenn auf jede heftigere Gemütsbewegung des Papstes gleich die göttliche Verdammung folgen sollte. Weder bezeugt es die Schrift, noch billigt es die Vernunft, daß Exkommunikazionen, welche aus Privat-Leidenschaft oder wegen einheimischer Beleidigungen ausgesprochen werden, eine verdammliche Kraft haben sollten. Und was die Lossprechung vom Untertanen-Eid betrifft, so sagt damit der Papst: Versagt ihm auf mein Ansehen die Treue, welche Ihr ihm eidlich versprochen habt. — Aber was sagen sie (die Untertanen) dazu?: Hierin gehorchen wir Dir nicht, Herr Papst. Wir versagen ihm die versprochene Treue nicht. Denn wir haben sie nicht bloß versprochen, sondern auch geschworen. Und wenn der Mund, der bloß lügt, die Seele tötet; so muß er dies noch mehr tun, wenn er durch einen Meineid lügt."[1]

617) Heute ist der Bann kaum mehr ein Theater-Requisit zum Spektakelmachen. Ehemals konnte man durch die römische Verfluchung wenigstens zu Ansehen und Ruhm gelangen, wie Luther, dem Hutten schrieb, als er von dessen Exkommunikazion hörte: »Quantus es, o Lutherus, quantus es, si hoc verum!« — „Wie groß, Luther, bist Du, wenn das wahr ist." — Aber heute wirkt der Bann nicht einmal nach dieser Richtung. Einer der Letztgebannten, Döllinger, starb fast vergessen; nicht wegen des Bannfluchs, sondern trotz des Bannfluchs. Die Leute sagten sich: „Wir suchten in dem vom Bannstrahl Getroffenen einen großen Mann, und fanden nur einen großen Gelehrten.

618) Wohl konnte Heinrich IV. auch selbstbewußte Briefe schreiben. Und er schrieb 1076 an Gregor: „So hast Du Dich auch nicht gescheut, Dich gegen die königliche Gewalt selbst, die Uns von Gott verliehen ist, zu erheben, und es gewagt, Uns zu drohen, Uns dieselbe zu entziehen; als ob Wir von Dir das Reich erhalten hätten, als ob in Deiner und nicht in Gottes Hand Reich und Königliche Macht lägen . . . . ."[2] — Aber was halfs? Seine Untertanen glaubten dem römischen Papst mehr wie ihrem Kaiser.

619) Wer dem Dalai-Lama glaubt, ist verloren, er, sein Land, sein Kaiser, Alles. Die armen, blöden Teutschen glaubten damals an den Dalai-Lama, und die Folge war: Bürgerkrieg, Entzweiung, Gegenkaiser, Mord und Plünderung auf 30 Jahre (1076 bis 1106). Der gute Kaiser war wohl für seine Person aufgeklärt genug, über den Dalai-Lama in Rom zu lachen. Aber was halfs ihm? Seine Untertanen glaubten dem tibetanischen Gott in Rom.

---

[1] Theiner, J. u. A., Die Einführung der erzwungenen Ehelosigkeit. Altenburg 1845. Bd. II. p. 257—258.

[2] »ideoque et in ipsam regiam potestatem nobis a Deo concessam exsurgere non timuisti, quam te nobis auferre ausus es minari, quasi nos a te regnum accepimus, quasi in tua et non in Dei manu sit regnum vel imperium . . . . .« Siehe Preger, W., Der kirchenpolitische Kampf unter Ludwig dem Baier und die öffentliche Meinung in Deutschland. Abh. d. k. bayer. Akad. d. Wissensch. München 1877. p. 5.

Und so mußte er selbst dran glauben. Er wurde förmlich geistes=
krank; trotz Zuspruche einer großen Anzahl Getreuer und Anhänger
verlor er allen Mut, warf die Waffen von sich und winselte und
weinte wie ein Geschlagener. So richtet der Wahn den Menschen
zu Grund, der Glaube an eine eingebildete Gottheit!

620) „. . . . endlich kam er zur Stadt Canoſſa — schreibt
Gregor VII. selbst — wo Wir weilten, mit Wenigen, und stand
dort drei Tage vor dem Thore elendiglich entblößt von allem König=
lichen Schmuck, baarfuß (discalceatus) und in wollenem Gewande
(laneis indutus) und hörte nicht eher auf mit vielem Flehen die
Hülfe und den Trost der tibetanischen — pardon: apostolischen
Barmherzigkeit zu erbitten, als bis es alle, die zugegen waren und
zu denen die Kunde kam, bei solcher Frömmigkeit und Barmherzig=
keit des Mitgefühls antrieb, daß sie sich für ihn mit vielen Bitten
und Thränen verwandten und ob der ungewohnten Härte unseres
Sinnes verwunderten . . . ." [1])

621) »Ce fut un superbe moment!« — ruft der Franzose
de Maistre aus — in seinem Buch »Du Pape«; „Welch ein
prachtvoller Moment!" [2]) — Ich hoffe, daß es nur wenige Katoliken
in Teutschland giebt, die so empfinden werden. [3]) — Was man auch
über die barbarischen und feodalen Zeiten damals denken mag, die
dem Kaiser ein unbeschränktes Recht über seine Untertanen einräumten,
wie man auch über sein Vorgehen gegen die Sachsen urteilen mag,
wobei es zu nicht zu rechtfertigenden Gewalttätigkeiten kam, und
worin er durch die Gegnerschaft des Papstes eingeschränkt worden
sei: daran hat kein Papst gedacht; das ist eine Erkenntniß der
neueren Geschichtsschreibung; für ihn handelte es sich nur um
hierarchische Zwecke. Und die Demütigung in Canoſſa bleibt ein
beklagenswerter Akt persönlicher Geistes=Verwirrung des Kaisers und
schmachvollen Aberglaubens des teutschen Volkes.

---

[1]) Schulte, a. a. O. p. 33.

[2]) de Maistre, J., Du Pape. nouvelle édition. Paris 1884. p. 179.

[3]) Bischof Haffner von Mainz, der 1888 von einer Romfahrt zurück=
kam, erinnerte in einer darauffolgenden Versammlung, wie ein katolisches
Blatt berichtete, „in launiger Weise" an eine andere Romfahrt, an den
Canoſſa=Gang Kaiser Heinrich's IV. — Kirchliche Korrespondenz für die
teutsche Tagespresse. 1888. Nr. 5. p. 85. — Sauberer Teutscher das! —

622)
In dem Schloßhof zu Canossa
Steht der der deutsche Kaiser Heinrich
Barfuß und im Büßerhembe,
Und die Nacht ist kalt und regnigt.

Droben aus dem Fenster lugen
Zwo Gestalten, und der Mondschein
Überflimmert Gregor's Kahlkopf
Und die Brüste der Mathildis.

Heinrich mit den blassen Lippen
Murmelt fromme Paternoster;
Doch im tiefen Kaiserherzen
Heimlich knirscht er, heimlich spricht er:

„Fern in meinen deutschen Landen
Heben sich die hohen Berge,
Und im stillen Bergesschachte
Wächst das Eisen für die Streitaxt.

„Fern in meinen deutschen Landen
Heben sich die Eichenwälder,
Und im Stamm der höchsten Eiche
Wächst das Eisen für die Streitaxt.

„Du mein liebes, treues Deutschland,
Du wirst auch den Mann gebären,
Der die Schlange meiner Qualen
Niedergeschmettert mit der Streitaxt.“

(Heine.)

623) Doch der Dalai=Lama ändert sich nicht. — Wir müssen
uns ändern. Der Dalai=Lama ist der Ausdruck unseres Aber=
glaubens, der aus unseren Herzen hinausprojizirte, von uns ver=
goldete, von uns geschwellte, von uns geborne, gehätschelte, ge=
mästete Popanz. Sobald wir nicht mehr wollen, steigt er herunter
vom Thron, und überreicht uns lächelnd seine Papier=Krone; die
Luft geht hinaus, und der aufgetriebene Ballon sinkt zu einer runz=
ligen, lächerlich kleinen Größe zusammen. Und der wälsche, mit
orientalischer Lüsternheit sich wendende und gebärdende Gott, der
uns die Produkte seiner sensualistischen, weihrauchdampfenden Phan=
tasie als ‚Glaubenswahrheiten‘ vorsetzt, hört auf für uns wälsch und

orientalisch zu sein, sobald wir teutsch sind. Er hört auf für uns unfehlbar zu sein, sobald wir nicht mehr an ihn glauben. Und er hört auf, sich über unsere Fürsten und Regierungen Gerechtsame an= zumaßen, sobald wir sie ihm nicht mehr geben.

624) Bonifaz VIII. in seiner bekannten Bulle »Unam Sanctam« 1302 erklärte: „Daß in der Gewalt des Petrus zwei Schwerter, das geistliche und weltliche, sind, lehrt uns das Evan= gelium. Jedes der beiden Schwerter ist also in der Gewalt der Kirche. Das Geistliche und das Weltliche. Ersteres ist das des Priesters; letzteres ist in der Hand der Könige; aber nach dem Wink und der Zulassung des Priesters. Ein Schwert muß unter dem andern sein, und die weltliche Autorität der geistlichen Gewalt unter= worfen sein. Folglich, wenn die weltliche Gewalt abweicht, wird sie abgeurteilt werden von der geistlichen Gewalt. — Und so erklären wir, sagen wir, entscheiden wir: Dem römischen Pontifex unter= worfen zu sein, ist für jegliches menschliche Geschöpf zum Heile noth= wendig." [1]

625) Je mehr wir uns von dieser Tibetanischen Gottheit ge= fallen lassen, je Stärkeres muthet sie uns zu: Dalai=Lama Gregor schrieb 1077 in einem Brief nach Teutschland: „Wir haben durch das Urteil des heiligen Geistes befohlen und geboten, daß in Eurem Reich ein Reichstag stattfinde." [2] — Hier kann man wirklich herz= lich über den guten Dalai=Lama lachen. — Aber sobald er sich aufbläht und wirklich zu reden anfängt, verkriechen sich doch die Meisten, sogar die gelehrtesten und energischsten Bischöfe, und lispeln ihr demütiges Subjicimus nos.

626) Dalai=Lama Urban der Zweite predigte 1096 in der Kirche der heiligen Thekla zu Mailand, „daß der geringste Priester jedem König vorgehe." [3] — Und Lama Gregor ergänzt

---

[1] Schulte, a. a. O. p. 28. Diese Bulle wurde auf dem 5. Latera= nensischen Konzil 1516 ausdrücklich ‚erneuert und approbirt', und die Civiltà cattolica beansprucht ihre Gültigkeit in einem Artikel vom 10. April 1870 auch für unsere Zeit.

[2] Schulte, a. a. O. p. 34.

[3] Schulte, a. a. O. p. 29. Anm.

es dahin: „Wer also, der auch nur einige Kenntnisse hat, möchte zweifeln, daß die Priester den Königen vorgehen (anteferri)? Wenn nun die Könige für ihre Sünden zu richten sind, von wem müssen sie dann rechtmäßiger gerichtet werden, als vom römischen Papste?"[1]

627) In dieser Weise verfluchten und bannten die Päpste Fürsten und Obrigkeiten, Laien und Geistliche, wer ihnen, auf politischem oder geistlichem Gebiete, in die Quere kam. Kaiser Friedrich Barbarossa, Friedrich II., Ludwig der Baier, Philipp der Schöne von Frankreich, und viele ungezählte Kleinere kamen dran. Und auch die Reformazion brachte keine Vernunft. Heinrich VIII. von England wird mit Anna Boleyn exkommunizirt, sein Land mit dem Interdikt belegt, die Untertanen des Eids entbunden und die, die ihm treu bleiben, ‚als Sklaven' verkauft. — Aber so hoch im Norden zündeten die römischen Blitze nicht mehr. Und über den stürmischen Wassern des Kanals La Manche löschten die päpstlichen Raketen meist aus.

628) Pius V. donnert in der Bulle »Regnans in Excelsis« im Jahr 1570: „Der Herrscher in der Höhe übergab zur Regierung in der Fülle der Gewalt die eine heilige Kirche, außerhalb deren es kein Heil giebt, dem römischen Pontifex. Diesen Einen setzte er über alle Völker und Reiche zum Fürsten, auf daß er ausrotte, zerstöre, zerstreue, vernichte, pflanze und baue. Gestützt also auf die Autorität Gottes erklären wir die genannte Ketzerin Elisabeth (die Königin von England) und ihre Anhänger dem Fluch verfallen und abgesondert von der Einheit des Leibes Christi. Dieselbe sei des angemaßten Rechtes über ihr Reich, jeglichen Eigentums, jeglicher Würde, jeglichen Vorrechts beraubt. Alle Stände, Untertanen und Völker ihres Reichs sind von jeder Pflicht der Lehenstreue und des Gehorsams entbunden."[2] — Aber die große Elisabeth kümmerte sich wenig um die Bannflüche in Rom; sie ließ die bigotte und landesverräterische Maria Stuart enthaupten und wurde die Begründerin der Größe Englands. — Immer kam es darauf an, welch persönlicher Charakter es war, den der tibe-

---

[1] Schulte, a. a. O. p. 36.
[2] Schulte, a. a. O. p. 40—41.

tanische Fluch traf; und welcher Art und Gesinnung Land und Untertanen. Leider war es in letzter Hinsicht immer miserabel in Teutschland bestellt. Und Schwadronenweis stürzte hier das blöde Volk auf die Kniee, wenn der tibetanische Gott in Rom roth und feurig sich aufbläs.

629) Voll kostbarer Ironie ist der Satz in dem schon ange= führten Buch de Maistre's: „Übrigens wurde die Autorität des Papstes über die Könige immer nur von Jenen bestritten, die er zu Boden schlug. Also gab es nie eine legitimere Autorität, als diese, und nie eine weniger bestrittene." [1] — Dies ist nur eine Variazion über den Satz: Dalai=Lama giebt es nur für Den, der an die Gottheit glaubt; und zerschmettert wird nur Der, der sich fürchtet.

630) Innocenz X. erklärte in der Bulle »Zelo domus dei« vom 20. November 1648 „kraft Apostolischer Machtvollkommen= heit den Artikel des Westphälischen Friedens für nichtig, un= gültig, unbillig, ungerecht, verdammt, verworfen, vergeblich, der Kräfte und Erfolge entbehrend für alle Zukunft." [2] — Dalai= Lama hätte gewünscht, daß der 30=jährige Krieg, der Teutschland auf Generazionen in seiner Entwicklung gegen andere Kulturvölker zurückgeworfen hatte, und es ausgesogen und verarmt zurückließ, noch länger dauere. Und dann hatte dieser Friede einer Sekte Men= schen in Teutschland Existenz=Rechte verliehen, die an Dalai= Lama nicht mehr glaubten.

631) Seitdem ist das Ansehen des Dalai=Lama gewaltig gefallen. Eine große Porzion Luft wurde aus dem Ballon heraus= gelassen. Als Pius VI. 1782 nach Wien kam zum Besuch Kaiser Josef's II., und sie sich einige Posten vor Wien trafen, küßten sie sich schon à la française; der Pantoffelkuß und das Hinfallen zur Erde waren schon obsolet; und als der Papst dem Kanzler Kaunitz

---

[1] »C'est à dire que l'autorité des Papes sur les rois n'était con= testée que par celui, qu'elle frappait. Il n'y eut donc jamais d'autorité plus légitime, comme jamais il n'y en eut de moins contestée«. — de Maistre, J., Du Pape. p. 207.

[2] Schulte, a. a. O. p. 50.

einen Besuch machte, und die Hand zum Kusse reichte, schüttelte dieser gar dem betroffenen Pontifex die Hand nach englischer Manier: How do you do? — Aber in dem Vorzimmer zu den päpstlichen Gemächern stand der Pantoffel des Papstes zum Küssen ausgestellt, und die Wienerinnen kamen in Masse und schleckten den seidnen Pantoffel ab; und in den hoch=aristokratischen Häusern zirkulirte ein anderer Pantoffel, der gläubig verehrt wurde: Immer sind es die Gläubigen, die den Dalai=Lama machen, und ihn zum exorbitantesten Lamaismus drängen. Er an sich kann nichts.

632) Noch immer sieht es Dalai=Lama gern, wenn Fürsten sich von ihm krönen lassen. Weil bei dieser Gelegenheit der Kaiser tiefer steht oder vor ihm auf den Knieen liegt; und symbolische Vorgänge und Situazionen der Art liebt Dalai=Lama. Doch war der kleine Napoleon, der seiner Statur wegen nicht hätte zu knieen brauchen, selbstherrlich genug, sich in Gegenwart des Papstes, den er nach Paris kommen ließ, die Krone selbst aufzusetzen.

633) „Dann der Bapst läst keynem Keyser sein, er fal im dann vor zu füß, und empfahe die Keyserlichen Kronen von seynen füßen ab, vorschwere im auch das Italiänisch Reych und die statt Rom" schreibt noch Hutten.[1] Aber Kaiser Karl V., den er erlebte, war der letzte teutsche Kaiser, der sich vom Papst krönen ließ 1530. Und das Ansehen des teutschen Kaisers ist heute Gottseidank nicht mehr von einem italienischen Kardinal abhängig. Trotzdem läuft der Papst heute noch den fürstlichen Machthabern nach, sie sollen ihm die „statt Rom vorschweren". So lief er dem Kaiser Wilhelm 1870 in's Kriegslager, damit er ihm „die statt Rom verschwere." Als dieser dies weigerte, wurden in ganz Teutschland die Lamaisten und Tibetaner aufgeboten, deren es 15 Millionen in Teutschland giebt, daß sie ihm zur Stadt Rom verhülfen. Und wenn es ihnen nachgegangen wäre, wäre Teutschland in blutige Kriege gestürzt und zerstückelt worden; denn höher als Teutschland steht ihnen ihre Tibetanische Gottheit in Rom.

634) Hat der Lamaische Gott in Rom aber seit dem Mittel-

---

[1] Gesprächbüchlein der Ulrichs von Hutten. Schriften, herausgegeben von Böcking. Leipzig 1860. Bd. IV. p. 176.

alter bedeutend an politischem Einfluß eingebüßt, so hat er doch nicht eines seiner Prärogative aufgegeben. Einer seiner heiligsten, geschwolltesten Repräsentanten Pius IX. hat in seinem Gesetzbuch, dem Syllabus, urbi et orbi u. a. Folgendes verkündet: „Die bürgerlichen Gesetze sollen und dürfen von der göttlichen Offenbarung und der Autorität der Kirche nicht abweichen." [1] — Da nun Dalai=Lama die göttlichen Offenbarungen selbst bestimmt, so bestimmt er auch die Abweichungen der bürgerlichen Gesetze von ihnen, und somit die bürgerlichen Gesetze selbst.

635) Ein anderer Satz dieses Dalai=Lama's lautet: „Die geistliche Gerichtsbarkeit für weltliche Civil= wie Criminal=Angelegenheiten der Geistlichen ist durchaus nicht abzuschaffen, auch nicht ohne Befragen und gegen den Einspruch des apostolischen Stuhls." [2] — Da aber Urban II. in einer kirchlichen Verordnung erklärt hat „Denjenigen, die Exkommunizirte töten, lege nach der Sitte der römischen Kirche und Deiner eigenen Intention eine passende Buße auf, damit sie sich vor den Augen der göttlichen Einfalt wohlgefällig machen; denn wir halten dieselben nicht für Mörder (homicidas)"; [3] und da der Jesuiten=Orden, den Leo XIII. in seinem jüngsten Breve „den Hort für gründliche und gesunde Lehre" nennt, [4] den Mord an vom Papst Gebannten unter allen Umständen für rechtlich hält;) auch der Jesuit Mariana dem Dominikaner=Mönch Jakob Clement, der nach vorheriger Instruktion bei den Theologen seinen König, Heinrich III.

---

[1] Die Encyclica Seiner Heiligkeit des Papstes Pius IX. und der Syllabus. Köln 1865. Nr. 57. p. 95.

[2] A. a. O. Nr. 31. p. 95.

[3] Gratian. Decret. c. 47. C. XXIII. q. 5. Siehe Schulte, a. a. O. p. 63—64.

[4] Hönsbröch, P. v., Warum sollen die Jesuiten nicht nach Deutschland zurück? Freiburg. 2. Aufl. 1891. p. 13.

[5] ‚Darf man einen Geächteten töten?' — „Ja, wenn der Staat es einem Jeden erlaubt; es darf jedoch nicht außerhalb der Grenzen des Staates geschehen, der ihn geächtet hat." — ‚Und wenn er vom Papst geächtet ist?' — „Dann darf man ihn überall tödten, weil des Papstes Gerichtsbarkeit die ganze Welt umfaßt." — Escobar y Mendoza, Ant., Theolog. moral. Lugdun. 1663. Tractat. I. Ex. 7. c. 3. n. 32.

von Frankreich, 1589 ermordete, das höchste Lob spendet,[1]) auch Sixtus V. diesen Mord in einer Ansprache an die Kardinäle einen „Succeß" und die Folge einer unmittelbaren Eingebung Gottes nannte[2]); und schließlich Gregor XIII. beim Eintreffen der Nachricht von der Pariser Bluthochzeit, die schon sein Vorgänger Pius V. lebhaft betrieben hatte, und wobei an 100,000 Hugenotten ermordet wurden, dem Kardinal, der die Nachricht überbracht, 200 Goldgulden schenkte, eine Prozession und Feuerwerk veranstaltete und von der Engelsburg Freuden-Salute schießen ließ[3]), — so stünden wir mit Pius' IX. geistlicher Gerichtsbarkeit für Criminalangelegenheiten der Geistlichen mit Leib und Leben gänzlich in der Willkür des apostolischen Stuhls, oder seiner Emissäre; es sei denn wir würden Dalai-Lamiten. Wir wollen aber Teutsche sein.

636) Weiter erklärt Dalai-Lama: „Könige und Fürsten sind weder von der Jurisdiction der Kirche ausgenommen, noch stehen sie bei Entscheidung von Jurisdictions-Fragen höher, als die Kirche[4])." — Aber wie es bei diesen Jurisdiktions-Fragen unsern Fürsten ging, haben wir an Ludwig dem Bayer, Friedrich II. u. a. zur Genüge gesehen. Sie wurden gebannt, ihr Volk revoltirt, und ihr Land der Verwüstung und Zerstörung preisgegeben.

637) In der am 18. Juli 1870 von Pius IX. verlesenen Bulle erklärt Dalai-Lama, „daß, wenn der Papst, von seinem Lehrstuhl aus [ex cathedra] sprechend, eine den Glauben oder die Sitten betreffende Lehre entscheidet, er jene Unfehlbarkeit besitzt ..." nun, wie sie eben einem Dalai-Lama zukommt. — Was sind das

---

[1]) »Jacob Clemens cognito a theologis, quos erat sciscitatus, tyrannum jure interimi posse, caeso rege ingens sibi nomen fecit«. — „Jacob Clemens, der auf Grund seiner Erkundigung bei den Theologen wußte, daß man mit Recht einen Tyrannen töten dürfe, hat sich durch die Ermordung des Königs einen berühmten Namen gemacht." — Mariana, de rege et regis institutione. Toled. 1599. lib. I. p. 53.

[2]) Ranke, Die römischen Päpste. Leipzig 1874. Bd. II. p. 113.

[3]) Weber, J. C., Gesch. des Papsttums. Stuttgart 1834. Bd. III. p. 107.

[4]) Die Encyclica Pius' IX. und der Syllabus, a. a. O. Nr. 54. p. 94. —

aber, genau umschrieben, ‚Sitten'? — Das zur Zeit häufigst in den Seminarien gebrauchte katolische Moral=Compendium von Gury zählt zu Gegenständen der ‚Sitten': „Die menschlichen Handlungen; das Gewissen; die Gesetze; natürliches, göttliches, kirchliches, bürger= liches Recht; die Sünden; die Tugenden; die zehn Gebote; die Kirchengebote: Beichte, Kommunion, Fasten; die Gerechtigkeit und das Recht: Eigentum, Erwerb, Nutznießung, Diebstahl, Verträge, Versprechen, Eid, Schenkung, Leihvertrag, Zinsen, Pfandhäuser, Wechsel, Lotterie, Wetten, Spiel; die Stände: Geistliche, Laien, Richter, Advokaten, Gerichtsvollzieher, Schreiber, Ankläger, Zeugen, Ärzte, Chirurgen, Apotheker, Wald= und Feldhüter . . .“ [1]) — ja, lieber Dalai=Lama, das umfaßte ja die ganze Welt! — So will's der Dalai=Lama.

638) Als Beispiel, wie Dalai=Lama die bürgerlichen Gesetze, „die von der Autorität der Kirche abweichen“ zurückweist und un= gültig macht, mag eine Allokuzion Pius' IX. vom Jahr 1868 dienen, wo es heißt: „Am 21. Dezember vorigen Jahres ist von der österreichischen Regierung ein abscheuliches Gesetz [infanda lex] als Staatsgrundgesetz erlassen worden, welches in allen Reichsteilen die volle Meinungsfreiheit, Preßfreiheit, Glaubens= und Gewissens=Frei= heit, Freiheit der Wissenschaft, Unterrichts= und Erziehungs=Freiheit, sowie Gleichstellung der vom Staate anerkannten Religionsgesell= schaften gewährleistet. — Dieselbe Regierung hat am 25. Mai ein Gesetz erlassen, welches bestimmt, daß in gemischten Ehen die Knaben die Religion des Vaters, die Mädchen die der Mutter erhalten sollen, sowie daß die Katoliken dulden müssen, daß auf ihren Fried= höfen die Leichname der Ketzer (Protestanten) beerdigt werden, wenn diese Ketzer keine eigenen haben. — Ihr seht, ehrwürdige Brüder, wie heftig zu tadeln und zu verdammen derartige abscheuliche Gesetze [abominabiles] der österreichischen Regierung sind, welche der Lehre

---

[1]) Gury, — S. J. — Compendium Theologiae moralis. Lugd. 1850. Prooemium. p. XI.—XIII. — Ségur, der französische Bischof, sagt: „Alle menschlichen Fragen, seien sie welche nur immer, gehören, sobald das Ge= wissen [la conscience] in Frage kommt, nach göttlichem Recht vor den Richterstuhl des Papstes. Ségur, l'Eglise. Paris 1868. p. 18 s.

der katolischen Kirche, deren Auctorität, Unseres apostolischen Stuhles Gewalt und dem Naturrecht zuwiderlaufen. Deshalb erheben Wir die apostolische Stimme und kraft Unserer apostolischen Auctorität verwerfen und verdammen wir diese Gesetze der österreichischen Regierung und Alles, was in dieser Hinsicht von der Regierung oder ihren Behörden verfügt, gethan oder versucht worden ist; erklären, daß diese Dekrete mit allen Folgen gänzlich nichtig, ohne jegliche Kraft gewesen sind und sein werden. Ihre Urheber aber beschwören wir, sich der Kirchen= und geistlichen Strafen zu erinnern, welche die päpstlichen Gesetze gegen die Schädiger der kirchlichen Rechte als von selbst eintretend verhängen[1].«

639) Aber auch der neueste Dalai=Lama, Leo XIII., bleibt an Autorität und göttlicher Vollmacht nicht hinter seinem Vorgänger zurück. Er und Pius IX. nannten die protestantischen Schulen ‚moralische Vergiftungs = Anstalten‘, die protestantischen Missionare „Männer des Trugs“, „Vorkämpfer des Satans“, bezeichneten die protestantischen Kirchen als „Bordelle“ und haben die englischen und teutschen Bibelgesellschaften als ‚verfluchte‘ Gesellschaften proskribirt[2].

640) Im Jahr 1864 erklärte Pius IX. im Syllabus, daß an „der Lehre von der weltlichen Herrschaft des römischen Papstes alle Katoliken aufs Unerschütterlichste festhalten müssen [firmissime retinere debent][3]. Und Leo XIII. hat es bei allen Gelegenheiten wiederholt. — Dies wird freilich den Lamaiten gegenwärtig etwas schwer. Aber der Glaube bewegt sich ja vorwiegend in nicht wirklichen Dingen. Und da kann er ja von der derzeitigen Wirklichkeit in Rom abstrahiren.

641) Und der Osservatore Romano definiert in Nr. 165 seines Jahrgangs 1891 den Papst folgendermaßen: »Il Vicario di Gesù Christo è non solo Pontefice ma re di tutti i popoli della

---

[1] Schulte, a. a. O. p. 52—54.

[2] Kirchliche Korrespondenz für die deutsche Tagespresse 1887. Nr. IV. p. 72. —

[3] Encyclica und Syllabus. a. a. O. p. 100. Nr. 76 und Anmerkung.

terra«: „der Stellvertreter Christi ist nicht nur Papst, sondern
König über alle Völker der Erde." —

642) Haben sich sonach Ansprüche und Prärogative des
Dalai=Lama bis zum heutigen Tage keineswegs verringert, so hat
sich seine Heiligkeit und göttliche Verehrung im Umkreis seiner An=
hänger in den letzten Jahren entschieden noch gesteigert: Die Podo=
latrie, oder Verehrung durch den Fußkuß, eine ursprünglich orien=
talische Ehren=Bezeugung, die die römischen Kaiser übernahmen, und
die vielleicht aus Tibet stammt, wurde durch das päpstliche Hof=
Zeremoniell zu einer Verehrung jedes einzelnen Körperteiles der
Gottheit erweitert: das Knie verehren die Bischöfe; sie allein haben
das Recht, das Knie des Papstes zu küssen[1]), dies ist die Gono=
latrie, die Knie=Verehrung. Die Hand gehört den Kardinälen;
sie allein dürfen die Hand küssen[2]): Chirolatrie, die Hand=Ver=
ehrung. Der Fuß gehört der übrigen Menschheit. Und Viele
müssen sich mit dem ledigen Pantoffel begnügen.

643) Sobald ein neuer Dalai=Lama gewählt ist, wird er
auf den Hochaltar gesetzt, die 70 Kardinäle knieen um ihn herum,
„adoriren" ihn, und rufen ihm laut zu: »Scias, de esse rectorem
Orbis«: „Wisse, daß Du der Herr des Erdkreises bist!"[3])

644) Niest der Papst, so stürzt der nächste Kardinal sogleich
zu Boden, und bringt in dieser Positur seine Verehrung dar[4]).

645) Bei der Messe zelebrirt der Papst nur einen Teil; er
geht dann vom Altar fort, um sich zu seinem Thron zu begeben;
die Kardinäle stürzen zu Boden, die Nobelgarde präsentirt, und der
Papst besteigt den Thron; ein Kardinal bringt ihm dann den Herr=
Gott an den Thron hin[5]), — sozusagen an's Bett. —

646) Auch in Teutschland wird Dalai=Lama von den
Lamaisten angebetet. In Rhede, in Westfalen, wird die

---

[1]) Quirinus, Römische Briefe vom Konzil. 1870. p. 511.

[2]) Quirinus, a. a. O.

[3]) Quirinus, a. a. O. p. 85.

[4]) Quirinus, a. a. O. p. 511.

[5]) Reinkens, Fünfter Altkatoliken=Kongreß. Stenographischer Bericht.
p. 205.

Statue des Papstes von Blumen und Kerzen umkränzt vor den Hochaltar gestellt, während die Gläubigen ringsum auf den Knieen liegen[1]).

647) „Weißt Du auch ein ganz absonderlich Ding zu Rom? — Daß den bapst seine schmeychler für einen Gott aus= geben!"[2])

648) Da Dalai=Lama Gott ist, so wird er auch „Gott in Rom" genannt[3]); „Inkarnation Gottes"[4]); „die höchste Personi= fikation Gottes auf Erden"[5]); „das lebendige Sakrament"[6]); „die heilige Kommunion"[7]); „Fortsetzer des Geheimnisses der Fleisch= werdung Gottes"[8]); und Pius IX., der als früherer Küraffier= Offizier doch auch noch Menschliches in sich fühlte, sagte: er verehre in sich selbst „die Stellvertreterin der Gottheit[9])."

649) Eine weitere göttliche Eigenschaft hat de Maistre beim Papst entdeckt: die der realen Allgegenwart auf allen Punkten der christlichen Erde[10]).

650) Natürlich ist der Anblick Dalai=Lama's für den, dem er zu Teil wird, eine überirdische Erscheinung: „Der Papst — heißt es in einem von Pius IX. benedizirten Schriftchen — ist für uns

---

[1]) Deutscher Merkur. 1876. p. 232.

[2]) Vadiscus, dialogus Hutteni. Hutten's Schriften. Bd. IV. p. 251.

[3]) Von der „Genfer Korrespondenz". Siehe Deutscher Merkur. 1870. p. 222.

[4]) Vom Bischof Mermillod; siehe Döllinger, J., Janus, der Papst und das Konzil. 2. Aufl. München 1892. p. 294.

[5]) Vom Erzbischof von Chambéry; siehe Deutscher Merkur 1876. p. 353.

[6]) Nach Bischof Ségur; s. Ségur, Le Souverain pontife. Paris 1864. p. 198. — Die übrigen Sakramente der lamaitischen Kirche sind: Taufe, Firmung, Eucharistie, Buße, letzte Ölung, Priesterweihe. Ehe. —

[7]) Schlottmann, K., Der Deutsche Gewissenskampf. Halle 1882. p. 51.

[8]) Vom Bischof Tulle in Spanien; siehe Zimmermann, C., Die jesuitische Drei=Einigkeit. Leipzig 1893. p. 33.

[9]) Deutscher Merkur 1882. p. 184.

[10]) »On y sent je ne sais quelle présence réelle du Souverain Pontife sur tous les points du monde chretien« de Maistre, J., Du Pape. nouvelle édit. Paris 1884. p. 52.

die sichtbare Figur Jesu Christi. Seine Macht erstreckt sich über
unsere Seelen, wie die des göttlichen Erlösers selbst. Ausgenommen
die wirkliche Gegenwart Jesu Christi im Sakrament des Altars, ist
nichts so geeignet, die göttliche Person des Erlösers unseren Sinnen
nahe zu bringen, als der Anblick des Papstes. Es ist, als ob immer
der Himmel geöffnet sei über seinem Haupte, als ob das göttliche
Licht auf ihn herabstrahle. Wir dürfen uns daher nicht die unehr-
erbietige Unredlichkeit erlauben, an ihm Menschliches und Göttliches
auseinander halten zu wollen[1]."

651) „Denn sie heißen ihn einen irdischen Gott, der nicht
schlecht Mensch, sondern aus Gott und Mensch zusammengemenget
sei, wollten wohl gern sagen, daß er gleich, wie Cristus selbs, wahr-
haftiger Gott und Mensch wäre[2]."

652) Und selbst ein so erfahrener Mann wie Bischof Haffner
von Mainz, referirt über einen Besuch in Rom gelegentlich einer
Seligsprechung: „Wir haben heute Alle, wie ich glaube, das Angesicht des heiligen Vaters gesehen, und unaussprechliche Freude hat
unser Herz durchdrungen, als wir in dieses wunderbare Antlitz
schauten, das sich wie eine Art übernatürliche Erscheinung darstellt[3]."

653) Natürlich thut Dalai-Lama auch Wunder, und seine
Kleider stehen im Werte des Rocks von Trier: Ein teutscher Schul-
lehrer in Donauwörth erhielt von einer hochgestellten Persönlichkeit
aus der Umgebung Pius' IX. „ein Stück von seinem Leibrock; eine
Reliquie, die schon jetzt höchst verehrungswürdig, nach der in
Aussicht stehenden Heiligsprechung höchst kostbar werde[4]." — Eine
französische Dame wurde zu Lebzeiten Pius' von einem Beinleiden

---

[1] „Von dem Gelübde der Hingebung an den Papst" von Pater Giraud;
aus dem Französischen übersetzt; vom Bischof Dinkel in Augsburg mit dem
oberhirtlichen Imprimatur versehen und zur Massenverbreitung empfohlen.

[2] Luther, Von der Winkelmesse und Pfaffen-Weihe. 1533. Sämmtl.
Schriften. Bd. 31. p. 353.

[3] ‚Germania‘, Berlin 1888. Nr. 54. II.

[4] ‚Augsburger Post-Zeitung‘ 1878.

dadurch geheilt, daß sie einen alten Strumpf seiner Heiligkeit trug[1]).
— Ein Knabe aus Bobolone, der an Epilepsie litt, wurde durch
den Gebrauch eines Stückchens roter Seide von den Kleidern
Pius' IX. geheilt[2]). — Eine Krume Weißbrot vom Tische
Pius' IX. heilte noch nach Jahren, nachdem sie im Besitz einer
gräflichen Familie Schlesiens gewesen, Krämpfe[3]). — Und angewendet
werden außerdem: „Scharpie, die bei dem Verbinden einer Fuß=
wunde Pius' IX. diente"; „Fäden aus seinem Kopfkissen, auf dem
er während seiner letzten Krankeit gelegen"; „ein Läppchen von dem
Unterfutter seiner Soutane in Wasser gelegt und tropfenweise täglich
mit lebendigem Vertrauen getrunken[4])."

654) Und dementsprechend ist es nur natürlich, wenn der
bekannte französische Papstkämpfer Veuillot noch zu Lebzeiten Pius',
den er mit ‚Gekreuzigter'! anspricht, ausruft: »Je te crois, je
t'adore!«: „Ich glaube an Dich, ich bete Dich an[5])!" Und wenn
die »Voce della verità« gleich nach dem Tode Pius' IX. schreibt:
„Heiligster Papst, wir werden nicht für Dich beten, sondern zu
Dir beten[6])!"

655) Lieber Leser, diese Dinge sind alle recht lustig, und
geben uns das Recht, über Dalai=Lama recht herzlich zu lachen.
Aber sie haben ihre verflucht ernste Seite, solange dieser Dalai=
Lama in Teutschland über 15 Millionen Menschen kommandirt, und,
was schlimmer, über 15 Millionen teutscher Gewissen. Dieser Dalai=
Lama in Rom hat seit einem Jahrtausend die größte Zwietracht
über unser Land gebracht, Blutvergießung und Zerstörung rücksichts=
los geübt, unsere Fürsten mit Fußtritten behandelt, Städte und
Länder mit einem Wink seines Interdikts in Einöden und Feuer=
stätten verkehrt. Ohne Dalai=Lama kein 30 jähriger Krieg, kein

---

[1]) ‚Deutscher Merkur' 1877. p. 352.
[2]) Nach dem in der »Unità cattolica« vom Bischof von Verona ver=
öffentlichten Bericht abgedruckt im „Brixener Kirchenblatt" Nr. 17. 1878.
[3]) ‚Deutscher Merkur' 1878. p. 225.
[4]) ‚Deutscher Merkur' 1873. p. 321.
[5]) Schöll, E., Der jesuitische Gehorsam. Halle 1891. p. 68.
[6]) ‚Deutscher Merkur' 1878. p. 68.

Schmalkalder Bund, keine Schweden im Land, keine englischen und
spanischen Kaiser auf teutschem Tron. Und mit diesen Dingen hatte
die Lehre Christi keine Faser zu thun: Wenn das Christentum für
Teutschland auf einem Italiener beruht, dann ist das tief traurig.
Und dann wird die geistige wie politische Konstellazion Teutschlands
auf absehbare Zeit von einem Italiener abhängig sein[1]). Wenn die
Lehre Christi aber nicht auf einem Italiener beruht, dann fort mit
ihm. Heute handelt es sich nicht darum, katolisch oder protestantisch
zu sein. Es handelt sich darum, teutsch zu sein. Und nicht gegen
den Papst oder Dalai=Lama handelt es sich Front zu machen, sondern
gegen den Ausländer, der es jeden Tag in der Hand hat, Teutsch=
land in zwei feindliche Parteien zu spalten. Dieser Kampf muß
heute noch in Teutschland ausgekämpft werden; dauere er 30 oder
100 Jahre; damit es in Teutschland nur mehr Teutsche giebt; und
nicht eine Partei, die jeden Moment vom Ausland her gezwungen
werden kann, gegen die Interessen des eigenen Vaterlandes sich zu
kehren. Ich glaube Tausende in dieser Partei selbst warten nur auf
eine günstige Gelegenheit, sich der Sache Teutschlands anzuschließen.
Dieser Kampf muß in echt teutscher Weise geführt werden. Und in
demselben wird das Wort Luther's gelten, des größten teutschen
Geisteskämpfers, — nicht weil er der erste Protestant war, sondern,
weil er der erste Teutsche war, der den italienischen Religions=
Pächtern die geistige Herrschaft über Teutschland entzogen hat —
die Parole Luther's: „Aber so böse sollen sie es nicht machen; ich

---

[1]) Verlangt doch die katolische Kirche, daß in einem Kriegsfall die Unter=
thanen beim Papst anfragen, ob sie kämpfen sollen: „Glaubt ein Staat,
seinen Nachbar mit Krieg überziehen zu sollen, so ist es eine unabweisbare
Forderung des Gewissens, daß er zuvor den Zweifel über die Rechtmäßigkeit
des Kriegs der Kirche gegenüber beseitigt; und sollen die Unterhanen sich an
dem Krieg beteiligen, so müssen sie über die Erlaubtheit ihrer Handlungsweise
sich an jene Autorität wenden, welche Christus für die Völker eingesetzt hat.“
Hammerstein, L. v., de Ecclesia et Statu. Trier 1886. p. 134—135. —
Und an anderer Stelle: „Der Staat muß, wenn anders er nicht Rebell sein
will gegen jene Autorität, der er seine ganze Gewalt verdankt, katolisch sein,
oder wenn er es nicht ist, werden.“ Hammerstein, L. v., Kirche und Staat.
Freiburg 1883. p. 81. —

Panizza, Teutscher Michel. 20

will's noch ärger mit ihnen machen. Und so harte Köpfe sollen sie nicht haben, ich will noch härtern Kopf haben. Sie sollen mich nicht verzagt noch erschrocken machen; sondern ich will sie verzagt und erschrocken machen. Sie sollen mir hinfurt weichen; ich will ihnen nicht weichen. Ich will bleiben, sie sollen untergehen. Mein Leben soll ihr Henker sein; mein Tod soll ihr Teufel sein; deß und kein anders[1]."

----

[1] Luther's Warnung an seine lieben Teutschen. 1531. Sämmtliche Schriften. Bd. 25. p. 8.

Auskehr.

„Was hindert uns nun lenger, das römisch Joch
abzuwerfen? Hatt Teütschland nit eßßen? hat es
nit fewer?"   Hutten.

656) Wir zitirten immer wieder die Kämpfer und Volks=
stimmen aus der Reformazions=Zeit, weil wir hier den kräftigsten
Widerstand des Teutschtums gegen die feige, wollüstige, merkantile
Auffassung der Religion der italienischen Kardinäle fanden. Der
Ablaß war unteutsch, gewissenlos, niederträchtig; deßwegen mußte
er fallen; nicht weil er katolisch war. Und von teutscher Seite
mußte er fallen, weil das teutsche Gewissen sich dagegen auflehnte.
— Und heute liegt der Fall ähnlich oder schlimmer: Die päpst=
liche Unfehlbarkeit, die Zentralisirung der Religion auf einen
wälschen Kopf, auf eine wälsche Empfindung, auf einen Italiener,
in einem Land, in dem, wie in Neapel, der krasseste, heidnischste
Götzendienst florirt, ist unteutsch, mit den gemütlichen wie geistigen
Forderungen der Teutschen — nicht der Katoliken oder Prote=
stanten — unvereinbar. Also muß er fallen. Und er muß von
teutscher Seite fallen, weil unsere Nazion, mehr wie jede andere
des Abendlandes, in den letzten 20 Jahren sich am energischsten
zusammengeschlossen, ihre Eigenart am sichersten und kräftigsten heraus=
gekehrt hat, und Teutsch und Wälsch heute unvereinbarer einander
gegenüber stehen, als jemals in früherer Zeit. —

657) Weil Römisch=Katolisch Wälsch ist, und Teutschland
gegen wälschen Geist und Sitte, gar gegen wälsches Gewissen,
sich mit aller Macht wehrt, deßwegen muß die unfehlbare, religiöse

20*

Zentral=Werkstätte für wälschen Glauben in Rom für Teutschland fallen. Und da es uns nicht darauf ankommen kann, diese Zentral=Werkstätte für wälsche Gemüter und wälsche Bedürfnisse geschlossen zu sehen, so bleibt für Teutschland nichts anderes übrig, als sich mit einem Schnitt von Rom loszuschneiden, wie jene siamesischen Zwillinge, von denen der Eine, als der andere erkrankte und bald darauf starb, sich im letzten Moment mit einem blutigen Schnitt trennte, bevor das Kadaver=Gift herüberdrang.

658) „Warumb läßt sich nun die welt so lang blenden und verzaubern? Oder was ist die verhinderung, daß man die nit umb=keret, die all ding verkeren? — Fürwar den Bapst mögen wir je nit absetzen, ob schon die gantz welt sich das uß vilen ursachen under=steen wolt, umb fürsichtigkeit der decret willen. — Welch ein arm=selig wesen Christlicher gemein, die glaubt, man dörff wider so vil großer ungebür, und übelthaten, nichts versuchen, nichts understeen!"[1]

659) Was zwei Millionen Griechen 1844 unter dem Vor=gehen ihrer Bischöfe zu Wege brachten, indem sie sich mit einem Ruck von Rom losmachten, und dahin wanten, wohin ihre nazionalen Bedürfnisse sie drängten, zur Vereinigung mit der griechischen Kirche, sollten das 15 Millionen Teutsche unfähig sein zu thun? — Sollten 15 Millionen Teutsche unfähig sein, eine teutsche, katolische Kirche zu gründen? —

660) Schon unser oft zitirter wackerer Bürgermeister Mat=thäus Göbel aus der Lausitz profezeit: „So ist auch alle Hoffnung noch nicht verloren, daß nicht endlich die Deutschen, so noch Römisch gesinnet, sich der Römischen Jurisdiction und geistlichen Servitut entziehen, und ihre National=Kirche einem aus ihrem Geblüte ent=sprossenen Patriarchen zu gelinder Christlichen Direction untergeben werde."[2]

661) Auf das Geschrei der Römlinge dürfen wir nicht auf=passen: „Dann werden sie über uns ruffen, wir seien vervolger der kirchen, — dann also nennen sie alle die jhenen, so einen finger

---

[1] Vadiscus, dialogus Hutteni. Hutten's Schriften. Bd. IV. p. 249.
[2] Matthäus Göbel, Caessaro-Papia Romana, die politischen Geheim=nisse des päpstlichen Stuhls. 3. Aufl. Leipzig 1720. p. 237.

gegen juen auffheben — wir feyen fchismatici, das ift abtrinnigen, werden auch fchreyen, wir wollen den ungenäheten rock Chrifti zertrennen, mit bannen und maledeyung umb fich werffen." [1]

662) „Diweyl offt gefagt, die Teütfchen werden einmal ein rebliche that thun, und es doch bißhär keinen fürgangk gehabt, halt mans für gefpött zu Rom bey den Römifchen Wollüftigern, wenn einer fagt, die Teütfchen werden noch Rom reformiren." [2]

663) „Darumb wäre das Befte, Kaifer und Stände des Reichs ließen die läfterlichen, fchändlichften Spitzbuben und die verfluchte Grundfuppe des Teufels zu Rom immer fahren zum Teufel zu; da ift doch keine Hoffnung einiges Gutes zu erlangen." [3]

664) „Wo alle teütfchen einträchtiglich mit ftrengem Vorfatz und der teütfchen Art gebürlicher beftendigkeit, das Römifch joch abwürffen, fich der bürden, die nit allein fchwer zu tragen, fonder auch fchandtlich zu gedulden, entlüden, und wiederumb ire alten freyheit annämen, möchte man dißem fchaden helfen. Ich förchte aber, daß folichs der aberglaub nit zulaffen werd. Dann derfelbig gar tieff in das hertzen der teütfchen gewurtzelet hat. Ja darff ich fprechen, mit demfelbigen römifchen Joch werden wir auch den aberglauben hynwerffen, und werden nachvolgens die Teütfchen verftehen, wie ein großer unterfcheid fey, zwifchen des waren gottes eer, und der Bäpftlichen tyranney und götzenthum, fehend, das, was wir alfo überflüffiglich nach Rom geben, nit uff geyftlichkeit gewandt, fondern zu erhaltung des vordampten und fundtlichften Lebens der römifchen Buben gebraucht werden." [4]

665) Vollenden wir alfo die Trennung, die das Teutfche Kaifertum begonnen, indem es fich von dem Römifchen Kaifertum losfagte, und trennen wir uns auch von der Römifchen Religion; und glauben wir, daß die Alpen von einem Gott als fichtbares Kennzeichen dafür aufgerichtet find, daß der teutfche Herr=Gott und die

[1]) Vadiscus, dialogus Hutteni, a. a. O. p. 237.

[2]) Vadiscus, a. a. O. p. 219.

[3]) Luther, Wider das Papfttum zu Rom vom Teuffel geftifft. Wittenberg 1545. Sämmtliche Schriften. Bd. 26. p. 127.

[4]) Vadiscus, a. a. O. p. 195—196.

vielköpfige italienische Götterfamilie nichts miteinander zu thun haben.
— Haben wir teutsche Religion, teutsche Priester, teutsche Messe,
und sehen dann zu, ob Teutschland zu Grunde geht.

666) „Alles, seht Ihr, zielt dahin, und läßt hoffen, jetzt mehr
denn jemals, daß die römische Tyranney gebrochen und der wälschen
Krankheit ein Ziel gesetzt werde. So wagt es denn endlich und
legt Hand an's Werk. Laßt Euch daran erinnern, daß Ihr
Teutsche seid!": »Omnia videtis eo tendere, ut spes sit, quanta
nunquam prius, extinctum iri hanc tyrannidem, isti morbo medi-
cinam adfuturam. Quod audete tandem ac perficite! Mequidem
si audietis, Germanos esse vos memineritis.«[1]

, [1] Bulla Decimi Leonis contra errores Martini Lutheri cum Hutteni
glossis. Hutteni Opera ed. Boecking. Lips. 1861. vol. V. p. 302.

Nachwort

von

Michael Bauer

Böller gegen Hostien

1894 zielte Oskar Panizza auf den Vatikan. In den einen Lauf lud er sein Theaterstück »Das Liebeskonzil«, in den anderen sein Pamphlet »Der teutsche Michel und der römische Papst«. Was in Amtsstuben laut krachte, waren Böllerschüsse eines ambitionierten Schriftstellers aus dem Kreis der Münchner Moderne. Doch für Oskar Panizza ging der Schuss nach hinten los. Ein Jahr Einzelhaft, Exil, Einweisung in die Psychiatrie, Entmündigung. Das katholische Bayern und der protestantisch gelenkte Staatsapparat Wilhelms II. hatten zurückschießen lassen. »Gotteslästerung«, tobten die einen, »Majestätsbeleidigung« wetterten die anderen. Das Werk Oskar Panizzas wurde so zum Geheimtipp aufgeklärt denkender Schriftsteller wie Theodor Fontane, Kurt Tucholsky, Walter Mehring oder Lion Feuchtwanger. Rezeptionsgeschichtlich wurde Oskar Panizza dennoch zu einem Kuriosum – Walter Benjamin und der von den Nationalsozialisten ermordete Theodor Lessing lasen seine Bücher, aber auch Hanns Heinz Ewers und Martin Bormann.

Michael Georg Conrad, der betagte Mentor der Münchner Moderne, versprach 1894 in seinem »Begleitwort« zu »Der teutsche Michel«*, ein neues »Heldengefühl« werde den Leser bei der Lektüre überkommen: »Nun vollende, küsse den heiligen Boden deines Vaterlandes, erhebe den Blick zu seiner Sonne und hilf dein Volk zum Siege führen!« Vom Naturalismus zum Nationalismus, eine Wende. Erst hatte Michael Georg Conrad seinen Landsleuten den Naturalismus französischer Couleur nahegebracht, dann propagierte er den Kampf gegen das »Römisch-Wälsche«.

Bezeichnend für die deutschsprachige Literatur des Fin-de-Siècle ist nicht nur der »Stilpluralismus«, sondern auch ein gewisser »Gesinnungspluralismus«. Was Oskar Panizza betrifft, so war der frühere Pietistenzögling anfangs ein leidenschaftlicher Gegner Roms, kein Atheist. Mutter Mathilde hatte das Seelenleben ihres Sohnes mit harter Hand geformt. Ihr Gott war Protestant. Zu dieser anfänglichen Weltsicht des vor 150 Jahren in Bad Kissingen geborenen Oskar Panizza kam ein in Franken besonders unheiligbodenständiger Antisemitismus. Einerseits Lyrik im Stile Heinrich Heines, andererseits Erzählungen wie »Der operirte Jud«, die 1927 im Münchner Beiblatt zum »Völkischen Beobachter« nachgedruckt worden ist. Mynona reagierte literarisch mit »Der operierte Goi«, die Nationalsozialisten hingegen stilisierten den 1896 aus Deutschland geflohenen Panizza zum »Teutschen«, den Heimweh aus dem Exil heim ins Reich getrieben habe.

Ein profunder Kenner von Panizzas Werk war SS-Führer Kurt Eggers. Nach seinem »Heldentod« widmete die SS ihrem mustergültigen Kriegspropagandisten die »SS-Standarte Kurt Eggers«. Der Schoß ist fruchtbar noch, und so feiert die NPD ihn im Internet als »Philosophen der Deutschen Revolution«. Kriegshetzer Eggers verstand es, mit Texten umzugehen und sie am Zeitgeist zu formen. Von Oskar Panizza edierte er im Nordland-Verlag 1940 »Deutsche Thesen gegen den Papst und seine Dunkelmänner«, 1943 die Auswahlbände »Die unbefleckte Empfängnis der Päpste« und »Aus Werk und Leben«.

Mit den »Deutschen Thesen« war Oskar Panizza postum von den Nationalsozialisten vereinnahmt worden. Besonders begeistert zeigte sich Reichsleiter Martin Bormann. Er hatte ein Jahr nach Erscheinen der NS-Fassung von »Der teutsche Michel und der römische Papst« deren Verbreitung innerhalb der NSDAP befohlen. Münchens Oberbürgermeister Karl Fiehler sollte Panizzas Buch »einem möglichst weiten Kreis von Parteigenossen, in erster Linie von Politischen Leitern und Gliederungsführern« direkt vom Verlag, »ohne Einschaltung von Dienststellen der Partei« zugehen lassen. Fiehler gehorchte und erbat fürs Münchner Rathaus hundert Exemplare. Wie lässt sich diese Vereinnahmung erklären? Hatten sich Kurt Tucholsky und all die anderen in ihrem Schriftstellerkollegen getäuscht?

Die Jahre 1895/96 bilden eine Zäsur in Oskar Panizzas Denken und Schreiben. Verurteilung, Einzelhaft, Emigration ließen den schreibenden Privatier umdenken und machten aus ihm jenen radikalen Freigeist, der viele Intellektuelle der Weimarer Republik begeisterte.

Mit dem Neudruck von Oskar Panizzas antikatholischem Pamphlet »Der teutsche Michel und der römische Papst« soll der Anstoß zu einer kritischen Auseinandersetzung mit Panizzas Frühwerk gegeben werden. Darüber hinaus handelt es sich bei seinem Pamphlet um eine einzigartige politische Streitschrift des Fin-de-Siècle. Sie belegt Walter Benjamins treffende Charakteristik Oskar Panizzas als »häretischen Heiligenbildmaler« und soll in der *edition monacensia* eine kleine Galerie solcher »Heiligenbilder« eröffnen.

München im März 2003

Michael Bauer

* Die Erstausgabe dieses Buches ist in der Bayerischen Staatsbibliothek München im Fach Remota II (unter der Signatur Rem II, 81) zu finden.